筑梦大漠　情撼京新

京新高速公路临白段（阿拉善盟境内）
工　程　建　设　管　理　办　公　室　编

人民交通出版社股份有限公司
China Communications Press Co.,Ltd.

图书在版编目（CIP）数据

筑梦大漠　情撼京新 / 京新高速公路临白段（阿拉善盟境内）工程建设管理办公室编. — 北京：人民交通出版社股份有限公司, 2017.5

ISBN 978-7-114-13827-0

Ⅰ.①筑…　Ⅱ.①京…　Ⅲ.①中国文学－当代文学－作品综合集　Ⅳ.①I217.1

中国版本图书馆CIP数据核字(2017)第105815号

Zhumeng Damo　Qinghan Jingxin

书　　名：筑梦大漠　情撼京新
著 作 者：京新高速公路临白段（阿拉善盟境内）工程建设管理办公室
责任编辑：赵瑞琴
出版发行：人民交通出版社股份有限公司
地　　址：（100011）北京市朝阳区安定门外外馆斜街 3 号
网　　址：http://www.ccpress.com.cn
销售电话：（010）59757973
总 经 销：人民交通出版社股份有限公司发行部
经　　销：各地新华书店
印　　刷：中国电影出版社印刷厂
开　　本：720 × 960　1/16
印　　张：23.75
字　　数：376 千
版　　次：2017 年 5 月　第 1 版
印　　次：2017 年 5 月　第 1 次印刷
书　　号：ISBN 978-7-114-13827-0
定　　价：68.00 元

▲阿拉善盟委书记 包钢（左二）到京新高速调研指导工作

▲阿拉善盟委副书记、行署盟长冯玉臻（右一）到京新高速调研指导工作

▲阿盟盟委委员、常务副盟长闫鹏（右二）参加环保宣传活动

▲ 阿拉善盟委组织部部长张殿生（左三）为阿拉善盟“五一劳动奖章”获得者贾一兵（左二）颁奖并合影

▲阿拉善盟盟委委员、秘书长、原盟交通运输局局长黄巴特尔（左二）在工地调研

▲阿拉善盟人大工委副主任、工会主席郭秀珍为阿拉善盟“五一劳动奖章”获得者王腊颁奖

▲阿拉善盟行署副盟长徐景春（右一）视察项目建设情况

▲交通运输部安全与质量监督管理司副司长潘海（左二）带组督查项目建设

▲内蒙古自治区交通运输厅建设处处长张旺晓（右一）巡视项目路面贯通情况

▲阿拉善盟交通运输局局长阿其图（右一）检查项目建设情况

▲建管办领导班子合影

▲建管办工作人员合影

▲第一执行办工作人员合影

▲第二执行办工作人员合影

▲第三执行办工作人员合影

▲第一合同段总监办、驻地办监理人员合影

▲第二合同段总监办、驻地办监理人员合影

▲第三合同段总监办、驻地办监理人员合影

▲中建总包部人员合影

▲中建总包部领导和项目分部经理合影

▲中铁总包部人员合影

▲中铁总包部领导和项目分部经理合影

▲中交总包部人员合影

▲中交总包部领导和项目分部经理合影

▲建管办领导陪同交通运输部领导到蒙甘交界处踏勘

▲初步设计外业验收人员合影

▲施工图设计外业验收

▲施工图设计定测外业验收会

▲2015 年 1 月 8 日，京新高速公路阿拉善盟建管办召开第一次施工单位座谈会

▲开工进场的测量队伍

▲开工爆破

▲标准化梁场、拌和站建设

▲炮锤施工

▲路面水泥稳定层施工

▲路面底基层摊铺碾压

▲箱梁架设

◀东河大桥桥梁施工

◀哈尔苏海服务区北区主体结构完成

▶已建成的沥青拌和站

▲穿越沙漠的公路主线

▲路面紧张铺设中

▲高温施工

▲披星戴月保贯通

▲2016年9月21日，京新高速阿盟段主线全线贯通

▲2016年6月23日，中铁第七项目部举行路面贯通仪式

▲ 2016 年 7 月 22 日，中交京新高速公路阿盟段全线路面贯通仪式

▲ 2016 年 9 月 21 日，中建主线贯通庆典

▲戈壁沙漠中最美的弧线

▲交安施工

◀高速立交

◀京新高速公路跨过黑河伸向远方

▶雅干服务区

▲建管办办务会

▲内蒙古自治区公路工程质监局质量安全大检查

◀中铁总包部创建“两个示范线”现场观摩会

▶检测底基层压实度

◀箱梁检测

▲工地检查

▲阿拉善盟工会和建管办组织召开京新高速公路临白段（阿拉善盟境内）“京新杯”劳动竞赛总结表彰大会

◀环保部环保督查

◀清除白色污染，守护一片绿色

▶固沙后，生机盎然的防风固沙带

▲建管办领导五一期间慰问一线工人

▲中铁投资集团领导慰问员工

▲中交总包部组织“弘扬正能量　共筑中交梦”文艺演出

▲中建项目分部在施工驻地为职工建立瑜伽室

工地测量

桥梁施工

专注工作

强管理 重安全 严质量 实现大干100大节点目标
青年突击队
中国交通建设股份有限公司LBAMSG-3项目总承包管理部第四项目部

▲劳动竞赛

▲战风沙

◀技工能手

▶斗酷暑

◀齐心协力　步调一致

▲牧民给中建京新项目部送锦旗

▲中建项目部协助当地政府建吉兰泰镇灾区灾民安置点

◀中铁总包部慰问当地困难牧民

▶中铁第一项目分部坚持路地共建，受到好评

◀中交总包部总经理刘永明看望2015年被授予感动中国的“时代楷模”——苏和老人

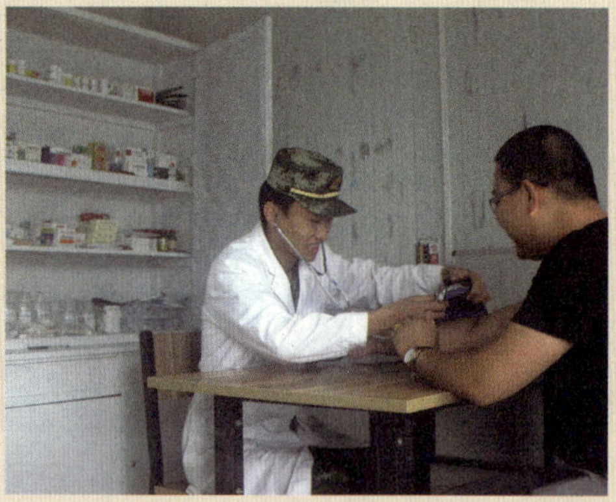

▶中交第九项目分部与驻军共建警民医务室，救助一方百姓

▲中央电视台采访建设者

▲新华社采访项目管理人员

▲2015年9月，"一带一路陆路口岸万里行"记者采访团与建设者合影

▲阿拉善盟文联深入施工一线采风

▲艺术家慰问建设者

编 委 会

鸣谢:

中国建筑股份有限公司京新高速公路临白段(阿拉善盟境内)LBAMSG-1项目总承包管理部

中国中铁股份有限公司京新高速公路临白段(阿拉善盟境内)LBAMSG-2项目总承包管理部

中国交通建设股份有限公司京新高速公路临白段(阿拉善盟境内)LBAMSG-3项目总承包管理部

前　　言

一百年前,孙中山先生在《建国方略》中提出要建设“东起北平(北京),经阿拉善,西至迪化(乌鲁木齐)的第二条进疆大通道”的规划。然而在那个动荡的年代,有梦难成。

一百年后,“一带一路”的战略构想真正打开了中国的筑梦空间。地处古老丝绸之路的阿拉善又一次迎来了快速发展的大好机遇。

世界穿越戈壁沙漠最长的高速公路、国家超级工程之一、亚洲最大的单体公路交通工程——京新高速公路临河至白疙瘩段(阿拉善盟境内),历经3年的施工建设,终于建成通车。几代人的百年梦想终成现实。

京新高速公路临河至白疙瘩段(以下简称京新高速公路临白段)位于内蒙古自治区西部巴彦淖尔市和阿拉善盟境内,是国家高速公路网第七条放射线(北京至乌鲁木齐)的一部分,内蒙古自治区高速公路网“8横9纵8支8环线”第八横的重要组成部分,阿拉善盟“两横两纵”交通路网格局中等级最高的“一横”,更是北京连接内蒙古自治区西部、甘肃北部和新疆维吾尔自治区最为便捷的公路通道。

京新高速公路临白段(阿拉善盟境内)工程项目开创了内蒙古交通建设史上大标段施工总承包管理的先河,由中国建筑股份有限公司、中国中铁股份有限公司、中国交通建设股份有限公司3家央企中标承建。作为亚洲最大的单体公路交通工程,全线穿越戈壁、沙漠、山地、丘陵,途经300多公里无人区,是典型艰苦地区建设的高速公路。无路、无水、无电、无信号、无人烟更是给工程建设增加了极大的难度。

京新高速公路临白段全长930.56公里。其中,阿拉善盟境内主线长814.37公里,连接线长173.63公里。阿拉善盟境内起点为敖伦布拉格,经乌力吉、苏宏图、雅干、达来呼布、路井,终点止于白疙瘩(内蒙古、甘肃交界处)。项目总投资302亿元,建设工期30个月。项目全线设大桥61座、中桥88座、小桥142座，另有涵洞及通道1147道。桥涵设计荷载为公路—Ⅰ级。全线设服务区10处、停车区7处、养护工区15处、收费站13处、治超站2处、检测站1处。

工程项目于2015年4月20日正式开工建设，预计2017年6月30日前建成通车。此外，为破解公路沿线缺水少电难题，同时实施了937公里输配电线路工程和456公里的管道供水工程，为公路建设和运营管理的用水、用电提供了强有力的保障。

京新高速公路临白段的建成对于完善国家西部路网，深入推进国家西部大开发，加快内蒙古融入国家"一带一路"和"向北开放"发展战略，加强内地乃至中亚和欧洲的经济联系，由交通末梢区位劣势逐渐转化为欧亚大陆桥枢纽区位优势，从根本上破解阿拉善盟"行难"瓶颈，促进中西经济文化往来，巩固边防稳定，维护民族团结，推动经济社会快速发展都将具有十分重要的意义。

中国建筑股份有限公司、中国中铁股份有限公司、中国交通建设股份有限公司3家央企的数万名建设者，数千名监理者与建管者，还有900多公里沿线的各级地方政府领导与当地群众，在阿拉善亘古荒漠、寂静边陲，共同担负起这一历史赋予的使命与任务，共同书写了京新高速公路阿拉善建设的时代传奇。

为了铭记京新高速公路临河至白疙瘩段(阿拉善盟境内)建设的辉煌历史，宣传和弘扬"勇于奉献、敢于创新、攻坚克难、争创一流"的精神品质，总结和传承施工建设中的宝贵经验，特选编了《筑梦大漠　情撼京新》，以兹纪念。

目　录

第一篇　建设管理篇

第二篇　新　闻　篇

第三篇　诗　词　篇

第四篇　散　文　篇

第五篇　故　事　篇

第六篇　工程建设历程篇

第七篇 主要参建者名录

第一篇

建设管理篇

JIANSHE GUANLI PIAN

全力支持项目建设　共同促进经济发展

阿拉善盟交通运输局局长　黄巴特尔

2015 年 1 月 8 日

阿拉善盟位于内蒙古自治区最西部。新中国成立后，曾五次变更隶属关系，1979 年重归内蒙古，1980 年建盟。现辖阿拉善左旗、阿拉善右旗、额济纳旗三个旗和阿拉善经济开发区、孪井滩生态移民示范区两个自治区级开发区，共有 30 个苏木镇、191 个嘎查村。

主要盟情特点：一是地广人稀。全盟总面积 27 万平方公里，总人口 23.85 万人，有蒙、汉、回、藏等 28 个民族，其中蒙古族人口占 19.3%，是全区面积最大、人口最少的盟市。二是生态环境脆弱。沙漠、戈壁、荒漠草原各占总面积的三分之一，适宜人类生产生活的面积仅占总面积的 6%。三是资源相对富集。已发现矿产 86 种，探明一定储量的 45 种，煤、盐、铁、金等 30 种矿产得到开发利用并形成一定规模。旅游资源独特，有巴丹吉林沙漠、胡杨林、黑城遗址等，是全球唯一以沙漠为主题的世界地质公园。四是区位优势较好。与蒙古国交界 735 公里，拥有国家一类、内蒙古第三大常年开放陆路口岸——策克口岸。地处呼包银榆经济区、陇海兰新经济带交汇处，与内蒙古、宁夏、甘肃 12 个地市毗邻。五是国防地位重要。境内有东风航天城、空军试验训练基地和 051 导弹发射基地等国防军事重地，多颗卫星、"神舟"号系列飞船、天宫一号均在阿拉善成功发射。

2014 年，全盟完成生产总值 468 亿元，比上一年增长 9%；完成固定资产投资 371 亿元，比上一年增长 22%，增速居内蒙古自治区第一；地方财政总收入达 39.93 亿元。

京新高速公路阿拉善盟段是全内蒙古自治区公路建设史上单体投资和规模最大的项目。该公路建成后将成为华北、东北地区通往西北地区的最快捷大通道，对深入实施西部大开发，加快内蒙古自治区丝绸之路经济带建设和向北开放战略进程，推进内蒙古自治区及新疆维吾尔自治区跨越式发展，促进中蒙经济文化往来，巩固边防等均具有极其重要的意义。

该路自 2001 年开始筹建以来，全盟上下共用了 14 年的时间，历经几任中共阿拉善盟委员会（以下简称盟委）、内蒙古自治区阿拉善盟行政公署（以下简称盟行署）领导的不懈努力，今年终于进入实施阶段。内蒙古自治区人民政府和阿盟行署都特别重视该项目，冯玉臻盟长和分管的徐景春副盟长多次召开会议听取工作汇报，专题研究、部署项目建设有关事宜，盟内相关单位对该项目前期工作予以特事特办，全力支持。为了配合项目建设，盟行署于2012年成立了项目建管办，具体负责项目的前期、建设、管理工作，同时在三旗成立了协调领导小组，配合建管办开展征地、拆迁、补偿等工作，为项目建设创造了良好的外部环境。而且，全盟的老百姓曾经为我国的国防建设做出过重大牺牲和贡献，相信这次也会非常支持这条公路的建设。

这个项目经内蒙古自治区交通运输部门反复研究，在2014年10月决定采用施工总承包模式建设。用这样的模式建设，在全自治区来讲是第一次，作为建设管理单位，这也是摸着石头过河。但我们有几个非常有利的条件，一是内蒙古自治区和盟委、盟行署高度重视、全力支持；二是阿拉善近5年来建设了近10个一级公路与高速公路项目，同时我们对省外的施工总承包建设模式进行了考查学习，积累了一些行之有效的管理经验；三是这次招标确定的中国建筑股份有限公司、中国中铁股份有限公司、中国交通建设股份有限公司3家建设单位，都是世界500强企业，全国顶尖的施工单位，有着严格管理体制、强大的技术力量、先进的施工工艺，业务经营遍布全球，创造了诸多世界“之最”工程。所以我们相信，大家能够克服阿拉善自然环境恶劣，缺水少电等不利的施工条件，共同努力、奋发拼搏，圆满完成京新高速公路阿拉善盟段建设任务。

在今后的工作中，一是希望各施工单位要派出优秀的施工团队参与工程建设，严格规范建设程序，强化工程质量和施工安全，保质保量如期完成建设任务。二是要严守廉政、环保、资金使用、安全生产等红线，主动接受社会各界监督，确保工程优质、干部优秀。三是要大力支持阿拉善地方的水泥、钢材等产业发展，能够满足建设要求的材料，希望大家从阿拉善盟采购，积极促进阿拉善盟经济发展。

精心组织　合理安排　科学管理　真抓实干
确保项目建设顺利实现

京新高速公路临白段(阿拉善盟境内)工程建设管理办公室

2016 年 12 月 20 日

京新高速公路临白段是国家高速公路网中的第七条放射线(北京至乌鲁木齐)的一部分,是内蒙古自治区高速公路网"8 横 9 纵 8 支 8 环"第八横的重要组成部分,是国家、自治区、盟级重点建设项目。京新高速公路临白段(阿拉善盟境内)工程建设管理办公室(简称"建管办")在内蒙古自治区交通运输厅、盟委、盟行署、盟交通运输局的正确领导下,在社会各界的关心支持和参建单位的紧密配合下,面对施工环境恶劣、自然条件艰苦、施工线路长、管理难度大、有效工期短、建设任务重的情况,紧紧围绕 2017 年 6 月 30 日前建成通车这个总目标,以"安全生产零事故为前提,质量、进度控制为主线,精细化管理、标准化施工为手段",精心组织、合理安排、科学管理、真抓实干,充分利用"大型劳动竞赛和特色党建活动"作为推进载体,通过全体参建单位的团结协作和广大建设者的努力奋斗,取得了安全生产稳定可控、工程质量稳步提升、工程进度超前推进、综合管理有条不紊的可喜局面,圆满完成了各年度的目标任务,有力地推动了工程建设健康、协调、快速发展。

一、夯实基础,超前谋划,为项目顺利实施奠定坚实基础

京新高速公路临白段(阿拉善盟境内)工程建设项目是内蒙古自治区交通建设史上首次采用大标段施工总承包管理模式进行建设。这种新的施工管理模式是交通部门的一种探索,也是对承建单位的一种挑战。采取"建管办、执行办""总监办、驻地办""总承包部、项目分部"两级施工管理体系。以"发展理念人本化、项目管理专业化、工程施工标准化、管理手段信息化、日常管理精细化"的管理理念为抓手,以《京新高速公路临白段(阿拉善盟境内)建设管理办法》《京新高速公路临白段(阿拉善盟境内)施工标准化管理办法》《京新高速公路临白段(阿拉善盟境内)工程建设管理办公室管理制度》(简称"两办法一制度")为指南,统领工程管理的全过程。同时,针对京新高速公路阿拉善盟段穿越地域地质复杂,征地拆迁工作任务繁重的实际,在盟委、盟行署的大力支持和三旗政府及相关部门的积极协调配合下,2015 年 4 月建管办与三旗政府全面启动征地补偿工作,并与三旗政府签订征地

拆迁委托协议。三旗分别成立了协调领导小组，下设办公室，在三旗协调办、建管办、执行办、施工单位互相配合下，使项目征拆工作得以稳步推进，并为工程顺利实施创造了良好的条件。沿线3家项目总包部、23个项目分部、28家监理单位，按照“施工标准化管理办法”的要求，统筹规划，因地制宜，合理布局，在满足安全、环保、实用的条件下，建成了标准化的驻地与场站，开通便道达900多公里，解决了吃、住、行的问题，为项目开工大干打下坚实的基础。

为能使项目顺利开工，建管办积极抽调、招聘有丰富工程建设管理经验的人员，组建3个现场执行办，实施现场精准管理。同时，要求各标段总承包管理部根据现场实际情况划分段落，组建最具战斗力的项目分部团队，配备最精良先进的机械设备，确保项目开工后能一炮打响，为工程有序推进提供有力的保障。

二、健全机制，明确职责，切实强化安全生产监管责任

自2015年4月开工建设以来，建管办把安全生产作为第一要务，贯穿于工程管理的全过程，与工程管理同部署、同安排、同检查、同考核，使安全生产工作想在前、防在前，做在前，以完善的制度、严谨的措施、扎实的作风、强力的手段，保证了全线安全生产工作的持续、稳步、健康发展。一是在健全组织机构、完善规章制度的前提下，全面落实安全技术交底制度。在各分项工程开工前，自项目部到作业班组，逐级对施工工艺、技术规范、操作程序、安全保障等内容进行交底，使全体人员都能明确施工内容，熟悉操作规程，掌握安全要领。这既强化了质量意识，又保证了各项安全措施的落实。二是全力做好参建人员的安全教育培训工作。全线参建单位共组织安全培训150余次，切实做到横向到边、纵向到底、全面覆盖的宣教态势，使全体参建人员在思想上进一步增强安全意识和责任意识，从行动上形成人人讲安全、处处抓安全的良好氛围。三是定期对施工现场进行隐患排查，注重风险管控。排查安全隐患共计580余条，要求施工单位和监理单位逐一进行整改和复查，隐患整改合格率达到100%。有效地保证“安全生产责任制”“一岗双责制”的落实，安全生产工作实现规范化、持续化、常态化。四是把安全生产工作与创建“平安工地”有机地结合起来，相互渗透，共同提高。通过推行“精细化管理”，规范施工作业流程，强化文明生产、制度化约束、常态化管理，使安全生产得到了有效保障。通过网格化管理，在全体参建人员的共同努力下，取得了自开工建设以来无重特大安全生产事故发生的优异成绩。

三、规范施工，严格控制，确保工程质量稳步提升

建管办以“交工验收质量合格，竣工验收质量优良”为目标，始终坚持质量控

制四项制度(即原材料进场把控制度、首件工程质量认可制度、试验检测制度、关键工序交验制度),以精细化管理、标准化施工为控制手段,打造质量示范线。该办以京新高速公路临白段(阿拉善盟境内)《工程建设管理办法》《施工标准化管理办法》为根本指南,明确职责,落实到位,注重过程控制,确保施工严格按照各项规范、规程标准进行。各项工程的关键部位、关键工序实施现场抽检,履行交验程序,充分发挥监理职责效能,确保工程质量得到有效控制。好中选优,树立典型,采取"样板工程"示范引领,及时组织召开现场质量观摩会,以点带面,以面促线,提升工程品质,保证质量达标。经内蒙古自治区交通建设质量监督局、阿拉善盟公路工程质量监督站和建管办多次检查,今年路面工程施工的平整度、压实度、厚度等考核指标均达到行业规范规定标准,路面的平整度、压实度合格率达到100%,房建、交安、机电工程的质量达到了规定标准,真正做到了内实外美,得到上级部门的肯定和赞扬。

四、精心组织,合理安排,强力助推工程建设快速发展

2015年是京新高速公路临白段(阿拉善盟境内)工程建设开局之年。为了有计划地完成建设目标任务,建管办精心安排施工计划,分解投资目标,细化施工节点,按照"奖优罚劣"的原则,制定有效奖罚措施,鼓励先进,鞭策后进,充分调动了所有参建单位的积极性。中交、中铁、中建总包部相继掀起大干的热潮,超额完成年度投资任务。全线工程建设共完成投资122.7亿元,完成目标122.5亿元的100.16%,为2016年工程建设快速推进打下了坚实的基础。

全线管道供水工程管道铺设完成456公里,配套工程建设基本就绪,东、西线供水工程分别于2015年9月20日、8月5日完成通水。全线供电工程共架设输配电线路937公里,年内全部通电。供水、供电工程的完成,有力地保障了京新高速公路主体工程的快速推进。

2016年是京新高速公路临白段(阿拉善盟境内)工程项目整体推进、决战决胜之年。为完成年度既定目标,建管办联合盟工会组织开展了以"攻坚克难保贯通,优质高效创精品"为宗旨,以"创建精品工程,建设示范工程"为主题的"京新杯"大型劳动竞赛。为此,还组织召开年度工作会议暨"京新杯"劳动竞赛动员大会,全面安排部署各项工作。各参建单位在确保安全优质的前提下,在优化施工作业上下功夫,在提高效率上做文章,路基、路面及桥涵施工均采取了滚动式流水作业,加快施工进程。积极组织全线参建人员广泛开展"京新杯"劳动竞赛活动,"比质量、比进度、比安全环保、比文明施工、比管理优秀",全线参与人数达15000余人,建管办还在项目全线深入开展"两学一做"专题教育活动。为践行学习成果,各参建单

位都开展了各具特色的党建活动。二标中铁开展了“沙漠戈壁党旗红，鏖战京新争先锋”的党建特色活动和“三面旗帜进班组”的党建专项活动，以及“学习雷锋好榜样，两学一做争表率”的诚信敬业道德讲堂；一标中建创建“党员示范岗”；三标中交开展“每月一星”等主题党建活动。“劳动竞赛+特色党建”活动，使各参建单位形成合力，提质增效，有效提升了工程质量、进度、安全、环保、文明施工等管理水平，顺利推动工程稳步发展。

工程项目主线黑色路面提前贯通，防护工程、房建工程、交安工程、机电工程、绿化工程的主体工程按计划圆满完成。全线路基工程完成总量的99.9%；路面工程完成总量的95.8%；桥涵工程完成总量的98.3%；房建工程完成总量的98.6%；绿化工程完成总量的69.5%；交安和机电工程完成总量的96.5%。

截至目前，项目累计完成投资277.8亿元，完成总投资302亿元的92%，创造了内蒙古自治区交通建设史上单个项目一年内完成投资的最高纪录。

五、坚持绿色发展理念，确保环保监管工作落到实处

针对工程建设项目跨度大、线路长、沿线植被贫乏、生态环境极度脆弱的实际情况，工程建设伊始，建管办将生态环保列为工程建设管理工作的重要内容。树立“人与自然和谐，才能确保公路建设与环境保护并行”的思想，以及“像保护眼睛一样保护环境，像对待生命一样对待生态环境”的生态环保理念，开展环保培训，贯彻实施国家和地方有关环保、水保的方针、政策，提高全体参建人员自觉保护环境的意识。各施工总包部、项目分部严格按照开工前签订的文明规范施工协议和建管办印发的环保倡议书执行，确保文明绿色施工。所有参建单位在驻地、施工现场定期开展“清除白色污染、守护一片绿色”专项行动，随时处理生产、生活垃圾。在施工沿线便道定期洒水，拉建铁丝护栏，挂彩旗，防止扬尘随风飘扬影响周边环境和车辆随意碾压草场破坏植被。要求施工单位按要求整形、填平、碾压取土场、弃土场，播撒草籽，尽量恢复原始自然状态，保护生态平衡，实现全年无破坏自然环境和人文环境问题的发生，做到绿色施工。风积沙路段提前实行治沙工程，设计网格沙障固沙，全线共设置沙袋网格沙障3230万平方米，并且在网格内种植胡杨、红柳、沙拐枣、花棒、紫丁香、梭梭等防沙植物，以植物固沙。如今路基两侧的黄沙已变成了一片绿海，不仅保护公路不被侵害，而且改变了生态环境，成为一道亮丽的风景线，赢得了沿线广大农牧民群众的高度认可和赞扬。

六、加强路地联系，构筑和谐环境，拉动地方经济发展

积极倡导各施工单位主动与当地政府及农牧民沟通，力所能及地帮助地方排

忧解难，营造路地之间互帮互助的良好秩序，涌现出警民共建、无偿支援、扶贫助困等一批典型事例。特别是在“十个全覆盖”民生工程建设中，施工单位出力、出资、出物，帮助当地政府和农牧民拆迁危房、挖沟筑坝，彰显大型央企的担当和责任，受到了当地政府和农牧民的称赞与认可，构建了和谐的外部环境和路地关系。注重农民工工资管理，建立农民工工资管理档案，健全农民工工资发放手续，基本按时支付农民工工资，未发生拖欠农民工工资的现象。

建设单位积极响应政府号召，把项目建设融入地方经济建设中，有效地推动全盟的服务业、旅游业、采矿业、加工制造业、交通运输业等行业发展。开工以来，累计各类参建人员达到5万余人(包含农民工)，参建机械达到2万余台。其中，当地4877名剩余劳动力参与工程建设，使用当地机械设备2257台，使用当地石料、砂场约181个，使用当地水泥约53万吨，累计上缴税金达5.68亿元，为阿拉善盟地区经济发展做出的积极贡献，也创造了良好的社会效益。建管办也因此获得内蒙古自治区级“五一劳动奖状”殊荣。

七、履职尽责，严格管理，推动综合管理工作规范化

全线推广应用视频会议、远程监控、自动化办公、自动化供水、计量支付平台等信息化管理手段，提升管理品质，提高管控效能。适时召开协调推进会，严格把控合同履约行为，定期、不定期对各总监办、驻地办、项目总承包管理部进行合同履约检查，避免了因人力、设备、技术力量不足而影响工程进度。依据上级部门及建管办的各项检查要求，实行动态管理信用考评，加强行业自律。

按照“工程优质，干部优秀”的总体要求，建管办确立了“加强各级领导及工程管理人员廉洁自律教育，建立一支素质良好、业务精湛、清正廉洁的干部队伍，为京新高速提供有力保障”的工作思路，要求所有参建单位扎实开展廉洁自律教育与“两学一做”专题教育活动，做到反腐钟常敲、倡廉雨常下，健全廉政监督机制，完善廉政规章制度，设立廉政举报箱，畅通举报渠道。通过多措并举，提高了干部队伍素质，规范了职业行为，严明了廉政制度，杜绝了腐败现象的发生。

加强项目文化软实力建设，弘扬行业精神。建管办、执行办、3家施工总承包管理部都办有简报、报纸，阿拉善盟文联也深入到工地现场进行采风活动，对工程的建设动态、管理经验、人物事迹等及时进行宣传报道。中央和地方电视、广播、网络、报纸等各类媒体报道京新高速公路临白段建设成果与事迹80余次，大大提升了工程建设项目的精神品质和文化内涵，同时取得了良好的宣传效果。

在各级领导的大力支持和帮助下，在“京新杯”大型劳动竞赛活动的促进推动下，经过建管办、执行办及所有参建单位的努力付出，工程项目年度进度目标和投

资目标任务圆满完成。

2017 年是工程项目圆满收官年，建管办全体人员将不辜负各级领导与阿拉善盟人民的期望和重托，继续发扬“勇于奉献、敢于创新、攻坚克难、争创一流”的京新精神，积极融入建设之中，不忘初心、继续拼搏，全力保证工程项目顺利进行，为京新高速公路临白段（阿拉善盟境内）早日建成通车而努力奋斗，为内蒙古自治区成立 70 周年献上一份厚礼。

充分发挥总包优势　用心打造品质工程
全面提升中国中铁京新高速公路建设管理水平

中国中铁京新高速公路临白段(阿拉善盟境内)项目总承包管理部

2016年8月30日

京新高速公路是国家“一带一路”的标志性工程,是继青藏铁路之后又一具有典型艰苦地域特点的代表性工程,也是中国中铁与内蒙古自治区交通运输厅采取“股权投资+施工总承包”模式开展战略合作的首期工程。该项目于2015年4月24日正式开工。

在内蒙古自治区交通运输厅、工程质量监督局,阿拉善盟交通运输局、质监局、建管办等大力支持和帮助下,总包部充分发挥中国中铁“品牌、资源、技术、项目管理”四大核心竞争力,专业分工,大兵团作战,探索形成并稳步固化以“54321工作总体思路+总承包管理模式模板模块+八四四文化体系+特色党建活动+和谐路地共建+良好的精气神+强大的执行力”为核心的“中铁京新模式”,强化施工组织,规范现场管理,以文化建设引航、特色党建助推,充分发挥总包优势,用心打造品质工程,较好地实现了各项目标。现汇报如下:

一、超前谋划总包管理思路,深入研究总包模式特点

由中国中铁施工总承包的京新高速临白段(阿拉善盟境内)二标段主线全长352公里,连接线62公里,合同总价值86.91亿元,线路多处穿越戈壁沙漠无人区。项目具有自然条件恶劣、施工资源匮乏、物资运输困难、水电网络奇缺、环保要求高、民族政策强、有效工期短等特点。中国中铁成立中铁京新总包部负责建设管理。通过严格的模拟外部市场招标程序,中国中铁所属7家二级集团公司承担施工任务,分别组建第一至七项目部。19家三级公司作为工区直接负责施工生产。所有机构统一定员定编及人员选配标准,实现了项目管理标准化、规范化、集约化和扁平化。同时,为了保障全线工程物资和生活物资供应,中国中铁指定所属中铁物贸集团公司担负全线物资集中采购和运输供应任务。

1.超前谋划,确立“京新战略”

总揽全局,科学研判,确立“54321”工作总体管理思路:以创建“平安工程、优质工程、环保工程、廉洁工程、和谐工程”五大工程为目标,以充分发扬“特别能吃

苦、特别能战斗、特别能奉献、特别能胜利”四大优良作风为保证，安全第一、质量至上、科学施工、精细管理，力争实现“三高两创一确保（即：高起点、高标准、高质量；创建中国中铁精细化管理和安全质量示范线；确保2017年6月30日前建成通车）”。提出对各级政府、业主和当地人民的三大公开承诺。将总体任务分解到各个年度，明确了分年度工作目标，确定2015年为“攻坚克难苦战年”，2016年为“决战决胜大干年”，2017年为“完美收官分享年”。通过上述措施，有效保证了全体参建人员思想上同心、目标上同向、行动上同步。

2.高标准起步，明晰“京新目标”

京新高速公路是内蒙古自治区交通运输厅创新投融资模式一次性投资建设里程最长的高速公路，是交通运输部乃至全国的重点工程，具有很强的典型示范作用。总包部提出“十个京新”目标（即全力实现“安全京新、优质京新、速度京新、绿色京新、和谐京新、廉洁京新、党建京新、文化京新、人才京新、品牌京新”），确定了争创内蒙古自治区“平安工程”等四个省部级奖项目标。随着工程平稳推进，总包部又向全体参建者发出了“用心打造有品位的优质工程，精心建设有情怀的高速公路”的新号召和新要求，与“十个京新”目标一起构成了中铁京新人的“初心”。

3.强化管控，推行“京新模板”

总包部实施了一系列总包措施，先后提出了“四个总体”（总体工作计划与安排、项目管理总体策划书、总体工期筹划、总体指导性施工组织）、“五张图表”（线路总平面图、工程平面简图、施工关键节点图、总工期计划柱状斜率图、水电地材情况示意图）、“两个策划书”（合同管理策划书和成本管理策划书）、“一个方案”（财务管理方案）等“4521”策划体系，为项目的顺利实施提供了总规划和路线图。组织各参建单位实施了营销交底、合同内容评审等“项目筹备六集中”，施工调查、形象管理策划等“项目前期策划七统一”和劳务分包价格集中监控、大型机械设备集中租赁等“总包管理八集控”，从源头上增强对项目的管控能力，有效解决了各施工单位管理水平参差不齐的情况，确保项目整齐划一、齐头并进。

二、强化合同履约意识，全面开展劳动竞赛

京新高速公路有效工期仅16个月，月均完成5.5亿元，没有热身时间，没有犯错机会。总包部始终贯彻“认识领先、观念领先、思想领先、行动领先、执行领先、能力领先”思路，要求全员坚持全面、优质履约理念，将劳动竞赛作为强化施工组织、全面履行合同承诺的抓手，力争通过“四大战役”劳动竞赛决战决胜，实现完美收官。坚持采取“月度考核，战役评比，集中表彰”的方式，对施工产值、形象进度等10个方面进行检查评比考核，且每个战役都有明确的竞赛主题、考核重点、评比办

法、综合排名、奖惩措施。同时,针对不同时期的关键线路、关键工序开展单项竞赛,尤其针对标段里程长、参建单位多的项目部组织开展内部工区之间的“小竞赛”。这种“战役竞赛+专项竞赛”、“大竞赛+小竞赛”的“组合拳”模式,有效增强了总包部对现场的管理力度。高度重视节点考核管理,严肃问责制度,适时启动三级工期预警机制,采取全线资源统一调配、各级领导驻点包保、上级公司现场办公等帮扶与总包管理措施,有力推动了工程的顺利实施。刚刚结束的第三战役(2016年4月26日至7月25日),完成产值31.96亿元,占计划的139%,其中5月份完成10.6亿元,6月份完成10.45亿元,7月份完成10.89亿元,连续3个月产值突破10亿元。6月23日,第七项目部提前79天在全线3家总承包企业所属23个项目部中第一个实现路面贯通。8月10日,352公里主线路面全线贯通,比建管办要求的时间提前一个月。截至8月中旬,在10个月有效工期内完成投资79.9亿元,占合同投资总额的92%,桥涵、路基、路面、房建主体全部完成,交安完成35%,装饰装修完成65%,有望提前、全面完成各项任务目标。

三、从源头狠抓作业规范化,从根本上落实施工标准化

规范化和标准化是提升项目整体管理水平,杜绝安全质量事故发生,提高工地绿色文明施工形象的有效手段。总包部认真贯彻执行内蒙古自治区交通运输厅、工程质量监督局的指示要求,以高度统一思想认识为基础,以精细化、系统化、集约化和信息化为手段,以与总包管理紧密结合为保障,通过“咬定一个目标、紧扣两个重点、坚持三个注重、实现四个提升”,全面推进施工标准化工作。

1.系统规划,大力宣贯,实现思想认识的高度统一

在建管办的要求与指导下,制定了《施工标准化活动实施方案》等文件,对办公区、生活区、工地试验室、各类大临设施、现场各类标志标示牌、水土和环境保护设施等建设标准统一以图文并茂的形式做了明确要求,强化宣贯和集中推广,使全体参建者思想高度统一,充分认识到:“施工标准化是工程建设和项目推进的助推器、催化剂,建设精品工程的试验田、检测场,查找管理水平差距的放大镜、超声波,提升绿色文明施工水平的百宝箱、法宝库,全面实现‘十个京新’和建设品质工程的必由之路和有效手段”,从而为施工标准化奠定了良好的思想基础。

2.理清思路,强力推进,全面落实规划目标

紧紧咬定“坚决全面实现施工标准化”一个目标,紧扣“工地建设标准化、施工过程规范化”两个重点,通过坚持“注重精益求精,实现整体质量与局部细节的有机结合;注重方案创新,实现统一要求与个性差异的有机结合;注重理念创新,实现总包管理与专项建设的有机结合”思路,实现了“人本化管理理念、标准化工作习

惯、精细化管理水平、工厂化工作环境”的“四个全面提升”，为打造品质工程奠定了坚实基础。高度重视“施工标准化与总包管控相结合”，全线的现场各类标牌标语、百米桩、里程牌、工作装、安全防护设施等统一由总包部集中采购和制作发放；按照“临建工程比照主体工程管理”思路，施工便道统一按照“三图四控”规划设置和建设；全线统一设置机械设备标牌信息，统一编号，集中管理；统一配置职工上下班接送亲情班车，集中接送参建人员。通过一系列具体措施，使广大参建员工行为形成“标准成为习惯、习惯符合标准、结果达到标准”的良性循环，施工现场呈现出施工便道规范化、临时排水系统化、作业环境舒适化、生活条件人文化、施工操作流水化、构件生产工厂化、工程质量精品化、生产效率均衡化、环境保护常态化的良好状况。

四、样板引路，创新护航，用心打造品质工程

开工之初就确立了“十个京新”目标，将传统的工程施工转化为全方位的项目管理，把“用心打造有品位的优质工程，精心建设有情怀的高速公路”理念融入每个环节，将艰苦的工程建设转化为全体参建者展示能力水平、情怀风采的舞台。用“十个京新”建设，质量“六优理念”“五化管理”等具体措施作支撑，多措并举，精益求精，软文化与硬实力并重，使抽象的品质工程概念落到实处。

1.加强风险管控，落实安全责任，着力打造“安全京新”

安全生产是一切工作的前提和基础。基础不牢，地动山摇。安全生产成为“重于一切、高于一切、压倒一切”的第一要务，“安全事故，政治高度；万无一失，一失万无”理念贯彻始终。在整个项目中，以创建各级安全管理样板工地为抓手，深入推行分级全覆盖安全质量责任书制度、班组长安全质量责任制、主要领导带班制度、三级公司安全总监月度现场办公制度、具有京新特色的“安全责任首见负责制”等，分兵把口，落实责任，突出预防，严肃问责，以管理的标准化促进施工生产的安全可控。根据不同时期安全管控重点，有计划地组织开展了“交通安全警示周”“安全文化长廊建设”“安全生产标准化达标”等专项活动，真正把安全风险管控置于隐患前面，把隐患排查治理置于事故前面。将安全培训不到位作为最大的安全隐患，不断强化教育培训。坚持铁腕管安全，加大安全隐患处罚力度。仅第三战役期间就累计培训 11000 余次，其中包括集中培训特殊工种、专职安全人员 176 人，集中采购配置反光防护马甲 12100 多件、安全标识牌 300 余套，开展应急预案演练 46 次，下达《安全质量罚款通知书》19 份，累计罚款 170 万元。通过上述措施，做到安全生产零事故。

2.加强细节管控，落实样板引路，着力打造“优质京新”

确立“按照鲁班奖标准开展质量管理工作”的总体思路，全面贯彻“质量至上，

建戈壁景观优质工程”的质量管理理念,大力推行“开工必优、一次成优、方案选优、工艺从优、过程创优、罚劣奖优”的“六优”质量工作标准和“黑色路面绿色化、附属工程主体化、交安工程艺术化、房建装修家庭化、机电安装精细化”的“质量五化管理”要求。按照“京新高速没有附属工程”的工作定位,对主体工程以外的所有工程比照主体工程进行集中策划、管理、检查、考核、评比、奖惩。认真落实“首件工程认可制”,坚持样板引路、示范先行,先后研究制定专项控制方案 21 份,组织召开现场观摩会 15 次,并采用了包括引进 THC 系列高速液压强夯机对台后涵背填筑补强处理,消除工后沉降等多项先进工艺。浆砌工程开工后严格执行“七个前置条件验收通过制度”,防撞墙在桥下做好试验段验收通过后才上桥施工。积极组织科技攻关活动,2 项成果分别荣获 2016 年度全国工程建设优秀 QC 小组活动成果奖和质量管理小组成果奖,为把京新高速公路建设成浑然一体的戈壁景观工程和品质工程夯实了基础。

3.强化环保为先,推行绿色施工,着力打造“绿色京新”

始终将保护阿拉善盟脆弱的生态环境放在第一位,像保护眼睛一样保护生态环境,像对待生命一样对待生态环境。向全体参建员工发出《生态环境保护倡议书》,努力做到“在美丽的阿拉善大地,除了留下一条康庄大道、一段美丽传说和一腔深情厚谊外,不留下一丝来过的痕迹”。在项目部驻地和施工现场统一设置 36 处大型环保宣传标语,工地现场设立标准垃圾箱和垃圾回收专用车,每月 24 日定期组织开展“清除白色污染、守护一片绿色”专项活动,并通过聘请当地人员担任专职环保监督员、邀请新闻媒体突击看环保、四个空瓶子换一瓶矿泉水等特色活动,营造“人人爱环保、人人促环保”的良好氛围。及时安排土地复垦和验收,在取土前预留地表土的做法在国家环保部检查中受到好评。

五、文化领航凝心聚力,路地共建彰显担当

在安全零事故、质量零缺陷、进度零延误、环保零投诉基础上,将行业文化、当地文化、民族文化、企业文化、党建文化、廉洁文化、建设者情感情怀和动人事迹等“软文化”融入规划设计、建设施工、运营管理等工程项目全生命周期,是建设品质工程的重要内容。重视“文化京新”“人才京新”“和谐京新”建设工作,结合项目和阿拉善盟地域特点,提炼总结出“八四四文化体系”(即:八字理念,四种精神,四个支撑),在项目管理中发挥了重要作用,为品质工程创建提供了文化内涵支撑。

1.理念深入人心,精神汇聚力量,支撑展示作为

以“内树典型、外塑形象、提升品牌”为着力点,大力弘扬“感恩、责任、奉献、卓越”八字理念,培育和发扬以“勇于挑战的航天精神,重责爱岗的边防精神,甘于奉

献的胡杨精神，吃苦耐劳的骆驼精神”为核心内容的“京新精神”，以“风沙大干劲更大，气温高斗志更高，缺水不缺精神，少电不少风采”为支撑，抱持主动担当、主动作为、凝心聚力、实心实干的情怀和风采。关心爱护员工，强化教育培训，提高福利待遇，主动帮扶救助，将京新高速公路建设项目作为事业大平台、人生大舞台、生活大家园、工作“大学校”，让全体参建者“成长京新，建功京新，增值京新，受益京新”。

2.打造文化长廊，传播京新精神，以榜样引领凝聚力量

按照“文明施工塑形、主题活动造势、评优表彰润心、内外兼修铸魂”的工作思路，以“品质工程”建设的新理念、新思路、新要求为基础，全力打造京新文化长廊，广泛传播京新精神，深入挖掘先进典型，激发新活力，凝聚正能量，催生好榜样。组织开展“爱岗敬业先进个人”“建功京新巾帼英雄”“感动京新先进典型”和“中铁京新十大工匠”等评选和集中表彰活动，极大地激发了广大参建员工的积极性、荣誉感。组织开展“京新模范讲京新”专题活动，以“身边人讲身边事，身边人讲自己事，身边事教身边人”的形式，传播价值理念，凝聚京新力量，起到了很好的教育和鼓舞作用，为把京新高速公路建设成为一条有情怀的高速公路凝聚正能量、提供新动量、贡献新力量。

3.讲好京新故事，唱响京新声音，加强宣传报道工作

累计采写各类宣传稿件270余篇，被中央级、省部级媒体刊发转载600余次。《旗帜的力量》被人民网、新华网等全文，《内蒙古日报》整版，《中国交通报》通版刊发，引起较好反响。2016年5月17日，“中铁京新”微信公众号开通运行，编发各类信息100余条，全面展示了中铁京新的建设成果和先进典型，成为文化京新建设的重要窗口和平台。8月15日，中央电视台新闻频道以《高温下的戈壁，沙漠中的筑路人》为题，专题报道了中铁京新人不畏酷暑、坚守岗位、勇于奉献的优秀事迹，树立了京新高速公路建设者“武威之师，善战之师”的良好形象。

4.重视路地共建，承担社会责任，彰显央企责任担当

向全线发出“民生为重、共享发展；责任为本、和谐共建”的号召，积极参与当地经济建设，帮助百姓、基层政府、边防派出所、航天部队等修建房屋、道路、基础设施。先后出资100多万解决当地吃水难问题，主动为当地百姓体检诊疗，慰问和救济困难牧民，主动安排其子女实习，主动联系解决羊肉、西瓜、西红柿等农产品滞销问题，降低老百姓的经济负担，营造了“路地一家亲、军民大团结”的和谐局面。高度重视劳务队伍稳定和舆情管理工作，先后采取“队伍稳定六要求”“优先支付七原则”等措施，通过严控资金转移、安排专项资金、采取总包代付等措施，全力保障劳务工工资、工程材料款、设备租赁款等优先支付。开工以来未发生一起劳务队伍不稳定事件，实现了“和谐京新”的建设目标。

六、党建助推激发活力，"两学一做"提质增效

做实、做牢、做强党建工作是艰苦地域项目建设成功的重要经验和有力法宝。总包部高度重视"党建京新"的建设工作，持续开展了"沙漠戈壁党旗红，鏖战京新争先锋""两学一做当表率，提质增效做贡献""三面旗帜进班组，工匠精神铸精品"等主题活动，动员全体参建员工，大力弘扬焦裕禄精神、雷锋精神，把丰富多彩、形式多样、内容充实的基层党建特色活动转化为凝心聚力、促进生产、强化管理、提高水平的有效手段和载体。

1.狠抓基层党建，创新特色活动，着力打造"党建京新"

针对京新高速公路特殊的自然环境和艰苦的施工条件，2016 年创新开展了"三面旗帜进班组"党建专题活动，使党建、工建和团建工作水乳交融，共同发力。全线 279 名党员（包括 12 名农民工党员）加入党员先锋岗，308 名管理骨干和技术工人加入工人先锋号，315 名团员青年加入青年突击队。党员统一佩戴党徽，全体成员佩戴袖标，"三面旗帜"在办公区域、宿舍驻地、桥头路面、大型设备高高飘扬，营造了热烈的大干气氛，提供了强大的思想动力，使各项业绩得到明显提升。6 月 13 日至 19 日，全线开展了"今天，我来讲党课"专项活动，全线 35 名党工委、党支部书记纷纷走上讲台，面向全体党员讲党课 39 场次、70 余课时。

2.深化员工教育，发扬榜样精神，催生力量，助推发展

深入开展"诚信敬业"道德讲堂活动，用典型先进事迹感染人、教育人、鼓舞人。2015 年 11 月 8 日，邀请焦裕禄的女儿焦守云女士做了《我的父亲焦裕禄》专题讲座，让建设者深受教育。与此同时，焦守云女士也被建设者的事迹所感动，含泪写下长篇博文《中铁京新人像我的父亲一样在最艰苦的地方奋斗》，在社会上引起强烈反响。2016 年 7 月 20 日，建管办与总包部联合举办了"学习雷锋好榜样，两学一做当表率"专题报告会，邀请了雷锋生前最亲密的战友乔安山等 3 位模范做了精彩报告，迅速在中铁京新掀起了"忠于人民忠于党，爱岗敬业我更强"的竞赛高潮，对"京新杯"第三战役起到了强大的推动作用。

雄关漫道真如铁，而今迈步从头越；宜将剩勇追穷寇，不可沽名学霸王。目前，京新高速已经进入决战决胜的关键时刻，我们深知自己的工作离各级领导的要求还有很大的差距，与兄弟单位相比仍有许多不足。我们将以本次会议为契机，深入汲取先进经验，认真查找自身不足，全面贯彻会议精神，坚决服从指挥管理，进一步强化大局意识和全局观念，进一步强化履约意识和创优能力，紧密团结和带领全体参建员工，主动担当，主动作为，实心实干，创新创业，不忘初心，继续前进，攻坚克难保贯通，优质高效创精品，充分发挥总包优势，用心打造品质工程，为夺取京新高速公路建设的全面胜利更加努力奋斗，为内蒙古自治区公路建设事业做出更大的贡献！

铸大漠天路　展京新风采

中国交建京新高速公路临白段(阿拉善盟境内)
项目总承包管理部

2016年8月29日

2016年7月22日9时30分,彩旗招展,鞭炮齐鸣,中国交建承建的京新高速公路临白三标段提前两个月宣告全线贯通。自2015年1月5日接到中标通知书后,临白三标段一万余名参建者先后挺进大漠戈壁,战严寒、斗酷暑、抗风沙、耐寂寞,跨越了一个又一个“不可能”,创造了一个又一个的奇迹与辉煌。

我们感谢阿拉善盟各级政府,每当工程遇到艰难与不顺的时候都是他们现场办公,协调推动解决问题,为工程建设造就了宽松的施工环境。感谢业主、监理对工程建设的指导、协调与督促,确保了安全、质量、环保、进度等各项指标的落实。

感谢内蒙古自治区、盟质监局、站严格检查,热情服务,把隐患消除在施工过程中,进而提高了安全质量环保管理的成效。

感谢内蒙古自治区交通运输厅大胆探索,勇于创新,引进央企实行大标段施工总承包。这是全国首创,充分发挥了央企自身优势。内蒙古自治区交通运输厅领导多次来到现场督导疏通解决难题。也要感谢社会各界对工程建设的大力支持,实现了共融、共建、共赢。

现将主要工程建设情况汇报如下:

一、工程概况

京新高速公路临白段三标项目合同总额86.5亿元,主线长357.84公里,计划工期2015年1月1日—2017年6月30日。

主要工程量:路基挖方1187万立方米,路基填方4208万立方米;大中小桥63座,涵洞382道;水泥稳定碎石底基层1033万平方米,水泥稳定碎石基层991万平方米、沥青混凝土2770万平方米;房建工程14处;交安、机电工程357.84公里。

项目所在区域位于戈壁滩上,有风积沙路段和200多公里的无人区,全年干旱少雨,风沙较大,不时有沙尘暴天气,夏季气温达42.5℃,冬季气温达-36.4℃,气候环境恶劣,有效施工期较短。

工程建设地处边疆少数民族地区,离东风航天城较近,维稳工作政治性较强;

生态环境非常脆弱，一草一木都很珍贵，环境保护的责任重大；无路、无水、无电、无信号、无人烟，给工程建设增加了难度。

二、确立五大任务，强化责任目标落实

第一大任务是稳定平顺，安定团结，建立和谐的路地关系，主动营造“共融、共建、共赢”的良好环境氛围。项目进场后，迅速与建管办、执行办、总监办、地方政府进行对接，将建立良好的路地关系作为首要工作之一。充分利用地方优势，协调、帮助解决了征地拆迁等“施工第一难”问题，促使炸药审批、碎石采购等难题迎刃而解，确保了驻地建设、便道施工、工程施工的顺利推进。

第二大任务是把工程建设好，打造安全、优质、环保工程。建立施工进度领导小组，主导工程建设；倒排工期，严格计划指标的落实；采用蚂蚁啃骨头的方式，加大资源配置；实施流水作业、交叉作业、目标管控；迅速掀起“大干、实干、巧干”的施工高潮，创造了亘古荒原、大漠深处的建设奇迹。

第三大任务以快制胜，勇于争先。根据业主的总体安排，临白段三标项目总部因地制宜，制定了多项措施，着力标准化、规范化、精细化、信息化管控，打造特色管理优势，迅速形成大干快上的良好局面，使工程建设始终处于领跑状态。

第四大任务是践行“集中管理”的模式创新。总部将 10 个参建局项目部组合为一个整体，统一管理、统一协调、统一对外。制定了“集中管理”办法，出台了系列管理制度，相应设立七大“管理中心”，以科学合理、实用高效的管理方法全面推进工程建设，确保了安全、质量、环保、进度、成本、廉政等各项指标的落实。

第五大任务是通过工程建设培养一批干部，成就一个团队。通过“集中管理”的模式创新，使各级领导都锻炼成长为既是指挥员，又是督导员、战斗员、辅导员、服务员，打造出一支具有京新高速公路临白段三标项目特色的管理团队。

三、坚持标准化建设，多措施保障，确保大漠戈壁中人心稳定、队伍稳定

2015 年 1 月初进场，茫茫戈壁风沙肆虐，天寒地冻，环境条件异常艰苦。面对各种困难和挑战，临白段三标项目参建人员发扬中交人“吃苦不怕苦，知难不怕难”的奋斗精神，坚持“快进场、快临建、快开工”，吹响了挺进大漠戈壁的进军号。

一是迅速搞好临建，在大漠戈壁安营扎寨。首批进场的领导和职工，不说困难，不讲条件，将责任扛在肩上，将艰难踩在脚下，想方设法调集资源，聘用当地人员，租赁各种设备，修筑便道，打通生命线。先遣人员经受了住“地窝子”、限量用水，1—2 个月不洗澡等艰难困苦，2 个多月时间打通了 570 公里施工便道，建设了

标准化驻地、试验室、拌和站，在戈壁深处高高树起中国交建的旗帜。

二是面对水资源严重匮乏的环境，想尽办法找水。各项目部专门组建找水小分队，在沿线方圆数十公里山区矿井等地寻找水源。找到的水源地距施工现场平均60多公里，由全线先后投入水车数百台保证工程建设用水。为了保证饮用水安全，各项目部还从额济纳旗或酒泉、嘉峪关等地拉运自来水，或采购纯净水，运距最远达280公里，确保施工人员用上放心水。

三是通过自发电解决施工用电。全线驻地、拌和站投入150~250千瓦较大型发电机，施工现场配备小型发电机，通过自发电解决了用电问题。

四是茫茫戈壁铺设光缆解决通信问题。通信不畅，信息不通，给施工和生活带来诸多影响，造成人员不稳定，信息指令不能及时传达。为此，项目部主动与通信公司协商，铺设了120多公里光纤，架设起通信基站，初步解决了通信问题。

一年多来，临白段三标项目坚持以"一带一路"战略为引领，以"固基修道，履方致远"为企业使命，以"交融天下，建者无疆"为企业精神，着重以人为本的文化建设，加强后勤保障措施，全力解决管理人员、农民工万余人的吃、住、卫生、医疗、娱乐、通信等切身利益问题，将关心人与工程建设摆在同等重要位置。通过各级领导带头、党员带头，以特别能战斗的团队精神战胜困难，展示了中国交建特有的精神品质和企业风采。

四、持续掀起大干高潮，高效推动工程建设

2015年4月20日下达开工令后，临白段三标项目着力加强进度管控，以快制胜。采取每日一汇总、每旬一考核、每月一评比措施，开展"百日大干劳动竞赛"活动，评比"优胜流动红旗""每月一星"等，以典型拉动，迅速掀起大干高潮。

2015年4月20日—6月18日，完成土石方工程量80%。单日完成最大量，挖方67万立方米，填方70万立方米；单月完成最大量，挖方479万立方米，填方1659万立方米。突出的业绩为后续工程顺利进展创造了基本条件。

6月18日、7月19日分别开始水稳底基层、基层施工，施工重点转入路面施工阶段。投入水稳拌和站28套、水稳摊铺机46台及一些其他配套设备。单日完成最大摊铺量，底基层12万平方米，基层27万平方米；单月完成最大摊铺量，底基层326万平方米，基层425万平方米。

9月8日开始沥青路面下面层施工，投入沥青拌和站13套、沥青摊铺机29台及一些其他配套设备。全标段呈现了水稳施工、沥青路面施工交叉作业，整体推进的一派繁忙景象。2015年9月，创造了单日完成产值8251万元，单月完成产值121095万元的较高纪录。2015年全年完成产值43.7亿元，为建管办下达指标38

亿元年的115%,取得了突出的工程业绩。

2016年,按照业主的部署,深入开展“京新杯”劳动竞赛活动。第三执行办、第三总监办、中交京新临白段三标项目三辕齐驾,通力配合,充分发挥“党员先锋队”“青年突击队”冲锋打头阵的引领作用,突出一个“安”字,狠抓一个“质”字,落实一个“管”字,保证一个“快”字,形成了安全生产扎实有效,工程质量稳定可控,环保、水保管控严格,工程施工快速推进之势。

4月30日、5月10日、6月20日,水稳底基层、基层施工和桥涵施工相继完工,为沥青路面施工提供了全部的工作面。

4月26日、5月29日分别开始沥青路面中、上面层施工,进入最后的冲刺阶段。

5月30日、6月25日,各项目部沥青路面下、中面层相继贯通。

7月13日,沥青路面上面层主体贯通,提前2个月实现了主体贯通目标。单日最高完成沥青下面层32万平方米、中面层38万平方米、上面层42万平方米;单月最高完成沥青下面层373万平方米、中面层691万平方米、上面层591万平方米。优异的施工业绩充分展示了中交人吃苦耐劳、善打硬仗、决战决胜的团队雄风。

4—7月平均每天完成产值3500万元,4月份创造产值13亿元的最高纪录。目前,已完成产值83.5亿元,为合同额的96.51%。

五、践行“互联网+集中管理”的模式创新,提高综合管控成效,建设“品质工程”

临白段三标项目进场之初,即筹划“互联网+集中管理”的模式创新,委托科技服务公司开发了主业务平台,完成进度、质量、安全、环保、计量等管理模块,以强大的数据收集、统计、查询、流程办理等功能为“集中管理”搭建了一个高效的工作平台,为实现358公里的大型公路施工项目综合管控提供了有力保障,做到信息传递快、决策部署快、整改落实快,推进了“品质工程”建设。

一是加强安全质量环保管控。健全安全质量环保管理体系,依照“整合优势资源,科学施工管理”“落实设计意图,创建优质工程”“贯彻低碳环保,实现科技示范”三大理念,由总部每月一检查,项目部每天一巡查,发现安全质量环保隐患及时整改,使隐患整改完成率达到100%,实现了“安全零事故”“环境零污染”的建设目标。接受交通运输部、国家黄河管委会、内蒙古自治区交通运输厅、业主等的检查20余次,获得赞扬与好评,同时也促进了现场管理的进一步改善与提高。2015年11月,获得“交通运输企业安全生产标准化达标”二级证书,并被评为“平安工地”建设示范单位。

二是加强技术管控。针对风积沙、盐泽土等地质条件，严重干旱、酷寒酷热、冬夏温差大等特殊的气候环境，采用了诸多新工艺、新技术，并着力落实标准化施工工艺(如“风积沙水沉法填筑工艺”“一布一膜，养生工艺”等)，确保工程内实外美、有效可控。

三是加强合同管控。通过建立合同管理中心，不断完善合同范本、合同边界条件，建立 ABCD 四类合同及管理台账，严格审批流程，共审批各类备案合同 1800 余份，审批结算 1900 余份，确保了所有的合同签订、结算、支付等全过程的受控，实现了合法合规经营。

四是加强招标、采购管控。一方面负责项目内部经营承包的工程招标工作，完成了房建工程、交安工程、机电工程的招标，有效控制了工程造价。另一方面利用集团物资招标采购平台，完成钢材、水泥、柴油等大宗材料的集中招标采购，确保供货质量、供货时间，并降低采购成本 7000 多万元，体现了管理效益。

五是加强廉政管控。临白段三标项目党工委、纪工委坚持打造廉洁工程，建立健全廉政制度，层层落实责任制，由领导带头净化内部环境，大力遏制“吃拿卡要”等不正之风，防止了各种违法违纪行为和案件的发生，营造了风清气正的良好氛围。

目前，京新高速公路临白段三标项目主体工程建设已近尾声，附属工程建设已在提速进入完美收官阶段。我们将坚持“品质工程”建设，在提升工程实体质量的同时，赋予项目更多的外在协调与融合，使工程具有人们可以感知的生命力，用中交人的双手托起“大漠天路”，以优异的工程业绩向内蒙古自治区人民交上一份满意的答卷!

恪尽职守　收获硕果

京新高速公路临白段(阿拉善盟境内)第二总监办

2016年7月

借京新高速公路黑色路面标段贯通之机,我们有缘齐聚畅谈。筑梦京新就像一粒种子,埋在筑路人心里,盼望着种子发芽成长。有了梦想便有了理想,有了理想便找到了方向,筑路人便能沿着理想的方向追逐。这不仅是执着,更是坚定的信念,鼓舞着筑路人再苦再累也要穷尽毕生去追寻。

京新高速公路临白段业主单位在工程开工前为本工程制定了质量、安全、进度目标,提出了工作要求。开工后,检查工程目标的落实情况,帮助解决施工过程当中出现的各种问题,为工程的顺利开展提供了保障。对参建单位人员给予各种人文关怀,使各参建人员以饱满的热情和积极的心态投入到工作当中,为工程的顺利完成提供了有力的保障。

施工单位在工程开工前为本工程制定了详细的进度目标,完成了施工组织设计,为工程的顺利开展提供了前提条件。开工后,科学地组织人员、机械设备和材料的投入,制定和落实各种保证措施,接受业主和监理单位的监管,保质、保量地完成了各阶段性施工任务。

“严格监理、优质服务、公正科学、廉洁自律”是我们的方针。作为监理人,我们明确了监理工作内容,加强监管,强化措施,使方法落实到位。我们对监理人员的基本要求是“勤学习、勤检查、勤动手”。监理工作内容是“三控两管一协调”,做到安全监理。对工程施工质量、安全生产要勤检查,加强旁站、巡视检查,及时发现问题,及时解决,将问题消除在萌芽状态;加强施工质量和安全的事前和事中控制,做到事前有计划,事中有监督,事后有总结,减少因返工造成的损失。为此,我们还制定了夜间巡视检查值班制度,加强进度控制,注重检查阶段性目标,监督施工方合理安排人员、机械设备的投入和材料的储备工作。进度计划要求细分到面或点,早计划,抓落实,尤其必须制定进度保证措施。

作为监理人,我们怀揣着对行业执着的爱和美好的梦想,以风霜雪雨摧不垮的坚强意志,爱岗敬业的精神,奉献着自己的光和热。认真履行监理职责,恪尽职守,做负责的监理人是我们的义务。任何人都有追求荣誉的天性,都希望最大限度地实现人生价值。把这种意愿变成现实,靠的就是在自己平凡岗位上的爱岗敬业。

歌德曾经说过“你要欣赏自己的价值，就是给全世界增加价值”。

筑路人用勤劳的双手，匆匆的步履，缩短着城市与乡村的行程。有了他们，车轮才有坦途上的轻吟，江河才有诗一般的歌唱！有了他们，社会才能日新月异，广域才能处处流通！筑路人用汗水和真诚，展示了一个行业的文明之窗；筑路人用热血和青春，铸就了一座座力与美的象征！

目前，通过全体参建人员的夜以继日的劳作，我们已圆满完成了阶段性目标。下步工作还需再接再厉，为“京新杯”劳动竞赛加油，争做劳动楷模。我们相信，只要付出，秋的收获一定丰盈。这一收获将属于每一个京新筑路人。

筑梦戈壁　不辱使命

京新高速公路临白段(阿拉善盟境内)第三总监办

2016年7月

2015年年初，春寒料峭，一万两千余名筑路人闯入了额济纳一片未知的领地，打破了这里的沉寂。这支筑路铁军，沙海劲旅，就是中国交通建设股份有限公司京新高速公路临白段项目总承包管理部麾下的高速公路建设者。同时到来的还有来自祖国大江南北、五湖四海的1个总监办、10个驻地办400余名监理人员。他们也将根据合同文件赋予的职责与中交建设者共同担起这一历史性的使命与任务，一同书写京新高速公路临白三标段(以下简称临白三标段)施工建设的历史传奇！

京新高速公路临河至白疙瘩段(阿拉善盟境内)是国家高速公路网G7的重要组成部分，战略地位重要，维稳戍边功能突出，国防意义重大。其中临白三标段全长357.84公里，具有规模大、线路长、施工条件恶劣、生态环境脆弱、有效施工周期短等特点。

2015年3月，国内11家优秀监理企业竞标后与建管办签订施工监理服务合同。各公司选派施工监理经验丰富、能力强的优秀监理人员担任主要负责人，认真履行合同"三控、三管、一协调"施工监理任务。进场后，各参建单位按照建管办《标准化建设管理办法》，投入到驻地标准化建设工作中。中交各分部和驻地监理单位克服了缺水、少电、无路、无通信等困难，使一排排崭新的彩钢板房、一座座拌和站拔地而起，让一面面鲜艳的旗帜飘扬在空旷的戈壁滩上。临白三标段标准化建设顺利通过建管办验收，得到上级领导及社会的好评。同时，在总监办的组织下，各分部、驻地办积极开展施工准备阶段的各项工作，认真分析项目监理工作的重点、难点，编制监理计划、监理细则等。中心试验室在规定的时间完成了料场调查、标准试验、验证试验、见证外委试验取样等工作。总监办于4月12日率先主持召开了临白三标段第一次工地会议，下达了合同段开工令，为整个项目顺利开工开了个好头。各分部迅速掀起大干高潮，得到了建管办、执行办的一致好评。

开工后，总监办与驻地办全体监理人员严格按照"严格监理、优质服务、科学公正、廉洁自律"监理原则切实履行监理职责，与执行办、总包部一同严格控制工程质量和安全生产工作。明确质量责任与质量目标，加强岗前业务培训，实施"首件工程认可制"，全面推行标准化施工。严格执行分项工程交底制度，以工序保工程质量，组织编写、下发了各分项工程的“作业指导书”，在施工作业过程中贯穿“事前监理、过程控制、工序验收”，实行专项检查制度和例会制度，高度重视试验检测工作，用数据说话，对工程存在的质量问题不手软，确保工程质量达到合同标准。

2016年3月22日，“京新杯”劳动竞赛动员大会在阿拉善盟工会及建管办的组织下胜利召开。临白三标段全体参建人员深受鼓舞，坚决响应大会号召，以饱满的热情、积极的态度参加以“攻坚克难保贯通，优质高效创精品”为主旨的“京新杯”劳动竞赛活动。在各级领导的关怀下，通过各参建单位的共同努力，临白三标段取得了在2016年7月13日率先主体工程全线贯通的好成绩。

全体监理单位在建管办、执行办的支持下，在总包部的配合下，团结一心，监帮结合，较好地完成了现阶段抓质量、促进度、保安全等各项监理工作，确保临白三标段2015年、2016年年度目标。我们的使命还没有结束，房建、机电、交安工程还在继续施工。我们会一如既往地发扬临白精神，以建管办“京新杯”劳动竞赛为契机，坚持事前监理、主动监理，圆满地完成全部监理任务。我们决心：不辜负监理人的热血抱负，努力实现监理人的梦想，为祖国西部大开发、为“一带一路”建设、为中华民族的百年梦想奉献热血和青春。

论沙漠地区绿色环保施工

金云天

一、明确责任，建立完整健全的环保、水保制度

在沙漠地区施工，保护生态环境，重视环保、水保问题应当放在首位。因此，明确责任，建立完整健全的环保、水保制度尤为重要。第三项目部成立了以项目经理为组长，各部门经理为组员，全体员工参与的环境保护与水土保持管理领导小组，在施工期间对环保、水保工作进行组织、监督和检查，及时处理施工过程中出现的环保、水保问题。领导小组下设安全环保部，专门负责项目施工环保、水保方案的制定和日常管理工作。整个项目形成了纵向到底、横向到边的环保、水保管理网络。施工准备期间，针对京新高速项目的环境特点，对整个工程所涉及的环境因素进行了总体识别与评价。针对这些重要环境因素，项目部制定了专项环保、水保措施方案和管理制度。施工期间，项目部要求全体参建员工必须先经过环保知识培训后方可上岗。另外，项目部还进行多种形式的环保、水保宣传。例如，项目经理带队，举办环保讲座，开环保现场会，组织制作环保宣传标牌标语，使环保理念深入人心，转化为每个参建员工的自觉行为。项目环保、水保工作与施工生产同布置、同检查、同奖罚，并实行目标管理。从项目到部门、班组和作业人，逐级签订环保、水保责任状，将环保、水保责任层层分解，做到工程结算与环保、水保达标直接挂钩。项目部重点抓好“三级”检查制度，做到领导层抓全面、管理层抓重点，运用行政和经济手段，层层抓环保，级级抓落实，切实将“包保责任制”落到实处。在施工过程中，项目部全面推行“环保否决制”，做到环保、水保措施不到位项目不得开工，施工作业不符合环保、水保要求的给予严重处罚，完工后环保、水保不达标的工程不予计价。严格落实“无条件服从制”，即无条件地接受环境保护监测单位的指导和监督，无条件遵守建设单位与环保部门签订的环保协议条款。月底按时召开环保、水保专题分析会，并接受上级检查，分析上月环保、水保方面存在的问题与不足，制定解决问题的对策，强化下步施工过程中的预防措施。

二、以防为主，全面落实环保措施

环境保护不能等破坏后再去挽回，一定要以防为主，从根源上防止破坏环境的

行为发生。我项目部坚持对环保、水保工作进行合理规划、提前预防。每项工程施工前，认真按照“全面规划，合理布局，预防为主，综合治理，强化管理”的环境保护方针，组织协调其他项目部的领导及技术与环保负责人，认真对施工管区的原始地形地貌、环境生态状况，进行详细的现场勘察。规划不合理、环保措施不到位、标志界限不明晰、参建人员未经培训的工点，一律不许开工。环保不是靠喊，落实环保措施才是实质。我部在沙漠腹地施工现场和生活区设置足够的临时卫生设施，采取深埋、定期收集等方式经常进行卫生清理，防止不易分解的人工合成物遗弃在沙漠中。施工便道配备足够人员和车辆进行洒水防尘。尽量依照自然环境地貌灵活设置施工点及作业场地。在各种材料、半成品的运输过程中，我部坚持做到不撒不漏，废弃土石方、油、燃料、化学物品等均严格按规定处理。大漠戈壁动植物资源极其稀少，对它们的保护尤为重要。项目领导对此给予高度重视，下达了强硬的环保指令，严禁施工人员猎捕野生动物和采摘践踏及随意铲除植物。为了保持高速公路沿线的地质地貌，界定了机械车辆及施工人员的活动范围，禁止随意越界破坏原始生态环境。我项目部沿线穿越了阿拉善自然保护区。自然保护区是属于国家乃至整个世界的文明遗产，为施工中须重点保护的对象。我部在此周围树立了各种标示牌，并设专人不定期检查监督，防止有违规行为发生。项目部统筹规划项目驻地、梁厂、拌和站等的所在地，优先考虑环保要求，做到尽量少破坏扰动当地牧民与牛羊及周边环境。在选择取弃土场方面，我项目部根据切实需要，尽量减少占地面积，做到土地有效利用，绝不多挖多采，破坏环境，以保护戈壁地貌。同时在取弃土场四周进行围挡，既达到了禁止随意就近开挖取土的目的，又防止了施工机械越界行驶。施工过程中，还及时做好路基坡面临时防护措施，防止水土流失。施工营地产生的污水都进行集中处理。混凝土、砂浆等搅拌作业的现场设置了沉淀池，清洗机械和运输车的废水经过沉淀后用于洒水降尘。桥梁钻孔灌注桩施工现场，设置了沉淀池，防止泥浆污染。设固体废弃物临时堆放场时，对纸质、木质、金属和玻璃类垃圾实行分类管理并回收再利用，对废油纱、物料包装垃圾等进行综合利用，不能利用的单独封装后运至弃土场掩埋处理。我项目部还购置了一辆专门的环保电动三轮车，外聘两名专职环卫工，与安全环保部员工合作配合，负责对项目驻地及施工沿线的生产、生活垃圾、白色污染进行清理。环保电动三轮车及专职环卫工上岗后，受周边农牧民的好评。

三、大力宣贯，时刻监督

对环境产生最大影响的是人文因素，做好施工过程中实时跟进的宣贯与监督尤为重要。项目部人员作为环保措施的主要负责监督人，要树立好榜样。我部环保部成员实时跟进编制环保方案并组织全员学习执行，力求每一工序都有严格的环保规范。项目部领导对下属组员时刻监督，及时制止一些自制力差的员工破坏环境的行为。每周召开一次文明环保施工例会，组织成员观看环保主题的宣传片，让保护环境成为每个参建者自觉的意识。下属施工队伍刚进场时迫于各方面检查的因素，往往对环保方面很重视，能积极严格按照环保规定去实行。随着时间的推移，施工队伍的注意力过度集中在生产方面，对环保措施会有所松懈。一些自觉性不高的工人就会自认为事情很小而去破坏环境，比如随手扔掉矿泉水瓶等不会降解的白色垃圾等。对此，我项目部给予高度重视，责成安全环保部人员全权负责，不定期对下属施工队伍进行环保主题教育并随时监督，对施工队伍存在的破坏环境的行为严惩不贷，做到施工生产与环境保护同进退。

四、防治结合，采取多种措施恢复自然环境

尽管前期做好了各种工作落实环保措施，但不免还会产生一些破坏环境的行为，只有防治结合方能统筹全局。在预防为主的前提下加强治理，能保证环境不致遭受严重破坏。例如已经做好了前期的教育与宣贯，还会有自觉性不强的人无意识地随手扔垃圾。我部设置的环保小车与专职环保员就是后期治理的典型例子，沿途收集拾取白色垃圾，防止乱扔垃圾对环境造成的破坏。施工结束后恢复自然环境尤为重要。一条高速公路施工完成，要保证除了留下公路及其附属设施，其他的都恢复原貌，让高速公路穿梭在整片沙漠戈壁中央，为西北部人民带来绿色环保的“沙漠天路”。首先，工程完成后项目部所在地、拌和站、级配站等所有地面以上临时建筑物要进行拆除处理，拆除后的建筑垃圾集中就地挖坑掩埋，有污染性的集中运输后处理。驻地周围可能存在垃圾的地方及时集中处理，对遭到破坏的沙漠戈壁地面进行平整压实，洒砾石覆盖。其次，线路两侧多余的弃土、弃渣全部清理干净，桥梁涵洞周围多余的材料、垃圾集中清走。征地界 2 米范围内被汽车、机械破坏的地面先用机械整平，然后用砾石进行覆盖。对取土场进行整平、压实，四周做成大于 1∶1.5 边坡与原地表顺接，表面洒水结皮。最后，由负责人组织对沿途全线及驻地进行多次细致勘察，确保没问题后上报上级单位进行检查验收。

（作者单位系京新高速公路阿拉善盟段中建总包部第三项目分部）

第二篇

新闻篇

XINWEN PIAN

从秘境到苍天圣地　阿拉善不再遥远

——京新高速公路临白段(阿拉善盟境内)建设综述

《中国交通报》记者　李　婷　特约记者　辉　军

内蒙古西部,贺兰山脚下,一片充满传奇色彩的土地。

巴丹吉林、腾格里、乌兰布和三大沙漠贯穿全境;额济纳河畔的胡杨林,用最为绚烂的色彩创造了大漠童话,而宛如海市蜃楼般的黑城记录着古居延文化的变迁。曼德拉岩画、雅布赖山手印岩画等奇观,为这片土地更添几分神秘与传奇……这片土地,在蒙语中有一个色彩斑斓的名字——阿拉善。

然而,这里曾被称为“秘境”——一个神秘却不易到达的地方。

2002年以前,在这片27万平方公里的土地上,黑色路面总里程只有582公里。到2015年年底,阿拉善盟建成通车的高速公路也只有两段——乌斯太至石炭井和巴彦浩特至银川高速公路,总长114公里。

展望阿拉善交通发展的前景,“秘境”不再遥远。

2015年,京新高速公路临河至白疙瘩段(阿拉善盟境内)开工建设。这条主线长814.37公里的高速公路,经敖伦布拉格、乌力吉、苏宏图、雅干、额济纳旗、路井,终点位于白疙瘩(蒙甘界)。

2015年开工,计划2017年6月底通车的京新高速阿拉善盟段,将带动阿拉善交通发生跨越式地改变,昔日的“秘境”成为不再遥远的苍天圣地。

“待2017年京新高速阿拉善盟段通车,阿拉善盟的高速公路里程有望突破1000公里。”时任阿拉善盟交通运输局局长黄巴特尔对京新高速阿拉善盟段的开通抱有更多期许。他介绍,预计到2017年年底,全盟公路总里程将突破1万公里,高速公路里程突破1000公里,一级公路里程突破1000公里,黑色路面里程突破7000公里。全盟“两横两纵”主骨架路网基本形成。

如果说延绵起伏的阿拉善沙漠世界地质公园被称为“上帝划下的曲线”,这个单体工程超过800公里的京新高速阿拉善盟段的开建,将在中国北疆的版图上再添更为遒劲的一笔。

大标段的管理艺术

主线长 814.37 公里,连接线达 173.63 公里,总长度 988 公里的京新高速公路阿拉善盟段,是内蒙古自治区内单体工程里程最长、投资总额最大的工程。302 亿元的工程,两年半的工期,成千上万人民的期望。茫茫戈壁滩上,京新高速公路阿拉善盟段的线路穿越无人区直通大漠深处。

浩大的工程,需要"四两拨千斤"的巧劲去推进。而这个巧劲,则体现在内蒙古自治区工程建设中首次采用的大标段施工中。

"京新高速公路阿拉善盟段开创了内蒙古大标段施工总承包的先河,将工程分为三个标段,推行项目总承包管理部、项目分部两级施工管理体系,全国公开招标确定了 3 家施工总承包单位。"黄巴特尔介绍着京新高速公路阿拉善盟段的施工组织思路。他说,用资深的工程管理人才、最优秀的施工团队和创新的管理办法,科学组织,高效施工,以不畏艰难困苦的精神建设优质、高效、环保的京新路。

2012 年,京新高速公路临白段(阿拉善盟境内)工程建设管理办公室(简称"建管办")成立。这个由阿拉善资深交通人士组成的管理队伍,负责着征地拆迁、地方协调、项目全过程管理的工作。

针对大标段施工,建管办下设三个执行办,通过建管办统一领导、执行办现场管理的方式保证项目管理无死角,宏观管理与现场管理相结合,形成齐抓共管的局面。与此同时,通过招标采用"总监办、驻地办"两级监理体制,总监办总体监理指导,驻地办全程监理旁站,确保项目监理贯穿建设全过程。

参建的施工单位阵容同样庞大。通过高标准、严要求招标,中国建筑股份有限公司(简称"中建")、中国中铁股份有限公司(简称"中铁")、中国交通建设股份有限公司(简称"中交")三支"国家队"入围。

"中交、中铁、中建三支'国家队'同台竞技,无形中就是一种激励和鞭策。3 家都在全力以赴做好工程。"建管办主任杜子义认为,大标段的优势在于借力中交、中铁、中建的施工组织经验和管理优势,更为高效、优质地确保工程质量。为了合理组织施工,保证项目如期优质完工,3 个总承包部共下设 23 个项目分部分段施工、分级管理。各个总包部在内部各分部之间展开劳动竞赛质量评比,奖优罚劣,使全线的工程建设一浪高过一浪。

没有水,就建起了管道输水工程;没有电,就架起电力工程,配合工程的开工。为方便沿线施工单位用水、用电方便,建管办招标建设的 937 公里的电力线路工程和 456 公里的管线供水工程顺利完工,解决了沿线部分施工企业的用水、用电难题。同时，解决了后期运营管理的水电问题，也为沿线地区经济发展带来了便利。

不畏严寒，不畏酷暑，攻坚克难的京新人用心血、用汗水，创造着戈壁滩上的另一个传奇。

“京新项目上没有免检产品”

“京新项目上没有免检产品”，是第二执行办主任林军谈及把好工程质量关时给出的回答。

林军所负责的第二标段，主线长352公里，连接线达69公里，工程横跨阿拉善盟左旗、右旗和额济纳三旗。“没有免检产品”的背后，是执行办对工程质量的谨慎和负责。

记者了解到，在京新高速阿拉善盟段的建设中，建管办推行质量责任卡制度，落实质量终身责任制和质量事故责任追究制，严格要求参建单位把工程质量放在第一位，加强和完善施工单位自检体系，落实工程质量责任登记制度，做到各环节、各工序、各部位都有技术交底。同时，明确要求监理单位严把施工中的关键工序和重点部位，严格实行首件质量认可制，规范施工操作程序，严格按照作业指导书的规定程序进行施工。

每一次严格的质量检查，林军谦虚地认为是与施工企业学习的机会。“发现质量问题，执行办提出整改；检查中没有发现质量问题，就当作一次学习的机会，总结经验并全线推广。”林军说。

杜子义和三个执行办的主任对每个项目中的亮点如数家珍：第一标段中建在钢筋加工过程中，采用数控钢筋弯曲机和钢筋网滚焊机进行钢筋加工，提高了钢筋保护层合格率；为解决桥头跳车的质量通病，第二标段中铁引进THC系列高速液压强夯机，对台背回填进行分层填筑和强夯处理；中交六、七、八、九、十分部处于缺水区，在桥涵混凝土施工时，采取了桥涵墙身顶面加塑料水罐与沿墙身顶面布设滴水管相连接的工艺，养生效果良好，保证了混凝土后期强度。

这些出现在某一分部或标段的亮点，在建管办组织的一次又一次观摩与学习中，最后成为京新高速阿拉善盟段全线的特点。

工程质量没有“免检产品”，安全与环保同样如此。阿拉善盟地处祖国西北边陲，常年干旱少雨，生态环境极度脆弱。为此，建管办通过招标聘请环保监理，以专业的环保视角为施工中的环保监督把关。第一执行办副主任赵占伟介绍，环保监理每天都会通过监理日志，记录每天对工地常规检查发现的环保问题，并根据问题定期出具检查报告，并交由各标段总包部提出整改方案。环保整改结果将纳入每月的综合考核，与工程计量支付挂钩。

除了严把质量、安全、环保关外，建管办管理人员还根据多年在内蒙古自治区施工的经验，提供适合当地气候、环境的工艺建议，提高工程质量，并有效推进工程的顺利进展。

第三执行办主任贾一兵介绍，针对阿拉善地区气候干燥等特点，建管办要求全线箱梁采用蒸汽养生，同时建议路基施工采用闷料法，既节约用水，又提高了施工速度，保证了路基的压实度。

在额济纳旗境内有20多公里为风积沙路段，为了保证施工进度和工程质量，建管办组织相关工程技术人员经过现场实践，确定最佳施工方案，采用"水荫法"施工技术进行风积沙路基施工，取得了良好效果。此外，建管办结合项目特点，确立了"特殊地质地貌条件下覆土波纹钢板桥涵的应用"科研项目的课题研究工作，同内蒙古交通设计院组成课题研究小组，根据不同的地质地貌在全线选择了4处通道（涵洞），采用了覆土波纹钢板扁拱涵工艺。

"便道已通成捷径，主线开建显雏形。"随着项目的推进，杜子义随手写下的诗歌记录着项目的点滴。在建管办的科学引导下，各参建方竭尽全力推进着项目的顺利进行。阿拉善借力京新腾飞的蓝图逐渐清晰。

畅通京新圆百年梦想

早在一百年前，孙中山就在《建国方略》中提出要建设"东起北平（北京）、经阿拉善，西至迪化（乌鲁木齐）的第二条进疆大通道"的规划与梦想。然而由于连年战乱、国力不济和河西走廊通道的开通等原因，一直未能实施。从2001年开始，历时14载，在几任内蒙古自治区、盟委、盟行署领导和交通人的努力争取下，百年梦想终成现实。

按照国家提出的"丝绸之路经济带及孟中印缅、中巴经济走廊综合交通通道"构想，丝绸之路经济带的中段通道由3条国家高速公路和国家干线铁路并行组成，分别是北通道、中通道和南通道。其中，北通道就是由京新高速公路和北京到乌鲁木齐的铁路共同组成。黄巴特尔介绍，北通道的京新高速公路阿拉善段穿越阿拉善盟境内800多公里，几乎覆盖了阿拉善盟全部重点城镇、矿业园区、重点经济开发区和旅游景区。它的建设，对完善交通网络布局，推动阿拉善盟经济社会发展，促进"一带一路"和"向北开放"战略实施具有重要的作用。

此外，京新高速公路阿拉善段的建设，对国家实施西部大开发战略、促进资源开发和能源转换、巩固边防及保持民族团结社会稳定、加快内蒙古融入"一带一路"，拉动阿拉善盟经济快速发展都具有十分重要的意义。

黄巴特尔表示，京新高速公路阿拉善盟段贯通后，将构筑成一条祖国北部进入新疆的最快最便捷大通道，开辟一条新疆霍尔果斯口岸到天津港的北部沿边最快捷出海通道，打造一座天津港至荷兰鹿特丹港最快捷的亚欧大陆桥。与经星星峡进入甘肃而到达北京的线路相比，京新高速公路阿拉善盟段的贯通，将使北京通往新疆的行车里程较目前缩短1300公里。这对“一带一路”和“西部大开发”战略的深入实施，推进内蒙古及新疆跨越发展，促进中蒙经济文化往来，巩固边防、维护民族团结和社会稳定具有极其重要的意义。

“众望早归心，京新高速路。八年磨一剑，一朝变通途。”从2006年工可编制开始到2013年的工可批复，从2015年的开工建设到2017年建成通车，杜子义用诗词表达着修路的艰辛和众人对京新高速公路阿拉善盟段建成通车的期盼。交通运输事业的发展，让世界变小，让发展的“蛋糕”变大。

当宛如巨龙般的京新高速公路在阿拉善这片热土上向前延伸时，昔日的戈壁滩，荒凉的无人区逐渐充满生机与活力。待京新高速公路阿拉善盟段开通，苍天般的阿拉善，或许成为一个容易走进，却不容易走出的地方——因为她的美，足以让人流连忘返。

记者手记：

质朴的语言，深厚的感情。“这里没有水，没有电，没有人烟，气候恶劣，条件艰苦，但这里是我们的家乡，我们把它拜托给各位了。”这是3家施工企业进场后，杜子义的一句嘱托。语言朴实，却饱含真情。

没有轰轰烈烈的事迹，只有最为平淡的叙述。建管办的采访中，记者努力探寻这个总长988公里单体工程背后别出心裁的创新，最后却发现触动内心深处的还是每一位朴实的交通人，他们对阿拉善这片热土、对京新高速公路阿拉善盟段建设的全力付出和真挚的热爱。

贾一兵负责过很多工程的施工建设，在京新高速公路阿拉善盟段的建设中依然如履薄冰。谈起一年来对京新高速公路的付出，他想了半天，叹口气对记者说：“脑海中都是下一步要做的，以及遗憾没有做到的，而做过的都记不起来了。”他思考的，他要为之付出的，都是下一步如何把京新高速公路建得更好。

814公里的主线，施工便道超过1000公里。从标头到标尾，采访用了12天。每天一两百公里便道上的颠簸，让人见了平整的路基总有上前躺一躺的冲动。而在这1000多公里施工便道上的颠簸，对建管办的人员来说已稀松平常。“多吃点，便道上颠簸饿得快”是他们在每一次检查中在便道颠簸中总结出来的“战斗经验”。

林军不仅是把路放在心上，有关路的一切都当作至宝。坐落在乌力吉的第二执行办,曾经是一片废弃的平房。如今,小院里的花朵开始盛开,后院的“开心农场”已经兴旺,大门上的对联洋溢着对京新高速公路开建的喜悦。

杜子义在每一次的工地巡检中,用诗歌记录着工程进展的点滴,诗句中有掩饰不住的喜悦与期盼。“桥起戈壁彩虹飞,路通大漠蛟龙腾。”京新高速公路的每一个变化,他都为之欣喜。

阿拉善到底有多美,京新高速公路到底有多宏伟?阿拉善的美,在景;京新高速公路的伟大,在人。众多交通人的默默付出,让百年梦想逐渐成为现实。而这些,让京新高速公路更迷人。

(《中国交通报》2015 年 11 月 13 日第 4 版)

茫茫戈壁建京新　铁血丹心树丰碑

——中国中铁京新高速公路临白段(阿拉善盟境内)建设纪实

《中国交通报》记者　李　婷　特约记者　辉　军　孟根其其格

箱梁缓缓提升、起吊、安放,稳稳地落在桥墩上。10月19日,京新高速公路临白段(阿拉善盟境内)第二标全线跨径最大的桥梁——苏宏图大桥右幅最后一片箱梁架设完毕。

阿拉善境内,京新高速公路第二标全线,这样的镜头每天都在上演。这个主线长352公里,连接线62公里,横跨阿拉善盟左旗、右旗、额济纳三旗的高速公路施工现场,施工有条不紊,执行严谨精细。作为奋战在一线的主力军,中国中铁股份有限公司(简称"中国中铁")全力以赴。

2015年1月,中国中铁中标京新高速公路临白段(阿拉善盟境内)第二标段,并组建中国中铁总包部高速公路临白段(阿拉善盟境内)总承包管理部(简称"中铁总包部")负责施工建设。

接过重任,中铁总包部向阿拉善盟行政公署、阿拉善人民做出了三个郑重承诺:一是通过科学管理、以人为本、绿色环保、尊重习俗,给阿拉善人民一个和谐安定的施工环境;二是超前筹划、严格管理、精细施工,创内蒙古自治区优质工程,给阿拉善盟行署一份满意的答卷;三是充分发挥中国中铁品牌、资源、技术、项目管理四大核心竞争力,在2017年6月30日前实现交工通车。

责任在心,使命必达。中铁总包部秉承中国中铁"建一项工程、树一座丰碑"的传统,坚持"安全第一、质量至上、生态环保、资源节约、诚信履约"的建设理念,发扬"勇于跨越,追求卓越"的企业精神,在茫茫戈壁滩上,践行着对阿拉善人民的庄重承诺。

谋定而动　样板引领

在中国中铁看来,以"鲁班奖"的高标准在戈壁滩上建起一条经得起历史考验的高速公路,是对阿拉善盟行署和人民最好的交代。

为此,中国中铁挑选精兵强将,快速组建中铁总包部,由美国项目管理协会(PMP)会员、全国优秀项目经理、五夺"鲁班奖"的孙玉国任中铁总包部总经理。管理队伍中教授级高级工程师、高级工程师占54%。同时,中国中铁从所属二级集团公司中择优选择 7 家工程局和 1 家物资供应公司参与京新高速公路建设。

谋定而后动，制订严谨周密的施工计划，是中铁总包部推进京新高速公路建设的第一步棋。352 公里，有效工期 16 个月，工期紧张，没有“热身”时间，也没有犯错机会。在内蒙古自治区交通运输厅、阿拉善盟委、盟行署的领导下，在阿拉善盟交通运输局、工程建设管理办公室的指导和帮助下，中铁总包部审时度势，确立 2015 年为“攻坚克难苦战年”，以路面开工时间倒排工期，抢抓路基和结构物施工，确保 2015 年完成 38 亿元施工产值。截至目前，全线已完成 39.2 亿元的投资，超额完成 2015 年 38 亿元的投资计划。6 个月时间，完成 320 公里的路基交验以及 249 公里底基层、41 公里基层、15 公里黑色沥青下面层的施工。

中铁七局组建的第七项目部，全线 40.7 公里，截至目前路基工程已全部完工。谈及工程的顺利进展，该项目部总工田渭军表示，提前部署谋划，对项目的技术、安全进行摸底，并事先制定严谨的工程实施方案是成功关键。记者了解到，未进场前，中铁总包部就根据沿线环境、民俗、施工技术难点等出具调查报告，根据调查报告中的难点制订相应的施工策划报告，具体到各工序上人员、设备的配备数量、安全预防方案、施工工艺选择、应急预案等多个方面。

根据工程建设情况，中铁总包部连续开展了“四大战役”劳动竞赛活动。由中铁二局组建的第四项目部合理安排工程进度，加大现场施工管理投入，成立了专项交验、路面工程及资料跟进三个专业小组，针对施工中的路基交验、路面施工、整体资料明确责任分工，确保“决战京新”计划的责任落实。施工中技术干部和安全人员实行 24 小时轮班工作制，确保第一时间有人员在现场值班，所有施工人员不得无故缺岗和离开，保证劳动力充足。经过全体员工的共同努力，率先在全线建成首个标准化施工工地，标准化施工便道，并实现全线首个底基层试验段开铺，完成全线首座中桥整桥箱梁架设，全线首家完成涵背回填关键工序，中铁总包部以优质的施工质量成为全线首个拥有双样板工程的项目部。

“每一个未雨绸缪的细节安排，都为工程顺利推进，质量的把控做好了铺垫。”中铁总包部党工委书记修贵表示，在中铁总包部的参建阵容中，除了 7 家建设单位，还特别引进中铁物贸公司负责对全线工程材料的集中采购和供应，以确保全线施工原材料质量及供应。修贵介绍，无论是材料选购还是劳务队伍的选择，中铁总包部都有一套严格的筛选、招标体系。所有原材料供应商、劳务队伍都从中国中铁每年公布的“合格供货商名录”“合格劳务队伍名录”中以招标的方式选择。

发挥模范的带动作用，样板引领，将京新高速公路临白段（阿拉善盟境内）第二标段创建成中国中铁安全质量示范线、工程项目精细化管理示范线，是中铁总包部的另一个目标。

在第七项目部,以项目经理杨哲江牵头的劳模创新工作室里,一项针对项目施工特点而开展的"沙漠地区恶劣施工环境下路面工艺研究"科研课题正在紧锣密鼓地进行。课题组成员田渭军介绍,目前课题进展顺利,已完成配合比设计,为明年摊铺路面做好准备工作。

由中铁港航局组建的第五项目部,在制梁上以智能张拉、智能压浆、蒸汽养生、空心板梁芯模采用钢板模等技术和工艺,成为中铁总包部全线推广的制梁样板工程。在蒸汽养生工序上,他们发明了铁皮屋蒸汽养生棚,让每一片梁都进去"洗桑拿",确保了箱梁混凝土施工质量。

全盘布局,精细化管理,标准化施工。当一项项制度落地,一个个样板工程在全线推广,京新高速公路第二标段的轮廓初现,中铁总包部正在努力打造着戈壁滩上的景观工程。

"像爱护生命一样去爱护环境"

"像爱护生命一样去爱护环境",是中铁总包部的建设理念之一。理念如此,实践亦如此。

2015 年 7 月,中铁总包部的员工和家属们收到了一封来自中铁总包部的公开信,信中除了安全施工的约定外,还附有一段"掏心窝"的话——"每位员工都是家庭的支柱,身后有家人无尽的牵挂。亲人们盼望你们平平安安工作,快快乐乐生活。"动员家庭的力量,共同监督、提醒员工提高安全施工意识,是中铁总包部创建"安全质量示范线"的细节体现。

主管安全生产的中铁总包部副总经理张立业表示,施工管理中,中铁总包部始终将安全排在第一位,任何考评都实行安全事故一票否决制。从施工人员到供应商,从自上而下的检查到来自家庭的关爱,中铁总包部发动一切力量,确保施工安全,实现"无死角"的安全监督。

除了安全培训、每个工序施工前的安全交底等常规动作,中铁总包部要求每个参建公司的管理负责人每月到工地落实安全施工检查。由于施工线路长,考虑到施工人员来往工地的安全问题,中铁总包部在全线购置了 12 辆通勤班车,定时、定点地接送农民工上下班。随着施工的快速有序推进,施工人员和各类机械设备急剧增加,施工便道的交通安全压力也与日俱增。为此,除了施工组织上注重安全管理外,各项目部还与材料供应商签订交通安全责任书,确保原材料等物资的安全运输。

中铁总包部对安全的重视与管理,也体现在每个项目部的安全管理创新上。

在第二标段沿线,每一个工区的公示牌上,质量、安全责任负责人的姓名、电话一目了然。安全责任执行严格的责任追究制，责任到人，落实到位。除了专职安全监督员，第五项目部还从每个工序的作业班组选出群众安全管理员，每天负责开工前的安全交底，全天候地负责班组的施工安全。由中铁六局组建的第三项目部，通过每月的考核评审制度，更将群众安全监督员的责任落到实处。该项目部党工委副书记王继河介绍，从作业班组中选出群众安全监督员，并对其实行绩效考核制。群众安全监督员排查施工过程中存在的安全隐患，并监督整改直至安全隐患消除。第二项目部邀请阿拉善盟安监局对特殊工种的工人进行现场培训，提高施工技能和安全意识。

安全，体现在中铁总包部施工的每一个细节中。“像爱护生命一样爱护环境”，环境保护也体现在中铁总包部在戈壁滩施工的点滴中。

为确保沿线没有白色垃圾污染，每月 24 日，中铁总包部和各项目部都会组织全体员工到沿线收捡垃圾，集中处理。多次的环保讲座，让中铁总包部的每一个参建者对如何保护戈壁滩脆弱的生态环境都认识清晰，行动有力。

“全线在便道修建中要求做好压实，并铺上碎石降低扬尘。同时，对便道进行洒水，降低扬尘对草场的污染。”张立业说。

王继河对初入戈壁滩后的第一场环境保护讲座印象深刻。在那场由中铁总包部主办，邀请当地林业部门主讲的环境保护课上，刷新了他对“林”的认识——戈壁滩上，一株骆驼刺，一株棘棘草，每一株植物的生长都很难得且需要呵护珍惜。深入了解了戈壁滩的环境保护，第三项目部聘请了 6 名专职保洁员，每天在沿线负责环境保护宣讲和垃圾收捡。第二项目部推行“三个空塑料瓶换一瓶矿泉水”的活动，在全线迅速得到推广。而第三项目部每天穿梭在工地沿线招手即停的“送水车”，则从根源上减少了对矿泉水瓶等的使用。王继河介绍，“送水车”每天定时开往工地沿线，夏季送绿豆汤，冬季送热水。送水车招手即停，工人们只要带着自己的杯子就可以获得免费饮品，既照顾了工地上的员工生活，又降低了对矿泉水瓶等的使用，卫生又环保。

“像爱护生命一样爱护环境”，在京新高速公路建设中，这不是一句空话。中铁总包部在安全、环保上的付出，也得到了环保部门和当地政府部门的认可和好评。

一家人　一条心　一股劲

中铁总包部进场以来，严格制定、落实着每一项制度，也温情地构建着中铁总包部的文化，以人为本地关爱着每一位员工的生活，用软实力塑造着硬品牌。

中铁总包部在全线弘扬“感恩，责任，奉献，卓越”的工作理念，培育出以“勇于挑战的航天精神，重责爱岗的边防精神，甘于奉献的胡杨精神，吃苦耐劳的骆驼精神”为核心内容的中铁“京新精神”，激励广大员工展示出“风沙大，干劲更大；气温高，斗志更高”“缺水不缺精神，少电不少风采”的精神面貌，为京新高速公路建设凝聚了正能量。

第三项目部的食堂里，王继河自豪地介绍着每一处亮点：自助餐厅、面食操作间挂着餐饮服务许可证。用饭馆的标准打造员工食堂，主动邀请当地卫生部门、食品药品监督管理部门对员工食堂的卫生条件进行把关监督，让员工吃上放心工作餐，是第三项目部的关爱之举。第五项目部项目部党工委书记何明江介绍，该项目部位于阿拉善右旗的塔木素苏木，距最近的额济纳旗有200公里。为了方便员工看病，项目部投资20万元建立起医务室，并配备专职医生坐诊。同时，专职医生每月会对工地、驻地的生活环境进行消毒。

第七项目部党工委书记白稳超谈到驻地的工作与生活，习惯用“家里面”作为开场白。他提及的“家”，是戈壁滩上几排活动板房搭建而起的驻地。一年来与同事们在戈壁滩上的朝夕相处和并肩奋战，白稳超早从内心深处将这里当作是家。

“家文化”的建设，是第七项目部的又一亮点。为一线施工人员统一配备厨师，每日蔬菜蛋肉统一供应，白稳超说这个方法确保让农民工在每天繁重的施工作业之后能吃到可口的饭菜。空调、暖气、淋浴室是每个工区住宿区的标配，每月聘请理发师为一线员工理发，过集体生日……戈壁滩上的生活，变得便利且充满家的味道。

一家人，一条心，一股劲，当家的氛围渐浓，攻坚克难的干劲也更足。在第七项目部水稳施工中，全体员工从晚上8时到凌晨4时，用了8个小时为全线40公里的线路铺设了土工布。“寒夜中奋战，没有任何抱怨，却充满激情与感动，这就是家文化的力量。”白稳超说，“家文化”的建设，其实就是爱的付出与回报。当给员工家一般的关怀和爱护，员工也会爱这个“家”，愿意为之全力付出。

来自陕西的90后姑娘李丹、田渭娟告诉记者，本以为戈壁滩上的工作和生活会格外艰辛，但因为处处有家的温暖，戈壁滩上的工作充实且充满欢乐。“在最繁忙的时候，项目部没有一个人请假。因为每一个人都心怀责任，在最苦最累的时候，没有人放弃过。”李丹说。

“家文化”不只在工地。第五项目部鼓励每一个回家探亲归来的员工带着“全家福”回工地。“我们对每一张带到工地的全家福照片有500元的奖励。”何明江说，在工地讲质量、进度与安全，在家讲孝道，是第五项目部的文化。

“家文化”是一种向心力。中铁九局组建的第一项目部处在流动沙丘地带，进场时无路、无水、无电、无信号，建点时员工们一个月都没洗澡。开工后，刚在地上挖的基坑一阵大风刮过就被沙掩埋。为此,项目部竭尽全力抓好家园建设,凝聚起员工奋力攻坚的强大动力。

在戈壁滩上的家,不仅要实用,还要够“阔气”。由中铁航空港集团组建的第六项目部第一家在参建单位中建设好驻地。设计合理、防风沙、美观舒适的项目部驻地成为沙漠上一道亮丽的风景线,处处洋溢出“家园”的温馨。

此外,中铁总包部推行“检企共建”,主动邀请检察机关,全过程接受监督,积极预防和治理腐败,促进企业规范经营管理,创建“阳光工程”。

甘露润心田,随波千万里。以人为本的文化建设,让中铁人以强大的凝聚力和向心力,在戈壁滩上攻坚克难。大漠有情,在见证中铁人的艰辛付出;戈壁为证,将铭记中铁人的承诺。待大道初成,中国中铁对阿拉善这片热土的承诺将一一兑现。

(《中国交通报》2015 年 11 月 16 日第 8 版)

路通向大漠最深处

——中国交通建设集团京新高速公路临白段(阿拉善盟境内)建设纪实

《中国交通报》记者　李　婷　特约记者　辉　军　孟根其其格

蓝天,黄沙,一望无际的戈壁滩。

内蒙古额济纳旗向西,大漠深处,荒凉到三个词足以描述全部景象。

风雷山、黑鹰山、白疙瘩。大漠中的三个地标,当地人都知道,却无人愿意前往。没有路,没有电,没有水,没有通信,没有人烟,没有绿洲……这片几乎与人类现代文明绝缘的戈壁滩,被称作"无人区"。

2015 年 1 月,中国交通建设集团(简称"中交")中标京新高速公路临白段(阿拉善盟境内)的第三标段,以总承包模式承建主线长达 357.84 公里的公路,并为此组建京新高速公路临白段(阿拉善盟境内)第三标段项目总承包管理部(简称"中交京新总包部")。这段沙漠戈壁公路,有近 200 公里处于"无人区",近 300 公里地处极度缺水环境。

大漠深处,从无到有地修建一条高速公路到底有多难?驻扎于此的中交京新筑路者体会深刻。

大漠深处,如何建起一条环境友好、质量经得起历史检验的高速公路?在严寒酷暑中,中交京新人用实际行动给出最有力量的回答。

大漠上的"中交速度"

10 月中旬,戈壁滩上,桥梁架起,平整的路基向大漠深处延伸,沥青混凝土路面摊铺试验段初步完成……京新高速公路临白段(阿拉善盟境内)三标的施工现场,工程已初具规模。

眼前的一切让人很难联想到几个月前这里还是一片荒芜。在最艰苦的环境里,中交人用毅力、技术、信念在大漠上创写了一个个纪录——

2015 年 1 月 4 日中标,时隔几日后进场。如随时待命行动的士兵,京新路上的中交人雷厉风行。357.84 公里线路,划分 10 个分部,由中交下属 7 个分局负责建设。

4月10日，全线近600公里纵横便道全部打通，10个分部驻地克服没水、没电、没通信的困难，均实现具有现场办公的条件。

4月20日到6月20日，全线完成80%的路基挖填方工程，土方工程量达4300万立方米。

8月20日，全线具备路面沥青混凝土施工的条件。

9月8日开始，各分部相继完成沥青混凝土路面摊铺试验段。

中交京新总包部总经理刘永明通过手机、电脑，随时在线监控着全线施工的进度。15个月的有效施工工期里，要攻克没水、没电、没通信以及随时卷土而来的沙尘暴，建成357.84公里的沙漠戈壁高速公路。在刘永明看来，这块“硬骨头”需要以庖丁解牛的巧劲来攻克。

浩大的工程，中交京新总包部重点突破，将工程分为4个阶段：一是与牧民交朋友，修路得到牧民的理解和支持，完成临建工程；二是完成土方、桥涵工程；三是做好路面水稳底基层、基层工程；四是推进路面沥青混凝土工程。抓工期，保质量，就需抓住重点各个突破。

“土方工程的工期可抢、可控，就要以‘蚂蚁啃骨头’的方式，加大队伍和设备的投入确保按工期计划完成。”办公室里，刘永明回忆着当时轰轰烈烈的土方工程施工场景：“全线24小时进行土方作业。二分部处于风积沙路段，路基全部采用风积沙填充。十几家施工队伍、180多台装载机、300多台运输车辆及配套的平地机、压路机同时作业，保证了土方工程的如期完工。”

大漠中的“中交速度”背后，还蕴藏着中交人对重大项目的管理之道

作为中交集中化管理的试点，中交京新总包部设立合同管理、招标采购管理、资金税务管理、成本管理、技术管理、安全质量环保管理、综合协调管理等7个中心，统一对全线工程的成本、质量、进度、安全负责，并负责所有合同的管理与执行。

刘永明介绍，7个中心的人员由全线10个分部的相关负责人组成，密切结合工程实际情况制定一系列制度，确保工程顺利进展。

据悉，合同管理中心对所有施工合同进行评审和把关，全线统一合同范本，并在市场调研的基础上，推进大宗物资招标采购，有效控制成本。刘永明表示，中交京新总包部对合同履行进行全过程监控，所有费用支付根据合同要求完成，在控制工程成本的同时，也精准地把控了全线的施工进度。

招标采购管理中心的运作，在成本控制和质量把关上发挥着更为重要的作用。记者了解到，在原材料招标采购中，中交京新总包部对钢材、水泥、柴油、沥青、桥梁

支座等集中采购。以中交集团的平台招标采购原材料，既有效降低了采购成本，又从源头上把好了材料质量关。

技术管理中心作为全线的“智库”，由各分部的施工技术专家组成，在施工节点和施工难题上组织进行施工方案讨论。而安全质量环保管理中心每月对各分部实行安全、质量、环保“一票否决制”考核，督促各分部重视安全、质量和环保。

高效的管理制度，引领着施工的有序推进。内蒙古自治区交通运输厅、阿拉善盟政府和京新建管办强有力的支持，也成为项目快速推进的坚强后盾。中交人迎难而上的拼搏精神，成为项目有序推进的最强动力。

有多难，就会有多勇

中交京新总包部下设的10个分部，在进场后面临着不同的难题。

由中交一公局承建的二分部，全标段32公里均为风积沙路段。没有路，没有水，没有通信，没有电，是中交京新从五分部到十分部进场后面临的第一个难题。

1月10日进场，七分部党支部书记姜志光的第一件事是四处找水。这个由中交路桥组建的七分部担负着38公里的标段建设。姜志光邀请甘肃省酒泉市第四地质勘查院在标段全线勘察水源。结果却令人绝望——找到的水源地在打井100米深之后，每天的出水量却不足10立方米。最终，在距项目五六十公里外的一个矿山里，从矿山200米深处的巷道取水。五六十公里的距离，对行驶在沥青路或水泥路上的车辆来说并没有难度，而在没有路的戈壁滩上，卡车需要耗时四五个小时。

十分部的找水经历更为艰辛。这个由中交二航局承建的第十标段，地处荒漠最深处，360公里开外的额济纳旗和300公里以外的甘肃省嘉峪关是距离驻地最近的城市。最近的水源，在距离驻地75公里远的肃北马鬃山上。因为没有路，为了方便运水，十分部专门修建了10公里的便道。75公里的路程，每个来回至少需要12个小时。

与缺水一样，没有通信信号严重影响项目的施工和员工的日常沟通。戈壁滩天气多变，且沿途几乎没有任何标识，骆驼刺、高温等造成的车辆爆胎情况多发。姜志光每天记录着每一个外出人员的外出时间、规定线路和预计到达时间。晚归2小时以上的车辆，则必须出车寻找。

十分部长达39.9公里的标段上，综合部部长翟超爬遍了标段境内的所有山丘。“在最高的山丘上，寻找微弱的通信信号，接收一个2M的文件需要30至40分钟。”翟超说。为了能及时接收到上级单位发布的通知，十分部每天定时派专人在山丘上找信号。几个月下来，翟超和同事们脑海中形成了一幅“信号地图”——

哪个山丘信号好,哪个山丘偶尔有信号,他们一清二楚。

有多难,就会有多勇;中交人的面前,办法永远比困难多

9月,十分部通过了所有审批手续,随着光纤的铺设,通信问题得到了解决。其他几个分部也先后解决了通信问题。

依靠每天12个小时的运送生活、施工用水,十分部用7个月的时间完成了所有的土建工程、90%的水稳底基层工程、40%的水稳基层工程以及沥青混凝土试验段施工。

七分部在沿线建起了两个蓄水池,在路基和水稳层的施工中40多辆运水车同时作业,确保工程用水。

施工环境艰苦,但施工标准却从不打折。

七分部技术经理吴俊介绍,每换一次水源和新开一个取土场,项目试验室都要对水源和填料进行重新检测。

此外,对混凝土浇筑后的养生也格外上心。由于戈壁滩风沙大,气温高,水分蒸发快,混凝土构件强度上不去。为此,七分部采用洒水之后加盖塑料膜、土工布的方法保持水分。

二分部的风积沙施工难点,如今已成为一大亮点。将风积沙用作路基填料,以水夯法进行碾压,既解决了风积沙路段路基填充的难题,又大大减少了取土场的开挖,修路的同时又对风积沙地质灾害进行了治理,实现了工程质量、环境保护的一举多得。

保护一方环境,交四方朋友

"几个月前的取土场,恢复原貌后已经长出了30厘米高的红柳。"牧民根登谈到取土场恢复后草场上长出的红柳,笑得眼睛眯成了缝。

"他们修路,不仅没有破坏环境,还在改善环境。"根登毫不吝啬对中交筑路者环保做出的称赞。

戈壁滩上脆弱的生态环境,让牧民格外注重环境保护。为了在修路过程中保护好生态环境,中交三公局负责的四分部特意聘请了根登作为环保监督员。

每一次取土场的恢复,四分部总要邀请当地国土局、牧民进行检查指导。取土场的恢复,以保护生态、为牧民放牧提供便利为原则。

除此以外,四分部还邀请林业派出所在驻地开展环保讲座,向所有施工人员介绍如何保护戈壁滩的生态环境。

不破坏环境,"将路轻轻放在戈壁滩上",成为中交京新筑路者共同努力的一

个目标。

二分部在紧张的施工期内，严格执行着每月停工一天开展全员捡垃圾的活动。从项目经理、总工到施工人员，都到工地沿线寻捡白色垃圾，集中收集并进行统一处理。

由中交二航局组建的五、六分部，细心地在便道两侧安装钢管立柱，拉起了铁丝，挂上彩旗，将便道与戈壁滩隔离开来。该分部党支部书记丁国鹏介绍，此举是为了防止运输车辆随意在戈壁滩上行驶，破坏戈壁滩的生态环境。

中交京新人对戈壁滩生态环境的保护，赢得了牧民对修路的认可与支持。路修起来了，牧民与筑路者的感情也越来越深。

十分部的总工李丹与距标段七八十公里外的两户“邻居”早已成为朋友。“我们在半途车辆故障时会借宿在他们家，去趟额济纳总会为邻居们捎点菜、肉和水果。大家互帮互助，相处得非常融洽。”李丹说。

中交三公局组建的八分部，40公里标段沿线居住着五六户牧民。随着项目的推进，戈壁滩上的人气旺了，牧民安琴在八分部的标头开起了小卖部和饭馆。为了方便安琴做生意，八分部为小卖部和饭馆门口修好了便道。而仗义的蒙古族姑娘安琴也全力支持着项目的建设。“她家的皮卡就停在饭馆门口，工程用车随借随用，安琴从不含糊。”八分部党支部书记张清锋说。

中交四公局组建的九分部，则与距离七八十公里远的额济纳旗算井子边防派出所共同办起了医务室。九分部负责购置药品，提供医务室，算井子边防派出所的军医坐诊，免费为施工人员、牧民看病。九分部党支部书记马伟忠称算井子边防派出所已成为他们的“保护神”。再发生车辆故障，只要一个电话，边防派出所就会第一时间派出队伍救援维修；每月边防派出所还会到工地上进行安全、消防检查，提出整改意见。过节时在驻地共同聚餐，原本单调枯燥的戈壁生活也逐渐变得多彩。

中交筑路者们奋战在戈壁滩上，令“无人区”的发展揭开了新的篇章。待京新高速公路临白段通车，昔日荒凉孤寂的戈壁滩上会有更为生机勃勃的未来。工程未完，大漠深处的精彩还在继续。

记者手记：

苦中真会带着甜。1月初进场，10个月时间，来自大连的十分部副经理李强经历了戈壁滩的严寒与酷暑。三言两语地讲述刚进场时的工作环境，他用“条件稍微有点艰苦”一句带过，语气平缓得像在自言自语。

李强言语中的“稍微有点艰苦”是怎样一种体验？寒冬里，凌晨5点带水和干粮出发，荒漠中颠簸6个多小时到达标段，进行复测、临建工程，太阳下山前离开工地，继续6小时的颠簸后，在晚上10点左右回到额济纳旗。

这几乎是大多数京新路上的中交人在刚进场时的作息时间。途中还面临着迷路、爆胎等危险。这些艰苦，李强似乎已经淡忘，感慨更多的是“现在条件好多了”，言语中带着自豪。

戈壁滩上的采访，每一个人都是笑着回忆刚进场时的那段艰辛岁月。谈到吃过的苦，没有抱怨，只是淡淡地说这是一种经历。有了这种经历，以后的艰难困苦将无所畏惧。

翟超用6个小时小心翼翼抱在怀里一路颠簸到驻地的4盘鸡蛋，成全了驻地上一次久违的“盛宴”。姜志光以他独创的鸡蛋运输法“闻名”京新高速公路临白段。他将生鸡蛋全部打在一个盆子里，从额济纳一路抱回驻地。七分部的年轻人们笑称姜书记抱回来的鸡蛋是他们吃过的顶级美味。

四分部的每一位员工都有一本属于自己的相册。相册中记录着他们在京新高速公路建设中拼搏、欢乐的瞬间。项目经理李海潮说，京新路上的每一个人都值得纪念。镜头对准一线员工，记录他们在京新路上的奋力拼搏，这是一种对付出的认可。

奋战在京新路上的中交人，80后占了绝大多数。大漠深处，他们有着属于自己的坚强与乐观。会不会想念都市？李强的回答幽默且乐观：“我身处大漠童话额济纳，一座闻名的旅游城市。胡杨林黄了，我没有时间看，但在戈壁滩上进行了一场深度游，只是游玩的时间有点长，只是游玩的过程经历了一场又一场的智力与体能的挑战。”

戈壁滩上，他们肩挑中交使命，用乐观与激情赋予这片大漠活力。苦中或许真会带着甜，只要对这片土地，对筑路这份事业饱含深情。

（《中国交通报》2015年11月19日第8版）

精心建京新　标准树样板

——中建京新高速公路临白段(阿拉善盟境内)建设纪实

中国交通报记者　李　婷　特约记者　辉　军

通讯员　杨　鹏　段玉栋

“测量工作难度不高,但求精准,尤其是桥梁的坐标误差都要控制在毫米以内。”谈起工程测量,胡家俊有讲不完的经验,道不尽的艰辛。

作为京新高速公路临白段(阿拉善盟境内)一标段一项目部一工区的测量队队长,胡家俊和队员们在空旷的戈壁滩上每天工作十几个小时。用他的话讲,在桥梁施工中,如果测量数据有一丁点的失误,就会导致桥梁轴线的偏移,给路基与桥的顺接、桥梁梁板的安装带来很大的难度,并且影响工程质量。

标准测量,并苛求结果精准,是胡家俊反复向队员们强调的事情。而“标准”这把尺子,从工程测量到驻地建设以至施工的整个环节,贯穿在京新高速公路临白段(阿拉善盟境内)一标段的每一个施工细节中。

这个主线长104公里,连接线达93.5公里的第一标段,由中国建筑股份有限公司(简称“中建”)承建。接过任务,中建组建了京新高速公路临白段(阿拉善盟境内)项目总承包管理部(简称“中建京新”),以中建二局、中建六局、中建交通、中建铁路组成6个项目部,负责第一标段的工程建设。

“要用专业的队伍,精良的设备,科学严谨的管理方法,将京新高速公路建造成标准化施工的样板工程。”中建京新总经理王立说。

“一切按标准来”,是中建在京新高速公路的建设原则。当全线所有驻地、工区整齐划一,厂房建设认真规划、详细布局,施工工艺严谨地按照统一标准实施……标准化样板工程的轮廓,在戈壁滩上逐渐清晰。

临建有标准　处处有样板

距阿拉善左旗吉兰泰镇120公里处,座座相连的沙丘构成戈壁滩上的“山区地带”。而在一个山谷中间,是一标段第三项目部所在地。

长时间在施工便道上行驶,穿越一个又一个沙丘到达第三项目部驻地后,眼前的一切像原景重现了一个“世外桃源”——一排排白色的集装箱式临建用房整齐划一,清晰而又温馨的指路牌明确地标示出办公区、生活区、晒衣房、淋浴室、餐厅、篮球场的所在方向。戈壁滩上的驻地，因布局合理、建设标准规范而更像一个温馨的小型社区。

“结合内蒙古戈壁地区的特点，我们采用集装箱式临建用房，外形美观，整齐划一，使用寿命长，防风能力强，为员工工作、生活提供了一个较为舒心、舒适的环境。”第三项目部书记孔令军介绍道。

“社区”，不是第三项目部独有的风景。中建京新副总经理孙林介绍，中建推行的CI（企业形象识别系统）创优活动，在中建京新的项目上体现得淋漓尽致。从驻地、工区设计建设，到工地标牌，都有明显的中建印记。“中建京新的6个项目部，所有的驻地都有着统一的规划和布局。”孙林说。他介绍，除临建用房等严格按照业主下发的《施工标准化管理办法》及中建标准化手册相关要求进行外，各项目部在室内布置、娱乐设施配备及场站标准化建设等方面也格外用心，配备了篮球场、乒乓球室、台球室及健身器材等，强力推进项目标准化管理。

“让标准成为习惯，让习惯符合标准”是中建多年施工中继承的传统。王立介绍，中建自2007年提出“专业化、区域化、标准化、信息化、国际化”的施工思路以来，标准化作为重点贯穿始终。

整齐有序堆码的建筑施工材料，统一着装的现场施工人员，无渣无尘的施工便道，无声却有力地证明着标准化管理的魅力。与驻地建设一样，厂站和施工便道的建设也秉承标准化建设理念，临时设施的建设按照永久性工程的标准进行施工。

驱车沿第一标段的施工便道行驶，转弯处有反光镜，便道上设置的交通标志清晰地提醒着过往路段的交通情况和注意事项。

在预制梁厂、水泥混凝土拌和站、钢筋加工厂、水泥稳定级配碎石拌和站、沥青混凝土拌和站等的规划、建设上，中建京新认真规划、详细布置，力求打造标准化示范场站。

在预制梁场的建设上，第三项目部采用定位胎架进行预制梁钢筋骨架整体绑扎吊装入模的施工工艺。这种施工工艺既能保障钢筋骨架绑扎的精度，显著提高保护层的合格率，也能够避免在台座上绑扎钢筋对模板造成污染，提高外观质量。

孙林介绍，中建京新在现场构造物的施工上同样规范、标准。在人工挖孔桩、涵洞基础施工现场，整齐划一的构造物公示牌成为沙漠里的一道蓝色风景线。构造物公示牌上施工部位的里程桩号、构造物的特点、现场施工管理人员等信息一目了然。在人工挖孔桩施工区域，还专门划分了机械存放区、应急救援物资存放区等特殊功能区，并使用绿色密目网规范围挡，在保证机械存放整齐有序的同时，也为施工人员的安全生产保驾护航。

施工有标准，处处有样板。在孙林看来，明确和严格的标准，如一本《项目操作指南》。尽管施工条件艰苦,建设难度大,但只要标准明确,一切按照标准来,施工质量、安全则皆有保障。

智能施工 无缝管理

"苟日新,日日新,又日新。"中建京新在力推标准化建设的基础上,大力引进智能化施工设备,以科技创新打造智能化施工新常态。

在钢筋加工方面,第三项目部引进了阿拉善盟第一台全自动数控钢筋笼滚焊机。该设备制作出的钢筋笼主筋间距均匀,加工精度高,有效保证了钢筋笼的加工质量,且其加工速度是人工制作的 4 至 6 倍,在桥梁桩基、墩柱钢筋笼的加工上具有明显优势,大大提高了工作效率。

与此同时,在预制箱梁钢筋的加工中,第三项目部引进了一台数控钢筋弯曲中心和一台全自动数控钢筋弯曲机。常规的钢筋加工中一套箍筋的加工需要 3 个人,而数控钢筋弯曲机从设计到加工只需 1 人即可完成,大大减少了人力资源的使用。同时,因加工过程中减少了人为因素的影响,加工出的半成品钢筋外形尺寸及角度精度均明显提高,为有效控制预制梁板混凝土保护层厚度提供了保证,提升了保护层合格率。

根据预制箱梁生产任务重的实际,在预制箱梁养生方面,中建京新引进预制箱梁自动喷淋养生装置及蒸汽养生技术。自动喷淋养生装置为全自动定时喷淋养生,有效减少人工作业,且养生效果良好;蒸汽养生技术既能保证箱梁养护质量,同时又能够缩短箱梁预制占用预制台座的时间,提升工作效率,提高预制箱梁产量。

先进的工艺、设备从每一个细节确保施工的质量,而安全管理上的每一个细节保证了中建京新"平安工地"的创建。

由中建二局土木公司组建的第一、二项目部,承建的 52 公里的施工线路上,有 10 余公里在施工时需要山体爆破。如今,当爆破作业进展顺利接近尾声,该项目部书记何开太骄傲于施工中的安全举措。他用"半年来连续的爆破工作连一只牛羊都未伤害到"证明标准化施工在安全上所发挥的作用。

何开太介绍,从爆破炸药的保管、使用到爆破流程,中建京新都有着明确而统一的标准。将炸药管理作为安全管理的重点,把好审批关、储存关、使用关,并安排指定人员定时对炸药库进行检查,落实管理责任,责任到人。同时,配置灭火器、沙堆等各类消防器材,并安装避雷针、安全网、报警器等,以提高应急处置能力。

标准化管理下,全线爆破作业进展顺利。施工线路长 20 公里,其中近 10 公里路段需要爆破的第二项目部,根据严格的爆破程序,在炸药管理、使用各个环节上严格控制,实现了安全施工零事故。

谨慎施工 呵护环境

3月14日,戈壁滩,黄沙漫天。

第一项目部测量员陈亮背着测量仪,在沙尘漫天的戈壁滩上跑了一大圈,最后在一株骆驼刺前捡起了那个被风吹跑的面包包装袋。

后来,同事们将陈亮称为"追垃圾的测量员"。在近1年的施工中,不让任何白色垃圾污染戈壁滩的环境,成为中建京新全体施工人员的共识和责任。

中建京新承建的第一标段,主线大部分位于半荒漠地区,其中还有部分路段位于阿拉善自然保护区内,生态环境极为脆弱,且一旦遭到破坏很难恢复。

面对阿拉善脆弱的生态环境,中建京新将环境保护工作放到与工程建设同等重要的地位,在修建高速公路的同时,注重保护生态环境。随着施工队伍及机械设备陆续进场,为减少生产生活垃圾污染,一场"环境保护攻坚战"悄然拉开序幕。

10月10日,第五项目部全体员工每人一副手套、一个黑色垃圾袋,到项目部周围进行垃圾清理活动。"绿色阿拉善,环境任我行"是第五项目部发起的系列绿色环保实践活动之一,活动包括垃圾清理、笔芯换笔、纸杯换玻璃杯、易拉罐回收等。第五项目部在保证工程顺利进展的同时,也确保生态环境不被破坏。

而在这场"环境保卫战"中,第三项目部率先开展了以"文明施工,杜绝污染"为主题的"绿色沙漠行动"。全线首辆自卸式环保电动车也每日准时出现在了施工现场。

自进场之初,第三项目部便深入走访沿线牧民,与沿线牧民逐一签订文明规范施工协议,公开承诺绿色文明施工。同时,不定期地组织员工志愿者清理项目驻地周边白色垃圾。在保护环境的同时,与当地政府、牧民等建立了良好的路地关系,从而促进了征地拆迁工作的顺利开展。

为便于垃圾收集,避免因垃圾扩散而产生二次污染,第三项目部专门定制了一辆自卸式环保电动车。整个车身采用环保绿色喷漆,并印有"环境保护,人人有责"的宣传标语。车内配置了扩音器,循环播放环保知识。环保车每次充电行驶里程不少于80公里,完全可以满足在第三项目部管段内往返1次的需要。

牟经兰作为第三项目部的专职环卫工人,和队友每天开着环保车,行驶在施工沿线。早晨7点开工,晚上7点收工,12个小时,利用环保车收集沿线的垃圾,并在预先设立的5个垃圾处理点对所收集的垃圾进行集中处理。随着专职环卫工及自卸式环保电动车的上岗,第三项目部施工范围内响起了悦耳的环保之声,"环境保护,人人有责"的氛围也愈加浓厚,周边环境得到了明显改善。

谈到每天的工作,牟经兰告诉记者:"我没有什么文化,只知道成群的牛羊不因吃了垃圾而生病。牧民高兴,我就高兴了!”朴实的话语温暖着每一位牧民的心,感染着每一个中建人投身于环境保护工作中,努力践行一个大型央企的社会使命,为阿拉善人民修建一条放心路、环保路。

家远　路长　情意浓

“看,儿子来短信说收到照片了,还发了一段感谢的话呢!”农民工曹志满得意地向工友说。老曹发给儿子的照片,正是项目职工偷偷抓拍他工作的背影。

父亲节前夕,由中建二局土木公司负责的第一、二项目部为了让远方的子女了解父亲工作的艰辛,懂得感恩父母,组织开展了“父亲的背影”摄影作品活动,鼓励项目职工抓拍已为人父的工友们的工作照。项目部将收集到的作品统一冲洗,并邮寄给照片主人公的孩子。温馨的摄影作品拉近了工地与家,温暖了父亲与孩子的心。

“项目地处偏远,我们离家很远,但是彼此的心很近。”曹志满说。中建京新每一次温馨的关怀,都充满家的温暖和感动。而随着这种感情的流动,从家人到工友,再到沿线的牧民,“家”的内涵在不断延伸。

第三项目部为 14 公里的施工路线修建了 40 多公里的施工便道。该项目部生产经理梁隆祥介绍,施工便道之所以建这么长,一是为绕过山丘,二是为了连接起沿线牧民的家,方便他们出行。40 多公里的便道开通,串联起好几户牧民人家。牧民杨录元感慨便道的开通,瞬间使自己多了好几户邻居。“以前距离最近的一户人家,需要 1 小时车程,随着施工便道的开通,十几分钟就到了。”杨录元说。

随着工程的推进,牧民魏文斌家的饭馆也盖起来了。第三项目部用了 1 周的时间,免费为距离驻地最近的这户牧民盖起了饭馆。“京新高速公路为戈壁滩带来了人气,开饭馆这个之前从来不敢想的事情如今居然也变成了现实。”魏文斌看着眼前建起的 100 多平方米的饭馆,憧憬着今后更为红火的生活。

京新高速公路既是连接阿拉善与外界的纽带,也是连接中建与阿拉善人民友谊的纽带。当工程顺利推进,中建与沿线牧民的关系越来越紧密。

7 月 20 日,阿拉善地区突遇强降雨,豆大的雨点伴随着冰雹持续下了半个多小时。洪水从山上奔腾而下,携带着石块、泥沙横冲直撞。滚落的石块堵塞了洪水,造成当地牧民在戈壁滩上唯一的通行公路——哈吉线上洪水漫桥,牧民的车辆、羊群被阻隔在桥两端无法通行。紧急关头,第一、二项目部接到牧民救助电话,项目工区经理周平立刻调动装载机前往,在洪水中开挖堵塞道路的山石,第一时间完成了保畅工作。

背井离乡,扎根戈壁,当地牧民逐渐成为中建京新职工依靠的亲人。而善良淳朴的阿拉善牧民也用自己的方式积极支持项目在当地施工。

一天深夜,第一项目部协调办主任王殿臣在与一户牧民签订好《文明施工协议书》后摸黑返回驻地。然而在漆黑的戈壁里行驶了很久却依然没有看到驻地的灯光。没有任何信号,求助电话无法发出,网络连接不畅,导航无法定位……夜里在沙漠中迷路,他们一筹莫展。正在这时,远处一辆摩托车驶来。

“我带你们出去。”摩托车停在眼前,跳下来一位牧民说。原来,刚刚与他们签订协议的牧民发现家门前的岔路口多了一个新车辙,他担心项目的车走错了路,赶紧骑摩托车顺着车辙一路追了过来。在牧民的带领下,项目的车很快回到了主路,平安回到了项目部。

家远,路长,情意浓。工程在有条不紊地顺利推进,中建京新人与牧民结下了深厚的友谊。荒漠里,因为这一份份真挚的感情而变得温馨。

“扎根内蒙建设京新造福阿盟人民,情系边疆修通天路铸造精品工程。”矗立在道路起点处的两道楹联在大风沙中依稀可见,中建京新在用行动践行着对阿拉善人民的承诺。不同的岗位、相同的目标,京新项目的“精心”人,就像一个现代游牧部落,在这块贫瘠的土地上掀起大干高潮,只为发展之路与阿拉善人民的幸福之路能越走越宽、越走越远。

(《中国交通报》2015 年 11 月 20 日第 8 版)

缺水少电奈我何　排管架线布长龙

——京新高速公路阿拉善盟建管办布设供水双管、架设供电长龙,成功破解“水困、电贫”难题

李春霞

在京新高速公路阿拉善盟段988公里的主线和连接线上,除路基、路面、桥涵等主体工程外,还布设13处收费站、10处服务区、7处停车区、12处养护工区、1处通信监控分中心、3处超载超限检测站、1处养护道班。在初步设计阶段,设计单位经过详细的外业调查和设计,提出公路均处于戈壁及沙漠地区,沿线极度干旱,生态极其脆弱,人口稀少,基础设施不完善,土建工程施工及管养,服务设施后期运营用水、用电面临很大困难,将严重影响公路施工建设,又如何能确保这条高速巨龙后期正常运转呢?

供水工程的由来

为彻底摸清和找到公路沿线的水源情况,以满足工程和后期运营管理需求,2013年8月26日,建管办通过公开招标方式确定了打井施工单位,并沿线进行打井找水工作。截至2014年8月14日,沿线共打深井124个,打井深度为71~252米。由于沿线地下水资源极其匮乏,水源分布不均且补给能力不足,仅打成57个成井,且出水量最小的井只有5立方米/小时。不成井67个。成井水质非常差,经水质检测,多项指标超标,达不到公路施工用水要求。成井出水量只能满足少部分工程建设以及管养服务设施后期运营管理用水需求。特别是阿左旗苏宏图至额济纳旗天鹅湖段约255公里、额济纳旗路井至白疙瘩段约193公里属于无水区,根本无法打井取水。

打井取水方案失败后,建管办与盟交通运输局领导积极向盟委、盟行署和内蒙古自治区交通运输厅领导汇报了高速公路沿线水资源极度匮乏的实际情况,并且对打深井找水无果进行了深入分析研究后,提出新的供水解决方案。阿拉善盟行署和内蒙古自治区交通运输厅领导高度重视,经过反复论证决定,在京新高速公路临白段(阿拉善盟境内)缺水路段单独实施供水工程。2014年9月15日,内蒙古自治区交通运输厅主持召开集中供水专题研究会。会议要求集中供水工程首先要

满足高速公路建设用水，兼顾运营期间的管养服务设施需要，还要考虑阿拉善盟的经济社会发展，必须高标准地建设好。

双管供水工程应地而生

2014年12月14日，建管办组织内蒙古水利专家为供水工程水源地进行选址。12月24日，供水工程建设方案经内蒙古自治区交通运输厅审批通过。供水工程以达来呼布镇为界，在达来呼布镇东、西分别建设相互独立的供水系统，分别为达来呼布镇以东至呼和包斯格服务区、以西至黑鹰山主线收费站（以下分别简称东线供水系统和西线供水系统），供水里程总长447.45公里（东线供水里程长257公里、西线供水里程长190.45公里）。供水工程概算总投资6.907亿元，其中东线供水工程投资为3.625亿元，西线供水投资3.282元。

东西线供水工程由水源地工程、加压站工程（或配水站工程）、管道敷设工程及附属工程等构成。供水系统采用沿线双管输水，通过加压站逐级加压的方式，将水源井抽取的原水直接输水至各施工取水点和管养服务设施，满足公路建设和运营管理生活生产用水需求，并对各管养服务设施饮用水进行水质净化和消毒处理。东线供水工程起于黑城水源地，途径雅干、天鹅湖、呼和包斯格；西线供水工程起于赛汉陶来水源地，途径路井、风雷山、黑鹰山及主线收费站。

2015年4月10日，东、西线供水工程正式开工建设，由建管办常务副主任郭锋负责现场管理。面对81天的合同工期，郭锋深感责任重大；面对中铁、中交2万多人的翘首期盼，郭锋深感时间的紧迫；面对供水项目的42家施工、监理单位，郭锋深感管理的压力。隔行如隔山，如何在短短的81天把这42家单位拧成一股绳，圆满完成448公里的管道送水任务，成了摆在阿拉善盟交通筑路管理者面前的难题。

建管办主任杜子义未雨绸缪，早在供水工程招标阶段就已经开始了寻找"千里马"的工作，通过办务会研究决定聘用阿拉善盟当地的邓吉友、王新禹、苏成仁、孙林4位水利专家为京新高速公路管道供水工程进行技术把关和质量管控。供水工程专家组的成立有效地推动了管道供水工程的迅速展开。

功夫不负有心人。经过42家施工、监理单位4个月的艰苦奋战，京新高速公路临白段供水工程告捷。2015年8月18日西线供水工程全线供水，2015年9月20日东线供水工程全线供水。至此，令人担忧的"水困"难题得到了圆满的解决，管道供水工程里程最终达到456公里。

供电工程应时而建

京新高速公路主线沿线仅有少量的电网分布，大部分地区属无电网供电区域，在有高压输电线路区域可直接接引的电网线路很少,无法满足京新高速公路施工及后期运行用电需求。为解决京新高速公路临河至白疙瘩段(阿拉善盟境内)建设用电困难,完善沿线基础设施,带动偏远地区社会经济发展,内蒙古自治区交通运输厅召集相关单位进行多次论证,于 2014 年 9 月 15 日研究决定在京新高速公路阿拉善盟段沿线架设 937 公里电力线路,概算总投资 3.58 亿元,为京新高速公路建设与运营及沿线经济发展提供动力支撑。

京新高速公路临河至白疙瘩段输配电工程项目起点于阿拉善盟境内敖伦布拉格镇,经阿拉善左旗、阿拉善右旗、额济纳旗,止于白疙瘩段(内蒙古与甘肃交界)。本工程 35kV 输电架空线路全长 838.37 公里,电缆敷设 19.85 公里,10kV 输电架空线路全长 76.5 公里,电缆敷设 2.89 公里;共计杆塔 4688 基,沿途从巴音毛道、红古玉林、苏宏图、哈达贺休、额济纳旗、建国营、黑鹰山 7 个变电站支线输出电源点接入主线段。共配套 102 台变压器作为临时施工和服务网点的电源点。其中 69 台为零时电源点,33 台为长期电源点。共投入工人 600 多名,指挥车辆 15 辆,挖掘机、铲车、吊车等施工车辆 120 多台。

2015 年 5 月 26 日,输配电工程正式开工建设,由建管办郭锋、徐忠宁、范渊博负责现场组织、管理、协调。经金圳电力安装公司 600 多名工人的艰苦奋斗,2016 年 12 月底输配电工程全线贯通送电。

供水和供电工程的顺利完成,极大地推动了京新高速公路的建设进程,也为高速公路后期管养、运营提供了强有力的保障,为阿拉善盟经济社会发展打下了基础。

京新高速公路临河至白疙瘩段的建成不仅有效缓解阿拉善盟“行难”问题,同时也解决了沿线农牧民“水困”和用电、通信问题,促进阿拉善盟与周边地区的经济往来和 3 个产业的发展及壮大,是推动阿拉善盟经济社会发展的重要增长极。

(作者单位系京新高速临白段阿拉善盟建管办)

驰骋大漠铁骑飞

——京新高速公路临白段(阿拉善盟境内)二标中铁建设纪实

郎　军

苍天圣地筑天路,京新高速战鼓疾。

7月28日18时,由中国中铁股份有限公司施工总承包的京新高速公路临河至白疙瘩段(阿拉善盟境内)LBAMSG-2标段在巴音高勒大桥成功架设首片箱梁,拉开京新高速公路临白段全线架梁序幕。中国中铁创造了项目开工3个月实现架梁的施工新纪录,标志着备受瞩目的京新高速公路从蓝图跃然于蒙西苍茫大地。

谋定后动　快速推进

京新高速公路建设,功在当代,利在千秋。

在祖国大地屡建奇功的"国家队"中国中铁高度重视工程建设。2015年元月,受中国中铁授权委托,中铁投资集团组建了精干高效的中铁京新高速公路阿拉善盟段项目总承包管理部(以下简称总包部),管理人员中教授级高级工程师、高级工程师占总人数的54%。为强化项目管理,中铁投资集团委派两名副总经理坐镇指挥,由年仅41岁的美国项目管理协会(PMP)会员、全国优秀项目经理、中国中铁"十大杰出青年"、五夺"鲁班奖"、其中在125公里的沈阳四环快速路开创全国最大规模综合性交通工程获鲁班奖先河的孙玉国任总包部总经理。为优质高效建设好京新高速公路项目,中国中铁从所属二级集团公司中择优选择7家工程局集团和1家物资供应集团公司参加京新高速公路大会战,迅速构建了精兵强将聚京新、千军万马战北疆的宏伟格局。

思路决定出路,行动体现价值。总包部根据工程特点明确了"三高两创一确保"总体管理思路,郑重向阿拉善盟各级政府和人民做出三大承诺,即:通过科学管理、以人为本、绿色环保、尊重习俗,给阿拉善盟人民一个和谐安定的施工环境;通过超前筹划、严格管理、精细施工,争创内蒙古自治区优质工程,给阿拉善盟行署一份满意的答卷;通过实施工程总承包,充分发挥中国中铁品牌、资源、技术、项目管理四大核心竞争力,采用专业分工、大兵团作战,力争在2017年6月30日前交工通车,向内蒙古自治区兑现中国中铁庄严的承诺。

元月19日,中国中铁所属2000余名干部职工火速集结、跑步进场,全面拉开了京新高速临白段二标段的建设大幕。在不到1个月时间内,便道全部贯通,水、电、通信等设施基本完成,所有驻地达到住宿办公条件。4月24日总监办正式下达工程开工令,中国中铁8000多名参建员工秣马厉兵,斗志高昂,部分工点率先开工,为京新高速项目掀起大干高潮赢得了先机。

全面动员　掀起高潮

京新高速有效工期仅16个月,所有标段开工就是大干,没有热身时间,没有犯错机会。在内蒙古自治区交通运输厅、阿拉善盟委、盟行署的坚强领导下,在阿拉善盟交通运输局、工程建设管理办公室的具体指导下,总包部审时度势,确立2015年为"攻坚克难苦战年",以路面开工时间倒排工期,抢抓路基和结构物施工,确保完成全部路基桥涵和30%的路面施工,以及38亿元施工产值。

4月29日,中国中铁京新高速公路项目开工动员大会在阿拉善左旗召开。阿拉善盟委委员、盟行署副盟长王茂卿,盟交通运输局党委书记、局长黄巴特尔,工程建设管理办公室主任杜子义,中国中铁副总裁、总工程师刘辉,中铁投资集团总经理刘少魏等领导亲临会议,动员部署。会议下达了年度施工生产任务,与此同时全面启动"两大战役"劳动竞赛活动。会后,各参建单位广泛宣传,迅速动员,抓住路基和路面施工重点,突出桥梁和涵洞施工关键,超前安排,配足资源,倒排工期,克服了施工条件差、自然环境苦、夏季气温高、地材供应难等因素,充分发挥"青年突击队""党员先锋岗""工人先锋号"三面旗帜的引领作用,围绕"牢记使命、抢抓时机、突出重点、精心组织"竞赛主题,迅速掀起第一战役劳动竞赛大干高潮。

人心齐,泰山移。在全体参建员工的共同努力下,在阿拉善盟行署、盟交通运输局、盟工程建设管理办公室及沿线各级政府的大力支持和帮助下,中国中铁京新高速捷报频传,4月份全线开工,5月份全面开工,6月份形成稳产高产的良好局面。5月10日首座沥青拌和站建成,5月27日首座涵洞完工,5月28日首片梁体浇筑完工,6月18日首个墩柱浇筑完成,6月25日首段路基完成交验,6月28日首段路面水稳试验段施工完成,7月28日成功架设全线首片箱梁。截至目前,中国中铁完成施工产值21.98亿元,占合同总额的25%,路基工程将于8月底全部结束,项目全面进入墩身、路面水稳层、架梁施工阶段,为安全、优质、高效、环保建好京新高速公路奠定了坚实基础。

捍卫质量　铸就精品

质量是企业的生命,质量是工程项目的灵魂,超前的质量管理理念、严格的质量管理措施和优良的质量管理成果是确保工程质量的关键。中国中铁站在向内蒙古自治区、阿拉善盟和当地人民高度负责的高度,向全体参建员工深入灌输"质量至上,建戈壁滩景观工程"的质量管理理念,确立了"按照鲁班奖标准开展工作"的质量管理总体思路,树立了"工程质量零缺陷"和争创内蒙古"草原杯"的质量管理目标。

工程开工以来,总包部强力推行"开工必优、一次成优、方案选优、工艺从优、过程创优、罚劣奖优"的"六优"质量工作标准,全面执行内蒙古自治区规范化和标准化施工标准,严格落实各项管理制度,将图纸审核、测量复核、技术交底等工作贯穿于施工全过程,全部结构物推行清水混凝土工艺,研究应用"自呼吸生态环保型清水混凝土技术",力争将京新高速建设成为戈壁滩上的景观工程。

为确保质量管理目标的实现,总包部严格标准化和规范化管理,在狠抓施工工艺和技术创新上下功夫。在现场统一设置了施工作业牌,明确了各项施工工艺参数,路基严格按照"三阶段,四区段,八流程"施工,粉土或砂性土路基填筑地段全面推行取土场闷料工艺,既加快了施工进度,又确保了工程质量。为解决路基过渡段自然沉降时间过短,容易造成台后涵背沉降的质量通病,引进全国第一台 THC 系列高速液压强夯机对台后涵背进行填筑补强处理。针对当地气候干燥的特点,混凝土结构施工采用全包裹封闭式滴灌养生工艺。为确保预制梁板施工质量,总包部对制梁重点工序、关键节点统一编制了专项方案,统一了模板钢板厚度、抗弯强度,预制件均采用搭棚密闭喷淋养生工艺,箱梁采用蒸汽养生、智能张拉和智能注浆等先进施工工艺。开工以来,工程质量整体优良,路基工程填筑密实、线形优美,结构物内实外美、色泽均匀,桥梁桩基 I 类桩达 99.2%。

履行责任　呵护环境

京新高速公路阿拉善盟段建设离不开沿线广大人民群众的大力支持。作为特大型中央企业,中国中铁始终把积极响应政府号召、大力支持地方经济和社会发展作为义不容辞的责任和义务。

为大力支持地方经济发展,总包部下发了《关于加强京新高速公路路地共建的通知》,要求各项目部必须尊重当地民风习俗,不做有悖于民族团结的事情,在劳动力、机械设备、地材地料等使用上优先安排当地资源。总包部与当地政府、边防派出所联系,共同开展"肩并肩,心连心,携手同创共建和谐安康幸福路"活动,为京新高速公路建设构建了和谐的路地关系,受到沿线人民的交口称赞。

环保之于京新高速公路远远大于工程建设的本身意义,远远高过解决"行难"的现实问题。为保护阿拉善脆弱的生态环境,总包部向全体建设者发出《生态环境保护倡议书》,要求将环境保护放在工程建设第一位,“像保护眼睛一样保护生态环境,像对待生命一样对待生态环境”。总包部和各项目部每月 24 日定期组织全员开展“清除白色污染、守护一片绿色”专项活动,有的项目部通过采取“三个矿泉水瓶子换取一瓶矿泉水”的方式鼓励参建员工主动清捡垃圾,为保护阿拉善人民赖以生存和发展的家园贡献一份绿色心意。同时,总包部认真制订并落实施工中各个环节的环保措施,最大限度避免和减少施工对环境造成的不良影响,实现道路建设和环境保护的同步协调发展,力争将京新高速公路建设成为戈壁滩上的绿色工程、环保工程和景观工程,为内蒙古自治区和阿拉善盟经济的可持续发展做出应有的贡献。

先锋引领　铸造精神

京新高速公路阿拉善盟段项目地处荒漠戈壁无人区,生活环境异常艰苦,终年风沙大,夏季气温高,且缺水少电、资源匮乏。广大员工以顽强的意志践行了“勇于跨越,追求卓越”的中铁精神,以京新人的豪迈驱动着百里“苍龙”向前强劲延伸。

中铁京新项目各级党组织以工程为依托,围绕“四大战役”劳动竞赛,在全线开展了“沙漠戈壁党旗红,鏖战京新争先锋”党建主题活动,通过党员带头学习提高、带头争创佳绩、带头服务群众、带头遵纪守法、带头弘扬正气的“五带头”作用,充分发挥了党组织的战斗堡垒作用和党员的先锋模范作用,涌现出一大批管理精英,历练出一大批建设先锋。

总包部主管生产的副总经理张立业具有多个大型工程项目管理指挥经验,每天奔波在现场,350 余公里的管段经常一天跑个来回,以丰富的施工经验指导现场施工,为项目快速安全推进立下汗马功劳。总包部工程管理部部长栗勇本来就一家人两地分居,不顾爱人“反对”,把陪伴在身边的女儿独自留在天津上高中,作为京新第一批上场人员冲到生产前沿,快速建立起工程管理体系,精心组织前期施工调查和项目策划,组织编审总体施工设计方案,为工程顺利开工发挥了急先锋的作用。总包部安质环保部部长亢剑,开工伊始就结合项目实际和创优目标,组织编制了安全、质量、环保管理办法和制度,并通过日常、定期、专项检查考核将制度落到实处,并针对不同施工阶段管控重点,组织开展了样板工点观摩、特殊工种培训取证、交通安全警示周、“清除白色污染、守护一片绿色”等特色专项活动,真正担当起京新项目的安全质量“守护神”。第七项目部经理杨哲江带领全体员工克服沙尘暴极端恶劣天气,提前 10 天顺利建成二标段首座沥青拌和站,又于 6 月 25 日完成首段路基交验,为各项目部做了示范。第四项目部经理邱康敏在受命不到 2 个月时间内一举扭转被动局面,在路面工序转换中超前谋划,率先形成水泥稳定碎石底基层连续作业面,极大地鼓舞了员工士气。有“拼命谢三郎”之称的第五项目部经理谢秉军,自正月初六进场以来就一直扑在工地。年过古稀的父母和怀孕已久的妻子为不打扰他工作,都没提前告诉他孩子出生。5 月 12 日孩子出生,他只能在电话里安慰妻子。就是他,还带领项目部在京新高速公路临白段全线实现了首片箱梁架设。80 后的第七项目部党工委书记白稳超,通过具体深入的工作,把党建思想政治工作、项目文化建设、“三工建设”开展得有声有色。他跑遍额济纳旗大小理发店,请来理发师为职工解决了理发难问题,让身在荒漠的员工感受到了“家”的温暖。第二项目部四工区党支部书记孙大勇,在开工前期将大部分精力扑在征地拆迁协调工作中,为工程顺利推进付出艰辛努力。为激发员工爱岗敬业的热情,党支部在二标段开办诚信敬业道德讲堂“首课”。第一项目部试验员王岩为确保工程质量,查阅了大量资料,深入现场调查取样,对混凝土的坍落度、沙石的含水量、标养室的温湿度进行严格监控。经他手的混凝土抗压强度经检测 100%合格。工期紧张时,他吃住拌和站,每天只睡四五个小时,受到业主、监理的高度评价。第二项目部三工区实习生于倩文参加工作就来到京新严酷的环境,工作中兢兢业业。今年 7 月一个傍晚,他在土路上捡到一个新手机,一直把手机握在手中等待失主呼叫。当丢失手机的那位当地牧民知道他是参加修建京新高速公路的人时,感激地说“你们中铁人不但为我们修路,还拾金不昧!”正是这些朴实无华的“中铁人”,如一颗颗璀璨的明星闪耀在茫茫戈壁,成了员工们的指路明灯。

在创造物质财富的同时,中国中铁京新项目也创造着极其宝贵的精神财富。总包部在全线大力弘扬“感恩,责任,奉献,卓越”的工作理念,培育并铸造以“勇于挑战的航天精神,重责爱岗的边防精神,甘于奉献的胡杨精神,吃苦耐劳的骆驼精神”为核心内容的“京新精神”,动员并带领广大干部员工展示出“风沙大,干劲更大;气温高,斗志更高”“缺水不缺精神,少电不少风采”的良好精神面貌,为京新高速公路建设激发了新动力、凝聚了正能量。

潮平两岸阔,风正一帆悬。中国中铁京新高速项目第一战役劳动竞赛已圆满结束,总包部实现初战告捷,第二战役已全面打响。中铁人将牢记重托,不辱使命,确保安全、优质、环保、高效完成 38 亿元年度施工任务,为繁荣地方经济社会发展奋力拼搏。

情系京新　大爱无疆

甘露润心田,随波千万里。

在中国中铁京新高速公路建设过程中,内蒙古自治区交通运输厅、阿拉善盟委、盟行署及所属各级党委、政府和有关部门,业主、设计、监理等单位给予了项目大力的支持和无私的帮助,沿线广大牧民也给予充分的理解和包容。内蒙古自治区交通运输厅领导不辞辛苦、日夜兼程驱车赶赴现场调研,召开专题会议为项目建设出谋划策。内蒙古自治区交通建设工程质量监督局副局长张广、总工程师刘延辉深入一线,扎根基层连续督查11天,为公路安全质量工作提供了坚强的保障;阿拉善盟委书记云喜顺冒着炎炎烈日亲临现场部署工作,破解施工单位电力供应难题;副盟长徐景春在施工准备阶段就组织召开全线工作会议,对项目的安全生产、工程进度、环境保护、路地共建等工作提出具体要求,在施工过程中更是先后四次带领盟行署有关部门的人员深入现场,及时解决和协调路地关系,为项目大干快上创造了良好的环境;盟交通运输局党委书记、局长黄巴特尔,盟工程建设管理办公室主任杜子义,多次往返于施工现场,奔波于阿拉善左旗、阿拉善右旗、额济纳旗和呼和浩特之间,为项目建设手续办理、临时水电供应、征地拆迁协调、现场施工安排、建设资金筹集等不辞辛劳、日夜操劳;第二执行办主任林军,总监办总监蔚建华,想施工单位所想,急施工单位所急,身先士卒奋战在施工第一线,辛勤的汗水洒满了京新高速公路临白段二标段每一个工点。

京新高速公路临白段二标段建设过程中,倾注了中国中铁股份有限公司、中铁投资集团领导的浓浓关爱之情。股份公司副总裁、总工程师刘辉,股份公司副总裁周孟波,投资集团总经理刘少魏等领导,不辞劳苦深入工地指导工作、鼓劲加油。投资集团董事长、党委书记沈尧兴牵挂着京新高速公路建设的每一个步伐,亲自部署项目党建、廉政建设、项目文化建设、诚信敬业“道德讲堂”“三工建设”等工作,多次提出具体要求,为京新高速建设的将士们注入了强大的精神动力。

大漠有情,将见证“京新人”的如歌岁月;戈壁为证,将铭记“中铁人”的丰功伟绩。这将是中国中铁献给内蒙古自治区70周年华诞最好的礼物!

(《内蒙古日报》2015年8月5日第4版)

在沙漠中开出一条路

《经济日报》记者　栾笑语

在内蒙古自治区阿拉善盟，腾格里沙漠与乌兰布和沙漠交汇处，有一群人与风沙为伍，与困苦为伴，要在这大漠之中开出一条公路。这条路叫京新高速公路临白段。这群人有着共同的名字：筑路人。

日前，记者来到中建二局京新高速公路临白段项目，探访这群筑路人的苦乐情怀。

风卷狂沙催人忙

在没有路的地方开出一条路，分几步？

项目书记何开太介绍，主要分三步。第一，测绘出道路的标高、走向，相当于在实地画出道路的轮廓；第二，修建临时建筑，比如实验室、拌和站、指挥部、宿舍等，将所有生产生活场所建在工地边上；第三，才是修路、架桥。然而，这些工程在沙漠中进行，就变得格外困难。

首战大漠从测绘开始。在茫茫大漠中勾勒道路的雏形并非易事。一眼望去，全是一模一样的沙丘地，连棵树都没有。在这里不迷路都很难，测量的困难程度可想而知。测量队两人一组，扛着红旗进场，将红旗插进地里，看着红旗辨认方向。测量点离驻地较远，测量员只能带着干粮出工，不管吃什么，不变的"佐料"都是硬硬的沙粒。

风沙则是另一个考验。这里"从春刮到冬，四季一场风"，项目部的人说"不到这里，就不知道什么是真正的沙尘暴"。每年4月到6月，都是阿拉善盟沙尘肆虐的季节，大风卷着沙尘铺天盖地袭来，阻隔着所有视线。

沙尘来袭怎么办？"马上停工，就地避风。"项目质量部经理杨成说。到哪里避？"其实避无可避。就是原地蹲下，用外套护住头脸。"有用吗？杨成笑了，"其实没用。沙尘无处不在，眼睛里、鼻子里、耳朵里、嘴里……到处都是。拿外套蒙一蒙，也就是个心理安慰。"

二工区经理李寅甫说了个窍门，"嘴里的沙子吐不干净，就喝口水咽下去"。

何开太说："真正的沙尘暴来了，一步也迈不开，什么都看不见，喘气都困难。"

适应了在风沙中作业，特殊的工程要求和流沙地质又是新的"拦路虎"。在这里,一年中有半年冬休无法动工,两年半的工期实际有效施工时间仅有 13 个月。工程结构多样、分布面广,平均每隔 360 米就有一座桥梁或涵洞;地质条件复杂,特殊的风积沙路基含水量不达标,而在看不见的地下,流沙层又是难以攻克的难点……但凭着坚韧不拔的精神,一只只"拦路虎"在筑路人面前变成"纸老虎",茫茫大漠一段段路基修筑起来,宛若巨龙不断延伸。

离开的人　留下的人

戈壁滩,沙尘暴,缺水缺电没信号……面对恶劣的环境,许多人萌生去意。

5 月,苏祥明带着二十几个工人进场,正赶上狂风和沙尘肆虐的季节。正干着活,沙尘暴来了,铺天盖地的沙尘将人重重包裹,工人们怕得抱头跑。沙漠里特有的小虫子往头发里钻,咬得人又疼又痒。工程进度不容延误,每天只能睡四五个小时……只一个星期,工人就走了十几个。老苏带着工友干活有 25 年了,第一次遇到这种情况。他沮丧、难过,却不认输:"这个项目是国家重点工程,我们得有责任感、荣誉感。你走了,就是当逃兵,就是被困难吓倒了。"

有些管理人员也撑不住了,要求调工作或者辞职。一工区经理张卫兵对此表示理解。生活上的困难能克服,但生产上的困难真让人上火。项目地处沙漠,组织调度各种资源尤为困难。面对工期的死要求,张卫兵急得眼睛通红,彻夜不眠。"干不下去"的想法几次萌生,又被他按了下去。

项目执行经理赵鹏说,"我们是带着使命来的"。是的,这终究不是个人的事,而是关系一带一路战略、涉及国计民生的大事。京新高速公路的贯通,能为我国北部进入新疆辟出一条最快捷的大通道,从天津港至荷兰鹿特丹港也将拥有最为快捷的亚欧大陆桥。正是为了这项大事业,张卫兵仍在工地上忙活。和他一样,许多人选择留了下来,还有更多人奔着项目来了。

1993 年出生的王宽宽今年刚毕业,一到项目就傻了眼。跟妈妈打电话时,他忍住心中的失落说:"这里天很蓝,云很白……"

裴晓惠今年从哈尔滨师范大学毕业,原本可以做一名教师,却拎着行李和未婚夫于磊一起来到这里,做了项目办公室科员。于磊本不同意她转行,"她不是学工程专业的,不了解工地上有多艰苦"。但裴晓惠态度坚决,"就是因为艰苦我才来,两个人在一起,再苦也不怕"。

苦也好,难也罢,从未真正放在筑路人的心里,那只是需要攻克的一道障碍、必须翻越的一座山峰。

家远路长　情谊更长

裴晓惠把工区的宿舍叫作"家"。高低床、简易衣柜、折叠饭桌,就是这个家里的主要陈设。“于磊爱吃饺子,有空我就包给他吃。”裴晓惠一脸幸福,期待着明年在沙漠上举办婚礼。

他们把家安在了项目,但更多人的家在可望而不可即的远方,那是身在大漠的人们心中最温暖的慰藉。

王宽宽还是向妈妈如实说了环境的恶劣。妈妈问能坚持吗?他说能。“能坚持就行。”妈妈说。

张卫兵向记者抱怨大漠中的信号不好,用手机与儿子视频,画面模糊不清,“真想抱抱他”。

11月底,杨成就要做爸爸了,妻子怀孕期间他都在项目上。“等孩子长大了,我要带他(她)去看我干过的工程,一个地方一个地方去!”

二工区工程部经理王晓晓今年1月离开家时,孩子才两个月大,“没办法,我们干工程的,走到哪,就得把哪当成家”。

“缺水缺电不缺精神,风大沙大信心更大”,这些硕大字牌依次矗立在茫茫沙漠中,好似筑路人呐喊出来的声音。在中建二局京新高速公路临白段项目的战线上,每一个筑路人都不是以此时此刻的眼光看待眼前的困苦。在他们心中有一个更远的时间点,那是不久的将来,京新高速建成通车的时刻。“到那时,再想想现在吃的苦、受的罪,又算得了什么?”张卫兵说。

(《经济日报》2015年11月24日)

“京新杯”劳动竞赛吹响京新高速公路临白段“复工集结号”

《阿拉善日报》记者　赵晓丹

3月22日，盟工会和京新高速公路阿拉善盟段建管办联合召开“京新杯”劳动竞赛动员大会，吹响了京新高速公路临白段（阿拉善盟境内）“复工集结号”。记者在采访中了解到：为期3年的京新高速2015年共完成总投资额的40%左右，被誉为“京新速度”；今年，将完成总投资额的一半以上，确保年内实现黑色路面全线贯通。

京新高速公路阿拉善盟段建管办主任杜子义告诉记者，今年是京新高速建设整体推进、决战决胜之年。为了使项目有条不紊、积极有序、如期顺利完成，今年竞赛活动的总体要求是继续以“安全生产零事故”为前提，以“质量控制”为主线，以“标准化施工、精细化管理”为手段，以“工程形象进度”为抓手，以本次“劳动竞赛活动”为载体，狠抓路面、房建、机电、交安、绿化工程施工，确保实现年内黑色路面全线贯通，完成房建、交安、机电的主体工程，各项指标都要在可控范围之内，力争完成投资155亿元，确保交工验收达到合格，竣工验收达到优良。

去年是京新高速公路临白段（阿拉善盟境内）工程建设的开局之年和攻坚之年。针对施工环境恶劣、自然条件艰苦、施工线路长、地质地貌复杂、现场管理难度大、工程任务繁重等情况，建管办紧紧围绕年度工作目标，精心组织，科学管理，圆满完成路基填筑、桥梁贯通、房建封顶、全线通水供电等建设任务，顺利实现年度各项工作目标，创造了全区公路建设史上年度完成投资额的新纪录。工程建设共完成投资122.7亿元，为总投资额302亿元的40.6%，创造了京新速度、京新奇迹。2015年，共完成路基土石方9118万立方米，占总工程量的97.25%；完成桥梁工程产值23亿元，占该项总产值82.1%；完成房建工程产值4.7亿元，占该项总产值的44%。基层、底基层共完成产值21.6亿元，占该项总产值的56%。完成了456公里的管道供水工程和937公里的输配电线路架设工程，供水、供电工程已具备为工程建设和后期运营提供服务的基本条件，同时为地方经济发展创造了条件，“水困、行难、电不足”的矛盾得到了缓解。

特别值得一提的是，京新高速公路临白段建设也创造了阿拉善盟交通发展史上贡献地方经济社会发展的新纪录：2015年上缴税金达2.86亿元，完成122.7亿元的投资额，占阿拉善盟全社会固定资产投资比例的29.22%，有效推动了全盟服务业、旅游业、采矿业、加工制造业、交通运输业等行业发展。在施工高峰期，各类参建人员达到2万余人，参建机械达到9000余台。其中本地1294名劳动力参与工程建设，使用当地机械设备近千台，使用当地沙石料场117个，使用当地水泥约45万吨，产生了良好的经济效益和社会效益。

（《阿拉善日报》2016年3月23日第1版）

京新高速公路阿拉善盟段迎来建设高峰期 已完成投资141亿元

《阿拉善日报》记者　赵晓丹　通讯员　李春霞　陈　墨

风沙大干劲更大，气温高斗志更高。立夏以来，备受大家瞩目的京新高速公路临白段迎来建设高峰期。为确保年内实现黑色路面全线贯通，中铁、中交、中建3家大型央企的近万名施工人员全力以赴，日夜奋战在广袤的阿拉善大地，掀起一轮又一轮建设热潮。截至目前，3个合同段已完成投资141亿元，占总投资额302亿元的近一半。

连日来，每当夜幕降临，位于阿拉善左旗乌力吉苏木附近的京新高速公路临白段第二合同段施工现场，总是灯火通明，机声隆隆。为了加快进度，中国中铁于4月底启动了"京新杯"第三战役劳动竞赛，通过全面开展"三面旗帜进班组"活动，突出发挥279名党员先锋岗成员、308名工人先锋号成员、315名青年突击队队员的模范带头和典型示范作用，带动全线数千名建设者掀起大干热潮。项目总包部总经理、党工委书记孙玉国告诉记者，今年中国中铁将以"京新杯"劳动竞赛为载体，计划完成施工产值40亿元，确保完成全部主体工程，实现桥梁工程、路面工程、路基附属、房建装修等全部完工，交安、机电工程完成设计总量的90%以上。

5月30日，随着最后一车沥青料在京新高速公路临白段主线K896+000摊铺、碾压的结束，由中国交建股份有限公司承建的第三合同段路面下面层实现双幅全线贯通。京新高速公路临白段第三合同段起于额济纳旗境内天鹅湖，止于内蒙古甘肃交界的白疙瘩，全长357.84公里。自去年4月20日正式开工以来，各参建单位克服施工沿线缺水无电、气候环境恶劣、生活条件艰苦、施工用料极度贫乏的困难，积极协调解决工程建设中存在的问题，确保施工进度稳步有序推进。京新高速公路临白段第三合同段路面下面层的贯通，不仅为后续工程顺利展开提供了可靠保障，而且为"京新杯"劳动竞赛提出的9月10日前黑色油面全线贯通奠定了坚实的基础。

为了加快进度，由中建集团总承包的第一标段于6月7日召开大干100天决战动员大会。目前，该标段参建人数已达到4307人，机械设备1451台套，施工现场机声隆隆，奋勇争先，形成了大干快干的良好局面。

"今年是工程建设的整体推进和决战决胜之年，为了加快施工进度，建管办采取劳动竞赛等多种措施,确保工程如期完成建设任务。”京新高速公路阿拉善盟项目建管办主任杜子义告诉记者,针对施工环境恶劣、现场管理难度大、工程任务繁重的情况,建管办严格按照“五化”管理原则,紧紧围绕年度工作目标,精心组织,科学管理,实现了工程建设的良好开局。截至目前,3 个合同段共完成投资 141 亿元,占总投资额 302 亿元的近一半。今年,建管办将继续以“安全生产零事故”为前提,以“质量控制”为主线,以“标准化施工、精细化管理”为手段,狠抓路面、房建、机电、交安、绿化工程施工,力争完成投资 155 亿元,确保实现年内黑色路面全线贯通。

京新高速公路临白盟段主线全长 814 公里,总投资 302 亿元,是迄今为止内蒙古自治区单体建设里程最长、投资规模最大的交通建设项目。杜子义告诉记者,为打造群众放心满意的精品工程,建管办严把质量关,将加强质量管理贯穿于工程建设的全过程。对总包部、驻地办、总监办、执行办层层明确职责,做到每一个工程实体都符合质量标准,每个部件都成为精品。目前每个标段的工程质量合格率均达到 100%。此外,建管办还将安全生产作为工程建设的生命线,通过“平安工地”创建活动和加大隐患排查,实现了安全生产零事故的目标。“把一个绿色的家园留给未来,这是我们的责任。”杜子义告诉记者,为实现环保施工,建管办印发了《环保倡议书》,努力做到工程建设到哪里,环境保护就到哪里,严禁各类破坏自然环境和人文环境问题的发生,把中铁倡导的“像保护眼睛一样保护环境,像对待生命一样对待生态环境”的环保理念推向第一线,营造出人与人、人与自然和谐相处的施工环境,以得到当地政府与农牧民的认可,从而使路地关系融洽,工程建设顺利推进。

作为列入国家高速公路网的内蒙古自治区单体投资最大项目,京新高速公路临白段建成后,无论从空间上还是时间上都拉近了我盟与新疆、北京、沿海及东北地区的距离。它的建成,将从根本上改变阿拉善长期处于国家干线公路网“死角”和“末梢”的局面,对阿拉善盟乃至全区经济和社会发展的带动作用不可估量,具有划时代的深远意义。为确保早日完成这项全盟最大的基础设施建设项目,京新高速公路的建设者们正挥汗如雨战尤酣……

(《阿拉善日报》2016 年 6 月 17 日第 1 版)

旗帜的力量

——中国中铁京新高速阿拉善盟段项目总包部创新基层党建工作实践纪实

赵晓丹　陈　墨

题记：

焦裕禄精神犹如一座丰碑巍巍矗立。无论过去、现在还是将来，都永远是亿万人们心中一座永不磨灭的丰碑，永远是鼓舞我们艰苦奋斗、执政为民的强大思想动力，永远是激励我们求真务实、开拓进取的宝贵精神财富，永远不会过时。

时至今日，焦裕禄女儿焦守云网络空间里一篇题为《他们（中国中铁京新高速公路建设者）和我的父亲一样在最艰苦的地方奋斗》的博文，仍然被大家广为传颂，在社会各界引起强烈反响。

这篇博文是焦裕禄干部学院名誉院长、焦裕禄女儿焦守云，应邀为中铁京新高速公路临白段建设者作完《我的父亲焦裕禄》专题报告后的真情告白。她用质朴的语言，满怀深情地抒发了对中铁京新人的关爱，描述了环境的艰苦，展现了中铁筑路者一种坚强、执着、刻苦、奉献、奋进的精神……

中铁京新总包部党工委书记、总经理孙玉国说："焦裕禄精神诞生于河南兰考，我们在内蒙古阿拉善建设国家重点工程，相隔千里，就是因为我们都是共产党员，我们的工作环境同样艰苦。焦守云女士一场震撼心灵、洗涤思想的报告，把我们密切地联系在一起。学习焦裕禄精神，两学一做当表率，提质增效做贡献，我们中国中铁人也应为此在京新高速建设进程中树立起一座丰碑。"

京新高速公路临白段（阿拉善盟境内）建设顺利推进，焦裕禄精神已经在广袤的阿拉善戈壁沙漠中落地生根，为中铁京新项目党建工作，特别是"三面旗帜进班组"党建专项活动提供了强大的思想源泉。

争做焦裕禄式的好党员，成为每一个共产党员的目标和行动，带动着一大批年轻人和劳务工，恪尽职守，攻坚克难，艰苦奋斗，尽心尽力，为把京新高速公路建设成为一条人民放心的交通工程做出贡献。

走进中国中铁京新高速公路临白段项目建设工地，三面色彩鲜亮、主题鲜明的旗帜迎风招展。在内蒙古阿拉善无边无际的戈壁沙漠中，那一抹红色立即吸引了人们的眼球。用“党员先锋岗”“工人先锋号”“青年突击队”命名的“三面旗帜”，在建设者的“呵护”下，引领和传递着一种无比坚强的力量。

“我们5月份完成施工产值1.3亿元，勇夺业主第二执行办考核评比第一名，不但生产任务完成的好，而且干部职工的士气高涨，‘三面旗帜’进班组党建专项活动力拔头筹、功不可没。”

说这句话的人叫何明江。他是中铁京新总包部第五项目部的党工委书记，是一位地地道道的基层党务工作者，脑子活，办法多，工作经验丰富，大家都称呼他为“老书记”“老班长”，他对夺取更大的胜利信心百倍。

在“三面旗帜进班组”党建专项活动中，何明江义不容辞，主动请缨，担任第五项目部“党员先锋岗”的负责人。与他一起搭班子的党工委副书记、项目经理谢秉军，担任“工人先锋号”的负责人。技术主管周雄担任“青年突击队”的负责人。他们个个都是“拼命三郎”，带领36名党员、43名管理骨干和技术工人、35名团员青年扛起“三面旗帜”，在急、难、险、重任务中冲锋在前。

……

这是中铁京新总包部党工委大力弘扬焦裕禄精神，落实中国中铁股份有限公司党委“两学一做当表率，提质增效做贡献”主题实践活动要求，创造性地开展“三面旗帜进班组”党建专项活动的一个缩影，也是他们以一种看似平常的方式，创新和构建基层项目党建工作新思路、新格局、新作为的一个鲜活样本。

旗帜引领，聚力提气
“三面旗帜进班组”党建专项活动的重要基础

中国中铁股份有限公司施工总承包的京新高速公路临白段（阿拉善盟境内）LBAMSG-2标工程地处内蒙古西部，主线352公里，连接线62公里，合同总价值86.91亿元。中国中铁委托中铁投资集团有限公司成立总承包管理部负责建设管理，旗下中铁二局、三局、六局、七局、九局、港航局、航空港和中铁物贸等8家二级集团公司所属19家三级施工企业承担施工、物资集采供应任务。施工高峰期，参建人数多达8100余人。

如何充分发挥“中国中铁”品牌、资源、技术、项目管理四大核心竞争力？如何充分发挥专业化分工、大兵团作战、集约化管理优势？如何充分发挥基层党组织的战斗堡垒作用和党员的先锋模范作用？成为摆在中铁京新总包部面前的现实问题。

时间追溯到2015年，项目开工建设。

他们取得了2015年当年开工、当年完成产值42亿元的优良业绩，创造了中铁

"京新模式(54321总体管理思路+总承包管理模式模板模块+八四四文化体系+特色党建+和谐路地共建)"。

自开工建设以来,他们连夺首段路基交验、首段路面水稳试验段开工、首片箱梁架设、首座房建工程顺利封顶等多项全线第一。

这其中很重要的一个经验是,坚持"围绕中心、立足项目、融于管理、务求实效"的思想和理念,狠抓项目党建工作,持续创新和构建项目党建工作的新思路、新格局、新作为,基础牢、做法实、效果好。

"我们同舟共济、披星戴月,已经在京新项目战斗了300多个日日夜夜,终于迎来了2016年项目的决战决胜。必须坚定不移、毫不动摇的依靠各级党组织,落实中国中铁股份公司党委'两学一做当表率,提质增效做贡献'主题实践活动要求,在持续开展'沙漠戈壁党旗红,鏖战京新争先锋'党建主题活动的基础上,开展'三面旗帜进班组'党建专项活动,为实现决战决胜目标提供坚强有力的组织保障。"

孙玉国在2016年4月16日召开的党建工作座谈会上坚定果断地说。

4月24日,中铁京新总包部在"京新杯"第三战役劳动竞赛动员会上正式启动了"三面旗帜进班组"党建专项活动。5月12日,制订发布了《中国中铁京新高速公路项目"三面旗帜进班组"党建专项活动实施细则》。与此同时,开展了"弘扬工匠精神,争做工人专家"——"京新十大工匠"评选和"感动京新"先进集体、优秀个人选树宣传工作,3项活动同时启动,齐步进行,相辅相成,互为促进。

总包部党工委早行一步,先做标杆,对领导班子进行了包保责任分工。共产党员、副总经理张立业、盘明山、杨孟乾,现场办公,蹲守负责,统筹管理全线的安全、质量、环保、进度工作。

共产党员栗勇、亢剑,一个主管工程技术,一个主管安全质量环保,作为总包部共产党员的先锋代表,更是盯控施工现场不松劲,当表率,做先锋。

旗帜引领,聚力提气,这是"三面旗帜进班组"党建专项活动的重要基础。点燃参建员工的热情,提高凝聚力和战斗力,活动就此在项目建设工地火热的开展起来。"党员先锋岗""工人先锋号""青年突击队"三面旗帜迅速进入了沥青路面、防护工程、桥面系、服务区等各个施工班组攻坚克难的最高地、最前沿。

敢于担责,勇当先锋
"三面旗帜进班组"党建专项活动的实践做法

认识到位、思路清晰,方向明确、组织有力。

中铁京新项目全线10个党工委、25个党支部,第一时间通过举行宣誓授旗仪式、召开专题座谈会、班前安全讲话等形式,全面启动了"三面旗帜进班组"党建专项活动，广泛宣传动员，号召全体党员、参建员工、团员青年，立足本职、敢于担责，顽强拼搏、勇当先锋，发挥好模范带头作用。

全线 279 名党员（包括 12 名农民工党员）加入党员先锋岗，308 名管理骨干和技术工人加入工人先锋号，315 名团员青年加入青年突击队。党员统一佩戴党徽，党员先锋岗、工人先锋号、青年突击队成员佩戴袖标，亮出身份，争做表率。

902 名成员的照片、姓名、岗位职务和包保责任，被一一公示在项目部、工区、拌和站、预制场和施工班组宿舍等各个生产生活区域，接受大家的监督。

第二项目部四工区党支部书记孙大勇说，群众的眼睛亮堂堂，对"三面旗帜进班组"的人员进行公示，目的就是要时时刻刻提醒大家，不要忘记自己的身份，更不要忘记自己肩上的责任。

杨永宏是第三项目部一工区的班组长，他和妻子王冬香同在一个工区，被大家称为"模范夫妻"。杨永宏说，自从自己的照片被公示以后，他工作更起劲了，责任心更强了，要不然对不起"模范夫妻"的称号。

贾京友，第一项目部党工委书记兼常务副经理，"一副担子，两份责任"，身先士卒带队伍，扎根大漠写忠诚，成为京新高速上的又一个"拼命三郎"。为确保在关键工序、重要岗位都有党员，在第一项目部设立"党员先锋岗"，充分发挥党员带头学习提高、带头争创佳绩、带头服务群众、带头遵纪守法、带头弘扬正气的"五带头"先锋模范作用。

第三项目部二工区、第五项目部实行项目领导班子挂牌负责制，按照施工生产重点，细化分解目标，合理安排施工，责任包保到人，以"日保周、周保旬、旬保月、月保季"，抢抓有利时机，掀起大干高潮，提高工作效率。

第七项目部通过"争先创优、爱岗敬业、勇于创新、甘于奉献"等"比争创"机制，制定考核办法，建立奖罚制度，发挥党、工、团的先锋模范作用，真正做到"三面旗帜进班组"党建专项活动对生产管理全过程、全覆盖。

王继河、张成、鞠清锋、白稳超、吕海军，坚持深入桥头、路面、护坡等施工一线，与现场施工人员主动沟通，了解和掌握他们的思想动态，帮助解决工作、生活中的困难，解决施工中的疑难杂症。

"三面旗帜进班组"党建专项活动开展以来，还涌现出了段灵龙、颜小龙、郑珂、常成亮、李阳、郭建贤、姜贺、刘建、杨世全、贺洪喜、曹福丽、程广立、曹军、郭文虎等认真负责、工作扎实、成绩突出的优秀个人，真正发挥了先锋模范作用。

敢于担责，勇当先锋，这是"三面旗帜进班组"党建专项活动的实践做法。全线共建立责任包保、考评制度 38 项，项目部和各个施工班组签订《包保责任书》，活动做到了与劳动竞赛、安全质量、创先争优、路地共建、项目文化"五个相结合"，各个班组之间形成了“比、学、赶、帮、超”，学技术、练硬功，争创一流、争当先进的浓烈氛围，带动了全线数千名建设者掀起大干热潮。

领跑业绩，提质增效
“三面旗帜进班组”党建专项活动的现实意义

三面旗帜是引领，进班组是重点和关键，最终要靠业绩来考核。

中铁京新总包部坚持党建带工建、带团建，不断深化项目党建专项活动，加强和推进党建工作上新台阶，把务虚的基层党建活动转化为务实的生产力，使大家看得见、摸得着，有力地推进了京新高速公路临白段项目的建设步伐。

6 月 13 日至 19 日，总包部党工委开展了“‘两学一做’学习教育——今天，我来讲党课”专题党课周活动。总包部党工委书记、总经理孙玉国带头开讲。全线 35 名党工委、党支部书记纷纷走上讲台，面向全体党员讲党课 39 场次 70 余课时。各级党组织已经把开展“三面旗帜进班组”党建专项活动的意义提升到“两学一做”学习教育的重要实践上来。

第六项目部有 3 名农民工党员，分别是陈学军、陈学斌和雷志峰。党工委书记柳波把他们找来谈心，建立了流动党员管理台账，成立了协作队伍党支部，把他们每月的工作表现和参加党建活动的情况以书面形式如实向农民工党员党籍所在地的党支部反馈。此举收效明显，3 名农民工党员所在班组加工预制块的数量，由原来的每天 600 块提高到现在的 1200 多块。

第四项目部党员先锋岗的谢宇、甘泽炳，工人先锋号的刘中元、王志红，青年突击队的彭钰杰、史勇勇，一起负责的塔木素布拉格三号中桥以及附属工程提前 5 天完成施工任务，被总包部评为样板工程，兄弟单位还专门前来观摩学习。

第五项目部详细制定了“三面红旗进班组”党建专项活动的总目标和阶段性节点目标。对在活动中完成和超额完成目标任务的，给予 100%奖励兑现；对完成 80%～100%的，按比例依次减少奖励；完成任务不足 80%的，取消奖励和评先资格。奖惩办法同时针对项目部部门和工区、劳务班组，上下一致，同步推进。

物供中心将活动融入“情系京新”的“办公用品采购”“亲情通勤班车”“放心菜篮子”“爱心快递服务站”“加满后备厢”等五大活动。“亲情通勤班车”累计发车 336 次，安全行车 8 万多公里，运送桶装水 8430 桶，代收邮件（快递）24000 余件。

领跑业绩，提质增效，是“三面旗帜进班组”党建专项活动的现实意义。2016 年 5 月，中铁京新高速公路项目完成施工产值 10.6 亿元，一举创下二标

段开工以来单月施工产值之最。截至6月15日，完成施工产值7.27亿元，6月份有望再次突破10亿元大关。其中第七项目部于6月6日提前19天完成中面层施工任务。预计6月23日沥青路面全部完成，比业主要求的时间(9月10日)提前79天。

在开展“三面旗帜进班组”党建专项活动期间，内蒙古自治区交通运输厅、阿拉善盟委、盟行署及所属各级党委、政府和有关部门，业主、设计、监理单位，中铁投资集团党委等给予了大力支持和帮助。内蒙古自治区交通运输厅领导，盟交通运输局党委书记、局长阿其图，建管办主任杜子义、副主任林军，第二执行办副主任许敏等领导多次进工地、下班组进行现场指导，对进一步提升活动质量起到了极大的促进作用。

三面旗帜进班组，使基层党建活力倍增；中铁京新铸精品，使文化品牌更强。中国中铁京新总包部党工委把开展丰富多彩、形式多样、内容充实、效果明显的基层党建特色活动，转化为凝心聚力、促进生产、强化管理、提高水平的有效手段和载体，全面提升了京新项目党建工作科学化水平。

后记：庆祝中国共产党成立95周年，中国中铁京新总包部坚持共建共享，实现“三大承诺”，积极主动参与内蒙古自治区“十个全覆盖”工程建设，全力支持阿拉善盟地方经济发展。

各级党组织、全体党员，团结带领参建人员，思想上同心，目标上同向，行动上同步，充分发扬中国中铁“勇于跨越、追求卓越”的企业精神，大力弘扬“感恩、责任、奉献、卓越”的工作理念，培育和发扬以“勇于挑战的航天精神，重责爱岗的边防精神，甘于奉献的胡杨精神，吃苦耐劳的骆驼精神”为核心内容的“京新精神”。

参建员工以“风沙大干劲更大，气温高斗志更高，缺水不缺精神，少电不少风采”为支撑的主动担当、主动作为、凝心聚力、实心实干的情怀和风采，为京新高速建设激发新动力、凝聚正能量。

“三面旗帜”，必将在京新高速公路建设进程中引领和传递无穷无尽的力量。

（人民网、新华网2016年6月刊发；《内蒙古日报》6月21日第4版，《阿拉善日报》第2-3版；《中国交通报》7月1日第2-3版）

挥汗如雨战尤酣

京新高速阿拉善盟段中交总承包管理部　张保玉

2015 年完成产值 43.7 亿元,在京新高速临白段 3 个总包部持续保持进度领先;参建人员 1 万余人、机械设备 3500 多台(套),央企大集团作战的优势尽显;路面上面层双幅摊铺累计完成 170 多公里,预计 2016 年 8 月中旬黑色路面主体工程全线贯通……

入夏以来,备受社会各界瞩目的京新高速公路临白段迎来建设高峰期。为确保年内实现黑色路面全线贯通,中国交通建设股份有限公司京新高速临白段第三标段项目总承包管理部(简称中交临白)的施工人员全力以赴,日夜奋战在广袤的阿拉善大地,掀起一轮又一轮建设热潮。中交筑路人吃苦耐劳、攻坚克难、敢打硬仗的团队雄风激荡在祖国北疆大漠戈壁中。

打造中交速度

2015 年是京新高速公路临白段建设的开局之年,也是大干快上之年,施工任务重、工期短、压力大。根据建管办的总体安排,中交临白制定了"快进场、快临建、快开工"的强有力措施。

4 月 20 日,开工令下达后迅速形成大干快上局面。中交临白下属 10 个项目部,纷纷组织开展"大干 100 天劳动竞赛"活动,24 小时进行土方作业,日平均填方 60 万立方米,2 个多月完成总土方工程量 80%。进度领先的第二项目部,在风积沙路基填筑过程中,配备装载机 189 台、挖掘机 55 台、自卸汽车 430 台、推土机 28 台、平地机 11 台,总计投入设备 700 多台套,每天平均完成土方工程量 10 万立方米,取得了突出的施工业绩。

6 月 18 日,中交临白开始路面水稳底基层试验段施工。此后,施工重点转入路面施工阶段,全面推进水稳底基层、基层施工。七八月间,大漠戈壁骄阳似火,热浪滚滚。中交临白各项目部采取"错峰"工作时间避开酷暑,加强防暑降温的保障措施,抢抓施工黄金季节,提倡"大干再大干"的奋斗精神,持续保持大干势头。各项目部纷纷采取"一布一膜,洒水养生"工艺,确保干旱缺水地区路面施工质量,高效推进工程建设。施工现场 20 余处路面水稳底基层、基层施工交替推进,摊铺机、压路机、翻斗车等机械往来穿梭,一派繁忙景象。

9月8日开始，中交京新各项目部陆续完成沥青混凝土下面层试验段施工，正式进入黑色路面施工阶段。2015年，中交临白完成产值43.7亿元，为建管办下达38亿元年计划指标的115%，占合同额86.5亿元的50.5%，取得了较为突出的工程业绩，持续保持了进度领先优势。

领跑京新全线

2016年，中交临白将工程建设定位为决战决胜年。建管办下达计划产值39.6亿元，并确立了9月10日主体工程贯通目标。为此，中交临白采取“大干、实干、巧干”的管控方式和手段，倒排工期，严格计划落实；采用蚂蚁啃骨头的方式多用队伍、多上设备，累计参建人员10000余人、设备3500多台（套），形成了大集团作战的强大阵势；采取总部领导包保制度，每人负责两个项目部的工程进度，进一步督促领导干部发挥潜能和引领作用；采取日报制，随时掌控各项目部的工程进展情况，督促以日保旬、以旬保月、以月保年；采取重奖严罚措施，设立“优胜流动红旗”“每月一星”奖项，持续保持大干高潮，营造了人人争先、大干快干的良好氛围。

5月30日，随着最后一车沥青料在京新高速公路主线K896+000段摊铺、碾压的结束，中交临白路面下面层实现双幅全线贯通。

6月25日15时，中交临白再传捷报，经过全体参建人员的共同努力，奋力拼搏，取得了路面中面层全线贯通的阶段性胜利。这再次彰显中交筑路人求真务实、吃苦耐劳、能征善战、攻坚克难、敢打硬仗的团队雄风。

2016年4月复工以来，第三执行办、第三总监办、中交京新高速公路临白段阿拉善盟境内第三项目总承包管理部三辕齐驾，通力配合，率领全线5000多名建设者，夜以继日拼搏在施工第一线，为京新高速建设付出了辛勤的汗水和劳动。在工程管理上，突出一个“安”字，狠抓一个“质”字，落实一个“管”字，保证一个“快”字，达到了预期目标，取得了丰硕的成果，实现了工程质量稳定可控、安全生产稳步提升、工程进度稳步推进、综合管理稳中求进，尤其是工程管理方面取得了引人瞩目的优异成绩。全线10个项目部借助“京新杯”劳动竞赛的强劲东风，在确保安全质量的前提下，抓住气候温度对油面施工的有利时机，加大机械设备投入，优化施工组织，合理安排作业时间，采取流水式连续施工作业，发挥“党员先锋队”“青年突击队”的冲锋打头阵的引领作用，通过一系列措施的实施，在全线形成了大干快上、你追我赶、勇往直前的良好氛围，为工程进度的快速推进发挥了应有的作用。本年已完成产值33亿元，其中4月份单月完成产值13.09亿元。

截至目前，中交临白第一、二、四项目部相继完成路面上面层摊铺任务，全线路面上面层双幅摊铺累计完成170多公里，占上面层总工程量的50%。其余各项目部继续保持大干快上的施工热潮，抢抓施工黄金季节，加紧施工。预计在8月中旬，黑色路面主体工程将全线贯通，提前实现建管办确立的9月10日黑色路面主体贯通的奋斗目标。届时，中交筑路人将为全社会呈上一份满意的答卷，给阿拉善各族人民恭献上一份丰厚的大礼。

作为国家“一带一路”的标志性工程和内蒙古自治区单体投资最大项目，京新高速公路临白段建成后，将使乌鲁木齐至北京的距离缩短1000多公里，无论从空间上还是时间上都拉近了阿拉善盟与新疆、北京、沿海及东北地区的距离。它的建成，将从根本上改变阿拉善长期处于国家干线公路网“死角”和“末梢”的局面，对全盟乃至全自治区经济和社会发展的带动作用不可估量，具有划时代的深远意义。为确保早日完成这项全盟最大的基础设施建设项目，中交临白的建设者们正挥汗如雨战尤酣……

（《阿拉善日报》2016年7月11日第4版）

大漠戈壁筑丰碑

——京新高速公路阿拉善盟段三标中交建设纪实

人民日报社记者　褚多锋

一条建于亘古荒原、大漠深处的高速公路，执着地穿越近 200 公里的戈壁无人区，将北京与新疆的距离拉近了千余公里，成为飘扬在中国西部、联结古今丝绸之路的一条耀眼缎带。

一支万余人的筑路大军与五千余台（套）机械设备，在千里荒漠排兵布阵，似铁流滚滚，劈砂碎石，在无路、无水、无电、无信号、无人烟的区域挑战诸多“不可能”，在沉睡了几千年的戈壁中开凿出通往祖国北疆、走向亚欧大陆的新坦途。

这条路中的 357.84 公里由京新高速公路临白段（阿拉善盟境内）第三总承包管理部（中国交通建设股份有限公司）承建。

这支筑路铁军，沙海劲旅，是中国交通建设股份有限公司京新高速公路临白段（阿拉善盟境内）第三总承包管理部党工委书记兼总经理刘永明、常务副总经理张满华、副总经理（教授级高级工程师）李德钦、副总经理兼总工程师黄西民、副总经理李林育等管理团队麾下的高速公路建设者。他们的足迹，曾跨越长江黄河、刻印京沪三峡、施援汶川舟曲，而今又在“一带一路”的历史节点上再创伟业，展示着央企筑路者的贡献与担当。

在祖国辽阔的版图上，这支由四面八方会聚而来的筑路大军怎样续写新的传奇？在同时期高速公路开工线路最长、建设等级最高、投资最大、穿越戈壁沙漠最广的情况下怎样取得建设速度最快的骄人业绩？在与中国建筑股份有限公司（中建）、中国中铁股份有限公司（中铁）的同路竞技中有着怎样的不同表现？记者一行经由嘉峪雄关，在沙漠戈壁驱车近 5 个小时，行驶 400 多公里，走进额济纳旗，循着这条路和建设者的足迹一探究竟。

历史深处的“闯入者”

额济纳旗，位于内蒙古自治区最西部、巴丹吉林沙漠北部，曾是汉、唐、西夏和元帝国军事重镇，丝绸之路的重要关隘。岁月的年轮在这块土地上刻下几多沧桑与厚重。当我们驻足这里的高天厚土，倾听历史的回声，品评撼人心魄的往事，无论古往今来，路的故事总会不期而至，引发无尽的遐想。

进入21世纪,“丝绸之路经济带”“21世纪海上丝绸之路”的恢宏画卷正由中国与世界各国共同绘制,徐徐展开,在这里建成通畅便捷的道路又成了时代的必然选择。此时,距孙中山先生《建国方略》中修建通疆大通道的宏愿已有一个多世纪,从2006年形成工程许可编制又过了10年。根据规划,2015年1月5日中标发布,到2017年6月30日建成通车目标,工期30个月。历史性的机遇,历史性的使命与任务,历史性的贡献,注定了这是一场历史性的筑路决战。创新变革的时代,需要肩负使命的中交建筑路人,就像荒漠里的红柳、梭梭、芨芨草一样植根大地,做出不同凡响的回答。

中交建设者的到来,开始打破这里的沉寂。京新高速公路临白段三标项目管理部的建设者喊出“啥困难都不叫困难,啥问题都不叫问题”的豪迈之语。一万两千余名筑路人怀揣这些硬邦邦的誓言,闯入了这片未知的领地,也闯进了沉寂的历史深处。黄沙肆虐,朔风呼啸,四顾茫茫,他们就地挖“沙窝子”,撑起棉帐篷,算是安营扎寨,还能省去通勤往返的时间。况且,要找“房”也要到200公里外试试运气。在拟建道路全程沿线开出便道,使管理部与最远施工地的时间由8小时缩短为4小时。自备发电机,第一次为荒原送进文明之光。手机没信号,建设者借用古人的智慧实现了“大数据”寻找一处有信号的山头,放置“值班手机”统一接受信息,之后分享。打井引水,保证自己生存,也造福项目地牧民,演绎现实版的荒野求生。

有了这些“创造”,加上昼夜轮班奋战,最终取得主体路面工程比业主要求时间提前2个月完工的业绩。项目成了考验智慧和毅力的战场,工地变成淬炼身心的熔炉。新分配的大学生在此完成了精神的成长。南方的妻子追随参建的丈夫驻守沙漠戈壁,偶尔到几百公里外的镇里“视频”两岁的儿子成了“最幸福的事儿”。来自广东水乡的李德钦是京新高速公路临白段三标项目管理部副总经理、教授级高级工程师,已在中国的筑路领域工作20多年,曾参与长江、黄河、厦门大桥等重大道路工程建设,此次恰巧在转赴西南某项重要工程前交接工作,顺便接受采访,告别同事,算是一种休息。在人员少、工期紧、任务重的情况下,一人担负多项职责,前面总会有新的任务在等待“李德钦们”。

京新高速公路临白段三标项目也传递着民族团结的佳话。项目分部的筑路人为农牧民修路架桥、清理河道、开挖池塘、营造景观,扶危助困,服务于旗(县)、苏木(乡镇)、嘎查(村),赢得一路称赞……这样的故事有很多很多。中国交通建设集团有限公司是已跻身世界500强的央企,有很强的专业团队,更有超强的民生情怀和精神特质。

开创大项目“互联网+集中管理”先河

京新高速公路临白段三标线路位于茫茫戈壁滩、风积沙路段和大片无人区，全年干旱少雨，水源严重匮乏，沙尘暴频频光顾；夏季高温42.5℃，漫长冬季低温时逼近零下36.4℃，路面高温时70℃。久居都市的人们或许难以想象，邂逅一场久违的雨水会使这里的人们“互致贺电”，奔走狂欢。自然条件严酷，施工技术要求高，生态环境极为脆弱，还有边疆少数民族地区的工作要求，京新高速公路无一不在考验着筑路大军。

在严酷的环境下，京新高速公路临白段三标项目总承包管理部的建设者用行动回应使命和誓言。以开展“集中管理”试点为契机，把参建的中交一公局、二公局、三公局、四公局、路桥建设、一航局、二航局整合成5个管理部门、10个项目分部。管理部班子成员每人负责跟进两个项目分部，带领大家进行蚂蚁啃骨头似的攻坚。三标段主线路上要架设桥梁63座，修建涵洞及通道382道，实施机电、交安、绿化工程357.84公里，修建房建14处，还有服务区、停车区、养护工区、治超站、检测站、动物通道等，计划工期30个月。每一个产值的实现都要付出超常的智慧、经验和汗水。

仲夏之晨，旭日初升，坐落于额济纳旗环城南路的京新高速公路临白段三标项目总承包管理部迎来了新一天的忙碌。刘永明总经理打开办公电脑，方寸屏幕上显示出所辖10个项目分部的进度、质量、安全、环保、效益、廉政等信息，乃至某个桩的状态也是近在眼前，几百公里外的筑路大军正在电脑显示的进度中奋战。刘永明根据电脑的“汇报”很快对下一步的工作做出分析判断和新的安排。他的各个管理部门、项目分部经理的手机上也都能查询到各自的工作进度。这是管理部探路“集中管理”新模式中的一幕。当天下午，记者一行驱车前往电脑中显示的二分部施工现场，花了将近4个小时，亲身体验到信息化平台建设为这荒芜之地带来的神奇与便利。

“互联网+大型高速公路项目经营管理”创新为“集中管理”提供了高效的工作平台。“集中管理”方式加强了总承包管理部对项目部的各项掌控。7个参建局项目部组合为一个整体，成为一个优势集中联合体，集中发力，通过统一管理、统一协调、统一对外，保证了工程项目的进度、质量、安全、效益均衡运行。相应设立的合同管理、集中采购管理、成本管理、资金税务管理、技术管理、安全质量管理、综合协调管理七大“管理中心”，由总部与分部派驻人员共同组成，协调各方面工作，化解矛盾，排除干扰，以科学合理、实用高效的管理方法实现工程管理的整体推进。还有60多项管理办法为“集中管理”的平稳、持续实施保驾护航。随着道路施工的逐步深入，"集中管理"办法通过项目分部和部分环节先行先试，逐步达到"以点带面，成熟一个推广一个"的预期目标，最后聚合成优质合力。实践证明，"集中管理"在衔接工程建设管理办公室和项目管理部的合同规范、采购招标、成本管控、资金税费管理、安全质量控制、协调业主(投资方)、监理工作等方面效果愈加明显。尤其是在物资采购中的钢材、水泥、柴油招标中，集中管理采取的限价措施很好地解决了一些绕不开的老大难问题。仅钢材、水泥、柴油采购总价就降低约7000万元，大宗材料集中招标采购成本控制成效明显。

信息化建设于项目进场之初就同步部署，引进科技服务公司开发了主业务平台，完成进度、质量、安全、环保、计量等11个管理模块，及时准确地反映工程的日形象进度和产值完成情况，监督现场协调管理。如合同管理模块能按流程严格审批、把关；成本管理模块能及时准确地反映出各项目的施工成本和效益情况；安全、质量、技术、材料设备等管理模块都已上线运行并取得良好成效。信息化管理系统具有强大的数据收集、统计、查询、流程办理等功能，为实现"集中管理"、项目综合管控提供了有力保障。经过总结完善，京新高速公路临白段三标项目管理部试行的"集中管理"模式，为道路建设行业贡献了统一思想、完善制度体系、提高执行力、统一对外协调、明确权限、倡导"管控为主，激励为辅"、"抓大放小"、成本管控等管理方式，成为保证"整体成本最低，综合效益最大"目标的重要方法。

质量是项目的灵魂，进度是完成任务的保证。京新高速公路临白段三标项目管理部常务副总经理兼纪工委书记、工会主席张满华是从北京奉调参与这项大会战的，"提质增效"是他谈得最多的话题。张满华和团队管理成员为实践管理出质量、管理出效益的命题付出了艰辛的探索与努力。京新高速公路临白段三标项目如今已是荣誉满身，"品牌"闪闪，先后有：国家、内蒙古自治区、阿拉善盟、额济纳旗对进度领先、环境保护、路地共建等工作给予通报表彰；额济纳旗"支持民生工程建设先进集体"；内蒙古自治区AA级"信用评价"；"交通运输企业安全生产标准化达标"二级证书；"平安工地"建设示范单位；"中国交建效能监察优秀项目"；第二项目部获得阿拉善盟"工人先锋号"班组；第二项目部经理王腊获得阿拉善盟"五一劳动奖章"；副总经理黄西民获得集团"技术督导先进个人"；来自农牧民的良好口碑。中国交建具有"诚信服务、优质回报、不断超越"文化基因的这支队伍还为我国道路建设贡献了"风积沙路基施工技术""盐渍土地段结构物防腐技术应用""特殊地质地貌条件下覆土波纹钢板桥涵的应用""沙漠干旱地区水泥稳定碎石施工节水养护技术"等科研课题成果。

中国交建人的话语平实而有力道，就像他们已建好的条条道路般踏实。"我们的目标是代表中交人把工程干好，争先创优，贡献模式，培养团队，展示能力，实施合同、财务、招标采购、成本、工程技术、安全、质量、环保、廉政的有效控制,做到谋划超前、准备超前、协调超前、实施超前、评估超前,借助信息化管理平台和采取成本异动干预措施,实施有效的动态管理,保证各项进度计划的如期实现。"从刘永明总经理的寥寥数语,感到管理部团队已对千军万马的调度胸有成竹。

目前,京新高速公路临白段三标项目正处在2016决战决胜年的关键阶段,项目管理部继续实践"发展理念人本化、项目管理专业化、工程施工标准化、管理手段信息化、日常管理精细化"的要求,以安全生产零事故为前提,以质量控制为主线,以精细化管理为手段,以工程形象进度为抓手,结合工程建设管理办公室(建管办)的年度计划目标,组织开展"提质增效"工作及"管理提升年"活动,完善"集中管理",提升制度执行力,在宏观掌控的同时加强细节管理。针对各项目部的施工管理特点,进行分类指导和帮扶,缩短进度差距。以经济手段严管经营活动,严控成本支出,增大盈利空间。记者在三标项目管理部和项目分部道路现场采访,对悬挂不同省份的施工车辆印象颇深。正是这些五湖四海的建设者汇聚起了强大的智慧和力量。

生态环保与高速路工程齐行并进

6月的大漠戈壁热浪灼人,飞金流火。正午阳光和高温似乎对来访者表现出更加的热情。在项目二分部所在的沙漠路段,"中国交建"几个大字在晴天骄阳下格外醒目。沿着连绵沙丘,棋盘似的"黑方格"绵延不断,这是京新高速公路临白段三标项目实行的方格固沙法,方格由防腐塑料纤维制成的鳍形沙袋连成一片,等沙子自然将方格灌满,可以人工提升形成新的固沙方格,继续发挥作用。

目前,已在风积沙路段路基两侧设置沙袋框格1570万平方米。这是京新高速公路临白段三标项目管理部探寻筑路施工、生态建设、环境保护相均衡的一个例证。

"像保护眼睛一样保护环境,像对待生命一样爱护生态环境",这样的定位在荒芜的戈壁筑路工程中显得弥足珍贵。由于筑路工作的特点,最酷热的时候是路面施工的最好时机,于是,大漠的阳光在筑路人的脸上留下明显的印记,筑路人又像侍弄婴儿一样改变着这里。从工程建设管理办公室(建管办)到三标项目管理部,从各个项目分部到万名施工者,真正实施起来就是一股强大的力量,也有着切实的行动。工程伊始,管理部就确立了绿色环保工程、绿色工地的目标,成立负有环保计划实施和监督职责的环境保护领导小组,组织环保培训及义务劳动,因地制宜开展宣传,促使保护生态成为大家的自觉行为。施工中坚持"防治污染、保护生态、持续发展"的方针,在规划驻地和施工场地时,坚持合理利用自然资源,尽量减少占用土地和破坏当地植被，预防发生突发性重大污染。遵守环境保护工作的相关要求，取土场、弃土场、废弃的施工便道按要求整形。依据牧区特点，选择取土场远离道路两侧，把荒秃的山包整理成平地，必要时覆土，即达到取土的目的，又增加牧场，造福当地牧民，并撒种适应当地气候特点的草籽培植植被。对因施工造成的生产垃圾和生活垃圾，随时快速处理。施工便道定期洒水养生，尽量减少扬尘，避免对周边环境的影响。为保护野生动物迁徙，共设过道桥涵450余座、环保隔离栅300余公里，并在隔离护栏外设置了大量的野生动物饮水点。依据公路经过荒漠化农牧区的环境特点，提出荒漠化区域生态环境保护技术，结合物种组合，种植胡杨、红柳、白腊、花棒、紫丁香、梭梭等防沙植物55万余株，有效地治理了路基的扬沙问题，且美化了公路环境。第十项目分部把节能环保指标分解到各工区及各施工队伍。第四项目分部结合植被分布情况将地貌划为戈壁绿洲段、戈壁荒漠草原段，施工设计时根据红柳、骆驼刺、白刺和胡杨等植被的生存特点进行了绕避。为解决高速公路两侧的过往交通，方便群众生产生活及当地畜牧（骆驼、羊群）迁徙的需要，依据沿线牲畜分部数量、动物迁徙路径，结合设计图纸和当地牧民要求，设置了通道、桥梁43座，并沿线设有环保隔离栅50余公里。在顺应自然地形地貌的基础上，保持戈壁原生态，改善戈壁公路的自然景观，兼顾公路发展和自然环境的协调，在公路两侧种植胡杨树3527棵，红柳、梭梭约1万株，目前成活率95%以上。环境保护与生态建设伴随道路建设的始终。

“主动环保，开门环保、共建共管共赢”的创举，赢得了品牌效应和速度效应。项目分部经常征求当地环保部门及群众对施工范围内环保工作意见并及时整改，严格执行与当地环保部门签订的协议，责任到人，奖罚分明。与牧民加强合作，聘请牧民为项目环保监督员，加强对项目段内环境保护、取弃土场恢复的监督管理，有力维护地方牧民群众的利益。新时代的筑路工兼负环境保护使者的使命，保护环境、美化生态的基层力量被充分调动了起来。“保护与植被并行，黄沙与新绿共一色”的景观正在荒漠里再现。

圆梦胡杨林：想到自己修过的路上走一走

历史的长河昼夜奔腾，蜿蜒流淌。在中华民族走向复兴的时空节点，徜徉额济纳绿洲，亲临居延海的碧波荡漾，飞鸟翔集，遥想亘古荒漠再现商贾汇集、车水马龙的繁华盛景，总会使人浮想联翩，回味一条路的故事里蕴涵着的人类精神力量。

“探访千年胡杨，体验大漠风情”已是不少中外旅游爱好者的选择，沙漠“胡杨节”“红柳节”等文化旅游品牌逐渐为世人熟知。随着内蒙古自治区阿拉善盟额济纳旗文化旅游热的逐渐升温，这条设计为双向四车道、时速120公里的沙漠戈壁景观路，对于加快内蒙古自治区融入“一带一路”、向北开放战略，完善阿拉善盟公路网布局，拉动阿拉善盟经济快速发展的重要战略价值的作用将愈加显现。

按照国家路网规划，这条目前为止国内最高等级的沙漠高速公路将于2017年6月30日竣工通车。京新高速公路临白段三标项目管理部将2016年定位为关键决胜年，全路上下正按照年计划主线贯通、配套工程收尾的年度目标，开展“提质增效”工作及“管理提升年”活动，着重工程质量管理和现场管控，提升管理实效。大力开展“迈向质量时代，建设质量强国”为主题的质量月活动，迎接着国优路、环保路、幸福路的诞生。

采访中，当记者向京新高速公路临白段三标项目建设者聊起将来的愿望，有人说：“将来想到自己修过的路上走一走。”这就是共和国平凡又可敬的中国交建筑路人。

交融天下，建者无疆。

（《阿拉善日报》2016年7月18日第4-5版）

铺展是天路　矗立乃丰碑

《内蒙古日报》记者　冯雪玉

筑梦之路

要想富，先修路。修路架桥是创造便捷交通，打通区域隔阂，提高经济运行速度和效率最直接的方法。

早在民国初年，孙中山先生在《建国方略》中就提出要建设一条东起北平（北京）经阿拉善到迪化（乌鲁木齐）的进疆大通道。由于种种原因，这个计划未能实施。

2015年4月，筹划多时的京新高速公路临白段（阿拉善盟境内）工程正式开工建设，百年梦想，终于实现。京新高速阿拉善盟段建管办主任杜子义说："这条公路通车后，将构筑起一条祖国北部进入新疆的最快、最便捷大通道，开辟一条新疆霍尔果斯口岸到天津港的北部沿边最快捷出海通道，加快内蒙古自治区融入'一带一路'和向北开放战略，完善阿拉善盟交通路网布局，拉动阿拉善经济快速发展。"

京新高速公路临白段全线穿越茫茫大漠戈壁，是截至目前内蒙古自治区高速公路里程最长、投资额最大的工程。浩大的工程，两年半的工期，在这生命的禁区，成千上万的筑路人谱写了无数可歌可泣的诗篇。

大坝山海拔1600米，位于阿拉善盟左旗境内，京新高速公路从这里穿越，建成后将是连接吉兰泰镇与主线的一条连接线。大坝山大桥是整个连接线的咽喉工程，也是施工难度最大的工程。

"难就难在山太高，坡太陡。设计图纸先后改动了4次，根据地形，设计师最后给出了一个Ω形状的设计图。施工开始，带轮儿的车根本上不去，只好用履带车往上运送物资。最先是爆破，将山炸开，然后再打桩，挖方深度50多米，有专家说这是'内蒙古第一挖'。"京新高速公路临白段项目一标段第五项目分部副总工程师高旭君说。

在这个全长46公里的分部标段上（京新高速公路临白段阿拉善盟境内一总包部（中国建筑）第五项目分部负责承建），集中了5座大桥。最险要的一座桥，墩高60多米，加上箱梁，预计有70多米高。

高旭君说："本项目的完工时间是2017年6月30日前实现全线通车。目前大坝山段的 5 座大桥还在施工中,路面还没有开铺。为了赶进度,70 名工人分成 2 班,日夜赶工。”

80 后、90 后是京新高速公路管理、建设的主力军。出生于 1987 年的高旭君是他们中的一员。出生于 1995 年的高海超虽然年龄更小,但同样出色。

2015 年 7 月初刚刚毕业走出校园的高海超一头扎进工地。让他没想到的是,刚刚毕业就要承担起京新高速公路临白段阿拉善盟境内一总包部(中国建筑)第二项目分部神树沟大桥箱梁施工技术负责人的艰巨任务。

箱梁预制,图纸设计技术性很高,稍微出点问题就会造成严重后果。

“每片梁都不一样,每片梁都有自己的位置、编号,绝对不能出差错。下部构造已经建好,梁板没出来,会耽误整体工程。”高海超说。负责项目分部后勤的王宏伟说:“那段时间小高很焦虑,怕自己完成不了这么巨大的工程,甚至还哭过鼻子。”

在领导的鼓励下,团队的支持下,高海超硬是“啃”下了这个“硬骨头”。目前,神树沟大桥所需的 100 片箱梁已全部架设完毕。

极限之路

由中国交通建设股份有限公司承建的三标项目,线路长 357.84 公里。其中,有长达 170 多公里的无人区,全线无路、无水、无电、无信号。

戈壁滩上的沙尘暴随时光顾,即使头天走过的车辙印第二天也会被沙尘淹没。八项目分部施工段为黑鹰山无人区,一次在往施工现场运送设备时,走到中途,受雇的大车司机害怕了,说什么也不肯往前走,可工地还等着这些设备。押车的李国和李长友两人好言相劝,许诺报酬丰厚,可司机就是不肯:“把你们送到了,我怎么回来?”无奈之下,李国和李长友只好将设备卸下来。黑漆漆地戈壁滩上,杳无人烟,只有两人和一堆设备,仿佛被世界遗弃。几个小时后,当项目分部的同事见两人迟迟不归找来时,两个七尺男儿像孩子似的哭了起来。

为了不迷失方向,大家就在来回出行的路上用石块、枯草根做好标记,每辆车来回出行时都要算好时间,如果超过一定时间,就要派人去寻找、救援。

没电、没信号,每个项目分部之间的距离都在几十公里,总包部、项目分部以及各个工区的信息受阻。大家为了给亲人报个平安,得走几里地爬上山头,才能利用微弱的信号和家人断断续续地通上电话。

工程施工,测量先行。2015 年腊月初,一标段测量队作为“先遣部队”第一批抵达现场,队长张新平形容当时的情景:“满眼望去除了沙丘还是沙丘,越走心越往下沉。”在零下二十几度的严寒里,测量队 6 个人背着 100 多斤的测量仪器和木桩,在沙漠里深一脚、浅一脚地丈量了 50 公里的线路。

他们试图用导航仪去定位坐标,但仪器里显示"一片空白",没有任何参照物,只能靠手中的图纸辨认路线。经常在天黑返回驻地的时候找不到来时的路,因为沙丘在移动,走过的车辙过一会就会被风沙掩埋。刚开始的时候项目分部住房还没有建成,他们随身带着方便面。面刚泡好,沙尘暴来了,大家跑过去用身体抱住仪器,等到风沙过去,面里已经全是沙子。

大漠戈壁,水最宝贵。对干了10年基建设计工程的史国良来说,从没有因为施工缺水而发愁。可是当他被任命为京新高速公路临白段阿拉善盟境内中建一总包部第四项目分部工区经理后,就破天荒地开始了四处找水的日子。他请来了常年在内蒙古自治区作业的打井队,尝试在沿线打了4口200多米深的井,钻头打断两个,一滴水也没打出来。打井队老板对他说,我不要你的钱了,你也别再让我打井了。

放弃打井的念头,驻地的生产生活用水只好去40公里外的矿上拉,来回一趟就是3个小时,但拉来的水又不符合饮用水标准。去年5月组织的一次体检中,60%以上的员工被查出身体里的氟、碘等元素超标。

面对如此恶劣的环境,共有2万多人、9000多台(套)机械设备的参建大军挺进大漠戈壁。自开工以来,每日都在刷新工程进度的新纪录,每月都有捷报传来。2015年,仅一个标段土方施工期间每天平均完成土方60多万立方米,相当于在84个足球场上铺上一米厚的沙土。2016年,路面水稳基层施工、沥青油面施工全面推进,仅一个标段平均每天完成施工产值3500万元,月产值突破10亿元。

经过300多个日夜奋战,一条数百公里的黑色缎带蜿蜒伸向天际,有人深情描述:铺展是天路,矗立乃丰碑。

坚守之路

3家施工单位的建筑大军来自五湖四海,大多数人都是第一次到阿拉善。

7月9日,分别了大半年的谢秉军和妻子胡琴团聚了。这天,胡琴带着12岁的大儿子和刚刚一岁两个月的女儿来到工地上。面对爸爸,朵朵就像面对陌生人。太久的分别让谢秉军欣喜不已,激动之余难免愧疚。谢秉军是京新高速公路临白段二标段五项目分部经理,从2014年正月初六来到项目上,全部精力就都在这条路上。从2015年进场至今,谢秉军只回过一次家。妻子说:"女儿出生他不在,女儿满月他不在,女儿一百天他不在,女儿一岁生日时他还是不在。"在儿子轩轩心里,爸爸有两个家,一个是自己和妈妈盼望他回来的家,一个就是工地。7月9日,也是轩轩的生日,谢秉军打算带着儿子去看看壮阔的公路,看看居延海和胡杨林。

谢秉军说:"说心里话,对家人,我感觉很愧疚。可是我们这些筑路者非常自豪,因为京新高速公路是在我们手里建成的。这是我们筑路人一生的光荣。将来孩子们长大了,可以很自豪地对别人说,京新高速公路是我爸爸建成的。"

胡琴说:"嫁给筑路人,分别是生活的常态。我要是不理解他谁还能理解他呢。"从重庆到阿拉善大漠深处,2000 多公里,翻山越岭,跋山涉水,胡琴用了 3 天才到。没有人比筑路人更懂得路的美丽和价值。

在千千万万筑路者中,像谢秉军这样的人和事不胜枚举。正是他们的辛勤汗水,把人间的温暖送到冷硬的戈壁滩。

出京城,穿草原,越大漠,抵天山。借助现代化的手段,通过无人机航拍,从空中俯瞰京新高速公路,犹如一条吉祥的哈达,一边连着北京,一边连着新疆。内蒙古托起这条"哈达",把祖国的"心脏"与北疆紧密相连,为西部的开发发展插上腾飞的翅膀。

(《内蒙古日报》2016 年 8 月 9 日 第 1 版)

构筑大交通　推动大跨越

——京新高速公路临白段（阿拉善盟境内）工程建设管理纪实

《阿拉善日报》记者　赵晓丹　通讯员　李春霞

主线全长814公里，总投资302亿元，是目前国内在建的单体投资规模最大和建设里程最长的高速公路；

全线穿越戈壁、沙漠、无人区，是继青藏铁路之后又一具有典型艰苦地域特点的代表性工程；

首开全自治区交通建设大标段施工总承包先河，中交、中铁、中建3家大型央企进驻阿拉善，数万名建设者战风沙斗酷暑，日夜奋战在施工一线；

成立工程建设管理办公室，全面推行标准化、规范化、精细化管理，工程质量进度、安全环保等各项指标在国内同行业中屡创新高；

……

构筑大交通，推动大跨越。毫无疑问，作为我盟有史以来最大的交通基础设施项目，正在火热建设中的京新高速公路临白段（阿拉善盟境内）必将载入阿拉善发展的历史史册。因为它的建设，不仅使乌鲁木齐至北京的距离将来会缩短1000多公里，无论从空间上还是时间上都拉近了我盟与新疆、北京、沿海及东北地区的距离。它的建成，还将从根本上改变阿拉善长期处于国家干线公路网"死角"和"末梢"的局面，成为我盟融入"一带一路"和"向北开放"战略的重要保障，对推进国家西部大开发、巩固边防、维护社会稳定与加强民族团结、促进我盟经济社会快速发展具有十分重大的意义。

对于京新高速公路这样一个浩大的项目，既要保证工程的质量和进度，又要注重沿线的生态环保，还要时刻紧绷安全生产这根弦，科学规范管理的重要性不言而喻。为保障工程的顺利进行，2012年6月，盟行署正式批准成立京新高速公路临白段（阿拉善盟境内）工程建设管理办公室（简称建管办），选派在我盟从事交通建设多年的杜子义、郭锋、林军、许成、范玉成、贾一兵、王国江等一批拥有丰富经验的专业技术和管理人员，对京新高速公路临白段建设进行全程管理。建管办按照优质、精干、高效的原则，内设工程技术部、计划合同部、质量安全监督部、财务部、综合协调部5个职能部门，同时下设3个现场执行办。自去年京新高速公路临白段（阿拉善盟境内）全线开工以来，建管办严格按照"五化"管理原则，紧紧围绕年度工作目标,精心组织,科学管理,实现了工程建设的良好开局。截至目前,3个合同标段共完成投资210亿元,占总投资额302亿元的69.4%。在每年有效工期不到8个月的时间里,全线近672公里的黑色路面贯通,创造了令人称赞的"京新速度"。

首创全区大标段施工总承包管理模式

2016年7月22日,经过广大建设者400多个夜以继日的艰苦奋战,全长357.84公里的京新高速公路阿拉善盟境内第三标段提前两个月实现黑色路面全线贯通。在贯通仪式上,京新高速公路临白段(阿拉善盟境内)工程建设管理办公室主任杜子义难掩内心的激动。在他看来,能够在这么短的时间内高质量完成建设任务,与建管办采取的大标段施工总承包模式密不可分。

作为国家高速公路网中第七条放射线(北京至乌鲁木齐)的一部分,也是内蒙古自治区高速公路网"8横9纵8支8环线"第八横的重要组成部分,京新高速公路临白段(阿拉善盟境内)主线全长814公里,途经阿左旗敖伦布拉格、乌力吉、苏宏图、雅干、额济纳旗、路井,终点位于白疙瘩(蒙甘界)。全线地处大漠戈壁,自然条件艰苦。针对施工线路长、现场管理难度大、工程建设任务重的实际情况,建管办充分整合各方资源,在全区首次尝试采用了大标段施工总承包模式对项目进行管理。

建管办将工程分为3个标段,通过公开招标,最终确定了中建、中铁、中交3家施工总承包单位。针对大标段施工,建管办同时下设3个执行办,通过建管办统一领导、执行办现场管理的方式保证项目管理无死角,最终形成齐抓共管的局面。在大标段施工总承包的管理模式下,业主将全线的施工质量、进度、安全生产等依托3家总承包单位共同进行管理,从而大大地增强了管理的团队力量,同时也减轻了业主的工作量。与此同时,全线3个总承包部各设若干个项目分部,每个项目分部均由该公司下属施工单位组成。这种管理模式下,总承包部和各分部在管理理念、管理方法上面有很多相似的地方。总承包部可以对其管辖下的各分部进行统筹管理,同时各分部在总包部的领导下进行工作,指令来源明确,工作效率大幅提升。

杜子义告诉记者,通过一年多来的运行,建管办这种大标段施工总承包的项目管理显现出以下优势:一是有利于整个项目进度、质量等方面的把控。建管办通过下设执行办,在整个项目管理中起着宏观把控的作用,并将权利充分下放至各执行办,将职责从负责人到技术人员层层细化。同时,通过精细化管理和竞赛机制,充分调动各方面的积极性,实现质量、进度的把控。二是有利于施工组织经验和管理优势的集中整合。在大标段施工总承包管理模式下,能够充分发挥施工总承包单位在施工组织和项目管理上的经验优势,很好地借鉴施工总承包单位的项目管理方面的资源,更为高效、优质地确保工程质量、进度。三是有利于实施标准化管理、精细化施工,保证工程质量。通过树立样板工程、全线观摩的方式,发现工程中好的工艺和值得推广的做法,在全线大力推广,以点带面,提升全线的工程质量。四是有利于风险控制、降低管理成本、提高工作效率。实践证明,大标段施工总承包的管理模式能够同时降低双方的共同风险。

精细化管理确保工程施工质量和进度

“塞上入夏絮始飞,三军竞赛旌旗挥。精谋细划夺时日,时不待我误难追。”有感于京新高速公路上火热的建设场景,建管办主任杜子义即兴创作了这首诗。的确,正如他在诗中所言,记者在采访过程中也深切感受到了骄人的“京新速度”。自今年复工以来,各参建单位克服恶劣的施工环境,风沙大干劲更大,气温高斗志更高,率领万名建设者在大漠戈壁掀起一轮又一轮建设高潮。

质量是项目的灵魂,进度是完成任务的保证。开工建设以来,建管办通过加强和完善施工单位自检体系,落实工程质量责任登记制度和质量责任追究制度,做到各环节、各工序、各部位都有技术交底,确保各项管理措施到位。施工过程中,严格执行首件工程质量认可制,严格履行交验程序,对不合格未达标的产品坚决予以返工处理,上一道工序验收不合格绝不允许下一道工序开工。此外,针对大标段总承包的施工管理模式,建管办还结合实际,研究制定了京新高速公路临白段(阿拉善盟境内)《建设管理办法》《施工标准化管理办法》《建管办管理制度》,对组织机构、职能职责,质量、进度、财务、安全、廉政、合同管理,以及设计变更、标准化建设、标准化施工都做了详细的规定,使整个工程建设都能有章可循、规范运行,并能形成统一的标准。今年5月初,内蒙古自治区交通质量监督局和盟交通质量监督站深入京新高速公路施工一线进行质量综合检查。经检验,路面工程施工的平整度、压实度、厚度和原材料合格率均达到100%,工程质量全部达到了行业标准。

为了确保工程质量,打造精品工程,建管办明确要求施工监理单位严把施工中的关键工序和重点部位的质量关,严格规范施工操作程序,严格按照作业指导书的规定程序进行施工。此外,建管办还以“发展理念人本化、项目管理专业化、工程施工标准化、管理手段信息化、日常管理精细化”的建设管理“五化”要求为抓手,明确责任、强化监督管理,通过精细化管理,全面实现工程质量、安全、进度、投资、廉政方面的预定目标,确保了项目优质、高效顺利实施。

“今年是工程建设的整体推进和决战决胜之年,为了加快施工进度,建管办采取‘京新杯’劳动竞赛等多种措施,确保如期完成工程建设任务。”杜子义告诉记者,针对施工环境恶劣、现场管理难度大、工程任务繁重的情况,建管办将紧紧围绕年度工作目标，精心组织，科学管理，努力保持工程建设的良好局面。今年，建管办将继续以“质量控制”为主线，以“标准化施工、精细化管理”为手段，狠抓路面、房建、机电、交安、绿化工程施工，力争完成投资155亿元，确保实现年内黑色路面全线贯通。

牢固树立环保安全理念打造和谐交通

在京新高速公路临白段的沙漠路段，记者看到棋盘似的“黑方格”绵延不断，这是京新高速公路临白段阿拉善盟境内工程项目实行的方格固沙法。方格由防腐塑料纤维制成的鳍形沙袋连成一片，等沙子自然将方格灌满，可以人工提升形成新的固沙方格，再植入防沙植物，牢牢地把沙丘锁住，防止对新建的高速公路造成损害。目前，中建、中铁、中交3个总包部已在风积沙路段路基两侧共设置沙袋网格沙障3230万平方米。

在阿拉善人的眼中，荒漠中的一草一木、一沙一粒就是人们世世代代赖以生存的摇篮。“京新人”更是把那荒漠、戈壁视为了护佑人们的“长生天”，提出了“像保护眼睛一样保护环境，像对待生命一样对待生态环境”的环境保护理念，并且将这一理念贯穿于整个施工过程中。

工程伊始，建管办就确立了绿色环保的目标，把生态环保放在各项管理工作的首位。要求参建单位在施工中坚持“防治污染、保护生态、持续发展”的方针，在规划驻地和施工场地时坚持合理利用自然资源，尽量减少占用土地和破坏当地植被，预防发生突发性重大污染；遵守环境保护工作的相关要求，取土场、弃土场、废弃的施工便道按要求整形，对因施工造成的生产垃圾和生活垃圾随时快速的处理；施工便道定期洒水养生，尽量减少扬尘，减少对周边环境的影响。这些环保举措赢得了沿线广大农牧民群众的高度认可和赞扬。

如今公路两侧的黄沙已变成绿色长廊，不仅保护公路不被侵害，而且有效改善了公路两侧的生态大环境，做到了高速公路建设与生态环境保护的和谐统一。

在京新高速建设中，建管办始终坚持“安全第一，预防为主，综合治理”的方针，对安全生产工作常抓不懈。加强安全生产教育培训，从思想认识上提高安全生产的意识。今年复工以来，建管办组织开展各类安全生产培训105次，培训人数达13600余人。层层签订安全生产责任书，实行安全生产一票否决制，形成了“横向到边、纵向到底”的安全管理全覆盖网络。注重现场隐患排查和风险管控，全线共排查出隐患504条。针对排查过程中存在的问题下达整改通知书，整改率达100%。此外，全线还开展了防风、用电、交通事故、消防、高空坠落及地震应急等39项安全生产事故应急演练。目前全线已形成安全生产意识高、全员管控良好的局面,实现了安全生产零事故的目标。

8月的阿拉善,阳光明媚,牧野飘香。蓝天白云下,大漠戈壁中,正在加紧建设的京新高速公路临白段(阿拉善盟境内)宛如一幅动态的油墨画,展现出迷人的身姿。面对宽广的大道、流畅的线形、壮观的桥梁,人们都在憧憬着这条“大漠天路”连通后带来的便捷,也感受着京新项目建设管理者的艰辛和豪情。

(《阿拉善日报》2016年8月10日第3版)

高温下的戈壁　沙漠中的筑路人

CCTV-13 新闻记者

近日,内蒙古阿拉善盟持续高温,室外的气温接近40℃。虽说野外施工的一些项目已经避开了一天当中气温最高的时段,但是由于一些工程的特殊性,工人们还得挥汗坚守在岗位上。这个正在施工的是北京至新疆临白段阿拉善盟境内。它位于荒漠戈壁滩上,可视范围内连一棵树都看不见。

"改性沥青在暑天施工效果最好,因为它本身的温度流失得比较快。所以要求我们压路机的速度和摊铺的速度必须够快。这样才能保证工程的质量。"现场技术负责人介绍。为了确保高速公路的质量安全,北方地区铺设改性沥青路面就必须在夏季进行。

工人说:"这个地方太热啦!就像踩在电熨斗上一样,只要走的时间稍长点,就浑身出汗。"为了防止被灼伤,工人们还得在高温下戴着帽子、穿长衣长裤施工作业。"我们工人都穿这种鞋(布鞋),主要是隔热好,散热快。穿那种胶鞋容易融化。温度太高,这种鞋一般一个礼拜左右就坏掉了。"何笑东干的这项工作就是要踩在130℃的路面上检查沥青路面的平整度。

为了防止工人们中暑,施工单位除了将施工时间调整到早上和下午外,还要求检查沥青路面的工作必须每10分钟换一次班。在工地上,记者看到了一辆为工人提供休息的空调大巴车,车上还准备了西瓜、绿豆汤和藿香正气水。工人每工作两小时,就要上车休息半小时。这样,既保证了工程的施工进度,也确保了施工人员在高温下的人身安全。

工人们最大的心愿就是盼着这条路早日完工,因为这条路是他们亲手修筑的,是他们的骄傲。希望早日完工后,能回家陪陪妻子和孩子,毕竟亏欠她们的太多了。

(CCTV-13 频道 2016 年 8 月 15 日)

大漠戈壁中的“天路”

——京新高速公路阿拉善盟段中国中铁建设纪实

中央人民广播电台　苏晓娟

题记：

在祖国的大西北，在荒漠戈壁中，有那么一群人，默默地用热血和青春修筑着一条带动西部大发展、带动“一带一路”大融合的大漠“天路”。

（一）

7月21日，内蒙古自治区阿拉善盟中国中铁京新高速公路临河至白疙瘩段二标第一项目部附近，狂风大作，黄沙漫天，一年四季最常见的沙尘天气再次袭来。迎着沙尘，记者乘车沿着在建的京新高速公路，从标头工地，向着352公里外额济纳旗的尾标工地快速行驶。沿途，沙漠、戈壁交替出现。几百公里的路途，除了道路上的施工人员，几乎看不到有人居住。偶尔出现的沙枣树和骆驼刺，诉说着这个地区的艰苦与孤寂。

这里就是国家高速公路网中的第七条放射线（北京至乌鲁木齐）京新高速公路在建工程的一部分。中国中铁京新高速总承包管理部副总经理盘明山向记者介绍说：“京新高速，横贯东北、华北、西北，也称‘三北大捷道’，是西北新疆维吾尔自治区和甘肃连接首都北京、华北、东北以及东部地区最为便捷的公路通道。也是一条新的出疆陆路大通道。它使新疆维吾尔自治区至北京公路里程直接缩短了1300多公里，可显著节约运输成本。”

京新高速公路全长2540公里，从北京起，沿线经过张家口、乌兰察布、呼和浩特、包头、临河、额济纳旗、哈密、吐鲁番，终点到乌鲁木齐，是国家西部大开发的重要交通要道于2012年9月动工建设。其中，临河至白疙瘩段全长930公里，位于内蒙古自治区西部巴彦淖尔市和阿拉善盟境内，是内蒙古自治区历史上最大的单体公路交通工程，对加快内蒙古融入国家“一带一路”发展战略，破解阿拉善盟“行难”瓶颈，加强区域间经济交流合作，拉动阿拉善盟服务业、旅游业、加工制造业等行业的快速发展都具有十分重要的意义。盘明山说：“以前阿拉善地区只有一条通往银川的高速公路和东西方向的一条省道，而且道路状况并不好。京新高速公路可以直接改变阿拉善的交通状况，带动沿线经济发展。”

其中由中国中铁施工总承包的二标段，全部位于阿拉善盟境内，主线长 352 公里，连接线 62 公里，合同总价值 86.91 亿元，全线穿越戈壁、沙漠、无人区，是继青藏铁路之后又一具有典型艰苦地域特点的代表性工程。中国中铁京新高速公路总承包管理部副总经理张立业，至今还记得第一天来到这个项目时的场景："我上班后搞施工，干了 6 个项目的经理，没有干过这么艰苦的。这是我干过最艰苦的。风沙大，冬天天还冷。第一天来住的小旅馆，冻得脑袋疼，感觉脑袋上都有风。睡觉的时候被子也短，把被子盖住脚，用衣服蒙着脑袋。"

张立业说，这个工程最大的难度之一就是自然环境太恶劣。这个标段全部位于戈壁沙漠、残山丘陵地带，部分段落穿越流动沙丘。当地干旱少雨，年最小降水量 35mm，最大蒸发量却达到 4217mm，每年 8 级以上大风、沙尘暴、扬沙天气 82—142 天，夏季地表温度高达 50℃～60℃。张立业说："两天不刮风，第三天早早地刮。看不见人，车都不敢开了，路都看不见。还不能在屋里待，因为那个活动板房里呛人，还得出门找个背风的方向，在外面让风打，小石子打脸上跟刀割似的。"

数百公里的无人区，没水没电，物资极度匮乏。除此之外，有效工期短，每年只有一半时间可以施工；主线线路长，跨越阿拉善盟所属 3 个旗，管理跨度大，协调工作量大；工程专业涵盖路基、路面、桥涵、机电、绿化、服务区、收费站等，均与主线工程同步施工。除了上述客观因素，环保的要求和民族之间的团结都对工程提出了更严格的要求。

为了能在最短的工期，高质量地完成施工，中国中铁京新高速公路总承包管理部从 2015 年元月组建后，就进驻现场。中国中铁旗下 7 个工程局 19 家施工单位最多时有近 8100 人投入工程大干，以创建"平安工程、优质工程、环保工程、廉洁工程、和谐工程"为目标，发扬"特别能吃苦、特别能战斗、特别能贡献、特别能胜利"的优良作风，努力做到安全第一、质量至上、科学施工、精细管理，确保 2017 年 6 月 30 日前可以全线建成通车。

靠着中铁人严谨的态度，和一线员工顽强的付出，单是近 3 个月就连续完成了施工月产值超过 10 亿元的成果，这在国内高速公路建设史上都很罕见。8 月 10 日，中铁京新公路临白段 352 公里主线路面胜利贯通，并于今年年底前全线达到通车条件，比计划工期提前了半年的时间。

如今，工程正在如火如荼地进行中。今年年底，阿拉善境内就将增加一条高品质、带动经济发展的大漠天路。在采访的过程中，记者感受到了天路建设的难度。但是，更多的，记者也被建设这条路的那群人深深感动。

（二）

7 月 22 日，在完成了对京新高速临白段二标从标头到标尾工程的整个调研之后，经过一晚的调整，记者和负责工程技术的副总经理杨孟乾等一行人一起返回工程的总包部。途中，杨孟乾边走边向记者介绍，今年对工程道路两边沙漠的治理已经开始出现一些成果，固沙区竟然长出了很多骆驼刺等绿色植物。正当大家沉浸在环境发生良好改变带来的喜悦时，一个电话打破了这种喜悦的气氛。杨孟乾远在湖南老家的姐姐打来电话，告诉他，今天母亲要做手术，需要得到家中唯一儿子的同意。杨孟乾的母亲已经 68 岁，3 个月前得了严重胸膜结核，前段时间一直在住院治疗，不想上个月刚出院没多久，病情再次复发。而且这次医生说，在胸腔发现了肿瘤，由于胸腔积液过多，一个小的检查都可能导致破裂，引发生命危险。

杨孟乾的父亲在他 7 岁的时候就已经过世，这些年都是母亲一个人把他们姐弟几个拉扯长大。作为家中唯一的一个儿子，杨孟乾明白此时母亲对他的依赖和思念，但是作为工程技术总负责人的他，心中有无限的牵绊。因为工程已经到了路面全面贯通的关键时刻，同时月底还将有一个重要的工程检查，杨孟乾实在不愿在这个时候离开。看着姐姐发来的照片，左右为难的他，突然红了眼圈，将头扭向了窗外。

同行的工作人员还告诉记者，除了生病的母亲，其实杨孟乾的妻子现在还有 20 多天就要临产了。因为母亲有病在身，无法照顾，杨孟乾的妻子也一直在丈母娘家住着。可是这些事情，杨孟乾一直都藏在心中，一心扑在工程的技术和质量上。不久，细心的杨孟乾发现沿途的一个标语牌有点脱落，上一刻还沉浸在忧虑中，立刻又恢复了工作的状态。杨孟乾给段落负责人打去了电话："就那个'向阿拉善人民问好'铁路桥牌子字掉了，恢复上，尽快恢复……"

在中国中铁京新高速公路临白段工程中，类似杨孟乾这样在一线忘我付出的并不在少数。施工高峰期，旗下中铁二局、三局、六局、七局、九局、港航局、航空港等，参建人数多达 8100 余人，而每个人身上几乎都有着在京新高速公路临白段建设中令人感动的故事。杨永宏是第三项目部一工区的班组长，和妻子王冬香同在一个工区。两人同在建设一线，家中的事情就只能交给别的兄弟姐妹。王冬香也因为工作问题而错失了见到父亲最后一面的机会。

罗志华是第五项目部医疗保健室的医生，负责项目部、劳务队将近 1000 人（最多时候）日常的巡查和突发病情的处理。遇到病情严重的病人，53 岁的罗医生经常要护送到 200 多公里外的额济纳旗医院进行治疗，没时间吃饭、甚至一天一夜不睡觉都是常有的事儿。在这样的艰苦条件下，罗医生从去年 4 月份入场，到现在已经将近一年半没有回过一次家了。

从总包部到项目部，从工程指挥到一线工人，在京新高速公路临白段建设的最前线，在环境最为艰难的大漠戈壁，正是有着这样一群人，像大漠中的骆驼，像屹立不倒的胡杨，默默地贡献着、燃烧着，才能使漫天黄沙中飘扬起靓丽的五星红旗，才能在大漠戈壁中建起一条促进祖国西部大开发，连接着一带一路，确保阿拉善人民经济再发展、生活更幸福的大漠“天路”。

后记：中国中铁京新高速公路临白段总承包管理部党工委书记、总经理孙玉国经常会告诉大家：“我们不仅是修路架桥，更要带给人民关怀、希望和信心。”朴实真诚的话语让我们看到，京新高速公路带给我们的不仅仅是道路的畅通、经济的发展，更有一种精神在传承。那就是大漠中中铁人艰苦奋斗的精神、默默奉献的精神，但同时也是无数在祖国发展中的一线工程人最为朴素和伟大的精神。大漠天路开通在即，祖国因你们而自豪。

（中央人民广播电台 2016 年 8 月 17 日播发）

京新高速公路临河至白疙瘩段(阿拉善盟境内)黑色路面全线贯通

《阿拉善日报》记者　赵晓丹　通讯员　李春霞

9月21日16点21分,随着最后一段沥青上面层的铺设完成,中建股份京新高速公路临河至白疙瘩段(阿拉善盟境内)一标主线工程胜利贯通,标志着我国最大的交通单体建设项目——京新高速公路临河至白疙瘩段(阿拉善盟境内)主线黑色路面全线贯通。

京新高速公路临河至白疙瘩段(阿拉善盟境内)主线全长814.37公里,工程项目概算总投资302亿元,共分为3个合同标段,采取大标段施工总承包管理模式。由中国交建承建的第三合同段358公里黑色路面于2016年7月13日率先贯通;由中国中铁承建的第二合同段352公里黑色路面于8月10日提前一个月贯通。

自2015年4月项目开工建设以来,两万多名建设者挺进大漠戈壁。他们克服缺水少电无信号、气候环境恶劣、生活条件艰苦等重重困难,顶着时间紧、任务重、施工用料极度贫乏、有效施工期短的巨大压力,战狂风,斗酷暑,拼毅力,比干劲,取得了一个又一个突破性成果。在确保安全优质的前提下,优化施工组织,合理安排作业时间,加大人力、物力、机械设备的投入,采取流水式连续施工作业,以“京新杯”劳动竞赛为载体,发挥“党员先锋号”“青年突击队”的冲锋带头作用,通过一系列措施的实施,在全线形成了大干快上、你追我赶、勇往直前的良好氛围,为项目建设的快速推进发挥了巨大的作用。

截至目前,京新高速公路临白段(阿拉善境内)主线路面全部贯通,房建、交安、机电工程正在有序推进。累计完成投资252.38亿元,占工程总投资计划的83.53%。其中,今年已完成投资129.8亿元,占年度投资计划的83.79%。

京新高速公路临白段(阿拉善境内)的建成,将对完善国家高速公路路网,促进改革开放,加快地区经济社会发展,加强内地与中亚和欧洲的经济联系具有十分重要的意义,也使北京通往新疆维吾尔自治区的行车里程缩短1300公里。

(《阿拉善日报》2016年9月26日第1版)

央视系列报道——超级工程

京新高速公路临白段全线贯通

中央电视台记者

9月25日，央视《新闻联播》《新闻30分》《新闻直播间》等多个频道、凤凰新闻滚动报道超级工程——京新高速公路临白段全线贯通新闻。

京新高速公路临河至白疙瘩段今天全线贯通。该路段全长930公里，是世界穿越沙漠最长的高速公路，符合双向四车道高速公路标准。京新高速公路预计明年6月全线通车，将比原来道路缩短1300多公里。

（央视一台《新闻联播》2016年9月25日联播快讯报道）

世界穿越沙漠最长高速公路
——京新高速公路临白段贯通

正在建设的北京至乌鲁木齐高速公路是我国高速公路网规划的第七条放射线，全长2540公里，其中的主线工程中全长930公里的临白段穿越沙漠，是世界穿越沙漠最长的高速公路。今天，京新高速公路临白段贯通，为明年京新高速公路全线通车奠定基础。

随着最后一层沥青上面层的铺设成功，京新高速公路临白段主线全线贯通。临白段全长930公里，始于内蒙古临河区，经青山、额济纳旗，止于内蒙古自治区和甘肃交界的白疙瘩，横穿内蒙古自治区西部巴彦淖尔市和阿拉善盟境内，是亚洲最大的单体公路交通工程，总投资370亿元，采用双向四车道高速公路标准，设计行车速度为每小时100公里以上。全线穿越中国四大沙漠之一的巴丹吉林沙漠和戈壁滩，多次经过无人区，施工环境异常恶劣。为了确保工程按期完工，京新高速公路临白段分为多个标段，由中国交建、中国中铁、中国建筑3家央企数万建设者陆续完成。

京新高速公路临白段（阿拉善盟境内）工程建管办第一执行办主任范玉成说："下一步，我们交安（交通安全）工程队伍全部进场以后，将进行交安工程的施工与安装。"

京新高速公路全长2540公里，途径北京市、河北省、内蒙古自治区、甘肃省、新疆维吾尔自治区五省区，串联起北京、张家口、乌兰察布、呼和浩特、包头、临河、额济纳旗、哈密、吐鲁番、乌鲁木齐等城市，是国家西部大开发的重要交通要道。目前,北京、河北、内蒙古、新疆境内部分路段已建成。其中,北京五环至河北土木段为京包高速公路,内蒙古呼和浩特市至临河段跟 G6 京藏高速公路重线,哈密到乌鲁木齐与 G30 连霍高速公路重线。京新高速公路于 2012 年 9 月开建,预计 2017 年 6 月建成通车。京新高速公路的建成,将成为北京连接内蒙古西北部、甘肃北部和新疆最为便捷的公路通道。与现有道路相比,新建的京新高速公路将北京至新疆的距离缩短 1300 多公里。

丝绸之路经济带上又一交通动脉

编号为 G7 的京新高速公路是国家高速公路网重要干线之一,也是丝绸之路经济带上又一交通动脉。这一构想已经延续了百年。

早在一百年前,孙中山就在《建国方略》中提出要建设"东起北平(北京),经阿拉善,西至迪化(乌鲁木齐)的第二条进疆大通道"的规划与梦想。然而由于连年战乱、国力不济等原因,一直未能实施。2012 年京新高速公路正式开始建设,百年梦想终成现实。

按照国家提出的"丝绸之路经济带及孟中印缅、中巴经济走廊综合交通通道"构想,丝绸之路经济带的中段通道由 3 条国家高速公路和国家干线铁路并行组成,分别是北通道、中通道和南通道。其中,北通道就是由京新高速公路和北京到乌鲁木齐的铁路共同组成。

京新高速公路贯通后,将构筑成一条祖国北部进入新疆的最快最便捷大通道,开辟一条新疆霍尔果斯口岸到天津港的我国北部沿边最快捷出海通道,打造一座天津港至荷兰鹿特丹港最快捷的亚欧大陆桥。与目前经星星峡进入甘肃而到达北京的线路相比,新建京新高速公路将使北京通往新疆的行车里程缩短 1300 公里。这对"一带一路"和"西部大开发"战略的深入实施,推进内蒙古自治区及新疆维吾尔自治区的跨越发展,促进中蒙经济文化往来,巩固边防,维护民族团结和社会稳定具有极其重要的意义。

困难重重　荒漠上筑起沙漠巨龙

京新高速公路穿越的是我国四大沙漠之一的巴丹吉林沙漠,中途是数百公里的无人区。在这样一片没有水,没有电,没有通信,没有路,没有人烟……在几乎与人类现代文明隔绝的戈壁滩上,建成我国最高等级的高速公路,难度可想而知。这项工程是怎样突破重重困难竣工的呢,来看记者的采访。

京新高速公路临白段位于内蒙古自治区西部,穿过世界著名的巴丹吉林、腾格里、乌兰布和三大沙漠。线路经过的额济纳旗素有"风起额济纳,沙落北京城"之说,是沙尘暴源头,年降水量最小仅有 35mm,8 级以上大风、沙尘暴、扬沙天气 82~142 天。线路多处途经无人区。没有水是施工进程中遇到的最大的难题。施工队聘请专业人员在工地方圆十几公里勘测打井,打出的多数是枯井。偶尔打出水的井,水中的杂质和矿物质严重超标。而找到最近的水源又没有路,施工人员专门修建拉水便道,开车来回10个小时150多公里才能拉回一车水。

京新高速公路临白段中交三标段七分部党支部书记姜志光说:"只是拉一车水,只水费达到60~70块钱,如果加上所有的成本将近百十块一方(立方米)水。"

没有通信信号,施工人员曾爬遍标段境内的所有山丘,只在最高的山丘上发现微弱信号。后来虽然建立了通信基站,但一刮大风就断网。刚进入工地没有宿舍,建设者们只能住在帐篷里,夜里经常被大风吹醒,于是在戈壁上挖了几米深的大坑,把帐篷扎在大坑里防风。平时的施工也得有特殊的防风装备。

京新高速公路临白段(阿拉善盟境内)供水十标生产副经理史学斌说:"去工地上每人一个防尘脖套,外加衣服、防尘眼镜、安全帽。因为风沙太大,在作业现场,眼睛都睁不开。"

没有路,施工材料进不了工地,施工人员就修建了比高速公路还长的施工便道,同时也方便了当地群众。建设者在没有水、没有电、没有通信、没有路、没有人烟的戈壁沙漠。完成了通向文明和进步的高速公路。

沙漠修路　环保先行

戈壁沙漠的生态是非常脆弱的,每当4月的扬沙季节,施工是很难进行的,所以防风固沙这样的环保工程是施工方最先进行的工程。

4月,巴丹吉林沙漠进入了扬沙季节,风力经常达到6到8级。在额济纳旗路段,工人们仍铺设公路沿线的防风沙带。换做以往,这样的天气下,路面早已经被扬沙覆盖,无法施工。而大风中路面施工还能正常开展,要归功于沿线筑起的平均宽度300米的防风沙带。

巴丹吉林沙漠位于阿拉善盟境内,占地面积4.43万平方公里,是内蒙古面积最大的沙漠。而京新高速公路额济纳段需要穿过巴丹吉林沙漠40多公里的路程,沙漠的沙土较细且流动性强。针对这种特殊的地质条件,施工人员专门设计了填充式的防风沙袋,利用填充好的沙袋对沿线的沙土起压覆的作用,还可以循环再利用。

防风沙带由一个个一平方米的小方格组成。为了防风固沙,沙袋进行了独特设计。这种鳍状防沙袋不仅能减缓风速,还能把吹起的沙固定在框格内。

京新高速公路临白段(阿拉善盟境内)二标段一项目部防沙固沙施工班组组长史学斌说:"这种(材料)耐寒、耐晒,一般都不会烂。"

为了更好固定公路线的流沙,施工人员还在沙带的网格内种植了适用于沙漠地区生长的红柳。

修路离不开土,在戈壁施工,把荒秃的山包整理成平地,取土的同时增加了牧场。沿线专门修建了供骆驼和野生动物迁徙的过道桥涵、环保隔离栅栏和大量的野生动物饮水点,尽量减少对环境的影响。

京新高速公路临白段
——穿越尘封历史　尽展大漠风光

京新高速公路临白段沿途有着厚重的历史和绝美的大漠风光，让我们一起来领略一下。

这里是内蒙古西部、贺兰山脚下充满传奇色彩的土地，世界著名的巴丹吉林、腾格里、乌兰布和三大沙漠横贯全境。额济纳河畔生生不息的胡杨林，海市蜃楼般的黑城，记录着古居延文化的变迁，阿拉善被世人誉为“苍天圣地”。这里正是京新高速公路临白段穿越的地方。

额济纳曾是汉、唐、西夏和元朝重镇，沉淀着古丝绸之路的沧桑记忆。在额济纳，诗人王维写出了“大漠孤烟直，长河落日圆”的千古名句。这里是世界仅存的三大胡杨林之一，胡杨因“生而千年不死，死而千年不倒，倒而千年不朽”成为独特的象征和符号。这里还坐落着酒泉卫星发射基地，“神舟”号飞船、天宫二号等都在这里发射升空。

京新高速公路临白段就像金色地毯中的黑色缎带，穿行其间，一路追随大漠戈壁的朝阳落日。沿线的骆驼、胡杨林和远处的沙丘展开无尽神秘的大漠风光。人们常用“秘境阿拉善”来形容这片土地，而京新高速公路的修建也将揭开它的神秘面纱，从根本上改变阿拉善长期处于国家干线公路网“死角”和“末梢”的局面，成为阿拉善融入“一带一路”和“向北开放”战略的重要保障，为这片土地带来开放发展的机遇。

超级工程——沙漠巨龙

接下来，我们再将视线从祖国东南的伶仃洋转向地处西北的茫茫戈壁和沙漠。因为在那里，也有一项超级工程取得重大进展，全长930公里的京新高速公路临白段今天贯通。

京新高速公路临白段是目前世界上穿越沙漠、戈壁最长的高速公路，全线穿越巴丹吉林沙漠和戈壁滩，并多次穿过无人区，施工环境异常恶劣。5年来，数万建设者在这里加紧奋战，确保工程如期完工。京新高速公路临白段沿途有着厚重的历史和绝美的大漠风光，将从根本上改变内蒙古自治区阿拉善盟长期处于国家干线公路网“死角”和“末梢”的局面。京新高速公路临白段也是我国又一项超级工程。北京到乌鲁木齐的主线工程，全长2540公里的京新高速公路预计将于明年6月建成通车，并成为北京连接内蒙古西北部、甘肃北部和新疆最为便捷的公路通道。与现有道路相比，北京至新疆的高速公路路程将缩短1300多公里。

（根据中央电视台报道汇集）

中国再创世界纪录！一条“巨龙”穿越荒漠无人区！

CCTV-2 财经《经济半小时》 李天路

2016 年 9 月 25 日，全长 930 公里的京新高速公路临白段全线贯通。该高速公路位于内蒙古自治区西部，是世界上穿越沙漠最长的高速公路，更是亚洲最大的单体公路交通工程。16 个月的时间里，3 万多名建设工人就在无水、无电、荒无人烟的“三无”环境下，建成了我国最高等级的高速公路。

施工的需水量达 100 万吨，茫茫荒漠中如何寻找水源？

24 岁的桂武松是中铁京新高速公路临白段总包部第五项目部的质量安全员。今天他的工作特别繁忙，在施工现场跑前跑后，一刻不停。

9 月 25 日京新高速公路临白段主线全线贯通，主线工程接近尾声。桂武松随时会接到一纸调令，调到其他的工程项目中去。桂武松对京新高速公路的依恋变得越来越强烈。

中国中铁京新高速公路临白段第五项目部质量安全员桂武松说：“我现在每一天都很珍惜。我每一天都过得很充实……虽然说现在比较冷了，我每天吃完饭之后，我就是从项目部后面，一直走到我们高速路，在那块也是散步吧。也是走一走，看一看，看一眼少一眼。”

而一年多前，桂武松却是每天都想逃离。桂武松说：“就是想走，也不要什么工作了，也不要工资了。这个工资我也不要了。”

桂武松所在的中铁京新高速公路临白段第五项目部施工管段全长 42.5 公里。位于内蒙古自治区阿拉善右旗和额济纳旗境内的无人戈壁滩区域，地处京新高速公路临白段中部腹地，是全线最缺水、自然环境最恶劣的标段。方圆千里的管段境内只生活着 3 户牧民和少数的骆驼。

2015 年 3 月，武松来到京新项目部时，当地已有一年多的时间没下过雨。项目部初创阶段，不仅是修路没有水，甚至连生活用水都非常紧张。条件最艰苦的时候，项目部职工的生活用水全靠运水车从 100 公里以外拉过来，而且要实行配给制，每人一次只能领到小半桶水，还得用上好几天。

桂武松说：“去年的 3 月 21 号到项目部的，然后到了 4 月底的时候，没有洗过一次澡，也没有洗过一次头发。当时就特别难受。”

相比职工的生活用水，施工的需水量更大，达到100万吨。但由于多个项目部施工管段地处戈壁深处，距离水源远，买水运水成本非常高。为了保证建设用水，各项目部想尽了办法。在荒漠无人区寻找水源。

中铁京新高速公路临白段总包部第三项目部副经理李海峰说："我有办法从谷歌地球的卫星地图上，看咱们当地。我们这个项目所在的位置，这个地表植被比较多的地方，还有地势比较低洼的地方，可能雨水地表水会聚集起来。然后我们就从谷歌地图上找到这样的位置……找到这样的地方以后，我们就用人工挖探的方式挖下去。"

李海峰和队友们在戈壁滩上挖了好几百个坑。他们一早出发，找到天黑，扛着铁锹走上十几里地。戈壁滩上没有地标，非常容易迷失方向。找不到水源的时候，队员们就要被迫和荒漠上的骆驼"抢水"。

中铁京新高速公路临白段总包部第三项目部党工委书记王继河说："跟着骆驼走，这也是我们当时找水的一种方法。跟着骆驼走，到那块儿一看有水。有时候我们去过几次，奔波了几十里地，到那一看，就是一个小水坑。"

一边是路基填筑工程、混凝土工程在进行，一边是不断寻找水源。2015年春夏季，第三项目部终于找到了水源，每天可以提供500到800立方米的施工用水，供给了工程总需水量的70%以上。

现在主线工程已经结束，工程取水量减少，项目部挖的这一条饮水沟和集水坑已经成为这一片戈壁滩上的一道风景线。

李海峰说："相当于在这么干旱贫瘠的戈壁滩上，我们人工修筑了这么一条河流引过水。然后我们的集水坑现在已经成为当地牧民放牧骆驼的一个饮水点，也是解决了这个牧民的大牲畜饮水问题，也是给当地提供了一些帮助。"

而剩下的30%施工用水则还是需要远途拉来。综合算下来，成本高达每立方米60块钱，比起其他地方每立方米10块钱的工业用水成本高出了5倍。

除了李海峰所在的第三项目部管段，位于戈壁更深处的其他项目部的水源问题依然是个大难题。

中铁京新高速公路临白段总包部第五项目部经理谢秉军说："最后我们也是请了一些当地的打井有经验的打井队，然后也咨询他们。一跟他们说，我们现在是在哪个地段的话，人家告诉，你打井可以，但是我保证不了把水给你打出来……我们试探性的打过一口井，我们已经是打了380米，最后没打出来水。最后我们感觉实在是有点失望，或者是感觉很绝望的。"

缺水曾经让谢秉军一筹莫展。90%的施工用水最后都靠从100多公里以外的水源地拉水来供给。买水运水的成本高达每立方米100块钱。

对京新工程的建设者来说，很多人是来到阿拉善才真正见识到沙尘暴的威力。

中国中铁京新高速公路临白段第五项目部质量安全员桂武松说："4 月中旬有一次刮沙尘暴特别特别大，这是我有生以来见过最大的一次沙尘暴……远处看的话整个就是黄沙漫天，你和我站在一块，距离一米我可能都看不清你的面容。"

桂武松在施工管段的第一份工作是测量。每天桂武松和同事们都要扛着几十斤重的设备在戈壁滩上行走十几公里进行测量。

桂武松说："当时把仪器架好准备测量工作了，老远就看见远方起沙尘暴了，当时是黄沙比较弥漫，就是心里特别的恐惧……放眼望去戈壁滩没有地方让你躲，我们就赶紧把仪器收一收。仪器也是比较贵的，收了就抱在怀里不动，等着沙尘暴过来。"

年轻的测量队员们只能蹲在地上，背对沙尘暴，把头埋在膝盖里，紧紧靠在一起。黄沙打在身上特别疼，还会从缝隙钻到衣服、裤子里。

沙尘暴刮得越大，施工人员流失的越严重。各个项目部一个重要的工作就是要千方百计把人员留住。

今年 3 月份，沙尘暴最严重的时候，第五项目部一个附属组一周内进了 110 个农民工。但是不超过半个月，这 110 人全部都走了。

中铁京新高速公路临白段总包部第五项目部党工委书记何明江说："还是以人为本，搞好福利这方面的工作，争取打造像家一样的概念，以感情留人。"

京新高速公路临白段取土场，工人们正在进行"闷料"作业。

建筑高速公路，路基填筑工程耗水量最大。过去的做法比较简单，直接从取料厂取土铺到路基上，洒一些水，用碾压机碾压就可以了。可是沙漠戈壁靠水车拉回来的水非常金贵，洒水的方法就不合适了。

中铁京新高速公路临白段总包部第五项目部经理谢秉军说："现在我们目前看这个土，基本上是没有任何含水量的……作为我们路基填料的话，想要达到最佳的含水量的话，要达到 8%的含水量。"

经过反复实验尝试，工程队创新性地发明了一种叫作"闷料"的工艺。就是在取料场，把土挖成几条沟，然后头一天晚上把水放进沟里，让水充分渗入到土壤里面去。第二天再用挖机取土，相当于用水和土壤进行了搅拌。

看似简单的"闷料"工艺，效果却非常明显。

谢秉军说："我们至少要节约 30%左右的一个水量，就是对我们整个施工成本的话，也是会有所降低，包括质量也有所保障。由于大大节省了水资源，创新的'闷料'工艺在京新高速（公路）临白段全线采用和推广。"

治沙靠啥新技巧？黑色沙袋暗藏玄机。

在水的问题初步解决后,又一个难题出现了。京新高速公路临白段不仅穿越数百公里的戈壁无人区,部分路段还穿越了巴丹吉林、腾格里、乌兰布和三大沙漠,而那里有上百公里的移动沙丘。

当地的沙土较细且流动性强,年平均移动速度约有 18 米。如果不固定住移动沙丘,流沙很容易覆盖公路。而解决这个难题的,竟然是一个个 2 米长、20 厘米宽的填充式黑色沙袋。

中铁京新高速公路临白段总包部第一项目部总工程师王大伟说:“这个沙子人工装之后,我们摆放到这个区域,沙袋是需要叠放到一起的,就是这个有个交叉,起到一个固定作用。”

施工工人将装满沙子的沙袋依次摆放到公路两侧,呈田字形交叉叠放,形成了一个个一平方米的小方格,连成一片。看似简单的黑色沙袋实际上暗藏玄机。

王大伟说:“我们有 3 厘米的穗子要把这个丝抽掉。这个穗子对这个风也是起到一个扰动作用,风进来之后在这个小范围之内就产生漩涡,最后对这个土的固定,对土壤的改善效果比较明显。”

原来沙袋在设计上是有鳍沙袋,编织袋边沿都会留出来 3 厘米长的穗子。别小瞧了这些穗子,这样的设计不但能减缓风速,还能把吹起的沙留在框格内,起到固沙作用。据介绍,这些沙袋采用耐寒耐晒的材质,至少可以保持 20 年。此外,根据风向,不同路段不同方向铺设的沙带的宽度都有精确的设计。

王大伟还告诉记者,沙袋不仅可以阻止沙丘移动,还可以有效地改善土壤环境,恢复沙漠中的植被,环保效应巨大。除了在公路两侧铺设沙袋固沙,工程队还在沙袋外围设置了高立式沙障和阻沙堤,因地制宜,综合治理,构成了一个整体的防沙系统,将流动沙丘阻隔在外。

中铁京新高速公路临白段总包部总经理孙玉国说:“我们在中铁这一段,先后采取了将近 20 余种新的工艺。这些小的工艺都研究了几十次,最后才适合了这个地方的一些特点,对于保障这个项目的工期、保证工程质量起到了至关重要的作用。”

荒漠无人区里的叹息:我们亏欠家人太多……

在仅仅 16 个月的有效工期内,在荒漠无人区里建起了一条沙漠巨龙。然而,工程队队员们说得最多的一句话却是:“我们亏欠家人太多了。”

29 岁的张宁是京新高速公路临白段工程的资料员,丈夫同在工程队。今年 4 月她生下了女儿妞妞,大家叫她“京新宝宝”。由于工作的需要,襁褓中的婴儿还未满 3 个月,张宁又回到了自己的工作岗位上。

24 岁的赵国栋是京新高速公路临白段工程的物资管理员,由于工作任务艰巨,母亲生病也不能回家,急得在戈壁上号啕大哭。最后他在母亲的病房里坚持做完了自己的工作。

谢秉军是京新高速公路临白段工程的项目经理,2015 年工程推进最艰难的时候,小女儿出生。他留妻子在家独自一人面对。为了主线顺利贯通,送儿子上中学的许诺也没有实现。

中铁京新高速公路临白段总包部第五项目部物质管理员赵国栋说:“在小学近 6 年来我从来没有去过学校,也没有参加过家长会……所以孩子有的时候在说:‘爸,你能不能找个时间回来一趟,你在我们学校的门口接我一次放学,让我同学知道我爸爸长啥样’……对家人对孩子亏欠太多。”

中铁京新高速公路临白段总包部总经理孙玉国说:“能在这么艰苦的环境里,与这么多的,最多的时候 8000 多人并肩战斗,建设了一项世界超级工程,是我一辈子的骄傲和荣耀。”

半小时观察:百年梦想终成现实

早在一百年前,孙中山就在《建国方略》中提出要建设“东起北平(北京),经阿拉善,西至迪化(乌鲁木齐)的第二条进疆大通道”的规划与梦想。然而由于连年战乱、国力不济等原因,一直未能实施。京新高速公路的建设,让百年梦想终成现实。

新建的京新高速将使北京通往新疆的行车里程缩短 1300 公里。京新高速公路是“一带一路”上的重要一环。它如同一条玉带,构联起北京和西部辽阔的疆域。经济的互补交融,人财物的快捷移动,将使这两个区域的发展速度大大加快,进而进一步推动整个“一带一路”战略构想的实施。

(CCTV-2 财经《经济半小时》2016 年 10 月 28 日 21:10 播出)

在大漠戈壁书写筑路传奇

《光明日报》记者　温　源

在茫茫巴丹吉林沙漠上，一条平整笔直的高速公路横穿而过，这就是建设中的京新高速公路。日前，全长930公里的京新高速公路临白段全线贯通，这是亚洲最大的单体公路交通工程，也是世界上穿越沙漠最长的一段高速公路。预计京新高速公路明年6月建成通车之后，将成为一条从新疆霍尔果斯口岸到天津港的北部沿边最快捷出海通道，打造出一座天津港至荷兰鹿特丹港最快捷的亚欧大陆桥，为“一带一路”和“西部大开发”战略的深入实施开辟通道。

鏖战戈壁，攻坚克难

大漠上，烈日下，狂风中，京新高速公路项目工地上的机器声、号子声、机械的撞击声汇集在一起，建设者们奏响了一曲悠扬高亢的攻坚克难之歌。

沙漠戈壁地质情况复杂，很多难题都是以前从未遇到的。中国中铁京新高速公路临白段项目组总工程师黎发根专门组建了技术攻关小组，针对沙漠施工中的“疑难杂症”进行“会诊”。桥涵钻孔桩试桩过程中，采用传统的泥浆护壁法屡次发生断桩塌孔现象，攻关小组经过反复实验测试，创新制定了旋挖钻机干成孔桩基的施工方案，成功攻克了这一施工难题；施工区所在地土质细，粒土含量较大、渗水性差，难以达到90%的压实标准，攻关小组创新研制了“闷土”增湿施工工艺及利用“碎石土封闭压实法”，保证了路面填料的含水量，有效保障了路面填筑的施工质量……

“今天的工程质量，就是明天的市场容量。”中铁项目组建立起从上至下的质量管理网络，把创优目标层层分解落实到每道工序和人头。“验收显示，我们的桥涵钢筋焊接100%合格，混凝土强度100%合格，钢筋、砂石料全部达到国家级优良标准。”中铁京新高速公路临白段第三项目组监理组长曹辉自豪地说。

“就像在月球表面施工”

京新高速公路临白段分为多个标段，分别由中国交建、中国中铁、中国建筑3家央企承担。中国交建承建的京新高速公路临白段三标承担了358公里的建设任务，是全线最艰苦的标段：穿越巴丹吉林沙漠，途经近200公里的无人区。在这样一片没有水、没有电、没有通信、没有人烟，几乎与人类现代文明隔绝的戈壁滩上，建成一条我国最高等级的高速公路,难度可想而知。

“这里一年有60%以上的时间是风沙天气,10级大风裹挟着黄沙碎石漫天飞舞。”京新高速公路临白段三标项目总经理、中交路建副总经理刘永明告诉记者。贫瘠的沙漠戈壁上稀稀落落分布着低矮的骆驼刺,地表凹凸不平,最高的沙丘能有100多米。“我们就像在月球表面施工,经常是方圆百里见不到一户人家。”中交京新高速公路临白段项目副总经理李林育说。

找不到地标和导线点,测量员们就背着仪器去勘测,一座沙丘接一座沙丘测数据。口渴时,只好用斧头把已冻成冰块的矿泉水砸碎嚼冰解渴。缺水,一盆洗脸水几个人轮流用,最困难时全员两个月没有洗澡。为运输材料,358公里的主线,建设者修了500多公里的施工便道。

如今,广漠的戈壁上“长出”了一条平整的高速公路。京新高速公路阿拉善盟建管办主任杜子义感慨道:“简直难以想象,去年站在这里,眼前只有荒芜的沙漠,现在高速公路一眼望不到边。再大的困难,对中国建设者来说,都不是困难。”

通向文明和进步的高速路

戈壁沙漠的生态非常脆弱,建设者们提出:荒漠修路,生态先行。

为保护阿拉善盟脆弱的生态环境,中国中铁向全体建设者发出《生态环境保护倡议书》。“像保护眼睛一样保护生态环境,像对待生命一样对待生态环境”——这样的标语在施工现场随处可见。

中铁京新高速项目部每月24日定期组织全员开展“清除白色污染,守护一片绿色”专项活动。工地设立了垃圾回收箱。混凝土拌和站废水沉淀池采用三级沉淀,避免了污水排放。有的项目部采取“三个矿泉水瓶子换取一瓶矿泉水”的方式鼓励员工主动清捡垃圾,树立了建设企业文明之师的良好形象。

巴丹吉林沙漠进入扬沙季节时,风力经常达到6到8级。为了防风固沙,京新高速公路临白段项目专门设计了填充式防风沙袋,对沿线沙土起到很好的压覆作用。“沙袋材质耐寒耐晒,至少可以保持20年,不但能减缓风速,还能留沙固沙。”一位施工人员告诉记者。

施工过的戈壁上变了样:荒秃的山包被整理成了平地,取土的同时增加了牧场。建设者还沿线专门修建了供骆驼和野生动物迁徙的过道桥涵、环保隔离栅栏和大量野生动物饮水点,将施工对环境的影响降到最低。京新高速公路由此也成为一条通向文明和进步的高速公路。

(《光明日报》10月31日第7版)

情融戈壁

——记京新高速公路临白段阿拉善盟境内中建总包部员工

吴胜祥

记者手记：

京新高速公路是我国第二条东西方向的快速大通道，国家"一带一路"战略的重点控制性工程，穿越内蒙古阿拉善千里戈壁滩。巴丹吉林、腾格里、乌兰布和三大沙漠环绕周围，是沙尘暴的"发源地"。这里无路、无电、无水、无通信，百里渺无人烟，甚至有200多公里无人区，几乎与现代文明绝缘。

2015年1月，中国建筑股份有限公司中标了位于内蒙古阿拉善境内的京新高速公路、额哈铁路、国道307线和国道242线等四大项目。其中，京新高速公路标段主线全长104公里，连接线一级公路93.5公里。为了充分体现中国建筑的社会责任，中建迅速成立了项目总承包管理部，由二局土木公司、六局桥梁公司、中建交通公司、中建铁路公司负责施工。所有参建的员工，遇到了过去未曾遇到过的艰辛，克服了常人难以克服的艰难，坚守阿拉善，造福阿拉善，谱写了一曲中建人奉献国家"一带一路"战略、推进总公司"532"结构调整目标的豪迈壮歌。撰写此文，向京新高速公路、额哈铁路和国道307线、242线的中建人致敬！

刚刚平静的巴丹吉林、腾格里、乌兰布和三大沙漠，给立足未稳的中建京新高速公路项目部突然来了个下马威。

狮子般怒吼的狂风，裹挟着黄豆般大小的沙石，遮天蔽日地滚滚袭来，打在项目部的钢板房上，发出心惊肉跳的巨响。瞬间，施工棚的屋面和木片料在天空中狂乱飞舞。

京新高速公路穿越粗犷豪迈的内蒙古阿拉善千里戈壁，这里一年一场风，从春吹到冬。一览无余的戈壁滩，难寻躲避的场所。正在荒漠中忙碌的员工，只得将衣服反过来把头部紧紧地包裹着，迎着视线不足两米的沙尘暴，像沙漠中一株株骆驼刺草，巍然而立。

好不容易熬过了沙尘暴，火辣辣的太阳又露出狰狞的面目。戈壁的夏天，地表温度达到70℃，生鸡蛋一会儿就能烤熟。冬天，零下20℃，伸出的手指转眼间冻得僵硬。沙漠的太阳具有特别的穿透力，在阳光的灼烤下，皮肤红一块黑一块。经过一段时间，不少员工的脸上和手上一层层地脱皮。

紧接着,还要经过长期使用戈壁中的“硬水”导致皮肤发痒、过敏的用水关、进场时以方便面和面包充饥的吃饭关、长期封闭枯燥无味的生活关……

然而,就是在这种“不是人待的地方”,在大城市“蜜糖”里走出来的白面书生待了下来,在南方旖旎风光中生活的年轻人也待了下来。面对前所未有的艰辛和挑战,中建京新高速公路临白段项目的员工们一个个咬着牙关挺了过来。

“既然选择了京新高速,就选择了忘我奉献。”京新高速公路临白段项目总经理王立如说。

为了打通进疆的第二条快速通道,推进国家“一带一路”战略,千里京新高速公路临白段融进了中建人的一片深情厚谊。

戈壁中唱响中建之歌

在一望无垠的沙漠和戈壁滩中,一日复一日地看着眼前作为午餐的面包和方便面,项目测量队的小伙子们胃中的酸水在不停地翻滚,直往外冒。

作为施工的“探路者”,这样的困难早已经是司空见惯,最让测量员们恐惧的是夜幕降临时,找不到回项目部的路途。灰蒙蒙的戈壁中,百里渺无人烟,黄沙早已淹埋了出发时的车辙,手机没有信号,又没有参照的路标,队员们只能拖着疲惫的身躯,一次又一次地奋力推出陷进沙坑中的车子,惧怕被沙尘暴淹埋。焦急、恐惧、绝望,常常萦绕在心头,记不清有多少次是被当地的牧民在深夜里送回。

苍老,黝黑,消瘦,这是京新项目员工最真实的写照和苦干大干的结果。“干不干,看脸蛋”“缺水缺电不缺精神,风大沙大信心更大”“掉皮掉肉不掉队”,这些朴实形象而又大长志气的话语,已经成了员工们的座右铭。

戈壁滩的下马威,让女员工们都变成了“女汉子”。一个个爱美的女孩子变得更加坚强、泼辣和执拗,没有时间去爱美,更没有时间去寂寞。在项目总承包管理部工作的杨鹏,孩子才10个月大,一声召唤下,毅然决然地赶到了阿拉善。她的行囊里比别人多了一个吸奶器和冰奶用的微型冰箱。每天在繁重的工作之余,她比别人要多做的一件事,就是托人把奶水带回北京,哺育尚在襁褓中的婴儿。

戈壁滩的下马威,让小伙子们又变得更加“柔情”。戈壁中顽强生存的棘棘草,都被狂风吹得东倒西歪,但沿线数不清的“中国建筑标牌”却个个直冲云天,即使被沙尘暴吹歪了,立马就有人去扶正。因为,在京新员工的心目中,中国建筑品牌是永远不倒的丰碑。戈壁深处无电无水,电力资源成了异常宝贵的“财富”。项目三分部的郑文兵,对待施工现场的发电机就像对待自己的媳妇一样呵护。去年5月5日夜晚,突然狂风大作,暴雨倾盆,小郑不顾个人安危,毫不犹豫地冲进荒漠,小心翼翼地为发电机盖上雨布,保住了项目赖以生产和生活的唯一电源。

戈壁滩的下马威，让刚入职的新员工还变得更有“情趣”，尽情诠释作为中建人的自豪和担当。项目五分部的王新和李虎是刚入职的大学生，有一次在戈壁中又连续工作了15个小时，累得实在撑不下去了，就钻到货车底下躺一会，稍有点精神就爬起来再干，无怨无悔。他们还打趣地对一同坚守的左甫恒书记说：“书记，给我们唱唱‘中建之歌’解解困倦吧。”千里戈壁滩，从此响彻嘹亮的“中建之歌”。

情融“一带一路”

戈壁苦，沙漠累。中建人的情与乐、病与痛，早已经与荒漠、与国家的发展紧紧地连在了一起。家住河南平顶山的李来燕，第一次到戈壁见到丈夫何卫东和儿子何畅时哭成了泪人：“刚到阿拉善时还胖嘟嘟的俩人，怎么又黑又瘦又显苍老，成了个‘非洲人’啊！”

同样哭成了泪人的还有项目一分部孙洁峰的新婚妻子。车出乌海机场，这位杭州姑娘的心就开始拔凉拔凉的，越野车在戈壁中颠簸了3个多小时，沿途看不到一户人家。在戈壁深处仅住了几天，这位在南方滋润的气候中长大的女孩子，头发开始大把大把地往下掉，皮肤红肿过敏，“早知道这样艰苦，说什么我也不会让你来到这里，我们还是回杭州吧！”“等京新高速通车了，我天天陪着你好吗？”小孙送走了新婚妻子，义无反顾地返回了戈壁。

京新员工就是这样，干不好京新誓不归。项目一分部商务经理王启孟的家在海南，儿子出生没几天，他就奔赴阿拉善。孩子现在开始咿呀学语了，会叫爷爷、奶奶、妈妈，就是不会叫爸爸。细心的妈妈为孩子买了一件印有“爸爸去哪儿啦！”的文化衫，成天穿在孩子身上。奶奶问：“宝贝，爸爸去哪儿啦？”还不会言语的孩子总是习惯性地扯一扯身上的衣服，在场的人潸然泪下。

项目二分部的生产经理季文勇把事业看得比生命还重要，即使遇到再大的困难和危险，也要坚守自己的岗位，人送外号“拼命三郎”。在他的心目中，没有昼夜的更替，更不怕病痛的折磨。去年9月8日，为了抢工与时间赛跑，他乘坐的车子重重地追尾一辆货车，头部遭受重创，做了开颅手术。出院时医生反复叮咛要静养，但他放不下戈壁滩的事业，从医院直接奔向施工现场，导致伤口发炎，在同事们的多次劝说下，才到银川做了第二次大手术，头部到现在还留下了一道深深的疤痕。

合约部的周俊也是这样的“拼命三郎”，本来就有肾结石的毛病，到了戈壁中长期使用“硬水”更是雪上加霜。有一天，正在伏案紧张工作的小周，腰部像针扎一样剧痛，豆粒大的汗珠从脸颊上流下来。可是，项目部正缺人手啊！小周一声不坑地咬着牙关，椅背上垫上一块硬物用来支撑痛处，足足坚持了3天才到医院做了肾结石手术。他与大家一样,有一个朴素的想法,就是要早日打通京新高速公路。

自古忠孝难两全,有情儿女必豪杰。在采访中,有一个这样催人泪下又催人奋进的故事感动着我们。项目三分部经理宗继春在事业和亲情的艰难选择中,毅然以事业为重。去年7月22日,远在黑龙江的父亲不幸遭遇车祸,要做开颅手术,生命垂危。母亲唤儿火速赶回,宗经理强压这个寸断肝肠的消息,夜里辗转反侧。7月23日,他像平常一样地举办了业主在三分部组织的全线梁场标准化建设和环保标准化现场会议,直到把活动组织完,才发疯似的向老家狂奔……

项目四分部的总工孙世海,母亲重病住院,他没有时间尽到孝心。就是母亲不幸去世出殡的当天,也没有等回远在阿拉善戈壁滩的儿子……

辽阔的阿拉善,寄托着中建人的一片深情;

茫茫的戈壁滩,造就了新一代的中建人。

远飞的"红丝带"

戈壁滩既威武,又很孱弱,就像人的眼睛容不得沙子一样,容不下丁点环境污染。即使是一片巴掌大的塑料袋,一个小小的纯净水瓶的盖子,如果被羊群和戈壁中重点保护动物不小心误食,将造成生命的伤亡。带来的后果是牧民的反目成仇,产生严重的社会问题。

"奉献诚可贵,环保价更高",中建人对雄浑壮阔的阿拉善戈壁滩奉献的情感丰富而又独特。每个项目分部都配备了专职的环境保护人员,与每户牧民签订了"环保文明施工承诺书",建立了封闭式的施工和生活垃圾箱,不让一张纸片和一个塑料袋外流。

在戈壁深处的施工便道上,每天早晨都会准时地响起阵阵悦耳的滴滴之声,这是项目部为了保护戈壁环境,专门购置的纯电动环保用车,沿途宣传环保知识,收集和拣拾撒落在戈壁滩中的水瓶、塑料等生产生活垃圾。

保护孱弱的戈壁不受污染,已经融进了京新高速公路项目员工的血液里,成了难以改变的"职业病"。大家不再随手乱扔垃圾,在戈壁中看到空水瓶和塑料袋也习惯性地拣拾回来。有不少喜欢宠物的员工甚至忍痛割爱,主动将排忧解闷的宠物狗托人送回老家,以免惊扰了牧民的羊群。

项目五分部的员工都有这样的"职业病",每人自备了一副橡胶手套和一个垃圾袋,工间之余自觉找寻埋藏在沙粒中的"外来物"。他们都成了戈壁滩中名副其实的环境"守护人"。

项目一分部的测量队长孙二龙和所有的测量队员一样也有"职业病"。他的胃部总是一阵阵地疼痛起来,这位在戈壁中经常啃着干冷的面包、以方便面充饥的汉子,从未忘记自己肩负的特别责任。有一次在沙漠午餐中,用来遮盖泡好方便面的塑料袋子突然被大风吹跑,他条件反射似的跳起来,追了几十米才将塑料袋拾回,唯一的午餐方便面桶里已经落下了厚厚的一层沙子。他用了半个小时才咽下了这碗添加了“特别佐料”的方便面。

项目一分部的李广卿、胡建朝、邹浩同样有“职业病”。去年8月21日,他们在戈壁中突然发现一只受伤的灰鹤。3个人毫不迟疑地驱车百里,将它送到了林业派出所,经过细心的救助后,亲手放飞了这只国家二级保护鸟类。灰鹤腿上绑上的红丝带,在浩瀚无垠的戈壁上空任意飞扬。

小小的红丝带,也放飞了中建人献身国家“一带一路”的崇高信念和对阿拉善人民的一往情深。

中建京新员工就是这样,用浓厚的情感融化了千里戈壁,催生了一股推进基础设施事业部“二次创业”和总公司“532”结构转型的正能量。

第三篇

诗词篇

SHICI PIAN

圆 路 梦

杜子义

2013 年 7 月 27 日

欲富先修路，快富修高速。
为圆路网梦，路人皆辛苦。
昼夜战寒暑，妻儿常难顾。
只为梦实现，纵横绘宏图。

（作者系京新高速公路临白段阿拉善盟建管办主任）

交通运输部审查初设外业随感

杜子义

2014 年 5 月 25 日

驱车大漠行，雄鹰傲苍穹。
千里看现场，万象视野新。
远观山塞青，近看草峥嵘。
待到路通日，大漠再沸腾。

京新高速施工图审查会随感

杜子义

2014年9月10日

白露逢中秋,细审施工图。
突破千重关,踏遍万里路。
为圆百年梦,何惧辛与苦。
八年磨一剑,一朝变通途。

胡杨礼赞

江兴旺

隐姓埋名大漠中,餐沙饮风气如虹。
生前难入诗书画,死后犹思镇野风。

(作者单位系中交第一公路勘察设计研究院有限公司)

赠临哈项目组张宁霞、张婷二位女士

江兴旺

义无反顾赴边陲,心气精神似我谁?
宁做胡杨昂首立,不学灞柳水边垂。
狂风肆虐丘能走,烈日灼烧沙可炊。
勇者苦中多作乐,巾帼不必让须眉!

京新外业踏勘记

白　浩

2013 年端午节

繁星满天伴去路，明月当空照归途。
徒步跋涉六十里，四十里后水全无。
风沙肆虐躲无处，烈日暴晒展地图。
莫道外业多艰苦，交图之日干五壶。

（作者单位系中交规划设计院）

陪同徐景春副盟长一行调研感怀

杜子义

2015 年 3 月 31 日

朝辞达镇调研行，一路沙暴天地昏。
驻地未成道不通，寒风飞沙两无情。
领导关怀暖人心，将士勉慰长精神。
千难万险全不怕，齐心合力筑京新。

贺京新高速阿拉善盟段施工二标开工

杜子义

2015 年 4 月 29 日

万紫千红春意浓，千军万马聚京新。
便道已通驻地新，厉兵秣马盼开工。
彩旗飞舞风雷动，大漠沉静再沸腾。
两横两纵宏图就，一带一路建奇勋。

大漠舞苍龙
京新高速阿拉善境开工感怀

林　军

2015 年 4 月

黄沙漠漠天苍茫，戈壁幽幽路漫长；
西天瑶池总缥缈，古塞千年望胡杨。

春风化雨润边疆，丝路北线渡居延；
五湖四海群英会，路兴人和喜讯传。

旌旗猎猎红满天，机声隆隆响陲边；
金戈铁马战荒原，不通天路誓不还。

待到大漠舞苍龙，东接西连破行难；
通疆达海振北域，苍天圣地换新颜。

（作者系京新高速公路临白段阿拉善盟建管办副主任、第二执行办主任）

工 地 有 感

2015年4月5日夜于额济纳

刘永明

疾风劲推步踉跄，漫天沙尘飞舞狂。
戈壁荒野旷无际，中交儿女筑路忙。
京新高速责任大，金骑铁马驰疆场。
千阻万难奈我何，大道通途助国昌。

（作者系京新高速公路阿拉善盟段中交总包部总经理）

京新高速公路调研随感

杜子义

2015年5月20日

塞北初夏似寒春，绿树百草雨浥尘。
便道已通成捷径，主线开建显雏形。
路水电信齐并进，同心协力促早通。
行难水困瓶颈破，经济腾飞再启程。

秋雨遐思

2015年8月8日

杜子义

八月八日雨濛濛，三军三伏筑京新。
天公作美添凉意，雨后草原一片新。
桥涵渐长路成形，基层试铺已成功。
待到明年路面通，再摆美酒敬英雄。

注:8月8日，正值立秋，天降喜雨，滋润大地。上午，中国中铁二标段在太西酒店召开京新高速公路临白段(阿拉善盟境内)百日劳动竞赛总结表彰暨第二战役动员大会，我应邀参加了大会。三军，指中建、中铁、中交3个标段的筑路大军。

和杜子义《秋雨遐思》

王　立

2015年8月8日

神龙洒雨雾蒙蒙，铁军酷暑战京新。
三伏季节飘凉意，立秋时分精神新。
机织玉带渐成形，桥涵筑就方成功。
喜闻二标传捷报，挥鞭催骑学英雄。

(作者系京新高速公路阿拉善盟段中建总包部总经理)

和杜子义《秋雨遐思》

孙玉国

2015 年 8 月 8 日

乙未三秋雨濛濛，铁甲万骑战京新。
三军挽手结情意，号鸣马嘶旌旗新。
巨龙蜿蜒展雏形，壮士长啸建奇功。
苍天圣地天路通，哈达美酒醉英雄。

（作者系京新高速公路阿拉善盟段中铁总包部总经理、党工委书记）

京新高速工地感怀
——向所有参建人员致敬

江兴旺

2015 年 8 月 26 日

天低白云近，漠宽视界远。
毒日当头烤，风沙因汗咸。
机器轰鸣处，巨龙露初颜。
不经边陲苦，何谈建设难。

（作者单位系中交第一公路勘察设计研究院有限公司）

和江院长京新高速工地感怀

杜子义

2015年8月27日

风摧胡杨挺，沙打柳更坚。
笑迎烈日烤，默闻汗水咸。
万军筑京新，巨龙露新颜。
突破千重关，大道金光闪。

注：柳，指额济纳的红柳。

再过风雷山

杜子义

2015年9月21日

风雷山川日月新，只为京新水电通。
黄墙红瓦泵站耸，铁塔银绳光明送。
潜龙卧地输圣水，巨龙在田舞长空。
荒原巨变亘地春，亮丽北疆气如虹。

注：潜龙，指地下的输水管线。

秋 念

林 军

2015 年 9 月 27 日

秋
仲浓
思故乡
情深入髓
责任重如山
工地激战正酣
星星点灯胜银河
千山万仞风劲沙急
怎奈我天下三军神勇
抢进度抓质量安全第一
喜迎古丝路北国逢春
一路一带千秋伟业
京新高速急先锋
遥想通车庆典
千里江山笑
父母妻儿
虽离别
心中
念

咏花(赞工地无名小花)

林　军

2015 年 10 月 25 日

本性坚韧出贫瘠,无畏酷寒生戈壁。
百草皆衰我独舞,迎风怒放立天地。

圆梦京新路

杜子义

2015 年 11 月 11 日

胡杨红柳秋色橙,边塞十月硕果丰。
万物已随时令改,一路新颜旧貌更。
桥起戈壁彩虹飞,路通大漠蛟龙腾。
建国方略百年梦,国力强盛今朝成。

京新路上

王　立

2016年2月28日

咋暖春寒，边疆西域，大漠临白。
看白绒漫游，荒原遍野；
峰驼隐现，低林矮草。
雨缺水少，人烟渺渺，胡杨梭梭风中摇。
几时日，望白毛漫卷，沙丘古道。
今朝又卷风暴，闻巴丹戈壁人机啸。
逢一带一路，詹公再世；
架桥筑路，鲁班挥凿。
金戈铁马，风华正茂，大军浩荡旌旗飘。
展壮志，有京新画卷，我辈挥毫。

注：白绒，白绒山羊；白毛，沙尘暴，当地俗称白毛风。

为“京新杯”劳动竞赛大会所作

杜子义

2016年3月22日

京新巨龙蓄势腾，润物细雨颂福音。
百日备战酬乡梦，千军励志洒汗霖。
攻坚克难保贯通，优质高效创精品。
今朝誓师春风劲，不获全胜怎收军？

复工令

林　军

2016 年 3 月 23 日

风疾沙劲朝霞艳，天高地阔彩云追。
时不我待闻鸡舞，争得朝夕保贯通。

京新情怀·驰骋大漠铁骑飞

孙玉国

2016 年 4 月 6 日

乙未雪夜入居延，黄沙漫漫铁甲寒。
挥手作别故乡土，三军蛇行过贺兰。

戈壁荒滩残月笑，大漠深处孤烟暖。
旌旗猎猎狂飙起，弯刀霍霍战马欢。

斗转星移身未觉，古道丝路换新颜。
胡杨千载容未老，弱水万里百花鲜。

炉旁欲言昨日事，清风入杯迷双眼。
执手相看白发生，仓央再临应有叹。

子夜帷帐鼓声疾，烽火连绵耀边关。
待到丁西雄鸡唱，英雄儿郎班师还。

注：仓央，指六世达赖仓央嘉措，圆寂于阿拉善，舍利供奉在南寺黄庙大殿。

忆秦娥·额济纳

黄西民

2016 年 4 月 21 日

沙尘狂，大风起兮云飞扬。
云飞扬，车轮滚滚，筑路正忙。
万亩胡杨齐赞叹，千年弱水永相伴。
永相伴，大道无垠，英雄无限。

（作者系京新高速公路阿拉善盟段中交总包部副总经理、总工）

京新高速阿拉善境建设感怀

林　军

2016 年 6 月

借问英雄何处有，京新高速数现场；
追风逐日忙筑路，神州三军会驼乡。
遥别绿水青山情，远离父母妻儿怀；
百年千秋创伟业，忠诚无畏最可爱。
疾风劲沙号角吹，千山万仞战鼓擂；
豪情壮志铺坦途，奉献本色树心碑。
我辈勤勉苍龙蓄，经济发展交通先；
春风喜度漠北域，古道丝路展新颜。

六月过贺兰山有感

孙玉国

2016年6月5日

正午艳阳朝暮霜，甲胄未解箭筒凉。
定远侯至西域通，飞将军归声名扬。

居延河畔马蹄疾，黑水城外羌笛长。
弯刀引弓踏贺兰，豪情化雨秀边疆。

三军并辔展宏图，天路建成福瑞降。
莲花捧起圣贤身，经轮低诵唤仓央。

吟来弱水长风起，落去黄沙奶茶香。
敖包筑台邀明月，哈达铺道迎华章。

儿郎尝是中原客，大漠醉舞金胡杨。
梦里锦袍别额吉，格桑花开雨打窗。

赤兔不语苍穹低，金樽无眠雁成行。
狂飙千里猛回首，情定圣地是故乡。

注：仓央，指六世达赖仓央嘉措，圆寂于阿拉善，舍利供奉在南寺黄庙大殿。

陪同“筑梦大漠·情撼京新”采风观感

杜子义

2016年7月10日

极目碧野舒，巨龙渐起舞。
天堑变通途，京疆畅无阻。

庆中交路面贯通

杜子义

2016 年 7 月 22 日

碧空悠悠白云追，居延潺潺弱水回。
千军欢聚庆贯通，万盏觥筹亦陶醉。
大漠长风通天路，长河玉带尽朝晖。
京新速度创奇迹，天时人事日相催。

赠孟乾兄弟

孙玉国

2016 年 7 月 26 日

大漠黑风漫黄沙，戈壁冷山湿铁甲。
战旗失色边关红，华发增霜居延夏。

孕中娇妻病重妈，千里无归泪满颊。
跪求世间双全法，不负京新不负家！

忆秦娥·京新高速

黄西民

2016 年 8 月 20 日

京新长，筑路大军斗志强。
斗志强，夏斗酷暑，冬战寒凉。
“建国方略”显规划，“一带一路”传佳话。
传佳话，大漠变通途，大爱润华夏。

祝　捷

王　立

2016年9月21日京新高速临白阿拉善盟主线贯通

挥师出塞戈壁滩，
古道续新篇。
今朝玉带通贯，
举目旌旗展。
随风饮，
伴沙餐，
宿野眠。
我辈儿女，
筑梦大漠，
何惧艰难！

和王立《祝捷》

杜子义

2016年9月23日

苍天圣地万里滩，
大鹏任翅展。
飞虹玉带通贯，
发展续新篇。
饮长风，
伴星空，
夜无眠。
草原儿女，
情撼大漠，
攻坚克难。

和王立《祝捷》

孙玉国

2016年9月25日

秋镀胡杨金漫滩，雾锁贺兰半月寒。
大漠深处孤烟早，居延河畔雁影单。

风声雷动苍天笑，斗转星移驼乡欢。
万里戈壁天路起，千载圣地换新颜。

老帅再披黄金甲，儿郎高举开山剑。
三军狂飙不回首，铁骑长啸夜无眠。

号角唤醒飞将军，旌旗映红古边关。
定远营中战鼓急，广宗寺前哈达艳。

夏邀后羿长弓满，冬搏撒旦末日天。
壮志饥餐牛羊嫩，笑谈渴饮奶酒鲜。

玉面郎君今安在，俊俏佳人失红颜。
孕中娇妻病重亲，冬春无归泪满衫。

忠魂铸就康庄道，铁骨书写新诗篇。
弱水三千半日渡，自此不唱蜀道难。

大漠筑苍龙

林　军

2016年9月25日

山舞银蛇，漠炼蛟龙，坦途今初显。
油面贯通，恰逢月圆中秋。
京新路，百年梦真；
蒙疆情，一朝通衢。
舍小家，逐鹿大漠，最属风流！

工地失眠已惯，忧畅通有误，转辗反复。
宏图即使，始终不忘初心。
山皆仞，踏破铁鞋；
风常急，寒冬酷暑。
试问 筑康庄大道，舍我其谁！

水调歌头·筑路

王　立

2016年9月26日

昔使巴比伦,(古巴比伦,今伊拉克)
筑路幼河畔,(幼发拉底河)
美索不达演练,(美索不达米亚平原)
少年志无言。
再探南非荒原,
喀拉哈里试剑,(博茨瓦纳位于喀拉哈里沙漠)
华夏身手展。
沙漠人烟少,
中建声名显。

出秦关,
走光禄,(昭君出塞之塞)
跨贺兰。
丝路续缘,
千军酣战阿拉善。
玉带贯穿乌兰,(乌兰布和沙漠)
铁甲横越巴丹,(巴丹吉林沙漠)
大漠换新颜。
人生数十载,
造福千万年。

小别阿拉善有感

孙玉国

2016年10月18日

小别阿拉善,单骑赴沈阳。
才饮居延水,又闻烈酒香。
胡杨正妖娆,银杏亦金黄。
大漠秋风冷,浑河冬月霜。
常忆结胞义,去留两彷徨。
夜半问空樽,何处是故乡?

和玉国总《小别有感》

杜子义

2016年10月18日

五彩阿拉善,辉煌胜沈阳。
长河饮弱水,大漠飘瓜香。
风摆红柳娆,日沐胡杨黄。
不经风沙打,怎耐冬雪霜。
情义是难忘,创业更辉煌。
美酒备金樽,驼乡是故乡。

和玉国总《小别有感》

王 立

2016 年 10 月 19 日

大衍阿拉善，弱冠离沈阳。
昔品辽河水，今尝蒙古王。
长白青松绿，巴丹苁蓉香。
雪野冰霜冷，大漠风沙狂。
共盟劈荆棘，同心战疆场。
明月对玉樽，天涯是故乡！

和玉国总《小别有感》

林 军

2016 年 10 月 20 日

吾本驼乡人，曾做盛京游。
故宫彰人文，陨石昭日月。
胡杨仙境幻，瑶池缥缈地；
神州发射场，穆子也西游。
昨饮辽河水，今食大头鱼；
皆为华夏域，人杰地亦灵。

长相思　京新路

杜子义

2017 年 1 月 7 日

弱水流，汗水流，流到居延海尽头。
大漠通天路。
思悠悠，情悠悠，情系京新永不休。
路通行不愁。

蒙西中交筑路

王　恺

漠北天桥京疆融，戈壁孤城沙满空。
日行千里飞驰梦，无惧金涛铸银龙。

（作者单位系京新高速公路阿拉善盟段中交总包部）

京新赋·沙思

孙茂鹏

子有诗书千百篇，却不知大漠风采夜。
遇春花开艳，又叫何人坐赏沙漠陲？
大漠里风沙，古往今来，一杯酒，思绪万千。
岁月朝朝，英雄济济，临白八标齐聚首。
平沙万里绝人烟，孰不知？
京新路，你我情深比石坚。
纵有豪宅千万所，不为心动改君颜。
十年通大漠，万里出长平。
待路通功成，朱阁炉，奏歌一曲，与君共赏九月天。

（作者单位系京新高速公路阿拉善盟段中交总包部第八项目分部）

临白感怀

——写在临白项目风积沙施工之际

王炳军

临白项目仰天啸，风积沙里逞英豪。
施工战场彩旗飘，进场便是剑出鞘。
鏖战大漠和戈壁，自强奋进争第一。
立足岗位求攀登，无限风光在险峰。

（作者单位系京新高速公路阿拉善盟段中交总包部第二项目分部）

漠　　影

张红梅

蓝天绿水彩云边，沙映朝霞暮垂烟。
茫茫戈壁藏侠义，自有豪情在人间。

（作者单位系京新高速公路阿拉善盟段中交总包部第四项目分部）

大美京新人，伟大中国梦

冀泽文

如果，大漠是孤独的
建设者，便是点缀寂寞的音符
用水泥、钢筋、沥青谱写生命主旋律
春去秋来，年复一年默默的坚守
诠释对过往岁月最高的礼赞

如果，大漠是沉寂的
轰鸣机械声，便是装点寂静的琴弦
拨动粒粒石子，幻化出妙曼蜿蜒的黑丝带
寒来暑往，实现京新人的大漠蓝图志
成就新时代丝绸之路

如果，大漠是苍凉的
无垠绿洲，便是我们奋斗的方向
用勤奋、执着、创新浇灌每一寸土地
天蓝、地绿、水清，满眼生机盎然
雄鸡版图四海升平、人民安泰

我们是京新的建设者
追求奉献是我们毕生的职责夙愿
用精益求精、勇于奉献的精神
修路、架桥，造福祖国人民
共筑我们的中国梦
谱写华夏壮丽诗篇

（作者单位系第二驻地办）

远方的家

白 玺

滚滚黄沙吹不倒我们的身躯，
工作压力压不垮我们的精神，
因为有梦，我们选择了坚守。

烈烈炎日晒黑了我们的皮肤，晒不去我们的执着，
高温天气阻挡不了我们工作的脚步，
因为有梦，我们选择了坚持。

无边的戈壁奉献了我们的青春，
火热的骄阳洒下了我们的汗水，
稚嫩的笑脸是盛开的鲜花，
因为有梦，我们选择了坚强。

装载机点缀着我们的憧憬，
拌和站伴我进入梦乡，
摊铺机铺出了我们的希望，
这就是我们的梦，远方的家。

（作者单位系第二驻地办）

七月　我们的故事

刘　鸿

七月,阳光在灌木梢上舞蹈,
花儿,端坐在枝头旖旎的笑。
头顶着清浅的时光,
把心融进戈壁的胸膛,
让那个属于我们的故事,
在绵延的大道上绽放美好。

几朵心思,
在火热的激情里渲染。
洁白的云朵,
悄悄覆盖大地的喧嚣。
坚守一袭梦想,
聆听决战的声音快意奔跑。
心拥满窗月影,
将执着于大漠孤烟中轻描。

甘霖飘洒,
滋润了大漠里每一粒尘埃。
天边的彩虹,
闪烁着夏日里奋进的号角。
七月,挥一抹汗水的淋漓,
在艳阳怀抱里与风沙共舞,
原来,这才是我们的故事。

(作者单位系京新高速公路阿拉善盟段中建总包部第一项目分部)

赴　京　新

代程成

北疆戈壁三千里,浓云卷土漫尘地。
辞我新辞北去处,西归玉门阳关里。
有我佳友好弟兄,知我临行把酒齐。
一杯劝始思前路,休使心浮枯叶滴。
再饮长路人保重,蒙地风紧常加衣。
途难勿弃少年志,老骥有意无人识。
杯饮复杯杯须尽,年去终年年常惜。
此别宜后终弃酒,心无倦时好景依。

(作者单位系京新高速公路阿拉善盟段中建总包部第一项目分部)

边陲长龙

贺　刚

谁言漠君是枯颜,且看穹顶碧无纤。
夕照连云霞掩雾,更有长龙舞翩跹。

(作者单位系京新高速公路阿拉善盟段中建总包部第六项目分部)

战　京　新

任宏伟

戈壁汽笛鸣,风吹沙正浓。
高楼平地起,京新立伟功。

(作者单位系京新高速公路阿拉善盟段中建总包部第六项目分部)

英雄的大地(组诗)

——献给京新高速公路的建设者们

马　英

一、英雄的大地

没有一座山能够阻挡蜿蜒的道路
没有一条大路能绕过岁月的终点
你们开山劈岭
你们支梁架桥
我不认识你们,也叫不出你们的名字
你们是一群普通的劳动者、平凡的筑路人
某一时刻,我突然想起了水浒英雄
那传说中的梁山好汉们
于是我知道了你是谁
你是豹子头林冲,是行者武松
你是大漠急先锋,是戈壁及时雨
是拼命三郎,是风中的轰天雷
是筑路智多星,是冲散阴霾的黑旋风
总之,你们是一群有故事的人

一样的繁星冷月,一样的清旷戈壁
一样的白天黑夜,一样的风和雨
信念崛起,战神再现
时间在这里凝固,生命在这里闪光
旷无人烟的苍凉深处
你孤独的月光与白云对视
请她给远方的家人问个好
请把我的思念带给心爱的女人
等到凯旋的那一天,游子归来

亲吻家乡脚下的泥土
抚摸斑驳的岁月之墙
多少年后,你回望远方
一切犹如昨日重现
那片遥远的戈壁滩
曾留下你多少失落与辉煌
那是一片可爱的大地
那是一片英雄的大地

二、戈壁花

你是我曾经梦见过的那一朵花
明艳动人,灿若春华
走过了年少的芬芳,走过了都市的灯红酒绿
一夜醒来,恍若隔世
你在荒凉的戈壁滩上
开成了一朵无名之花
经受风吹雨打,品味人生百味
你说,这就是命运,这是你的选择
因为你在这里,孤独不再孤独
因为你在这里,寂寞也不再寂寞
道路漫长,绵延着细碎的日子
而你的思念留在故乡
我有足够的空间去想象
你的初恋,你的村庄
还有你的孩子甜甜的微笑
我也知道,你总有一天要回去
回到你魂牵梦萦的村庄、你的人生
可你忘不了这大漠深处的故事
你忘不了和一个蒙古诗人的一次邂逅
所以我还是愿意这样想象
你是曾在我梦里绽放的那一朵戈壁花
你是我曾经擦肩而过的最美的一段传说

三、黑鹰山

黑鹰山，今夜我写不出最悲壮的诗句
因为，你的悲壮超越了语言和想象
河流和山脉在这里离别无声
道路和道路在这里握手言欢
别离的滋味，就像小鸟孤独地飞翔
天空俯下身来，野草亲吻白云
人生一样绵长的一条路，在你脚下
白疙瘩是你视野中的一粒小石头
行驶在无边的苍茫之中
寂静的旷野，停止的时光
我孤立不安，仿若这是岁月的尽头
我记得从哪里开始
但不能预测何时结束
我知道，这就是岁月
你却不知道，我什么时候来过
凝望着脚下绵延的这条路，黑鹰山
依然静默无声，似乎时间与你无关
从黑暗到黎明
你一直就这么站着，目睹了多少生与死

也许曾有一只黑鹰从你的天空飞过
也许从来没有一朵白云从你的上面飘过
黑鹰山，今夜我不能够写出最壮美的诗句
我写不出你守望者最经典的姿势

（马英（莫·策登巴拉）：蒙古族作家、诗人、文学翻译家、评论家、收藏家；阿拉善盟文联主席，内蒙古自治区政协委员；中国作家协会会员、中国民间文艺家协会会员、内蒙古自治区文学翻译家协会副主席。出版散文集、诗集、翻译作品等多部；先后荣获内蒙古自治区文学“索龙嘎”奖、“五个一工程”优秀作品奖，第十一届全国少数民族文学创作骏马奖等）

神 树 桥

莫·呼和乎

2016年7月8日—7月12日参加阿拉善盟“筑梦大漠·情撼京新”采风团到施工现场采风京新高速公路临白段随感。

人为的招架一座宏伟和壮观
悬垂的都是惊愕或茫然
飞度一线天险　丈量山头
一梁柱桥横跨东西三百公尺
天柱维度三十米 肃立群然
近百丈高的飞架引渡枯涸
惊恐万状 群山膜拜 腾龙欢
古人云：自古豪杰多烂漫
从此一度神树桥名扬人寰
闻讯的皆是敬仰或顾盼
沧海苍天莫然　遥望神威
应允人间奇迹 扎落九天凌云
万仙助阵几千载　众志辉灿
焕然一新的故地引领幻世
璀璨繁星 燕舞莺歌 促壮观
当代曰：今朝雄姿捷捷赞
对流的潮流推波助澜
波溅的竟是幸福和浪漫
延伸世代相传　造福大漠
一带一路贯穿欧亚　荣欣畅
天地合一结安达　色色争艳
和睦的笑容随从丝绸纽带
寰球起舞 宇宙同悦 齐声唤
后人约：铸造未来智慧展

（梁青龙：笔名莫·呼和乎，内蒙古自治区民族艺术学院副院长、内蒙古自治区作协会员、翻译家、诗人、儿童文学家、教育专家）

大漠飞虹

——京新高速临白段(阿拉善盟境内)采风随感

刘 强

题记:

七月,参加阿拉善盟文联和阿拉善盟京新高速公路临白段工程建设管理办公室联合组织的"筑梦大漠·情撼京新"采风活动,有感于京新高速建设者们筑路圆梦,在戈壁大漠战天斗地的火热情怀,以及对这片土地和生活在这片土地上淳朴的人们的深情厚谊,以诗记之。

(一)长路问天

七月
翻山越岭
只为寻你而来
传说中那条修在沙漠里最长的路

云飞黄沙漫
远山接荒原
百年梦圆
腾起蛟龙无匹

问大漠
今朝美景归何处
丝路绕玉带
红旗映苍穹

喜看
一路向西无限豪情
筑路铁军旌旗盛
欲乘长风奏凯归

（二）像撒到大漠里的种子

无数沙丘戈壁绵延亘立
像苍茫大地脸颊上静止的废墟
多少年
空对云天
这里没有路
罕无人迹
时光积叠起的岁月
只有风吹过时
才会留下流动的曲线

你们来了
从江南的烟雨里走来
从白山黑水走来
来不及熟悉这片大地
探路的车辙一次次迷失
不惧寒暑风沙
忘却孤单思恋
“要像撒到大漠里的种子
把根深深扎下”
这是京新人铁骨铮铮的荣耀

我们踩着七月火热的足迹
走进那一座座驻守沿路的营地
驻足
你们仰望故乡时
内心的一轮明月
聆听
你们情动大漠
写下的长歌一曲
还有
你们散落一地

对这片土地的深情厚谊

（三）情长路更长

若有梦
这路便是梦
是向往远方的梦
是连着远方的梦

对着远方
拂不去
亲人送别的嘱咐依稀
在大漠
捧起钟情和敬仰
牧民与你结成兄弟

承袭岁月沧桑如许
你是手持彩练
天际温情的舞者
你唯一的心愿
就是
“等路通了
能在自己修的路上走走！”

（刘强：内蒙古自治区作家协会会员、内蒙古自治区诗词学会会员，现供职于内蒙古自治区阿拉善经济开发区新闻信息中心）

苍天圣路

张　栋

2016年7月，阿拉善盟文联应邀组织文学艺术家到京新高速公路临白段(阿拉善盟境内)文学采风，身处火热的筑路工地，心灵直接感受筑路者滚烫的劳动汗水，欣然作之。

朝霞映红了浩瀚的草原
苍天圣路修到了阿拉善边关
京新高速像一条飘舞的哈达
大漠戈壁再不是遥远的天边
阿妈捧上了圣洁的驼奶
悠扬绵长的蒙古长调流过了心田
啊哈嗬——
悠扬绵长的蒙古长调流过了心田
雄鹰翱翔在碧空蓝天
筑路健儿京新高速神勇鏖战
黑风黄沙考验着铮铮铁骨
中建中铁中交大兵团共建
阿爸端上香喷喷的手抓肉
“中国梦”创造典型艰苦地域样板
啊哈嗬——
“中国梦”创造典型艰苦地域样板

巨龙腾飞华夏威武彰显
苍天圣路为“一带一路”增辉添彩
驼铃叮当回荡着历史的脚步
京新高速送来吉祥幸福和发展
车轮滚滚向西向北互通贸易
动听的牧歌响彻阿拉善高原
啊哈嗬——
动听的牧歌响彻阿拉善高原

(张栋：内蒙古自治区作家协会会员、诗词学会会员)

第四篇

散文篇

SANWEN PIAN

我把青春献给京新高速

边　乐

走进京新队伍，面对全新的事业，我由陌生到熟悉，由理解到喜欢，由喜欢到热爱，一步步走来。这种热爱不是一时冲动，也不是一句口号。我爱京新高速，既爱它的创新挑战，也爱它的奔波劳碌和清苦寂寞。

夜深人静，在茫茫戈壁深处，在狭小的彩钢房里，听着屋外呼呼风声，感受着沙漠气候特有的多变。你、我、他依然在工作着，研究着图纸，反复推敲工艺，细化着每个细节。看着一本本图纸逐渐由密密麻麻的文字、图形和符号逐渐变成构造物，一点点、慢慢地呈现在我们面前，那是一种怎样的自豪和骄傲！

青春的脉搏跳动着，我们京新人不甘示弱，我们将一如既往、无怨无悔，我们很知足。因为祖国需要我们，亲人支持我们，人民理解我们；因为我们苦中有乐、苦中有甜；当我们迷茫的时候，亲人、同事及时化解我们心中的苦闷，一股温馨的暖流犹然涌上心头。当我们全身心地投入到工作中的时候，成堆的图纸、文件和资料便不再那么枯燥乏味。时间在忙碌中飞快地流逝，有人说是我们成就了京新高速，可我觉得正好相反，恰好是京新高速才成就了更好的我们。她让我们懂得了奉献、担当和热爱，让我们找到了价值所在！

我不是诗人，不会用华丽的诗句赞美京新事业；我不是学者，不会用深邃的思想思考京新人的价值；我也不是歌手，不会用动听的歌声歌颂京新人。

那么，就让我把这篇文章作为礼物献给我们富裕而充满希望的祖国，献给所有美丽的京新人们；把我们对京新高速深深的热爱化作誓言，吹响我们年轻京新人心中奋进的号角，让它成为我们取胜的基石、前进的动力，勇往直前，再创辉煌。

（作者系京新高速阿拉善盟建管办第一执行办秘书）

阿拉善　我的新家

段玉栋

天，格外蓝。云，分外白。

孟春的早晨，风多少还有些寒意，但阳光在戈壁的那头缓缓而出，坚定而有力，瞬间洒满广阔的戈壁。

苍天圣地阿拉善，是我新的家，并没有想象中的那么荒芜。

元宵节那天，我接到了去新开工的内蒙古京新高速公路建设项目报到的通知，匆忙收拾行李，前往项目部报到。

一路西行，出居庸关，过八达岭，路过张家口、包头、临河，经过近1000公里的长途跋涉，到达了项目部所在地阿拉善左旗敖伦布拉格镇，蒙语意为"有泉之地"的美丽小镇。沙漠缺水，此地既以"有泉"名之，足见其美丽丰饶。

到基层干项目，是我一直期盼的，可真的要去了，心里也纠结，那里毕竟不是繁华都市。看先去的同事们发回来的照片，只有漫漫黄沙。会不会缺水？因为在地理上，北漠是苦寒之地，恐怕连洗澡都会成为问题吧？

可我还是来了。乘着汽车，一路直达。

头一次坐汽车走那么远的路，从车水马龙的北京，到广阔平坦的内蒙古高原，沿途风景让人惊奇。雾霾越来越轻，天越来越蓝，楼越来越低，视野却越来越开阔，我的心胸也一下子豁然开朗——

原来，我是来找寻蓝天白云的！

来到项目的临时驻地，看着测量员们每天早起，拿着面包和矿泉水，驱车四五十公里，深入荒无人烟的戈壁滩放线测量……我要用笔，把这感动传递给更多人。

苍穹之间，黄沙之上，蓝天白云。我坚定了在项目工作的信念，也似乎在那一瞬间，明白了深入基层的用意。

作为一名基层通讯员，只有深入一线访问，跑工地、睡板房，才能了解真实的工地生活，才能挖掘出工地上最美的典型，也才能让更多的人被感动。

作为一名刚参加工作的青年人，也只有在基层，才能积聚人生前进和发展的动力。

我希望自己能够在内蒙古高原的戈壁滩上找到更多的感动、更多的信心，能够做好每一项或大或小的工作。我也希望，当我离开内蒙古高原的时候，能有更加坚定的自信心、强烈的进取心和责任心。

（作者单位系京新高速公路阿拉善盟段中建总包部第一项目分部）

又是白刺泛绿时

王宏伟

虽然寒气还未消退，但在茫茫的戈壁滩上已经开始出现星星点点的绿色，为这里的黄色基调带来了点点生机与活力。

有这么一群人，远离了都市的喧嚣，远离了红尘的繁华，一头扎进了戈壁的深处。就如同白刺一样，到了这里，扎根这里，守护着这里，用心血和汗水在这里铺就着一条繁荣之路。

中建二局土木工程有限公司京新项目承接了京新高速55公里的建设任务。在这里有一群建设者们在春秋季节里就着沙子在工地上吃着盒饭，在夏季里冒着酷暑被晒掉一层又一层皮，在冬季里指挥着设备被冻得瑟瑟发抖，然而没有人退缩、没有人抱怨，大家只有一个信念："路终究是要通的，我多付出一点努力，路就早一天建成。"对他们来说，如同白刺一样扎根戈壁不仅仅是一个口号，更是一种信仰，一种用行动践行的理念。

"难而愈坚，苦而求乐，扎根内蒙，建功戈壁"是白刺精神的内涵，也是京新项目所有员工在艰苦环境中奋勇求进、追求卓越的内在动力。经历了漫长寒冬的休整，经历了倒春寒的洗礼，虽然没有雨水来哺育，没有暖风来润养，但白刺将积攒的能量充分释放，让绿色尽情地绽放，再次在戈壁上展现出生命的活力。

随着天气转暖，施工工地上又恢复了一片繁忙景象。在这片中建二局土木工程有限公司建功"十三五"的新战场上，京新人将白刺的精神充分发扬，迎着朝阳出发，顶着星光返回，让每个施工人员的能量在这里释放，教一个个艰巨的任务不断地完成。在这茫茫戈壁上，一条崭新的大路正在向远方延长，白刺摇曳伴路旁。

（作者单位系京新高速公路阿拉善盟段中建总包部第二项目分部）

远方的寂静

张晓龙

题记:心灵的跳动那是远方的召唤——阿拉善

当走出面试考场的那一刻,我就与一个名字有了联系;当接到面试通过的通知时,我内心感到远方在召唤;当一个人第一次走这么远的旅途,我对即将要生活和工作的地方有了无数美好的遐想。一切都在有条不紊地进行着,随着时间的推移,渐渐地感受到了远方的寂静。

独自坐在行驶中的长途汽车上,听着轻音乐每个动人心弦的音符,带着点点疲倦的眼睛透过车窗观赏着路边的花草树木,还有远方那光秃秃的小山丘。一幅幅画面从眼前闪过,这是我第一次亲身体验内蒙古独有的风景。一切都是那么的神奇与迷人,不得不感叹大自然的神奇。我生活和工作的地方是不是也有如此美景,能否有如此惬意的体验——寂静。

转眼间来到这已经几个月了,施工的步伐渐渐地进入了冬季施工状态。工作依旧、生活依旧——日出而作、日落而息,没有了刚来时的种种好奇。由于工期比较紧,最后工作转入山区,进行山区路堑开挖。每天工作之余我会听着轻音乐去旁边的小山丘上转转,几天过后面对光秃秃的小山丘就会想起喧嚣的城市,想起许多亲戚朋友与同学,想起许多以前经历的事,一幅幅画面从脑海中闪过,像进入深度睡眠似地进行深度的思考,慢慢地就喜欢上这种寂静环境下的思考。在这种寂静的烘托下还可以看到染红半边天的日出与日落,能够感受到在大地的承载下太阳的每次跳动伴随着自己的心跳。哦,下班时收拾思绪坐到了下班的大客车上,在车上看这窗外有一丝丝金光映射下的景物,感到有种似曾相识的回味。

来到京新项目之前,我一直是生活在嘈杂而忙碌的城市里,那里有各种充耳不闻的新闻,有各种视而不见的画面。在这种环境下我们更需要一处远离城市的地方净化心灵,感受远方的寂静。路在延伸,或许下一个寂静的地方正在等着我们去建设。

(作者单位系京新高速公路阿拉善盟段中建总包部第二项目分部)

刺槐花开

无　名

吉兰泰镇刺槐花正开，质朴、平淡，默默散发清淡的香味……

刺槐花不仅能观赏，而且还能食用。不由想起了南方老家的刺槐蜜，怀念北方婆家的槐花包点。

在这里很少看到花，当看到南方农村里熟悉的刺槐时，仿佛家乡的味道扑面而来，但回家的路好远……

公路人内心最柔软的地方，住着年迈的父母、牵挂的妻儿。时光你慢点走，再慢点，不想忘记最爱的人儿模样。

我们在最好的年华，选择了远方，栉风沐雨，一路兼程。

不要问我们来自哪里，我们共同的名字是京新儿女。

都说刺槐抗旱、抗烟尘、耐盐碱，是改良土壤、水土保持、防风固沙、“四旁”绿化的优良多功能树种。

而公路人也是，哪里需要，就扎根何处，生命力顽强如同刺槐，芬芳亦如刺槐花。

阿拉善的初夏，比南方总是来得晚很多。5月，大漠复苏，树叶才刚绿了枝头，沙尘最是欢悦，放肆亲吻这片荒无人烟的土地。

我们京新人坚守在这片高温、严寒、缺水、干燥的沙漠地区，温馨友爱，争优创先，情系阿(拉善)盟建设，将士壮志酬。

到我们老了，看着祖国河山，我们成就的作品，我们还能笑，还会哭。

我们有情怀、有信念、有态度，我们坚持做最好的我们。

刺槐花开，香满人间。

(作者单位系京新高速公路阿拉善盟段中建总包部第六项目分部)

留在记忆里的阿拉善

阳海沙

阿拉善，没想到有一天我会与这个如诗如画带有神秘色彩的地方邂逅。我喜欢这里的民族风情，喜欢这里的蒙古服装，喜欢蒙古人的热情好客，喜欢这里的美食，喜欢这里的风景……

去年胡杨节，我们也有幸目睹了胡杨的风采。千年古树，神态万千，仿佛带我们进入了神话般的仙境。一阵秋风吹来，胡杨金黄的叶子从空中飘飘落下，就像给大地铺上了金色地毯。还有美丽的巴丹吉林沙漠。只有在这里才能感受大漠、驼铃、夕阳、晚霞，秋风的韵味，是何等的情调！

初春，又到了万物复苏的季节，我们收拾行囊，整装待发，再次相约阿拉善，继续着我们的工作。从去年刚来时看到的一望无际的沙漠戈壁，到现在的京新高速公路的即将完成，我见证了它的点滴变化。

清晨，清新的空气中带着一丝凉意，嘈杂的机器声打破了这里的宁静，勤劳的京新高速公路建设者们又陆陆续续上工地，进行紧张而又繁忙的工程建设。为京新高速公路的早日通车，为“京新杯”劳动竞赛添姿增彩，在京新路上奉献我们的青春，做出我们的贡献！

（作者单位系第十二驻地办）

骆驼草

冯毅

没有牡丹红
没有菊花香
我们是那不知名的骆驼草
我们生长在无际的大漠上
原有多高　我们生长多高
水有多深　我们根扎多长
……
我们就是那骆驼草
忠诚守护着可爱的家园

8 年后，再听阎维文老师这首《骆驼草》，我才真正能够深刻体会到歌曲里的那种意境与情怀，这就是战斗在阿拉善的京新将士无限感慨与万丈豪情。

骆驼草(又名骆驼刺)是戈壁滩上特有的灌木，叶子呈针状。为适应干旱环境，骆驼草地表部分比较矮小，根系一般长达 20 米，能深深地扎入地下汲取微薄水分。不管生存环境多么恶劣，它都会顽强地生长，是戈壁上生命力最强的植物。

2015 年 3 月，在内蒙古阿拉善自东向西千里大漠戈壁上，快速集结了近两万余名有着像骆驼草生命一样顽强的筑路将士。他们战严寒，斗酷暑，面对茫茫戈壁，无视荒寂，接受风沙肆虐、春秋洗礼，用实际行动诠释着“骆驼草”的深刻精神与意义所在。

在京新战场上，一面面鲜红的“党旗”，一支支青年突击队，一个个爱岗敬业工人，在施工生产中率先垂范、勇挑重担、敢于拼搏、攻坚克难，发挥着“特别能吃苦、特别能战斗、特别能奉献”的先锋模范精神和主力军作用，奋勇争先承担急难险重建设任务。奔波千里，鏖战京新，历时 400 多个日日夜夜，通过两万余名京新参建将士孜孜不断艰苦绝卓的默默付出，累计完成施工产值近 280 亿，培育出了一大批符合时代要求的新型京新人才，提炼出了以“勇于挑战的航天精神，重责爱岗的边防精神，甘于奉献的胡杨精神，吃苦耐劳的骆驼精神”为核心内容的“京新精神”。

他们以“弘扬工匠精神，争做工人专家”党建活动为载体，在一座座桥涵、一段段路基、一处处交安施工中，精雕细琢、打造精品，不断努力，实现京新高速 2016 年决战决胜。

千里大漠将有幸展现“三面旗帜”华丽的舞姿，茫茫戈壁将得以见证“京新工匠”神奇的雕塑，狂风扬沙也将折服于京新将士无畏的精神。京新人将在京新高速书写一段新的不朽传奇。

大漠无情人有情，戈壁荒寂铁军行。莫愁前路无知己，天下谁人不识君。

（作者单位系京新高速公路阿拉善盟段中铁总包部第七项目分部）

最美夕阳红　最浓京新情

康艳菊

你看戈壁滩的那轮落日红极了，将一望无际的戈壁滩都印染得红红的，将所有的故事都染上彩色的画面。这画面美极了，还奢求什么呢？

他乡的枫叶红了，落了。面朝广阔的戈壁滩，看了又看，望了又望，寻遍了季节所有的线索，也找不到一点温存。枯黄的戈壁滩，已经榨干了回忆，唯见落日红遍山头。好久不见异乡繁华的街市，匆忙的人群，时而惊喜的生活。面朝戈壁，空落落地看不到天的尽头，阳光挥洒，扫过山头。

阳光收回中，一幕画面牵动了我的心弦：一群人穿着蓝色工服，戴着安全帽，还在施工。都这个点了，该下班回去吃饭了的呀，可是他们仍在埋头苦干，毫不停歇。敬业爱岗的画面打动了我，温暖了我前一刻的冰冷。

工地！当我在 Word 上打出这两个字的时候，胸口怦怦地乱跳。对它的感情是又爱又恨！爱它，因为在工地上经历了许多，有过开心也有过难过，有过迷惘也有过痛苦，它给予我的感情是丰富而复杂的。恨它，因为一片荒芜的戈壁滩和全年无雨的沙尘暴恶劣气候，从内心深处真的受不了。

戈壁滩的夏天，日照时间长，太阳也很毒辣，地表温度高达七十多摄氏度。一天十二小时，皮肤在强烈的阳光下赤裸裸地任由辐射，以及沙尘暴随意的肆虐，就在露天紧张地工作。

好多次，我站在狂风中，努力听清同事风沙中隐隐约约传过来的话，费劲地在一张被沙尘暴打得半折的纸上记录着工作内容。我的脚就踩在深深的沙漠之中，每次抬脚迈步都是相当的费力。是的，我很脆弱！有几次，因为举步维艰，累得实在走不动，泪水止不住地落，趁没人注意擦掉，又落，又擦……直到竭力把情绪调整好。

上夜班的时候，我往身上套过无数层衣服，保暖内衣，厚毛衣，羽绒背心，羽绒大衣，绿色军用棉大衣。即使穿成这样，在后半夜呼啸的西北风里，仍然冻得发抖。挥着铁家伙的男同事冲着我龇牙乐："过来，干点活就不冷了。"他们穿得远远没有我多，可身上在冒汗。实际上，他们更难受。一旦停下手里的活，热汗被冷风一吹，冷得彻骨。

有一个人的话深深地打动了我。

他说:“非常好,继续呀!透过你这支笔,把外赴施工人员的辛苦以及感人的故事好好写写。哪怕是简单的口头描述,也会感动一些人的。因为,有一群这样的人,存在这个世上。”

有一群这样的人,存在这个世上。

这句话,深深地打动了我的心。

……

我静静地看着夕阳,黄昏的颜色,是岁月的泛黄。夕阳将谁的身影刻成底片,映照在墙上,于是看到匆忙成长的样子。

身处内蒙古戈壁滩,独享这份安宁,静静地,不说一句话,阳光已经开始悄悄从山头沉下身子,留下安详的余晖。

(作者单位系京新高速公路阿拉善盟段中铁总包部第七项目分部)

京新梦想　青春绽放

徐珺珊

2015年3月20日,我登上了酒泉至额济纳的班车。汽车行驶在路上,我的心也飞向了远方。我憧憬着未来两年的美好生活,憧憬着能够遇到亲切可爱的同事,也憧憬着能够在工作岗位上干出一番成绩。然而将近5个小时的车程,使我亢奋的身体变得疲倦。更让我觉得可怕的是,车窗外原本绿油油的田地、林木,慢慢地变成了沙石、黄土,到最后依然是沙石、黄土……

看着茫茫戈壁,我却怎么也激动不起来了,反复问自己,这就是我未来两年生活和工作的地方吗?

然而不知不觉中,我们变困难为挑战、变压力为动力,逢山开路、遇水搭桥,克服种种困难,愣是在这荒无人烟、寸草不生的地方开辟出一条三百多公里的高速公路。回顾这些日子,我看到了我们路桥人的精神:任它高温酷暑!任它太阳暴晒!任它漫天黄沙!我们路桥人,越是困难越向前!

来到这里一年半了,时间虽短,但对我个人而言,却意义非凡。从进场时的试验室标准化建设到各项试验有序开展,从日常的检查、抽查到最后的顺利验收,我都参与其中。有人问我:下工地苦吗?累吗?确实苦,确实累。我也曾想到放弃,认为自己一个小姑娘,怎么非得来这受苦。但每当看到身边年龄较大的同事,整日奔走在一线,胳膊晒伤的、中暑晕倒的、连续数日奔波的依然毫无怨言,心中便会惭愧,更多的是化作了前进的动力。而如今,我已不再是刚刚走出院校的懵懂少年,不再是初入世事的黄毛丫头,更不会把年纪小作为偷懒的理由。我真的成长了太多太多,这些成长都要归功于广大同仁奋战一线的感动,归功于试验室全体同事对我不厌其烦的教导、鼓励,更归功于同为路桥人的父母的支持与鼓励。

有句话说得好,陪伴是最常情的告白。可作为一名路桥人,我身边有多少同事没有陪伴孩子的时间。

他们知道桥涵基坑的承载能力,他们知道混凝土的调配比例,他们还知道现场检测的试验方法,可是他们却不知道孩子第一次迈步是怎样的勇敢,不知道孩子在阴雨天对父母无限的思念,更不知道孩子在佳节之际有多想吃一口妈妈亲手包的饺子。孩子长大的过程只有一次,错过了就是一生。孩子在对爸妈的思念中长大,可作为人父人母的同事们心里却有无法弥补的痛。他们最怕孩子在电话那头儿一遍又一遍、一次又一次地问:“爸爸,你什么时候能回来?”“妈妈,我想你了”“妈妈,昨晚又梦到你了。”……有多少同事觉得对不起孩子,可天下又有几个路桥人能对得起自己的孩子!

我的爸妈也是路桥人。直到今天,我走过了他们走过的路,尝过了他们吃过的苦,才真正地理解了他们的辛酸苦楚。我想对我的爸妈说一声:“爸爸妈妈,我爱你们!你们辛苦了!”

自从京新高速建设开工以来,我们变黑了、变瘦了,但是我们也变得坚强了、成熟了。京新高速也从无到有,从奠基到建设,从一个个基坑到一个个立柱……一年多的奋斗,一年多的执着,一年多的奉献,一年多的变化,唯一改变不了的是我们路桥人坚韧不拔、顽强拼搏的信念!

接过父母的接力棒,用我们的青春继续谱写路桥建设者新的篇章。

(作者单位系京新高速公路阿拉善盟段第三总监办中心试验室试验员)

70 里路的故事

张红梅　黎　波

2016 年 7 月 22 日，内蒙古自治区阿拉善盟额济纳旗的农牧民群众迎来了世代渴盼已久的大喜事——京新高速公路临白段（阿拉善盟境内）第三标段 357.84 公里（额济纳旗境内）全线贯通。

这是一段不同寻常的路，也让一群青春飞扬的"80 后""90 后"们把一件件刻骨铭心的经历都融进在了永久的记忆中。"养育"这段路的中交第四项目部的小伙伴们，更是有满满的回味与不舍。

珍惜这里的每一天

"如果时光倒流，你还会选择来这里吗？"

"我会来，而且是确定、肯定、一定会来！"

"我也是""我们也是"……贯通仪式结束后，大家感慨着。

70 里路，说它长也长，但它长不过我们来自五湖四海的距离；500 多个日日夜夜，说它难熬也难熬，但却磨灭不掉我们在一起奋斗的痕迹；100 多个职工，人数说多也多，但正是因为他们的到来，才打破了沙漠里的静寂，共同上演了一曲"沙漠友谊之歌"。

"青春不只眼前的潇洒，还有家国与边关。"历练中的感悟从励志书中映入心底。

"还记得那根国旗杆是我们立的吗？""还记得办公室后面花池的第一棵树是咱俩栽的吗？""还记得你们来的时候是我去车站接的吗？"是的，这些我们都记得，你不会忘，我更不会忘记。

"你来的时候好白啊，穆总，现在怎么成这样了？""没事的，冬休回家待一段时间就好了。""小张，你怎么胖成这样了，记得你刚来的时候挺苗条的嘛？""项目伙食好，没白吃，都长身上了，嘿嘿"……这些都是大家来到"临白"后的蜕变，但无论是胖了、瘦了、黑了、丑了，他们都很珍惜在这里的每一天。

项目部筑路建设的生活虽然没有城市里的霓虹繁华，单调得除了工作还是工作。但是在这个以"80 后""90 后"居多的项目中，他们还是把时光营造的丰盈而充实。

自己动手　丰衣足食

“嗨,徐哥,我的头发从来到这就没有理过,每天风里来、沙里去,再出点汗,都快粘合成‘混凝土’了。平时工作太忙,我也不好意思专程出去剪头发,怎么办呢?”刚刚毕业的大学生邱瑞发愁了。

“咱们自己理发!”徐敏辉斩钉截铁地说,邱瑞一脸茫然。不一会儿,理发器材就从旗里被带回来了。邱瑞的头发被当成了“试验工地”。首次当理发师,就得到了小伙伴们的认可,徐敏辉高兴的都快找不到北了,从此也成了项目的“名剪”。但是,这仅限于一种发型——光头。是的,我没有说错,你也没有看错,工程部、试验室、测量队的小伙子们让人傻傻分不清楚,因为他们穿的都是蓝色的工作服,发型统一,脸都被晒得黝黑,不是孪生,酷似孪生。

额济纳旗距离项目部较远,买生活用品、换洗衣物都成了问题。“互联网+”的时代确实为职工生活带来了方便,“网购”已成了最便捷的渠道。但是取快递又成了问题。工地无信号,不知道什么时候会通知取快递,接到电话又没有办法取。于是,办公室就成了项目的“快递驿站”,各个司机变成了“天使”,不论谁去旗里,都会把额济纳旗各个快递点的“信物”带回项目,分发给职工。

你会来工地看我吗?

“我想去工地看你,带着我们的宝宝。”“不行,宝宝现在才 4 个月,太危险了,而且这里根本不适合孕妇居住。我们这的小伙子都有想要‘逃跑’的了,我不同意你来。”“你在哪里,家就在哪里,就算是漂洋过海,我也要去看你。”从内蒙古的最东部乌兰浩特到最西部额济纳,穿越大山、河流、戈壁、荒漠,闫志富怀着孕的妻子坐了 3 天的长途火车,终于见到了他。

项目工期紧,妻子来了,闫志富怕工作分心。半个月后,两个人商量了一下,决定妻子回家。他把妻子送到了呼和浩特,由妈妈把妻子接回乌兰浩特。中午送到,他晚上就急忙坐火车又赶回了项目部。离别的车站,一个向西,一个向东,依依不舍,两个人早已经是泪眼蒙眬。

去年 11 月冬休,闫志富可是高兴了,赶紧赶回家,因为他们的宝宝快出生了。如今,他们的“小公主”马上就 6 个月大了。

这些建设者们,他们也想家,但他们从来不会说。

只要你们在,哪里都是最美的风景

“我们在额济纳修路呢。这里有胡杨林,特别美。下次你来我给你当导游。”

给家人、朋友打电话的时候，同事们都会这样说。其实，我们并没有去过传说中的“胡杨林景区”。在主线周围，会有一两棵、一两片零零散散的胡杨。春夏秋冬，我们看着它们坚韧不拔地成长，它们看着我们把这条犹如巨龙般的“天路”筑成。

去年10月份，胡杨让我们见到了它最美的样子，虽然只有一小片，但还是美得不要不要的。为了让大家都感受到它的美，吃过午饭，项目领导带着全体职工来到这一小片胡杨林，给大家拍摄照片——单人照、集体照、合影。或许这里并没有景区美，但大家都很开心，摆着各种pose，你来个“蛙跳”，我来扮演个“奥特曼”，他来个“鲤鱼跃龙门”……欢声笑语不断。简单的幸福，单纯的满足，纯洁的友谊，只要我们在一起，哪里都是最美的风景。

路通了，我的地被分为“两半”也高兴

额济纳地域面积极大，京新高速公路临白段三标第四项目部主线正好从牧户根登家的地穿过。一听说要把他家的地“割开”，他坚决不同意。“我的哈密瓜地怎么种？我的骆驼怎么回家？……”一系列的疑问确实令人头痛。但是真诚总会赢得别人的信任，经过项目主管部门和当地政府协调解决了根登和附近几户牧户的耕地用水问题，慢慢得到了他们的认可。

刚开始牧民虽然不太好说话，但当认识到工程的重要性，很快他们对项目的建设变得非常的支持。后来项目部还聘请根登为“环保督察员”。他更是兢兢业业为项目工作，没事的时候开着他的小皮卡车去取土场转转，发现问题就会给项目领导打电话。他曾经是孟克图嘎查的支部书记，在当地比较有威望，所以有什么事牧民都会和他商量。“沈书记，你们4号取土场恢复得特别好。牧民说能不能把水洼留下？这样外面的骆驼不回家也能喝到水了。”“没问题”，沈泉说。

就是这样的相互信任，根登同志和项目上的职工成了朋友。现在再谈起那块地，他就会哈哈一笑：“作为一名党员，我有责任、有义务支持国家的重点项目建设，占了我的地是我的荣幸。虽然土地分开了，但是路通了，造福的不只是一方百姓，而是带动了内蒙古的经济发展。你们的环保工作做的也特别好，现在很多取土场都长出了绿油油的芦苇，为我们额济纳又增添了一道靓丽的风景线。”

如今，观望大漠童话不再是遥不可及的梦，戈壁变通途已经成为现实。我们想数年之后，再来这条路上走一走，重温我们曾经的坚守与付出，蕴蓄前行的力量。

（作者单位系京新高速公路阿拉善盟段中交总包部第四项目分部）

额济纳旗的雨

赵春雷

阳春三月本是芬芳展露的季节，初到这个地处西北边陲的地方，额济纳旗给人最深的感觉就是一望无际的戈壁滩和漫天风沙，狂风不时地席卷着大地上的一切。然而大自然就像一个万花筒，昨夜还是飞沙走石，清晨推开窗，却迎来了项目成立以来的第一场雨。雨虽然不大，可这多情的西北天气却给人们带来了无比的欢喜。

淅淅沥沥的春雨，带着她独有的清凉与明丽，从容、舒缓在无垠的天空，纷纷扬扬，飘飘洒洒。柔软的雨丝舞动着优美的风姿，像位清纯、含蓄待嫁的新娘，充满着对红尘世间万物的爱恋。如烟、如雾、如纱、如丝的倩影轻轻抚过睡梦中沙漠，就像她在履行前世的约定，滋润着大地的每一个角落。

漫步春雨中，心灵在雨花中游走，不自觉地多了几份温柔与浪漫。微风拂过，静静地享受着春雨的抚慰，我能感到她的温婉含蓄与柔情深邃，如痴如醉间用她纤细娇羞的双手在天地间编织着对万物的爱、对世间的情。

用心倾听雨落的美妙，飞溅的雨花仿佛是琴弦上跳动的音符，尽情演奏那优美的乐章。此刻没有了都市的霓虹闪烁，没有了凡世的悲欢离合，只有脑海中荡起的丝丝涟漪和萦绕在耳边的天外梵音，自己却幻化为一条溪流，充斥着斗破苍穹的活力，畅游在诗词歌赋的婉约中，洒脱在生死相许的往事里。

据当地人说，额济纳旗一年都难得下一两次雨。这也许是上天对我们路桥建设者的恩赐，让她来洗涤我们的疲惫和思念。我喜欢春天的雨，更加喜欢额济纳旗的雨，喜欢她的芊芊幽柔，喜欢她回眸一笑百媚生的多情，喜欢她一去紫台连朔漠的无私。

生命的路上从来就不缺少美，只要你用心去体验，总会慢慢品味和享受到生活所赐予的每一个清丽美妙的时刻。细雨舞动着她丝丝如缕的身姿消逝在天际，我也开始整装待发，撑起我满怀激情的帆，带着嘱托和希望勇敢驶向梦的远方。

（作者单位系京新高速公路阿拉善盟段中交总包部第一项目分部）

阿拉善在路上

——京新高速公路临白段(阿拉善境内)工程建设速写

雄　志

从过去到现在,阿拉善始终走在各式各样的路上,磕磕绊绊、曲曲折折,跋涉不息。

细长如丝的羊肠小道,走过含辛茹苦的放牧人;绵绵漫长的沙漠驼道,走过风餐露宿的经商贩;颠簸断肠的沙石路,走过风尘仆仆的各路人马;窄路狭道的沥青路面,走过耗时费力的许多旅行者……

秘境阿拉善,至今还是令人望而却步。

(一)

这个冬末春初,阿拉善沉寂的戈壁大漠中,滚滚"春雷"拓野开荒地响起来了:破土动工的爆破声、安营扎寨的鞭炮声、高速公路建设者的脚步声、吼声震天的动员誓师大会声……

2014年与2015年的交接,在阿拉善公路建设史上,注定不平凡。

北京至新疆高速公路临白段(阿拉善境内)814.37公里的高速公路开工建设。这是目前内蒙古自治区境内单体公路工程里程最长、投资总额最多的工程,也是当前世界上最长的在建高速公路。

国内外三家赫赫有名的"国"字号央企(中国中铁股份有限公司、中国交通建设股份有限公司、中国建设股份有限公司)开进阿拉善。

奔来了,他们步履铿锵、雷厉风行;带来了,国家企业的敢于担当、奉献牺牲的精神;传来了,企地与共、齐心同建的友情……

他们让阿拉善人能如此地接近、如此地感受国有大型企业与员工先锋的力量。

严寒,最低气温:零下36℃;酷暑,最高气温42.5℃;天上无飞鸟,地下不长草,大风刮不断,石头满地跑;黑砾戈壁、残破丘陵、黄沙漫滩……有的地方至今还是无人区,"人类不适宜生存"。

缺水、缺电、缺人烟,还缺网络……还有许多意想不到的缺和无。

然而建设工期军令状摆在面前:2015年全线动工;2016年主体工程完成;2017年6月工程交工。恰逢内蒙古自治区成立70周年,实在想不出还有什么比这份工程更好的献礼。

一声令下,万马千军拉开高速公路建设的千里战线。回想历史,最早一支筑路大军进驻阿拉善亘古荒原,发生在1957年。10万军人秘密开进额济纳戈壁,筑路架桥,建设营地……开始了"导弹争雄、卫星激战、飞船航天"的强军强国之旅。

中铁总承包管理部,分成7个项目分部,调动8000多名员工,率先鏖战荒漠。中交总承包管理部调集了7个参建局,都为建筑行业的领军企业,分成10个项目分部,10000余人、3000多台设备等组成大兵团,发挥集团作战的优势。中建总承包管理部抽调4个参建单位,划成6个项目分部,大张声势地举行"大干100天"动员大会,形成了建设者诗曰:"西蒙牧羊场,万马战犹酣"的建设场面。

天蓝色徽标的旗帜在沿线招展,这是中铁的自豪。这面旗帜亦在青藏高原、大江南北飘扬,践行着"建造精品,改善民生"的世界企业500强的神圣使命。

在乌力吉口岸连接枢纽、苏宏图大桥建设工地、预制梁场区……一个个标牌内容醒目:总承包管理体系、施工组织体系、质量保证体系、环境保护保证体系、建立监督体系等,强力高效的执行力不言而喻。

鲜红的党旗在建设者手中紧握。这是中建的脊梁。党员突击队、农民工党员突击队……展露出中国企业500强第六位的一个"秘诀"。

电脑荧屏跳跃闪动,汇集的内容不断刷新,这是中交的中枢。推进情况、实验路段、评审评比、职工生活……信息化管理平台体现了中国建设500强第二位的"互联网+"特质。

三雄鼎立,逐鹿荒漠。

他们建设的不仅仅是一段高速公路,而是永恒的无限能量。这就是:"勇于挑战的航天精神、重责爱岗的边防精神、甘于奉献的胡杨精神、吃苦耐劳的骆驼精神"。

(二)

在中铁总承包管理部的会议室,我们采风团一行见到了孙玉国总经理、党工委书记修贵。在孙总简短介绍情况时,不断地被手机来电打断,他再三表示歉意。我们懂得在他们承包的400多公里的高速公路建设中,有多少难事、急事、险事等待处理。

修贵书记和来自中交总包部综合部的张宝玉主席,向我们讲起建设工地上的人和事,动情处,哽咽难言,全场感动无声。

一个项目经理进入施工场后,就如落地如生根,身不由己。妻子临产、年迈父母生病,一家人盼其归乡探亲,可他只能在电话中安慰,留下遗憾。另一个项目经理，家中老人去世，只能悄悄跑到戈壁滩，面朝家乡的方向，跪拜磕头，洒泪遥祭。一个员工的孩子今年考上大学，而他平时四海为家，极少陪陪孩子；孩子提出唯一的要求：爸爸，送我到学校报道吧，结果还是抱负缺憾。

有的项目部员工长期辗转，好不容易盼来妻子和孩子来队探亲，可是4岁的孩子不让似如陌生人的爸爸上床，哭闹着："这床是我和妈妈的"，令人心酸。有的项目部提出，回家探亲的员工如果拍张全家福，回来让工友们看看，可以奖励500元。可是大家看着照片，谁也高兴不起来。

侧面了解到，就是陪同我们的修贵书记，除了老人不算外，自己的一家三口人，分处在天南地北，离多聚少。

谢秉军、刘佳峰、江河、张继民、郑珂、贾京友、徐宁……这些奋战在京新高速工程的建设者们，每个人都有动人的故事，动人的故事每天都在他们身上发生。因为，他们肩头压载着八个沉甸甸的大字：感恩　责任　奉献　卓越！

（三）

因为每一颗子弹都能消灭一个敌人，战士就格外珍惜；因为每一颗螺丝钉都能稳定全局，工人就格外爱惜；因为每一粒种子都能收获万颗粮食，农民就格外宝贵；同样，在草原上，牧民们爱护每一株草木，因为它们能连成原野、羊驼肥壮。

尤其在阿拉善这样常年干旱少雨、风大沙虐、生态环境极度脆弱的环境里，在牧民的心中，戈壁沙漠、荒漠草原上的一草一木、一泉一井……都是"腾格里（长生天）"恩赐的圣物，不能怠慢。

在高速公路开工建设前后，牧民们担忧以前淘金的留下污染的毒水、探矿的胡乱开挖的疤痕……这些破坏自然环境的现象是否会重现？

"像保护眼睛一样，保护生态环境；像对待生命一样，对待生态环境"。这是所有参建单位和建设者对阿拉善的承诺，对世代生活在这里牧民们的承诺。

中铁总承包部发出生态环境保护倡议书：生态之于阿拉善，就像水之生命；环境就是民生！增强环保意识、合理精心施工、规划线路行车、爱护草木、珍惜水源……一项项环保措施与工程建设相融。每月24日，各项目部员工手提垃圾袋，在驻地、工地周围，展开"清除白色污染，守护一片绿色"活动。有的项目部还以用空矿泉水瓶换矿泉水的方式，来鼓励员工为茫茫戈壁增添一抹绿色。

中交总承包部沿线穿越额济纳，这里不少地方生长着珍贵的胡杨和红柳。他们坚守"发展中保护，保护中发展"的信条，尊重自然，科学施工，把工程建设对当地生态的影响减少再减少，直至最低。在土方施工阶段，召开环保专题会议，工程取土完成后，逐个恢复取土场地的地貌，一一检查，确保达到应有的环保要求，绝不在施工沿线留下累累“伤痕”。因为“固基修道　履方志远”这是企业的使命。

中建、中铁、中交三家总承包部都与牧民群众签订《文明施工协议书》，郑重承诺绿色施工，一定要让当地牧民群众知道：来到阿拉善，不仅是建设一条高速公路，更是帮助牧民建设发展之路、富裕之路、幸福之路；是帮助牧民改善他们的环境，更好地维护好绿色和谐的家园。

中建第三项目分部还外聘了两名专职环卫工人，配备了环保电动三轮车，及时清理沿线生产生活垃圾等。“环境保护　人人有责”的标语和中建的标徽，随着环保车的流动，成为亘古荒原特殊的风景。

破天荒啦！牧民们第一次在蒙古包前，见到了不一样的施工队伍！

（四）

苍天般的阿拉善，造就这里的人们坦诚、热诚的性格；走南闯北的筑路者，练就了豁达、开放的秉性。脾气相投，水乳交融，就有了建设路上的另一番情景。

阿拉善西北部地区年降水量不足40毫米，有的地方年蒸发量为4000多毫米。十年九旱，甚至十年十旱已成常态。

俗话说：巧妇难为无米之炊。高速公路的施工者们却遇到“缺水”之难。在工程前期，建管办组织打水井124眼，其中67眼就是枯井、57眼成井水量很小，无法满足施工的需要。同时，有的地段不要说生产用水，连生活用水都成了困难。“找水”成为当务之急。

在黑鹰山地区，当地一个老牧民引导中交九项目分部在一口近千米的废弃矿井中发现了第一个取水点。随后在庆华矿业等企业的帮助下，施工单位相继找到了施工用水。许多牧民援助沿线施工单位相继解决了生活用水。

在乌力吉，中铁总承包部结合施工情况，主动帮助乌力吉苏木解决自来水管道维修等“水困”难题，落实内蒙古自治区提出的“十个全覆盖工程”。居住在苏木所在地的牧民娜仁格日乐说到此事，高兴得不得了。

中交九项目分部地处戈壁最深处，他们与算井子边防派出所组建警民医务室，配备医疗器材和药品，不仅延伸服务至临近施工的员工和周边牧民群众，更是延伸了筑路企业和地方警民的情感之路，延伸着永恒……

在阿拉善境内，还活跃着一支“本土”的队伍。他们面对全盟首次、内蒙古自治区前所未有的大标段施工总承包管理模式，知难而进，迎接考验。杜子义、郭锋、许成、王国江、林军、范玉成、贾一兵、李英奎、李福泉、李辉、徐忠宁、彭祝荣、范渊博……一串串普普通通的名字却在800多公里高速公路建设的战线上，代表和体现着阿拉善交通人的管理水准。规章面前“唱黑脸”，困难面前“及时雨”。工程建设管理办公室以自己特有的属性，与施工单位同心筑路，守责尽职，凝铸友谊。

“不经边陲苦，何谈建设难”“挥沙织丝带，舞风绘新颜“突破千重关，大道金光闪”“待到明年路面通，再捧美酒敬英雄”……工地诗歌，一唱一和，你来我往。地企建设者不仅并肩携手建设着一条沟通祖国内地和西北的国家高速公路，更是用豪迈的诗句诗情、相通的情感，抒发着同一个梦想！

……

一百多年前，孙中山先生在《建国方略》中提出建设“东起北平（北京）、经阿拉善，西至迪化（乌鲁木齐）的第二条进疆大通道”的规划，实为百年梦想。

2013年，习近平主席提出建设“一带一路”的战略构想，真正打开了筑梦空间。大西部又一次逢得发展转型的好时机，阿拉善在路上……

京新高速公路，向东，通往北京、通往华北、通往东北……向西通往乌鲁木齐、通往阿拉山口、通往欧亚……

嗨，朋友！再等等吧，用不了多久，我们一同开上自驾车，走走京新高速公路。去额济纳看看胡杨林，去乌鲁木齐逛逛大巴扎，去呼和浩特拜访昭君墓，去北京爬爬八达岭长城……

（雄志：国家二级作家，内蒙古自治区作协会员，阿拉善盟作协名誉主席；出版散文集《穿越秘境》《草原芳菲》等）

大漠天路行

——“筑梦大漠·情撼京新”采风见闻

王剑文

题记:沙漠戈壁、峡谷奇石,旷远瑰丽的曲线,描摹着秘境阿拉善的雄奇;丝路岩画,古风遗韵,五彩斑斓的文化脉络,积淀了苍天圣地阿拉善的厚重。在这美丽与神奇、苍凉与浩瀚的土地上,京新人用他们辛勤的汗水和超前的胆识筑起了丝路北线的高速公路,用坚实的臂膀托起了阿拉善腾飞的梦想。一道优美、流畅的沥青路面,恰似天边镶嵌的黑色丝带,飘向着远方,一望无际。

……

2016年7月8日,阿拉善盟文联和阿拉善盟京新高速公路临白段工程建设管理办公室联合组织的“筑梦大漠·情撼京新”采风团一行16人,坐上了驶向京新高速公路临白段的大巴车。

那个最后上车坐在刘老师旁边的男士叫杜子义。他是我们这次采风团的组织者,京新高速建设管理办主任,京新高速公路阿拉善盟段建设管理的“最高指挥官”。他不高的个,炯炯有神的眼睛里透着一身的干练,微笑地看着我们所有的人。还有帅哥、建管办综合部部长李辉,机灵鬼、建管办综合部的“聚宝盆”李春霞,四天的吃、住、行等,协调、服务无微不至,让我们在感受京新的旅途上沐浴着他们温馨的关怀。

一路走来,京新的每一天都有着不同的感受和感动。3个总包部,每个总包部下设6~10个项目部。在初进施工现场时共同面对的问题是,缺水或没水、没电、没路、没信号。但没有一个项目部因为这些原因退场或耽误工期。恶劣的自然环境,丝毫没有削弱中建标准化建设。来到中建神树大桥施工现场,映入眼帘的是干净整洁的工地、统一着装的施工人员、有条不紊地施工。一排标准的临建彩钢房前,立着两块牌子,上面分别用蓝底白字醒目地写着施工项目管理责任书和神树大桥简介。施工现场的便道路面平整,连石子都很少有,两排高大雄伟的圆柱形大桥墩柱整齐地矗立在山壑中。墩柱下的建筑施工材料排放有序,“让标准成为习惯,让习惯符合标准”是中建人的作风。在员工中大力开展“党员先锋岗”“工人先锋号”“青年突击队”三面旗帜进班组活动,凝聚力量,激发斗志,正是中铁总包部虚功实做的匠心之作。提炼戈壁精华,中交总包部发扬“红柳精神”“骆驼精神”及“航天精神”,攻坚克难,在生命禁区奏响文明的乐章。3个总包部暗暗较着劲儿,在管理上比战术,在施工中创精品。他们战风沙、顶烈日、斗严寒、排万难。每个团队就是一面旗帜,每个人都是一首滚烫的诗篇。四天的采风,我们倾听和目睹了中建、中铁、中交3个总包部的部分项目施工过程。

生命禁区的执着

在临建勘测前期,很多路段方圆几百公里均是无人区,没有路,没有可参照物。二三月份的戈壁滩,气温还在零下二三十度,没有便道,寒风刺骨,很多项目部前期入场时都是住在沙窝子里的。所谓沙窝子,就是在沙丘的坡上挖一洞穴,上面再搭上帐篷,吃住均在里面。饭做好了,却碜的吃不成,很多人一个月里只吃方便面。想办法找到的水,咸涩不说,碘、氯离子超标,喝后拉肚子且会致癌,洗脸后会蜕皮,白色衣服洗后会发黄。但为了按期完成任务,大家也顾不上去找安全水源,只能喝着这样的水,拉着肚子坚持施工。许多人的脸就像老树皮似的。有的人就干脆不洗脸,洗澡就更别提了。就是这样的水,稍不留神也会断顿。为了节约用水,大家常常是五六个人用一盆水洗脸,有时还将用完的水沉淀后再继续使用。第一总包部第四项目部的年轻小伙子们干脆留了清一色的光头。中铁总包部采取打井取水的办法,沿途打了二十多口,出水的只有两三口,打出的水根本就无法饮用。便道修通后,能够饮用的水必须得从几百公里以外去拉。

京新高速公路阿拉善盟建管办业主承担着全线的供水、供电工程。28个人的团队,在5个月的时间,全面贯通了京新高速公路阿拉善盟段东线和西线管道供水工程,共计456公里。新建供水泵站共计13个(东线3个、西线10个)、供电工程937公里,为全线施工及后续运营、养护工作提供了强有力的服务保障。中铁副总杨孟乾说:“现在吃水问题已经解决,但大家也养成了一个习惯,无论谁在哪里,喝剩下的矿泉水,都会自觉带回,洗脸、洗衣,干什么都行,但不能浪费。”他还半开玩笑地说:“现在既是在戈壁滩上小便,也会找个有草的地方。”这个有些不雅的玩笑,却饱含了大家对戈壁生态的焦忧。

项目部很多人出生在山清水秀的内地,想象中的内蒙古应该是“风吹草低见牛羊”。而来到项目施工地后,才知道阿拉善这个地处内蒙古最西头的地方,实际是黄沙漫漫露峥嵘。为了早日完成临建勘测任务,工作人员连续一个月,或在连绵沙海中,或在苍茫戈壁滩,或在沟壑,或在险峰,几十斤重的勘测仪器扛在肩上,顶着风寒艰辛跋涉。尤其在额济纳旗黑鹰山、马鬃山、风雷山一带,每次出行,大家心里都没有底,无法预料会发生什么状况。一天晚上,有人出去上厕所后,便迷失了方向。幸亏大家发现的及时,在当地牧民的帮助下,将走失的同事找了回来。恶劣的生态环境,有人坚持不下去,走了,但大多数人留下来了。退缩,对于筑路者来讲,不亚于在战场上当逃兵,那将是他们终身的“软肋”。

砥砺前行

没电、没信号,每个项目部之间的距离最近的都在三四十公里。总包部、项目部及各个工区的信息受阻。大家为了给亲人们报个平安,得走几里地,爬上山头,利用微弱的信号和家人断断续续地联系上。因为没有通信信号,不能及时与恋人沟通交流,30岁的中交第八项目部的朱小东再次失恋了。我问他:“没想过要离开这儿吗?”他说:“也想过,但舍不得,因为这里的人特别好,领导很关心我们,工作起来也得心应手。”

沙尘暴是戈壁滩的常客。本来就没有路,头天的车辙印一场沙尘便淹没了。中交八项目部施工段位于黑鹰山无人区,一次在往施工现场运送设备时,走到中途,受雇的大车司机害怕了,说什么也不肯往前走了。工地还等着要用这些设备呢,八项目部押车的李国和李长友便好声相劝,并答应给丰厚的报酬,可大车司机坚决不肯,说:“把你们送下,我怎么出来?!”无奈李国和李长友只好将设备卸下。黑漆漆的戈壁滩上,没有信号,没有人烟,只有李国和李长友守着一堆施工设备。当看到项目部的同事们找来时,他俩像孩子似的忍不住哭了。

为了不迷失方向,大家就在来回出行的路上用石块、枯草根等做好标记。每辆车来回出行时,都要算好时间,如果超过预计时间一小时,就要派其他车去寻找、救援。在通信没有畅通之前,中铁总包部明确规定,每个项目部出行时都必须是两辆车相跟出行。中交第八项目部在困难面前,积极想办法,自己购买发电机,组织人员跑遍周围每个山头找信号源,并主动与移动公司协调,终于在项目部临建点处的山头上架起了一座移动塔,解决了信息不畅的问题。“不为困难找借口,只为成功想办法”是中交人奉行的宗旨。

构筑北疆绿色大通道

戈壁滩生态环境极其脆弱,表皮一层很薄的碱土壳,一旦破坏,恢复起来非常困难。羊、骆驼等牲畜吃了白色垃圾就会生病死亡。因为缺水,草本植物更是珍稀。中建、中铁、中交总包部在开工之时,就对阿拉善生态环境做了详细调研,制定了具体保护措施。

中建总包部在进场之前,深入走访牧民,与沿线的牧民签订了文明规范施工协议,承诺文明绿色施工。不定期地组织员工和志愿者清理项目驻地的白色垃圾。通过自卸式电动环保车,循环播放环保知识。每个项目部都实施了不同主题的环保行动,并涌现出陈亮、牟经兰等环保卫士。中铁总包部倡导“像保护眼睛一样保护环境，像对待生命一样对待生态环境”的环保理念，积极参加乌力吉苏木政府的“十个全覆盖”工作，专门派出人员参加苏木指定区域的植树活动，种植国槐、红枣等560棵。他们还因地制宜，在32公里的施工沿线建起高1.5米和1.2米高的两道防沙帐。同时，在道路两旁种植红柳40多万株，安排26辆水车定时浇水，保证成活率。中交总包部以建设畅、洁、绿、美的绿色生态景观大通道为目标，在施工沿线拉建铁丝护栏，防止施工车辆随意辗压戈壁植被。对取土场、弃土场、废弃的施工便道进行整形，并撒、种适应戈壁气候生长的草籽。每个项目部都建有化粪池，用铁丝围栏将生活垃圾处理场围起，解决了白色垃圾随风飞的问题。在穿沙公路路基两侧设置沙袋框格1570万余平方米，结合物种组合，种植胡杨、红柳、白腊、花棒、紫丁香、梭梭等防沙植物55万余株，有效地治理了路基的扬沙问题且美化了公路环境。为保护野骆驼、沙狐、黄羊、狼等野生动物迁徙，设置了大量的过道桥涵及环保隔离栅，并设置了野生动物饮水点。

袁正武，中交第八项目部副经理。这个来自武汉的华中汉子，从落选的村支书做起，告别了“黄鹤楼中吹玉笛，江城五月落梅花”的美景，从北上的农民工队伍走出，十几年来，不耻下问，不甘平凡，习惯了迎着困难上，没有专业学历，却有着实干精神。刚来阿拉善时，当林业工作人员指着一片梭梭林告诉他们“这是林区”时，他惊诧地睁大眼睛说：“什么？这还是林子啊？我们那里看林子都是仰着头看，你们这里看林子是低着头看的啦。”施工中，他看到当地守土戍边的牧民常年喝着咸涩的井水，常年吃不到新鲜绿色蔬菜，心灵受到了很大的触动，不仅帮牧民家买米买面买菜甚至买煤，还和他们像朋友一样喝酒，学到了很多在戈壁生活的小常识。一天，他发现几个工人捉到一只受伤的白天鹅并准备杀了吃时，便严厉警告他们：“这是国家二级保护动物，谁吃谁就是犯法，会被判刑的。”有工人提议：“那送给袁经理吃吧。这里天高皇帝远的，我们不说，谁知道啊。”他更加生气了：“谁再敢说这样的话，我就把他扔到戈壁滩上喂狼去。”第二天，他们给额济纳旗林业公安局打电话报警，又亲自驱车300公里将这只美丽的白天鹅送到林业公安局进行救治、放归。京新高速公路的建设者们将爱心变为行动，用行动构筑着“大漠天路”交融、和谐的绿色梦想。

旗帜就是力量

在采访过程中，听到最多的一句话就是：“我也是一名党员。”这句普通而又冒着几分傻气的话语，给了我心灵的震撼。当采风结束的那一天，我知道这不是高调，这是一句足以让你泪流满面的肺腑之言。

贾建光，中铁物资供应中心通勤司机，父亲去世都没能回去见最后一面，处理完父亲的后事就急匆匆地赶回工地。他说:“我是一名老党员,这样做也是应该的。”吴颖慧,中铁总包部综合部员工,孩子七个月时离开,八个月后再见时,怯怯的乳儿怯怯的一声“姐姐”叫碎了娘亲的心啊!江河,中铁三工区主任,儿子小时别人问:“小江河,你爸爸呢?”“爸爸在电话里”。儿子14岁了,可和江河在一起的时间加起来还不到一年。父亲做心脏搭桥手术,可工地上离不开,当从妻子的电话中得知父亲心脏搭桥手术成功的消息后,这个七尺男儿忍不住号啕大哭。在采访快要结束时,恰好中交五项目部财务王彪的妻子带着两岁的儿子从武汉辗转来看他,幸福的王彪眼睛笑成了一条缝。妻子匡惠琴告诉我们,他们在一起的时间很少,结婚后一直通过微信、QQ交流,现在孩子都两岁了,也已习惯了。王彪说:“去年,看到这里几起交通事故后,就想着,赶快把路修通,就能造福一方百姓了。”当我问他,选择这份职业后悔过吗?他说:“没有,我也是一名党员,我工作之前就是党员了,所以要处处起表率作用。”蔡建武,中交八项目部副经理,他说:“现在回去都不适应城市的生活了,和朋友交流的话题也不一样,在家待上些日子就待不住了,想着赶快回工地吧。”谢远征,中交二项目部副经理,当我问他:“这么艰苦,是什么样的东西支撑着你们坚持下去?”他说:“怎么说呢,是这个大平台给了我们每个人很多机会。比如,一上班就会给你安排一个师傅来带,可以学习很多东西,让你有种依靠,不会感到孤立。就是这样的机制挺吸引人的吧。”

简单的想法,朴实的话语,平凡的筑路人。他们没有叱咤风云的事迹,没有气壮山河的誓言。他们只是京新高速最普通的一小部分。那里还有罗志华、王腊、赵国栋、李寅甫等,为大家舍小家,长年奔波在大江南北,亏欠着亲人、家庭。他们远离了繁华、时尚的城市生活圈,却为最偏僻、最闭塞的边疆大漠无人区架起了环境优美、舒适、便捷的现代化大通道。他们每个人心中都有一面旗帜,都珍藏着集体的荣誉,肩上都扛着造福一方百姓的责任。他们为把阿拉善盟打造成国际旅游目的地,打通服务丝绸之路经济带和中俄蒙经济走廊的重要通道,为推动北疆经济发展、巩固边防及保持民族团结社会稳定做出了重要贡献。

“雄关漫道真如铁,而今迈步从头越”。京新人以坚忍不拔、勇往直前的精神创造了载入史册的“大漠天路”,是当代可歌可泣的筑路人、新时代的楷模。他们以敬业、奉献、笃行的优秀品格,成了一批当代的保尔·柯察金。他们为建设阿拉善绿色和谐家园做出的贡献,将激励阿拉善各族人民开拓进取、奋勇前行。

(王剑文:女,中国散文家协会会员,内蒙古自治区作家协会会员,阿拉善盟作家协会副主席;现就职于内蒙古自治区阿拉善盟文化新闻出版广电局;在区内外报刊上发表多篇散文等)

绣满霞光的蒙古袍

——京新高速公路采风随感

马　芳

题记：三总承包管理部第四项目部承担着京新高速公路阿拉善盟段35公里的建设任务，项目部驻在额济纳旗赛汉淘来苏木地界。这条高速公路既是连接阿拉善与外界的纽带，也是连接项目部与人民群众的纽带。工程顺利推进，建设者与沿线牧民亲如骨肉，互助共建。京新人与驻地百姓的深厚情意织绣在一件粉红色的蒙古袍上，温馨、温暖……

落满霞光的蒙古袍
有我阿妈深深的祈祷
爱像阳光把梦照耀
吉祥在我的身边围绕

绣满霞光的蒙古袍
有我阿妈慈祥的微笑
蒙古袍里珍藏着美好
你是草原儿女的骄傲

听我唱一首思乡的歌谣
霞光里阿妈走出蒙古包
望着那大雁越飞越高

蒙古族歌手云飞演唱的《绣满霞光的蒙古袍》响起，声情并茂，悠扬婉转。散发着戈壁草原蓝天白云气息的歌声，将思绪与情感带向赛汉陶来苏木孟克图嘎查。慈祥的杨吉玛奶奶，您还好吗？

亲情　绣满腰带

“红梅，这件蒙古袍是我珍藏了好多年的心爱之物。今天，我把它送给你，穿上一定很漂亮。”

“试试，腰带合适不？”

穿上蒙古袍的红梅，瞬间变成地地道道的蒙古族姑娘。刚到膝下的粉红色蒙古袍衬托着红梅清新动人的脸庞，裙摆上绣着乳白色的花纹，亮闪闪的丝线绣满袖口、领口，芊芊细腰用一条紫色镶着亮片织锦腰带系起，衬托出一个青春少女优雅、空灵的气质。

正午的阳光暖暖的、亮亮的，透过窗户射进屋里，洒在杨吉玛奶奶一张和蔼、慈祥的面颊上。一双布满经络的手一边拿出针线，一边比画着腰带，嘴里唠叨着："穿蒙古袍最重要的是腰带。腰带一定要合适，而且姑娘的腰带要用丝线绣上各种图案，这样袍子才漂亮呢。"

此情此景，红梅的心里酸酸的，眼角湿润了。没想到，一年多的时间，从家乡赤峰到戈壁大漠，在他乡异地的阿拉善收获了如此丰厚、如此感动的幸福。

"来，红梅，试试看。"老人说着帮着红梅系好了腰带。

缝好的腰带正合适。穿起蒙古袍的红梅依偎在奶奶身边。奶奶抚摸着红梅的发际："你就是我的孙女，谢谢你们的帮助。这件蒙古袍权当是送你的念想吧。"

红梅从手腕上脱下了买来不久的银镯子，放到杨吉玛奶奶的掌心："奶奶，攥紧咯，这可是我的心哦。"

人和人的情感有时一瞬间便可以成为永恒。当彼此用真诚和友爱领略到生活里的一些甘美和温暖时，那份惦记和怀想便可以化作四季的幸福，时刻飘落在时光的温床上，与岁月一起流淌。

初识　境况艰难

秋末，额济纳的风不紧不慢，继续提升着冬天来临的速度。望不到边际的戈壁草原毫无例外地被烈风笼罩着。

京新高速公路临白段第三总包部（中交）四分部驻地位于赛汉陶来苏木附近，与建国营算是老邻居。按照总部要求，为深入推进"路地共建、和谐双赢"活动，进一步增强与当地农牧民的深厚感情，创造良好的施工环境，四分部项目部党支部书记兼项目生产副经理沈泉带着宣传员张红梅积极主动深入到驻地附近嘎查（村）的困难牧民家中，帮助他们排忧解难，营造路地共建的和谐氛围。

额济纳旗赛汉陶来孟克图嘎查牧民杨吉玛是一位六十五岁的老人，丈夫早年去世，仅有的儿子常年在额济纳旗马鬃山放牧。老人没有其他经济来源，一直靠苏木政府的资助节俭度日，生活很拮据。早些年的房子经风雨侵蚀，已无法居住。尽管苏木腾退出一间空置的房子，但也年久失修。沈书记来到老人的住所正值秋末，落叶凋零，冷风嗖嗖。偌大的院子里就老人一个人，屋子虽然很大，但顶棚比普通屋子的层高高出近两米，墙体斑驳，黑暗阴冷，仅有的火炉添着些捡来的干柴枯树枝取暖,即便是手摸到火炉也只能感到一丝的温度。看着老人憔悴的面孔和疲惫的身影,沈书记记在心上:杨吉玛老人的困难就是项目部的困难,帮助老人渡过难关是第三总包部四分部全体员工的工作任务之一。

再会　爱心流淌

回到项目部,沈书记立即召集全体员工,将了解到的情况和大家进行了交流。他号召项目部发挥党员模范带头作用,开展"献爱心"活动,并很快成立了党员服务队,利用现有的设备和材料为杨吉玛老人修缮房屋,购置取暖煤炭,捐助一些必要的生活用品。老人的儿子远在千里之外,生活也不富裕,党员服务队的每一位成员就承诺他们就是老人的孩子,自愿捐款一万余元,很快送到了老人手中。党员服务队收集材料,携带设备,利用轮休时间帮助老人改善生活环境。尽管项目部的生活原料都是从几百公里的酒泉和达来呼布镇运送过来,但沈书记带人想方设法给老人送去了米、面、油等生活必需品。当他们返程时,脚步不由停住了,想着即将来临的寒冬,裹紧衣衫的沈书记又拿起来电话。

第二天,四吨块煤拉到了杨吉玛老人的院中……

家远,路长,情意浓。京新高速公路成为连接建设者与沿线牧民友谊和情感的纽带。这份情缘一路纷飞,成为他们彼此心灵深处最鲜亮的色彩。弱水河畔流淌心灵之泉,胡杨树下演绎生命禅意。京新项目的"精心"人,在与人民群众"路地共建"的过程中,留下了无比丰厚的精神财富。

临行　感激涕零

屋里火炉里的火苗扑扑跳动,铜壶的奶茶阵阵飘香,喝一口暖到心里,喝一口暖遍全身。

沈书记和项目部成员再次来到杨吉玛家中。老人很激动,上前一边拉着大家的手一边抹着眼泪,那可是高兴的泪水啊。尽管生活不是很富裕,她还是把自己平时舍不得吃的蒙古特产拿出来招待尊贵的客人,围在小小的茶几周围,聚集着热烈与开心,大家都为老人的坚强点赞。老人把家中最肥的一只羊牵到沈书记面前,说是送给大家最真最诚的心意。临行前,老人让所有人喝干碗里的茶水,每人都要吃上块点心,说这是蒙古人的待客之道。临别,她拉住项目部随行年龄最小的宣传员张红梅,说要认下这个孙女。她说,这姑娘朴实厚道,勤快懂事,为她洗衣做饭,陪她聊天解忧。说着,她当着大家的面打开了家中唯一的柜子,取出了珍藏已久的那件蒙古袍……

生活原本如此朴实,一位身居戈壁大漠的老人与一个曾经素不相识的小姑娘,因一条路、一段情在俗世尘缘中结识，是善良、真诚为她们舞弄出一片清芳而皎洁的美丽。年仅二十四岁的红梅从交通学校毕业直到分配到京新高速公路的这段日子里，跟随项目部，跟随党员服务队，真心实意献爱心，也让自己青春的心田长满绿意和生机，在取得宣传工作成绩的同时，锤炼助人为乐的品行，展现团结友爱的执着，让爱的精神和力量深深扎根在人们的心底。

穿上蒙古袍的红梅高兴地原地转圈，飘飞的衣裙立即旋成一个圆弧。绣满衣裙的亮片光闪剔透，与傍晚的霞光呼应，奏出快乐、轻盈的旋律。她们彼此含泪的眼眸里蕴含难舍，心灵相通，情感相约，那是一种亲情在渗透和燃烧。

回望　党群同心

这年夏天，在阿拉善人民的欢呼声中，期盼已久的京新高速公路阿拉善盟段三标段的黑色路面全线贯通。这是一条不同寻常的路，永久地留下了这一段刻骨铭心的记忆。大漠有情，目睹了建设者的艰辛付出；戈壁为证，铭记了项目部在苦寒之地与当地牧民谱写的一曲温暖的友谊之歌。

那年秋天，正值哈密瓜成熟的季节，当地牧民热情邀请项目部员工去瓜地摘瓜吃瓜，还给项目部送去两车哈密瓜纳凉解暑。牧民们动情地说："你们来额济纳给我们修了一条发展之路，我们不知道怎么感激你们呢，一点哈密瓜算不了什么。"2016 年春天，为帮助额济纳旗党委和政府推进"十个全覆盖"工程，项目部主动提供机械、人力支持帮助苏木嘎查拆房子、铺路面，为加快工程进度立下了汗马功劳。这年夏天，正值雨季，牧民灌溉田地时，由于水流较大，冲毁了堤坝，项目部立刻组织机械设备为农牧民抢修。经过两个小时的努力，堤坝成功修筑完成，保障了春灌的顺利进行。多年来，通往赛汉陶来嘎查的部分路段因年久失修，路面破损严重，再加上春灌的原因导致路基下陷，严重影响了嘎查农牧民出行。四分部得知消息后，不仅及时组织员工对受损路面进行修缮，而且重新铺设了主要破损路面。农牧民走在二百余米平整光滑的沥青路面，欣喜和感动溢于言表。

"修路造福暖人心，情系群众办实事""助力当地发展，倾心大漠修路"等六面锦旗悬挂在项目部会议室的墙壁上，厚厚的表扬信叠放在办公桌里，这是一首首赞美奉献者的歌，唱响了崇高与伟大，唱出了仰慕与赞扬。"赠人玫瑰，手有余香"，给予比获得更能使人们心中充满幸福感。京新高速公路的建设者在帮助别人的时候也在激励着自己：责任在心，使命必达。他们让戈壁变通途成为现实，用辛勤和汗水践行了对阿拉善人民的庄严承诺。

耳边又响起《绣满霞光的蒙古袍》歌曲……

此时的阿拉善大地让灵魂饱满，到处充斥着生机、希冀、期盼和向往。延伸在远方的黑色公路安然静谧，流淌着神性而纯洁的心灵之泉。不知道心的归宿在哪里，只知道京新高速公路遥远而亲切的回声在等候，在期待来年的旅途痕迹，一起触摸阿拉善的深情和厚爱。

（马芳：女，内蒙古自治区作家协会会员；多部作品发表于阿拉善盟内外报刊，出版散文集《阳光下的微笑》；现从事纪检工作）

第五篇

故事篇

GUSHI PIAN

京新采风掠影

邓　梅

题记：他们从天南海北汇聚在这里，从四面八方走到了一起。他们在祖国的大西北、在戈壁荒原、在京新高速公路临白段，用热血和青春，用责任和担当，铺就了一条大漠“天路”。他们以蓝天白云为证，铭刻下自己心中的誓言。

硬汉的眼泪

杨孟乾是中铁京新高速公路临白段第二总承包部副总经理，高级工程师，一级建造师。认识他，是源于一次阿拉善盟文联和阿拉善盟京新高速公路临白段工程建设管理办公室联合组织的“筑梦大漠·情撼京新”采风团活动。

那天在座谈会上，当大家都在盛赞京新高速公路临白段建设的喜人成绩、称扬京新人无私奉献的精神时，他说：“这里很苦，但我们不是为了吃苦而来。我们是为了建设更美好的家园而奉献，吃苦是正常的，享乐的话就该回家了。”他的话，博得了大家的掌声。座谈会结束后，我走到他面前，直截了当地说：“我和你聊聊可以吗？”

吃过晚饭，我和他一起来到他的办公室。他用一只很精致的杯子，为我泡了一杯“乌岽单枞”，我们就在这袅袅茶香中聊了起来。

今年39岁的杨孟乾是湖南人，来自农村，长得很壮实，一双大眼睛透着率性、真诚。大学毕业后，他在很多地方、很多公司工作过，曾经有几年被派出到非洲。在非洲期间，他曾有过两次被绑架的经历。那是不堪回首的一段日子，处在那样的境地，他们日夜思念着亲人，思念着朋友，思念着祖国。我国驻外使馆在第一时间解救了他们，使他们安全归国。

“真的，只有在国外生活过，你才能真正体会到国家越来越强大，在国际上的地位越来越高，是我们每个中国人坚不可破的后盾，别人看你的眼神都不一样。那件事以后，我比任何时候都热爱我们的祖国。这绝不是冠冕堂皇的话，而是从我心底流出来的。我经常给我的家人和朋友这样说。每当我看到五星红旗冉冉升起的时候，我为我是中国人而无比自豪和骄傲。真的，这是你们体会不到的。”杨孟乾哽咽了，将头转向窗外。窗外的月光温柔地低下头，透过纱窗，抚摸他的泪痕。

“对不起，有点激动。”他抽了两张面巾纸，满头满脸地擦着。我什么也没说，只是静静地看着他。

待情绪平复后，他便开始给我讲新京路上的故事。

杨孟乾是2015年元月20日来到京新高速公路临白段的。那时的他经过几年打拼，刚刚安定下来，并在广东佛山买了房。但他接到了调动的通知后，安抚好爱人，便毅然决然出发了。

“刚到这里，觉得很新奇，感受大漠的苍凉，体会戈壁中的寂静，沉醉在‘地平’落日圆的意境里，拿着手机到处拍照，发到朋友圈。同学朋友看到后，纷纷打来电话。他们不相信我会在这样寸草不生的地方工作、生活。他们说我傻，让我想办法赶快撤离。其实，当所有的新鲜劲儿过后，我自己也陷入了茫然中。”

茫然归茫然，工作、生活还要继续。各项目指挥中心要求在2月18日前必须把自己的营地建立起来。和大家一样，杨孟乾抛弃所有杂念，全身心投入到沙漠深处的筑路热潮中。

当时，项目一分部在大山里施工，自然条件极差，工程进度有点滞后，影响了后续工作的开展。带着不满，杨孟乾他们决定前去督查，一探究竟。当时没有便道，从乌力吉到一分部的直线距离是65公里。65公里的路，他们要经沙漠，穿梭梭林，跨戈壁滩，谁能想到，最后竟然还陷进了沼泽地。2月大漠的夜晚，风在凄厉地嚎叫，透过身上的衣服狂怒地撕扯着他们的肌肤。降至零下20多度的气温，把他们每个人都冻僵了。凌晨，闻讯赶来的同事将他们解救出来。

来到一分部，他们才知道，这里根本就没有水，没有电，一间四面漏风的房子，靠着捡来的札干（干枯的梭梭）和骆驼、羊粪取暖，吃的是方便面。几个人共用半盆水洗脸，然后再擦洗一下脚。大家都是两个多月没洗澡了，身上的味道就不能提了。这对于很多南方的员工来说，无疑是在地狱中，但没有一个人叫苦。

“我们本来是问责去的。可是看到这样的情景，我们都流泪了。”

此时，杨孟乾泪晶晶的眼深深打动了我，我的眼睛也湿润了。

“我们的兄弟们真的太伟大了！他们几乎都是高学历者，可他们干的却是连一般农民工都不愿干的活，这就是我们中铁人的责任、义务和担当，是我们中铁人精神的魂。”

杨孟乾告诉我，他们的副总裁周孟波在现场说了三个没想到：“知道环境苦，没想到这么苦；都说你们干得不错，没想到干得这么不错；都说京新干部员工精神状态好，没想到你们状态这么好。”

我在项目分部为采风团提供的材料中就得知，三个月前杨孟乾68岁的母亲得了严重胸膜结核，由于胸腔积液过多，一个小小的检查都可能导致破裂，引发生命危险。如果做手术，就要得到家中唯一的儿子——杨孟乾的签字同意。

杨孟乾的父亲在他7岁的时候就已经去世了,是母亲一个人把他们姐弟几个抚养大。杨孟乾明白此时母亲是多么盼望见到儿子。但工程已经到了路面全面贯通的关键时刻,同时月底还有一个重要的工程大检查,作为工程技术总负责人的他,实在不能在这个时候离开。他痛苦、矛盾、纠结。同事实在不忍心看到他这个样子,就劝他还是走吧。终于忍不住,杨孟乾哭了。他使劲向同事摇头、摆手,独自跑到没人的地方向着家乡的方向痛痛快快哭了一场,在心里为母亲虔诚祈祷。他相信母亲一定是懂他、理解他的。

就在他母亲生病期间,他的妻子又要临产,杨孟乾仍然不在身边,只能把对亲人的愧疚之情深埋在心底,全身心地投入到工作中。

“大家都是毫无怨言地坚守在这里。当工作得到别人的理解,存在价值得到认可时,所有受到的苦累、委屈都不算什么了。”杨孟乾笑着说出了这句话。

和杨孟乾一起搭班子的中铁京新高速公路阿拉善段总包部总经理、党工委书记孙玉国,眼含泪水赋诗一首,赠与兄弟:

凌晨赠孟乾兄弟

2016年7月26日

孙玉国

大漠黑风漫黄沙,
戈壁冷山湿铁甲。
战旗失色边关红,
华发增霜居延夏。

孕中娇妻病重妈,
千里无归泪满颊。
跪求世间双全法,
不负京新不负家!

诗句情真意切,字字戳进人的心窝,表达的是对战友的情谊,更折射出以杨孟乾为代表的中铁京新人内心世界的复杂矛盾与无比坚韧!

偶遇团聚

2016年7月10日,是中铁京新高速公路临白段第五项目分部王彪幸福的日子。这天,他的爱人蒯慧琴带着孩子从武汉来看望他了。当时正值中午,吃过饭,我们采风团的几位在项目指挥部门前聊天,忽然看到这一家人拎着包,抱着小孩儿,每个人的脸上都是喜气洋洋的。我不禁跟过去问了一句:“你们要出门吗?”

“不是、不是,是我爱人来看望我了。”这是多好的事儿啊,我们几个人立刻来了兴头,假装不解风情地一起进了项目分部为探亲家属准备的木板房。房子很简陋,关了门,还有点昏暗,白天都要开着灯。进去后,我们几个就只能站着了。听着武汉乡音,我觉得是那么亲切。再看对面的蒯慧琴,我们大家都不约而同夸赞起她来。她是那么年轻,那么水灵,一身淡蓝色长裙,衬出曲线有致的身材。

有人曾经说过,如果把江南比作是水粉之乡,那么江南的女子就犹如一盒水粉,轻轻斜斜地一拉,总能在你心中涂抹出你最想要的色彩。她们从诗中走来,从画里飘来,依偎着垂柳细杨,凝神池塘中轻盈雅洁的荷花,让江南的水乡又多了一份祥和宁静。

此时,我的眼睛就在这样的意境中描绘着蒯慧琴,想象她快乐的、忧伤的、静雅的、纯美的样子。

因着是老乡,便有了一份似曾相识与相见,便有了一种牵引和牵挂,便有了一汪热泪盈眶的感触。

“欲把西湖比西子,淡妆浓抹总相宜”,很自然的,这句诗跃跃欲试要从我嘴边跳出来。

“在来之前,你想过这里的荒凉吗?”

同伴的提问,终止了我的天马行空,一下让我从烟雨朦胧的唐风宋词里穿越到现实中——苍茫大漠中的一间小屋。

“想是想过,因为我爱人在电话里给我讲过,还发了好多照片。之前我也来过一次,只是因为他工作太忙,顾不上我们,我只待了三天就回去了。孩子平时在家喝水很少,可是在这里每天都要喝大量的水,就这样还要上火,嘴里起泡,这里真的好干燥、好荒凉。”她说话时,总是望向她的爱人王彪,王彪也总是回报她一笑。看得出,这是非常恩爱的小两口。

被眼前一堆食物和玩具吸引的孩子听到妈妈似乎提到了他,抬手轻轻抹挲妈妈的脸,搂着妈妈的脖子,亲了妈妈一口。妈妈幸福地笑了,我们也笑了。孩子的爸爸王彪眼里含满了柔情,温情脉脉望着母子俩。

这个只有两岁十个月大的孩子不会知道,他为现场所有人勾勒出的一场甜蜜快乐的幸福图画,将永远萦绕在每个人的心间。

王彪和蒯慧琴不是很善谈的人。在大家的一问一答中我们知道,王彪现在是第五项目财务部负责人,三十岁的他已经有了六年的工作经历。那时,孩子刚刚出生,妻子开的小店也无人打理,当总部征求他的意见是否可以到这里工作时,他毫不犹豫立下了军令状并得到了妻子的理解和支持。

“其实这没什么,别人能来,我为什么就不可以?再说我还是共产党员呢。”语气中,王彪显出他的自豪。

从古至今,文人墨客为沙漠创作了无数的烂漫诗篇:“大漠风尘日色昏,红旗半卷出辕门”“大漠沙如雪,燕山月似沟”……

年轻的王彪迈着他青春的脚步,带着些许的浪漫,来到乌力吉(蒙古语“吉祥”之意)。

“来了以后,我深刻体会到,对于生命来讲,沙漠从来就没有诗情画意可言。但是我敬畏那些能够在沙漠中得以生存的动、植物,比方说羊、骆驼、梭梭、沙棘等。”

在京新高速公路修建前,这里只有一条高低不平的狭窄便道,大货车和小车就穿行其间。看到了几场惨不忍睹的车祸后,王彪他们更感到自己承担的责任重大,决心筑出一条大漠坦途,让它成为中铁人心中的一座丰碑。

“如果重新选择,我不会放弃这里。”王彪的话语很平静,没有一点波澜。

我们识趣地和这一家人告别,还是把时间留给他们吧。

黑脸“范跑跑”

看到这个名字,大家可能一下就想到了汶川大地震时那个弃学生而不顾自己先逃跑的“范跑跑。”

在京新高速公路临白段采风第一次听到“范跑跑”的名字,是中交京新高速公路临白段总承包管理部安全总监李宝东告诉我的。其实,我本来是采访李宝东的,但他总是在讲别人的故事,对自己僻重就轻,一言带过,用他的话说:弟兄们干好了,比啥都好,我是总监,我也受益了。于是,我便顺他的意思,没有任何主题地和他聊起天来。作为安全总监,他当然讲的是有关安全的人和事。我对他讲的“范跑跑”产生了浓厚的兴趣。于是,他打电话联系到“范跑跑”,我的采访就势转场。

“范跑跑”本名范永强,2008 年咸阳师范学院毕业,2015 年 4 月来到京新高速公路临白段四分部,做了一名安全员。一年下来,他成了让很多人头疼的“黑脸范跑跑。”

有人解释说,“黑脸”是指他太认真、太较真、太“轴”,工作起来六亲不认。一次,总包部副总经理张满华开车到四分部沿线检查,当时工地上有不准通行的警示牌。因为是检查,张经理没有带特别通行证,越过了这条红线。范永强截住了张经理的车辆,请他沿路返回。张经理解释了半天,亮出了身份,可范永强就是不通融。张经理急了“你这个小伙子,怎么这么死心眼呢?”

“对不起领导,我真的不认识您。再说,就算认识,可您犯规了,我无法通融。

您的车这样行驶,对沿线作业人员的安全造成了危险,所以还是请您理解我。我们都是血肉之躯,要对自己的生命负责。您是领导,更要以身作则。”

张经理只好将车停在了安全的地方,徒步继续工作。不过,这个犟头犟脑的小伙子给他留下了深刻印象,在不同场合,多次提起他,并给予赞许。他说,我们就需要这样的安全员,需要这样的“黑脸包公”。

“跑跑”是说他工作的干劲。作为安全员,在他心里从来没有小事。除了吃饭、睡觉,范永强(我还是这样称呼他吧)几乎就是在工地上来回跑,大到检查车辆,督促施工人员戴安全帽、系安全带,小到捡起路面上的一颗螺丝钉。很多人不喜欢安全员,甚至讨厌安全员,觉得他们就是没事儿找事儿。

问他怕不怕得罪人,范永强肯定地回答:“怕!因为得罪人,有时自己的生命也会受到威胁。”他给我讲了这样两件事。

一次,有一辆外地大货车不顾他们的阻拦,要强行闯过正在施工的路面。范永强堵在车前坚决不让,对方一边嘴里骂着不堪入耳的话,一边对他进行撕扯。范永强克制着自己的情绪,依然彬彬有礼地请他将车开到可以通行的路上。迫于工地上的人都站在范永强一边,对方无奈了,狠狠地将他推到一边,指着他威胁道:“小子,你给老子等着,有你后悔的一天!”

初夏的一天,快要下班时,分部有一个负责灌装的人开车带着爱人来到了工地。范永强上去和他打招呼时,闻到了一股酒味。他立刻叫那人下车,可对方就是不听,要他少管闲事,并说就算出了问题也和你没关系。范永强执意不让,双方争执起来。可能是酒精的作用,对方顺手从地上捡起一块石头,朝着范永强砸了过来。范永强快速躲闪,才避开了一场不可预知的祸事。对方似乎被自己的行为惊醒了一大半,放弃纠缠,自己躺进了车里。范永强一直等到他清醒过来,再次和他讲道理:“等你真的有了事故,你再都不会有机会得到别人的指正了。”对方被感动了,拍着他的双肩说:“兄弟,哥错了,谢谢你!以后,哥绝对支持你的工作,放心吧。”

范永强就像一个爱唠叨的“妈妈”,随时随地、不厌其烦地给大家讲安全常识。他说,我不怕大家烦我,只要看到他们每天安安全全回来,再苦再累,我都很快乐。安全是一种爱,安全的爱就是永远的牵挂。

我问他,当别人对你进行攻击时,你会不会也有情绪冲动的时候。范永强说,他从工作之初就给自己定下一条原则:打不还手,骂不还口,以情动人,以理服人。他说这个方法很管用,他把这视为自己的“护身魔咒”。

在他的建议下,中交京新高速公路临白段总承包管理部第一个成立交通管制巡逻队,第一个设置值班室,为全段10个分部树立了一个标杆。

范永强不是中交的正式员工,此项工程结束后也许还要继续找工作,开始另一段新生活,这让我心里有点酸酸的感觉。而让我欣慰的是,在采风结束的晚宴上,当我有意识在中交领导面前提到范永强时,没想到领导们都知道这个“范跑跑”,都为他竖大拇指称赞,并表示:范永强是不可多得的干将,即使他不在中交工作了,但他们一定会尽力向别的项目工程举荐他。

在此,我祝福范永强越来越好,越飞越高!

阿拉善人民将永远记住你们——可爱可敬的筑路人!

(邓梅:女,中国散文家协会会员,内蒙古自治区作家协会会员,阿拉善盟作家协会副主席,阿拉善盟文化文学艺术研究会副会长兼秘书长,记者,主持人;出版散文集《品雪》)

沙漠玫瑰　铿锵绽放

封　丽

在阿拉善广袤的戈壁大漠上，盛开着一种瑰丽神奇、千姿百态的“石中之花”。骄阳烈日的暴晒炙烤，狂风暴雨的吹刮侵蚀，造就了她卓尔不群、顽强抗争的铮铮傲骨。大自然的鬼斧神工将她雕琢得形似绚丽怒放的玫瑰，并因而被人们形象地喻为“沙漠玫瑰”，得到奇石爱好者的青睐。

本文讲述的就是一朵盛开在京新高速公路的“沙漠玫瑰”的感人故事。故事的主人公就是京新高速公路阿拉善盟段第二总包部中心试验室主任徐宁。在最恶劣、严酷的自然环境中，她顽强拼搏，奋勇争先，灿烂盛开，洒下一路芬芳……

慷慨受命　不负众望

2015年2月，31岁的徐宁遇到了人生最大的挑战。就在大家都沉浸在阖家团聚、欢度新春的喜悦中时，徐宁在毫无心理准备的情况下突然接到单位通知，命她速到京新高速公路项目负责试验室的建设及前期的施工调查。

在此之前，徐宁对该项目的情况有一些了解。京新高速公路临河至白疙瘩段（阿拉善盟境内）的施工环境是一个方圆几百平方公里渺无人烟的戈壁荒漠，环境艰苦程度常人难以想象——冬季地表温度能降到零下四五十度，夏季地表温度能高达零上五六十度，常年风沙肆虐，刮沙尘暴就是平常小事，当地老百姓说那里“天上无飞鸟，地上无爬虫”“大漠一场风，从春刮到冬”。就是这样一个连男职工说起来都直摇头、不愿意去的地方，徐宁二话没说，慷慨受命，毅然挑起了这副重担。

怀着满腔热情和舍我其谁的勇气，徐宁在浓浓的年味儿里告别年迈的双亲公婆、刚刚团聚又分开的丈夫和年幼的孩子，在春寒料峭中拎起简单的行李箱只身赴任。她一路辗转来到阿拉善，再坐汽车穿行于茫茫戈壁前往项目驻地。司机师傅不知是有意还是无意放了一首豫剧《杨门女将》：“穆桂英，53岁又出征！……”那意味深长的拖音使她心中一惊：这唱词如此契合自己此刻的心情，不由得想起启程那天年迈的父母和年幼的儿子矗立村头为她送行的身影，不禁潸然泪下。父母家人，骨肉至亲，好似一条长长的线，扯得她的心生疼生疼。犹如穆桂英出征，徐宁不知此行团聚又在何时？

到了项目驻地，环境远比她想象得还要荒凉恶劣，老天似乎要把所有的困难毫不吝啬地送给了她和她的团队。没水、没电、没暖气、没信号，就是要在几乎“一穷二白”的严酷环境和艰苦条件下进行试验室的选址和建设，难度可想而知。短暂的休息之后，徐宁便很快进入了工作状态。在她的笔记本里，密密麻麻地记满了详细的工作计划和安排，这是时间与速度的竞赛，是干劲和环境的较量，更是对工程建设者的严峻考验！

徐宁带领她的团队在最短的时间内完成了试验室选址、当地料源考察及原材料和首批混凝土配合比的外围试验工作。在试验室的建设过程中，从初期规划、场地平整、彩钢房搭设到试验仪器设备购置、安装、调试，包括编制试验室规章制度、仪器设备操作规程等仅用了10余天的时间。试验室的每一块场地都根据《公路工程工地试验室标准化建设指南》要求精心丈量，绘制图纸，确定用水、用电方案，直到满足运行要求。功夫不负有心人，京新高速公路临白段中心试验室取得了全线考核评比第一名的好成绩，为年后的开工生产打下了坚实的基础。

打造团队　保质提效

火车跑得快，全靠车头带。试验室的各项工作，都离不开徐宁的精心组织安排和辛勤付出。在京新高速公路阿拉善盟段第二总包部二项目分部总计180公里的施工作业线上，徐宁带领着一个精干高效的试验团队，承担着1个中心试验室、3个工地试验分室和4个工地检测站的试验工作，工作量之大、任务之艰巨前所未有。从2015年4月开工建设至2016年7月，经徐宁之手累计完成试验报告签认35万余份，最多的时候一天签字就用完4根中性笔芯。但徐宁从来没有因为试验工作的繁重影响施工进度，总是将工作做在工程进度之前，带领团队用辛勤的工作和日以继夜的默默付出为工程进度、工程质量提供了坚实的保障。

团队中因工作需要不时会补充一些新鲜血液。第一次从事公路试验检测的员工，往往因对公路试验检测不是很熟悉，操作不是很规范。徐宁作为公路试验检测师，就不厌其烦地给大家讲规范，做示范，力争在较短的时间内让试验人员熟悉分管的业务，顺利开展公路试验检测的各项工作。

工地的条件比较艰苦，刚来的大学生身处这样的环境，难免有一些浮躁和思想上的波动。徐宁就利用晚上的休息时间，耐心细致地给他们做思想工作，讲述中铁集团公司里感人的事例，用榜样的力量鼓舞鞭策年轻人，使他们安下心来，认真学习技术，树立为公路建设服务的信心。在这个团队中，徐宁就像一位老大姐，从最基本的工地生活到专业技能的学习培训，事无巨细，凡能想到的都要一一做到为员工解决生活中面临的各种困难，帮助员工快速提高试验检测的业务能力。徐宁用自己辛勤的劳动、无私的付出让员工们感受到了家的温暖，使试验人员都能以最饱满的热情投入到每天的工作中,为工程建设保质提效奠定扎实的基础。

记得刚进场时,项目分部的各项工作都在筹备阶段,工作异常繁忙。徐宁带领的试验团队几乎从早上一睁眼就开始工作,一直忙到晚上上床睡觉。好些人将三餐并做两餐,两餐并做一餐,饿了就吃点饼干、火腿肠、泡面补充一下。大家都忙得连轴转,几乎忘记了饥饿,忘记了疲劳。她总是打趣地说大家一忙起来就达到“吃饭不觉饿饱,性别不知男女”的忘我境界。近一个月的时间,大家吃得最多的是泡面。常常是哪天某个人饿到不能坚持,或泡面实在吃不下去,才会在忙乱中做点饭大家一起吃。就是在这样的状态下,在徐宁的带领下,没有人叫苦喊累。大家都拧成一股绳,齐心协力完成繁重的试验任务,累并快乐着。

徐宁带领她的团队先后完成了水泥试验检测 1008 批次、粗集料试验检测 809 批次、砂试验检测 1090 批次、钢筋试验检测 587 批次。付出总有回报,正是因为徐宁具有扎实深厚的专业知识、踏实肯干的吃苦精神、精益求精的敬业精神和不怕牺牲的奉献精神,使她先后荣获了 2015 年中国中铁京新高速第一战役“先进生产者”荣誉称号,2015、2016 年度中国中铁京新高速“爱岗敬业”“巾帼建功”等先进个人荣誉称号。她所领导的试验室还获得集团公司和公司的“五一巾帼奖章”和“项目管理先进单位”等荣誉称号。这些荣誉是领导和员工们对她工作的高度肯定,也是她爱岗敬业、吃苦耐劳、无私奉献精神的最好见证。

勤奋好学　提升自我

徐宁为了使自己每项工作都做到得心应手,经常利用休息时间学习专业理论知识,研习技术标准规范和试验方法,虚心向有经验的试验人员学习请教。

工作的闲暇时间,同事们都在休息娱乐,她却在啃着一本本技术标准规范,努力做到将各个要求、参数烂熟于心。只要是有试验专业方面的培训学习和深造机会,她都一定争取前往,学习取经,努力提高自己的业务水平,拓展自己的专业知识,在不断的学习中更新知识,提高自己。

“努力提升自我”“没有最好只有更好”是徐宁对自己业务精益求精的高标准、严要求。从事试验工作十多年,使她深深认识到:干试验没有惊天动地的大事,但却是工程实体质量控制的关键,责任重大,不敢有丝毫马虎。只有不断地学习进步,才能提升自己的专业技能和业务水平,成长为一名合格的试验人员,才能为高品质的工程奠定基础。就是这样的信念支撑着徐宁在长期的繁忙工作中坚持不懈地学习、钻研。过硬的试验检测能力是优质工程的绝对保障,也是她努力拼搏的最大动力。多少个夜晚灯下苦读,多少次试验的反复比对,知识在汗水中积累,能力在实践中提升……

“一分耕耘,一分收获”“梅花香自苦寒来”,通过刻苦自学,徐宁在五六年的时间里先后取得了公路试验检测工程师、公路专业监理工程师、全国注册安全工程师等各类职业资格证书,同事们都不无羡慕地称她为“证书达人”。她也用自己坚持不懈、持之以恒的精神感染和带动了身边的一批人,“努力学习,每天进步一点点”成为整个团队共同的追求和奋斗目标。

就是凭着这股拼劲儿,给自己施压的狠劲儿,勤奋好学的钻研精神,强烈的质量责任意识,短短十年时间徐宁在公路试验人员队伍中快速成长起来。她以自己扎实的专业知识、谦虚朴实的工作作风、出色的组织能力很快脱颖而出,年仅 30 岁就承担起了京新高速公路阿拉善盟段第二总包部中心试验室主任的重任。

春风秋雨,夏雷冬雪,徐宁就像荒漠中盛开的沙漠玫瑰,在风吹雨打中磨砺自己,在日月光华中雕琢自己,绽放出自己最动人心魄的美丽。她说有幸能够参加京新高速公路的建设,不仅给她职业生涯添上了最亮丽的一笔,更是一次心灵的成长、精神的净化和灵魂的升华。在京新高速公路阿拉善盟段的建设中,像徐宁这样默默无闻、顽强拼搏的女同志还有很多很多。她们毅然决然地舍弃了自家的半边天,却为京新高速公路的建设欣然撑起了半边天。我衷心祝愿她们在热爱的事业中越走越远,越飞越高!

一封家书

封　丽

题记:在京新高速公路临白段(阿拉善盟境内)采风的短短五天里,我思想感情的潮水每天都在放纵奔流着,不止一次在采访中流下感动的泪水。每一个京新人都是有故事的人,每一个京新人的故事都是感人至深、催人奋进的。在这里,我只选取一个奋战在京新一线的普通女职工,记录下一个母亲心头不能言说的苦楚,以此来展现千万筑路人的牺牲与奉献,也借此文表达我对他们深深的崇敬和赞美。

我亲爱的宝贝:

孩子,我思念的明儿,提笔给你写这封信的时候,屋外又是狂风大作,尘土飞扬。有句话说“大漠一场风,从春刮到冬”,看来这话真不假。现在已经是夏天了,大风还是说来就来,一点儿也不客气。单薄的彩钢房被风吹打的“嘭嘭”作响,灰尘从门窗缝隙里溜了进来,空气里弥漫着一股呛人的土腥味……

每天忙完工作回到宿舍,就是妈妈思念你的专属时间。打电话,发视频,听到你清脆的声音,看到你甜甜的笑脸,妈妈辛苦工作一天的疲劳就会被拂得干干净净。但妈妈更愿意给你写信,这一封封没有发出的信,记录着妈妈对你的思念、愧疚和长长的牵挂。等我的明儿十八岁的时候,妈妈会把这些信交给你。我相信,那时你一定会更懂得妈妈,更理解妈妈。

今天,我更想给我的孩子写点什么。下午接到你明天要独自乘机来看望妈妈的电话,意外的喜悦竟让我心潮澎湃,心情久久难以平静。想到明天,我只有七岁的孩子被爷爷奶奶送上飞机,一个人背着行囊,来到遥远的西北大漠看望妈妈,我的心里就溢满了酸楚和喜悦的泪水。筑路人的孩子,就是这样坚强自立,让远在天边的父母心疼而又骄傲!

此刻,已是夜里十一点,不知我的孩子今夜睡得可好?梦里有没有梦到妈妈?屋外,狂风呼啸,大风丝毫没有减弱的迹象。我知道,伴着戈壁的大风,今夜因为你的到来,妈妈一定会彻夜无眠。

来到项目上已经五个月了。这五个月里,妈妈每天都是早上一睁眼就像个陀螺一样忙个不停,试验、数据处理、报告审核签认,报告审核签认、数据处理、试验……直到晚上拖着疲惫的身体在满天星星的陪伴下回到宿舍。你知道吗,这小半年的时间，经妈妈的手签过的试验报告单就多达三十万份，最多的时候一天竟然用完了四支中性笔芯，工作量之大可以想见。可是只要躺在床上，你可爱的小模样就会不管不顾地闯进我的脑海里，赶也赶不走——你生病发烧时的难受样，你依偎在妈妈怀里幸福满足的表情，你不开心时号啕大哭挂满泪水的小脸，每晚睡前你自己去洗脸洗脚的乖巧样子……我的孩子，你就是一个天使滋润着我的生命，是你让我的生命得以成长、丰富，是你让我在大漠戈壁单调枯燥的生活有了色彩，有了甜蜜，有了憧憬。

记得那天离家时，妈妈怕你哭闹，只好选择在你午睡时偷偷离开。临走前，妈妈跪在你的床前，看着你酣睡时红润的小脸，随着呼吸轻轻翕动的纤长的睫毛，闻着你身上熟悉的甜香的味道。那一刻，妈妈多想再紧紧抱抱我的明儿，多想就这样看着你不再离去。可我不敢——我怕自己忍不住滑落的泪会敲开你欢乐的梦境，我怕自己些微的犹豫会变成万千阻力拖住我离去的脚步。妈妈不敢啊，工地上繁重的作业，紧张的进度都等着我呢。妈妈心中纵有一千个不舍，一万个不肯，妈妈不能啊！我轻轻在你额头印下一个吻，毅然转身离去。妈妈选择做一名筑路人，就要委屈我的明儿啊！

到了项目分部，我给家里打去报平安的电话。你接过电话小大人似的说了一句："妈妈，我不让你走吗？"孩子，你轻轻地一问，却好似一把利剑，瞬间击碎了妈妈所有的坚强、骄傲和自信。只觉得多年来在自己内心夯筑的那道名为坚强的城墙顿时土崩瓦解，轰然倒塌。泪水似决堤的洪水，从心底倾泻而出。明儿，你才是一个七岁的孩子啊，你这样一句责问，是在批评妈妈的自私吗？你小小的心里早就知道，妈妈有一天肯定要去上项目，小小的你早已懂得承受分离之苦了。是啊，我懂事的孩子没有流露出半点不让妈妈走的意思，我为什么不告诉你？

明天一早，你就要独自一人乘飞机到银川，来和妈妈团聚了。一想到明天机场相见，我的心里就充满了无限的期待，只恨时间过得太慢——你会一头扎进我的怀里，紧紧抱着我不肯撒手，思念会让你这个小男子汉落泪吗？我设想了无数种可能，只怕妈妈控制不了自己激动的情绪，会忍不住抱着我的明儿哭泣。自从你出生，我已尝尽思念之苦。当这思念要被团聚的喜悦取代时，落泪未尝不是一种幸福啊！孩子，你若有委屈，就在妈妈面前尽情地哭一回吧。筑路人的孩子，也不只是坚强的代名词！

的确，筑路人的孩子，都是这样早早长大。你们少了许多在父母面前撒娇任性的时光，在你们成长的字典里几乎没有"童年"二字。和同龄的孩子相比，你们过早地成熟懂事，你们过早地背负了独立、坚强与担当。作为筑路人，我们亏欠孩子的太多太多了。还记得你上幼儿园中班时候，老师问小朋友都有什么理想，你毫不犹豫地说:“老师,我的理想就是每天放学能见到爸爸、妈妈。”多么令人心碎的理想啊！写到这儿,妈妈忍不住又泪落稿纸了。这是愧疚自责的泪,抑或是欣慰自豪的泪?

风越来越大,好像一头怪兽在呜咽着,咆哮着。猛然间,这头怪兽仿佛积聚了全身的力量,向我们的宿舍冲撞过来,霎时房顶好像都要被掀了起来。今晚的风有七八级吧?大漠的天气就是这样无常。但我相信明天一定会是晴空万里,艳阳高照,风平沙静的。大漠会敞开自己宽广的胸怀,用最美丽的景色来迎接远方的小客人。

今天就写到这里,妈妈要到试验室去检查一下门窗,查看一下仪器设备,提前做好准备。只有把试验室的工作都安排妥当,确保试验室明天正常运转,妈妈才能放心去接我的孩子啊。

明儿,做个好梦,亲亲我的宝贝。

万分想念你的妈妈

2016 年 7 月 14 日深夜

(封丽:女,中学语文高级教师,内蒙古自治区作家协会会员;热爱文学,坚持写作,文学创作以散文见长,多篇作品散见于内蒙古自治区内外报纸杂志;出版有散文集《行走在时间里》)

京新路上的女孩子

闫红梅

已经是深夜了,看着窗外,天黑黢黢的,没有星星,也没有看到月亮。远处的街灯已经变成了暗沉沉的橘色,仿佛似睡非睡的眼。偶尔传来汽车的喇叭声,打扰了夜的静谧,声音急促,只“滴”的一声便再无声息了。

在经历了一天600多公里的颠簸后,我已经非常疲惫了,却无法闭上双眼。我的脑海里是千里之外她们的影子,那群女孩子的影子。黑鹰山——那里是不毛之地,那里荒无人烟,那里曾被世界卫生组织定为生命禁区。作为阿拉善人,我无数次地听过这个地名,知道它的环境恶劣,知道它的苍茫荒凉。可是,那群女孩子就工作生活在那里。那里有她们的欢笑,她们的悲伤,有她们对爱情的执着,有她们远离家乡亲人的寂寞……有两个女孩子只有24岁,比我的儿子还要小,如果是我的女儿,放到荒山野外、寸草不生的地方去工作,我会舍得吗?我的心被扯得发痛,泪水悄悄地从眼中滑落,忍不住地啜泣,只任自己流着泪,敲打着这些文字,想着她们。

最“拙劣的推销员”

记得前一晚用餐时,采风团与中交各个项目分部的领导交叉坐在一起。大家都不认识,互相找着话,避免着尴尬。我随口说想找项目上的女性作为采访对象。我左侧的一位立即接口道:“我们九分部是中交女同志最多的地方,去我们那里吧。我们那里的女同志可优秀呢!”他急切地说着,像是一个夸耀自己孩子的家长。我稍稍侧了一下脸仔细打量:一张黝黑的、胡子拉碴的国字脸,穿着蓝色的工装,如果不是鼻梁上架着一副眼镜,我真觉得是一个农民工。或许,他看到我专注的眼神有些不好意思,略微低了一下头,而后又抬头认真地看着我,厚厚的镜片后面,一双小眼睛充满了热情:“我是九分部的书记,姓马。中交十个分部里,属我们九分部的女同志多。我们分部的女同志真的非常优秀。不过,我们在黑鹰山,离额(济纳)旗还有三百多公里呢!”马书记憨憨地笑着,露出一口洁白的牙齿,那神色分明在说“那么远,你愿意去吗?”“女同志!”我在心里暗自笑道,都什么年代了,还“女同志”呢,这马书记生活在80年代吧,有意思。“左一句优秀,又一句优秀,夸自己都不会”。我心里暗自想着,这可是个最“拙劣的推销员”。但是,黑鹰山确实让我动了心。作为阿拉善人,我还没有到过黑鹰山呢。都说那里艰苦,没有人烟,是生命的禁区,马书记口中的"优秀的女同志"又是如何在那里坚守的呢?看着直白坦率的马书记,我当即决定到九分部去。

第二天清晨8点出发,中交总包部张主席和九分部杨经理陪着我。马书记因为有事,已经提前回到九分部了。车走在刚铺的高速路上,平稳而顺畅。11点多就到了九分部。张主席打趣地说:"闫老师赶上了好时候啊,我们的路基本上通了。如果去年来,你得走一天呢!"一边的杨经理补充道:"等你到九分部,估计肠子也要吐出来了!"虽然是玩笑,但想象得到,过去的路是何等的难走。

因为采访时间较紧,我出发时杨经理就已经跟分部联系好了。我一到九分部,马书记口中的"女同志"已经全部到会议室里等着了。当我走进会议室时,我的脑子瞬间"短路"了:在我的意识中,以为能来这个荒无人烟的地方工作的,应该是和我差不多的"大妈"级别的。我都想好了采访的开场白:各位姊妹们……没有想到,竟然是清丽丽、水灵灵的8个女孩子。她们微笑地看着我,脸上挂着孩子般的纯真,清澈的目光、干净的笑容,出乎我的意料。我的心仿佛被人轻轻捏了一下,有些慌乱,有些莫名的难过……

最"狠心"的妈妈

采访开始了,我打开了录音笔,让大家随便说说。因为陌生,她们嘻嘻地笑着,都不开口。赵二云打破了尴尬的局面,说:"我先带个头吧。"二云是河北人,是这些女孩子中年龄最大的,今年31岁。她个头中等,宽大的蓝色工装罩着丰满的身材,行动利索,非常干练。她是九分部的总会计师,负责财务工作,很难想到,每年几个亿的资金从她的手里划过。二云说:"我是2015年3月份来的,当时孩子刚断奶,就接到了到这里工作的通知。我爱人也在这个项目上工作。我们一来,就把孩子扔给自己的父母亲照顾。我一个朋友说,孩子这么小,你怎么舍得扔下啊,真是个狠心的妈妈!可是,这里的工作需要我,我不狠心又能怎么办呢?"说到这里,二云停了下来,泪水从她眼里流出来,哽咽得不能再开口。旁边的女孩子伸出了手,摩挲着她的肩膀,本想给二云安慰,反而她自己也掉了泪。其他女孩子都如同受到了感染,有的低下了头,有的用手擦着眼睛。我也是母亲,将刚断奶的孩子扔在家里,这样的感受、这样的心情我怎能不理解?"抱歉,我有些失态了。"许久,二云平静了自己的心情,叙述中带有明显的哭过的鼻音:"我对不起孩子。对于父母,也有说不出的惭愧。不但不能在父母身边尽孝,还要父母照顾我的孩子。去年,我父亲得了脑溢血住进了医院,我这里根本就脱不开身,没能照顾他老人家。母亲要照顾父亲,还要照看我的孩子,实在顾不过来,我只好又将孩子交给公公婆婆带。"二云再一次哽咽了……看着泪流满面的她，我提出了自己的疑惑："是什么让你坚持了下来呢?"二云认真地想了想："是我不服输的性格。我想别人能坚持下来，我为什么不能呢？既然来了，无论环境怎么恶劣、条件怎么艰苦，我都要坚持下来，都要干好。"虽然含着泪，但她的眼神是坚定的。"在这里工作虽然苦，可是大家都特别团结，在工作中都替对方着想。我负责财务工作，最让我感动的是我们项目分部的生产经理，都特别有担当，在资金短缺时没有让我受一点委屈。"

最"狠心的妈妈"还有宋小磊。宋小磊今年27岁，是内蒙古赤峰人，毕业于内蒙古工业大学。她穿一件丝质白衬衫，一条背带牛仔裤，戴一副近视眼镜，感觉像个大学生。其实，她已经是一个1岁孩子的母亲了。还没有说话，小磊已经泣不成声了。她一边抽泣着一边说："我真是个狠心的妈妈，离开孩子的时候，孩子只有7个月大。我和老公都在这里工作，孩子就扔给了父母亲，我真的不是个好妈妈！前些天孩子病了，又是发烧又是咳嗽，父母带她去医院，我都快急死了……我每天忙完工作，就赶紧和孩子视频。可是，孩子根本不认识我，也不理我，只是在那里玩。我真想抱抱她、搂搂她、亲亲她……7月22日是她1岁生日，我只想回家给她过个生日。"小磊抽泣得无法说话，女孩子们都沉默了。二云安慰着："小磊，想开点啊，孩子还小，还不认识你呢，再大点就好了。干咱们这行的，只能做出这样的选择了。"

刘元是一个皮肤白皙、眉清目秀的西安女孩子，极像南方人。她一直安静地坐在那里，却被女孩子们亲切地称为"刘哥"。大家说她性格豪爽，为人仗义，出乎我的意料。年方28岁的她已经是4岁孩子的母亲了。对于孩子，她几乎没有提到，倒是符合了她"刘哥"的身份。只是看到小磊谈到孩子痛哭时，她沉默着，脸色愈加的惨白。她是做后勤工作的，分部的吃喝拉撒都由她管。她说："因为交通不方便，新鲜的蔬菜、水果在这里格外的金贵。大车从嘉峪关拉回来要十个小时，放两天就坏了，经常是吃一半坏一半。我们挖了一个菜窖，买来的菜存在菜窖里，稍微好一些。我要做到的就是让工作人员吃好、喝好，吃饱了好干活，吃好了不想家嘛。"看着乐观豁达的她，我问道："你就没有感觉到这里的艰苦吗?"她笑着回答："我是个很快能适应环境的人，也没有觉得有多么艰苦，就是有许多不方便。刚到分部，最让我受不了的是上厕所。那时厕所还没有修好，这里地势又特别平坦，没有什么遮掩的地方。我们三个女生一起出去，一个方便，另外两个打掩护，别提有多尴尬了。记得去年冬天特别冷，风呼呼地刮着，感觉把屁股都冻掉了。"说到这里，她忍不住笑了，其他女孩子也笑得前仰后合。"刚来时工作千头万绪的，没水没电没信号，尤其水特别紧张，听说是从牧民家拉来的。每天早上我们去伙房打水洗脸，做饭的师傅总盯着我们看，怕我们打的水多了。一天就一小盆水，不敢倒掉，洗脸洗手都它了。到了晚上,脸盆里水都变黑了,洗澡就更别提了。我差不多一个多月没有洗澡,每天又是风又是沙又是土的,感觉身体都发臭了。出差到了嘉峪关,我在宾馆登记了房间,痛痛快快地洗了个澡。那时我就觉得,世界上最幸福的事情就是每天能洗澡!”听着这些,我随着她们一起笑,心里却分外地难过。无法上厕所的尴尬、不能洗澡的难受,她却当成了笑话来讲,该是多么的乐观、坚强啊!

最甜蜜的爱情

在这里,有离开孩子难过、伤心的“狠心妈妈”,却也有为了爱情而奋不顾身,来到这荒芜之地的妙龄女郎。万艳彬今年28岁,毕业于河北工程大学,九分部数她的学历最高,是硕士。她说起话来细细柔柔地非常好听:“我是奔着男朋友来的,在大学就恋爱了。我上了研究生,他到了中交,那时我们经常吵架,因为有时候他好几天都不给我打一个电话。我想,如果你在乎我,一天打一个电话总不过分吧。我上研究生三年,他只看过我两次。到了这里我才知道,工作忙起来白天晚上连轴转,哪里有时间打电话呢。我是最早到九分部的,是一五年大年初五来的。记得路上特别荒凉,路又颠簸不平,我当时晕车,上车后吃了晕车药就睡着了,等我醒来一看,车就跟没走似的,外面还是那个样子。终于到目的地了,我一下车就闹笑话。因为爱臭美嘛,我穿着又细又高的高跟鞋。那时九分部的地面还没有硬化,都是沙土,我一脚下去鞋跟就拔不出来了……当时行李没有拉过来,三天的时间,我像踩着高跷,晃晃悠悠的,都被大家笑话死了。去年风沙好大啊,半夜里刮起的风打在窗玻璃上,声音大的像在下雨。我们领导说,阿拉善春天风大,夏天就好了,可是到了夏天还在刮。”艳彬说话条理非常清晰,虽然声音没有什么高低起伏,但我仍然能感觉到她的无奈。我笑着说:“你没有听过这么一句话吗?阿拉善一场风,从冬刮到春!”她连连点着头,继续说道:“刚来的时候没有水、没有电,没有网,我都能忍,最忍受不了的是我竟然干不了领导交给我的工作。我以前是学建筑的,和公路桥梁不搭,许多东西我都不明白、不懂,每天工作十多个小时,仍然无法完成。从小到大我都非常要强,从来没有这种挫败感,感觉自己特别无能。好几次,我哭着跟男朋友说咱们别干了。可是他舍不得离开这个单位,也舍不得这里的人,有时间就帮助我。现在,我已经完全能胜任自己的工作了。”她长长地舒了一口气。我发现她竟然没有谈到生活中的各种艰难,只是一个劲地谈着工作,简直是一个工作狂。我问她最头疼的是什么,她竟然回答:“现在最让我头疼的就是太忙,工作太多。”让工作狂都说工作多,这得有多忙啊!

王燕今年28岁,是从包头过来的,齐眉的刘海,笑意盈盈的丹凤眼,挺直的鼻梁,饱满的双唇,看上去清秀而柔美。她从事过许多工作,卖过服装,在餐厅端过盘子,在蒙古国做过工程。小小年龄做过这么多,让我不禁对她刮目相看。当我问她为什么来这里时,她羞涩地笑了笑回答:“我是为了男朋友来的。为了我们的爱情,我几乎和家里吵翻了。因为家里只我一个女儿,父母亲想让我留在他们的身边,找份稳定的工作,钱多钱少都无所谓,他们会养着我。修路工作长年在外,不能照顾家,所以坚决反对。我知道父母是为了我好。可是,我和男朋友感情特好,就干脆和他一起来了。父母亲也没有办法。”王燕说着,脸上抹过一丝幸福,但是很快就被忧伤所代替。“这里毕竟离家太远了,不能照顾父母,感觉对不起他们。去年,我妈妈食物中毒,晕倒在院子里。幸亏邻居发现送到医院,我妈妈才抢救了过来。这件事情我后来才知道,我真不敢想,如果妈妈离开我,我该怎么办。我常想,如果我在她身边,她就不会发生这种事了。”乐观而坚强的王燕流下了伤心的泪水。旁边的艳彬轻轻拍打着她的后背,小声地安抚着。一会儿,王燕止住了哭泣,继续说道:“过年回家时,我给父母亲买了好多的东西。我知道我是在用这些东西弥补我的不孝,其实心里也明白,这些根本就弥补不了,就是表达一下做女儿的心吧。”

张娜坐在小磊的身边,一边捋着小磊长长的头发,一边说:“我没有孩子,可是看到她那么想念孩子,我也很难受。”张娜是呼和浩特市人,毕业于内蒙古建筑技术学院。她本来在设计院工作,可是每天一成不变的日子让她觉得失望。她更想突破自己,实现自己的人生价值。因为男朋友在这里施工,于是她毅然辞掉安稳的工作,追随男友到了现在的单位。从她的讲述中,可以感觉到她是一个特别有思想、乐观向上的女孩子:“我在内蒙古乌兰察布做工程时,也是在沙漠的边缘。我的项目经理说,再没有比我们这里更艰苦的地方了。可是到了这里,我才知道,什么是真正的艰苦。不过,虽然这里很艰苦,但是整体氛围特别好。领导特别关心我们,为我们修建了篮球场、健身房。我们可以跳健身操,还可以打乒乓球,经常搞许多活动,让大家不会太寂寞。我是做材料统计的,和我的专业也不符,每次结算材料我总要反复审核,至少要三遍,生怕自己算错了,给单位带来损失。今年4月,我们领导为我和艳彬搞了个集体婚礼。婚礼那天,会议室拉了五颜六色的彩带,用粉色的气球做成了圆形的拱门,特别漂亮,也特别喜庆。领导给我们做了证婚人,还为我们买来了庆婚蛋糕。”张娜的脸上溢满了幸福,让小小的脸庞都透亮起来:“虽然我们的婚礼没有婚纱、没有气派的婚宴,但是,对我来说却是永生难忘的。我老公对我特别好。我爱吃冰淇淋,可是这里根本就没有。有一次,他和‘刘哥’去额(济纳)旗出差,他给我买了十个冰淇淋,可是天太热了,拿来就全化成水了。他就把冰淇淋水冻在冰柜里,再拿给我吃。”二云笑着插了一句:“这几天我还想呢,你们都爱吃雪糕、冰淇淋,咱们弄个棉被,多买些回来。”女孩子们都高兴地拍起了手。

最单纯的岁月

赵天缘是年龄最小的,只有 24 岁,毕业于河北石家庄交通大学。她长长的头发在脑后挽了起来,五官很集中,圆圆的眼睛、翘翘的鼻子、小小的嘴,看上去还像小孩子,说起话来也是稚气未脱:"我毕业后在北京工作了一年,每天挤地铁、坐公交,时间都用在路上,感觉特别累。单位上人多,平日里都'亲、亲'地叫着,可是你一有困难需要帮助的时候,这些'亲'都跑得没影了。"我们被她的话逗得哈哈大笑。天缘听到大家的笑声,自己倒有些不好意思了,咬了咬嘴唇。"那时单位上说内蒙古有个项目,问我去不去。我想,内蒙古大草原多好啊,有牛,有羊,还能喝上新鲜的牛奶。所以,我就兴高采烈地来了。"真是个小孩子,竟然这般天真烂漫,我也忍不住笑了起来。"我从北京坐火车到了嘉峪关,有师傅来接我。我问师傅,我们工作的地方好玩吗?师傅说上车再慢慢说吧。我心里就犯嘀咕。上了车,师傅说你看过电影《新龙门客栈》吗?就那样!我急了,冲师傅嚷嚷,你刚才怎么不告诉我啊!师傅回答说,我告诉你,你不就拎着箱子跑了吗……唉!"天缘轻轻地叹了口气,不知是在怪师傅还是在怨自己。"来了以后,艰苦的程度是自己想象不到的,不要说牛啊羊啊,连个鸟都看不到。去年天气比今天恶劣多了,经常刮着风,天是黄的,地也是黄的。我们住的房间密封不好,我经常半夜里被沙尘呛醒来。第二天一看到处是土,桌子上,被子上,头上,照照镜子,连睫毛上也是土。刚来的时候每天我都会流鼻血,一低头就流,这里气候太干燥了,真的很难适应。"天缘声音小了下来,有些颤抖:"那时候我真的想回家,不想干了。我想,让我能坚持到今天,最大的原因就是姐妹们的感情吧。"她向前探了探身体,看了看坐成一排的女孩子们,继续说:"她们都非常照顾我,把我当成自己的小妹妹看,这是我在北京工作时所无法感受到的。我生病躺在床上,格外想家,姐妹们就给我送饭、送药、端茶倒水,陪我说话聊天,就像我的亲姐姐。我真的很感谢她们。我在工作中有过失误,二云姐训过我,我都哭了,过后她又来哄我,我也知道自己错在哪里。我自己都不敢相信,我竟然在这么艰苦的地方坚持了下来,一年都没有回家。我觉得我比以前坚强多了。"说着"坚强"二字,她却忍不住掉了泪,低下了头擦着眼睛,"我想和她们在一起,无论吃多少苦,有她们我就感到非常温暖。现在我只想干好自己的工作,至于找男朋友之类的事以后再说吧!"天缘羞涩地低下了头,不再言语,又是短暂的沉默。为了调节气氛,我问道:"天缘你有什么爱好吗?"天缘抬起头来,还没有回答呢,其他几个女孩子就异口同声地说:"爱吃!"二云笑着说:"嘴什么时候都不停,各种零食吃个没完啊!"天缘红了脸,努力辩解着:"这里又穿不成好看的衣服,就吃呗。"女孩子们又是一阵哄笑。

刘丽莹是天缘介绍过来的,高挑的个儿,长披发,白色带卡通的体恤松松地掖在牛仔裤里,有几分飘逸。她到九分部工作也就4个月的时间。虽然来的时间短,可是谈起感受来却不亚于其他女孩子。她说:"闫老师你不知道,我来之前天缘是给我打过预防针的。我来了后,电啊、网啊、水啊都已经解决了,比起她们刚进场时条件好很多了,我也不敢说怎么艰苦。有一句话好像说你爱一个人就让她来额济纳,你恨一个人也让她来额济纳。可是,这里是额济纳最艰苦的地方,因此,我都不知道天缘是爱我还是恨我呢?""天缘是爱你的!""天缘是恨你的!"女孩子们开始起哄。丽莹几句话,能让人感觉出她的心直口快。"我最喜欢我的长发,长长的披着,心里感觉可美了。可是这里风太大,头发不扎起来吹得就像疯子一样。这里的水质特别差。我们每天风里沙里的,不洗澡不成。可是,这水洗出来头发干涩打结,都不敢梳头,一梳就掉好多的头发,一把一把的,真怕自己变成个秃子。""对的对的。"女孩子们一边应和着,一边伸出手轻轻地团弄着自己的头发,那小小的动作让人看着心疼。"其实我觉得外部环境都是次要的,主要是单位的氛围特别好。我喜欢每月的聚餐,大家在一起吃饭、唱歌、跳舞,特别热闹。我们领导特别好,无论是谁的生日,领导都会从嘉峪关去订个蛋糕。因为路不好走,怕把蛋糕颠碎了,他们就一路上抱着回来,要抱五六个小时呢,让人特别感动。有这样的领导、这样的同事,再苦再累我也愿意留下来。"丽莹毕业于河北农业大学,学的是商务英语,在这里做办公室综合业务。我手里有一本彩版印刷的内刊杂志《胡杨》,共50页,反映了九分部的施工全貌及职工的学习、生活、娱乐,图文并茂,就是她做的,真的不简单。丽莹继续说:"前几天,我们的路修通了,大家都去看。一条黑黝黝的路笔直地通向天边,我们的心里特别美,特别自豪,感觉自己所有的辛苦都是值得的。""就是啊",二云补充道:"在这里上班,是没有双休日、没有节假日的,大家几乎每天都在加班加点地工作。我们有过懊悔,有过报怨,但是,当看到这条笔直的路时,我们就觉得所有的付出都是值得的。"

3个小时一晃而过,8个女孩子叽叽喳喳地,哭着、笑着说了许多,我们也由彼此的陌生变得熟悉起来。当我提出要看看她们住的宿舍时,年龄最小的天缘嘴里嚷嚷着:"完了完了,我的宿舍乱死了。"一溜烟就跑了。宿舍都是彩钢搭成的,冬天冷,夏天热,只能挡个风、遮个雨,很难想象这些如花似玉的女孩子们就住在这里。到了宿舍,天缘正忙乱地收拾东西,桌子上一堆的零食,果然是一个小"吃货"。她调皮地地冲着我笑。我一眼看到她穿着一双红色的、带碎钻装饰的平底鞋,在阳光下格外耀眼、漂亮。在这里,还有艳彬与张娜的婚房,门口的"囍"字早已被风吹得没有了踪影。小小的彩钢房里,摆着一张双人床,一张桌子,一个布艺衣柜。这是我见过的最简陋、最寒酸的新房。但是,双人床上面,贴着一张卡通的彩贴:男孩骑着自行车带着女孩,女孩双手紧紧地搂着男孩的腰,他们被五颜六色的心样的气球包围着。男孩掉头深情地看着女孩,有着说不尽的甜蜜与浪漫。无论条件如何的简陋,怎么能抵挡两颗相爱的心?

在京新高速公路建设的队伍中,不知有多少像九分部女孩子一样的坚守者:

建管办的李春霞,爽快利落,文能写材料做宣传,武能下乡深入到基层一线,加班加点,毫无怨言;

中建的杨鹏,孩子才3个月,接到单位通知后,毅然扔下正在吃奶的孩子,投入到忙碌的工作中;

中铁的罗医生,2015年开春来到京新高速公路后,就没有离开过一天,春节都是在工棚里过的,因为工地上实在离不开她;

来自四川的吴颖慧被大家称为“姐姐”,而这个绰号的来由却是回家后孩子不认识她,将她称为“姐姐”,让她心酸,让她落泪;

中交总包部及三分部化验室主任、柔柔弱弱的张丽敏,被人称为“女汉子”,儿子今年都参加高考了,这么多年来作为母亲她竟然没有给孩子开过一次家长会……

她们是女儿,可是不能回到父母身边为双亲端茶倒水、洗衣做饭,尽一份做女儿的孝心;

她们是母亲,可是不能陪在孩子身边,无法让小小的孩子记住妈妈的模样,错过了伴着孩子成长的幸福时光;

她们是妻子,可是却不能与爱人相依相伴,只能用“两情若是长久时,又岂在朝朝暮暮”掩饰自己对家的眷恋、对爱人的思念……

穿越漫漫黄沙、苍茫戈壁、巍巍山峦,京新高速公路临白段仅用了一年半的时间基本全部贯通。这个速度让人惊叹,让人折服。因为有了这条路,首都北京到秘境阿拉善从此不再遥远。

为了这条路,有千万个赵二云、千万个张丽敏,丢下幼小的孩子,抛下年迈的双亲,离开温暖的家,在这里默默奉献。她们没有礼拜天,没有节假日,每日里与严寒为伍,与酷暑做伴,携着风沙,用自己的青春、用自己的泪水汗水、用自己的心血铺就了这笔直畅通的高速公路。

夜深了,窗外淅淅沥沥下起了雨。我在想,那些可爱的女孩子们是否安然入眠?

(闫红梅:女,斋号裁云庐,字傲雪,笔名叩雪。中国书法家协会会员,阿拉善盟书协副秘书长,阿拉善盟作协理事)

有困难找党员老李

——记中建京新高速公路临白段(阿拉善盟境内)总承包管理部

第一项目分部二工区　李寅甫

“雄心动大漠,壮志撼戈壁。亮剑阿拉善,苦累都愿意。”这是土木公司京新项目一位丝路建设者的真实写照。

京新高速项目是土木公司最艰苦的项目,天气、环境、交通……不利因素众多。但是,二工区经理李寅甫手中,一切困难坎坷都能“迎刃而解”。

在这荒凉之地,水资源匮乏成了制约工期的重要因素,生活用水都难以保障,生产用水更是捉襟见肘。李寅甫所在的二工区施工路段,有三公里的风积沙路段,土料含水率非常小,直接施工无法达到压实度要求,必须要“补水”。现场打井既耽误时间,又不能保证出水,水车运输费时费力,花费巨大。李寅甫查看资料了解到,这里也是有“雨季”的,但是问题在于这里的雨来得急,走得也快,而且蒸发迅速,时间点很难把握。为此,他翻阅了当地近几年的降水统计及分布情况,又向当地牧民和气象专业人员请教如何看“天时”。从此,仰望天空成了他每天的必修课,随时准备迎接雨水的到来。一旦看到快要下雨,他便立刻组织人手、机械赶往现场,抓紧碾压施工。就这样“靠天吃饭”,为工区节省了数十万元的施工成本,更将节点工期提前了二十多天。据此,他成了大家心目中“能掐会算”的李经理。

说到李寅甫的责任之心,不得不提他为央企扛起的一份社会责任。他经常到牧民朋友家中走访,了解他们的困难并记录下来。一开始,有牧民对他表示怀疑。他亮明自己的党员身份,耐心向牧民讲解央企的责任、使命,并通过为牧民修筑出行道路、修缮羊圈等实际行动很快就赢得了信任。先后有六家牧民给他赠送锦旗。“有困难找党员老李”,一时之间这句话在牧民当中传播开来。

进场初期,桥涵结构物施工队伍还未确定,项目收到了多家劳务队伍的标书信息,既有多年合作的老伙计,也有首次接触的新朋友。李寅甫和他的团队并没有盲目听从、选取,而是严格按照招投标要求对各家劳务队伍进行深入了解,对各经营模式、管理方式、过往业绩、不良影响等进行了多方面的考量,杜绝了一切“小、乱、弱”队伍,最终确定将工区的所有结构物施工交给一家从未合作过的劳务队伍。定目标、议方案、调人员、配设备……李寅甫的信任没有被辜负，二工区提前12天兑现节点，成为全标段内首家完成桥梁下部结构以及涵洞台背回填工序的工区，并于2016年5月14日举办了小型预制件现场观摩会，获得业主、股份公司奖励共计80万元整。

2015年，二工区举办了全线首次实体工程观摩会，率先完成了路基试验段水稳铺设，台背回填作业被业主认定为标准施工工艺，在中建总包部2015年度综合评比中荣获第一名。2016年，二工区又成为全线第一家复工的单位，并由于工程建设进展迅速被总包部发文通报表彰，是唯一一家获此殊荣的工区。

荣誉的背后离不开艰辛的付出。2015年，李寅甫爱人因病离世，给他留下了一个刚上小学的女儿和一个嗷嗷待哺的儿子。此时项目正值忙碌之时，他强忍巨大悲痛处理完家事，毅然将儿女托付给早已年过花甲的父母照顾，回到项目工地。孩子们刚刚失去了母爱，父亲又离开到了千里之外。当有人劝李寅甫多回家看看老人孩子时，坚强的汉子也会眼眶含泪："为人子女、为人父母的，谁不想团聚在一起。更何况儿子才刚刚几个月大，我是多么想看着他快快成长！但是项目工期这么紧，我不放心！"他的内心是煎熬的，是牵挂的。寂静清冷的夜空，他经常会面向东方遥望，透过星月，跨越时空，遥寄对儿女的关爱，对父母的牵挂。

正是无数个像他一样的铁血男儿和巾帼标兵，才撑起了二工区奋发向上的铮铮脊梁，推动了二工区永远向前的滚滚车轮。

天下难事　必成于精

——记五一劳动奖章获得者、中建六局劳动模范、京新高速公路临白段(阿拉善盟境内)中建总包部第四项目分部经理霍立波

赵　威

晨曦初照,一个年轻的队伍整齐地沿着施工便道奔跑向前,由晨练开启新一天的“战斗”模式。不时传来的加油鼓劲的口号声铿锵而有力,为苍凉雄浑的乌兰布和大沙漠增添了一抹灵动。那领队人黝黑而又透着坚毅的面庞,在晨光的映射中显得格外耀眼。他就是五一劳动奖章获得者、中建六局劳动模范、京新高速公路临白段第四项目分部经理霍立波。

2015 年 2 月,霍立波受命担任中建六局桥梁公司京新高速公路项目经理,毅然决然地告别了青山绿水,告别了早已亲如一家的项目团队,只身一人来到了人迹罕见、风沙肆虐的内蒙古西部沙漠腹地——阿拉善盟,带领着一个平均年龄不足 30 岁的新组建的队伍,承担起了在沙漠里修建高速公路这一前所未有的重任,开始了人生新的征程。

精细化管理控质量

作为一个项目的“当家人”,霍立波深谙“质量是工程的生命”这一简单而又深刻的道理。同时,在建筑行业竞争日趋激烈,精细化管理逐步融入企业,并成为企业生存和发展的基本条件的新常态下,他也深深意识到只有转变思路,精耕细作,铸造精品工程,为阿拉善人民修一条高品质的放心路,才能真正实现本项目的完美履约,才能助推中国建筑站稳并扎根内蒙古市场,才能真正完成他此次“鏖战”大漠的光荣使命。

为此,霍立波在京新高速公路项目深化改革,从小事着眼,从细节入手,将精细化管理融入质量管控各个环节,细化质量保证体系,抓质量体系运行,抓质量责任落实,抓质量过程监管,严把质量关,竭力推动项目“内涵式”发展。其中,严格实行方案讨论会及施工技术交底制度最为员工津津乐道。霍立波要求员工在每项施工方案编制过程中认真推演,仔细推敲,并在方案编制完成后,召集安全、生产、技

术等相关部门对方案的可实施性进行讨论，对不足之处进行优化，他本人也必定参与其中。最后，审批实施的方案要进行现场技术交底，且交底到每个班组、每名工人，不走过场，不流于形式，从源头上严控质量风险。

霍立波的精细化管理，不仅着眼于细节，而且更加注重因地制宜、掌控大局、精益求精。

霍立波组织项目技术人员，根据沙漠地区气候特点及施工难点，结合施工规范，从施工准备、施工工艺、质量标准、安全施工与环境保护、控制要点等全方位进行分析、细化、总结，编制出更适合于本项目施工的作业指导书，并印制成长 14 厘米、宽 10 厘米、厚 0.3 厘米的便于携带的小册子，上到现场管理人员，下到施工班组，人手一本，形成人人学施工、人人懂规范、人人都是质量监督员的良好局面，助推项目把效益大写在了质量的旗帜上。

科技化施工创效益

霍立波大胆创新，努力探索新兴模式，积极引进新设备、新技术，开展科研立项，和时间赛跑，力求让科技开出效益之花。

在新设备使用方面，引进了阿拉善盟乃至内蒙古自治区第一台全自动数控钢筋笼滚焊机、第一台数控钢筋弯曲中心和第一台全自动数控钢筋弯箍机。现代机械化、科技化施工速度明显高于先前的人工制作，不但节省了人力资源的投入使用，而且大大提高了工作效率，缩短了加工周期，为桩基、墩柱、预制梁施工争取了有效时间。

同时，因加工过程中减少了人为因素的影响，加工出的成品、半成品外形尺寸及角度精度均明显提高，为工程质量提供了有力保证，得到了交通运输部安全与质量监督管理司副司长潘海的高度肯定。

在新技术研发与应用方面，因地制宜，创新采用风积沙基坑回填工法，就地取材，无形中节约了基坑回填填料远距离运输的时间，同时节约施工成本近 80 万元；推广使用自有专利技术定位胎架和全自动定时喷淋养生装置，进行预制梁钢筋的整体绑扎、整体吊装入模与预制梁板的养生，在保证预制箱梁施工质量的同时，加快了施工进度。

“看到这些新设备、新技术后，我们就放心了。这种标准化、科技化的施工生产，就像是在工厂一样，工程质量、进度一定能够得到保证。”交通运输部领导到项目调研时激动地说道。

为解决流沙桩施工难题，霍立波多次组织项目技术人员进行讨论、制定施工方案，对地质情况进行实时勘测，邀请权威专家进驻现场进行反复论证，先后采用人工挖孔、桩孔四周注浆、旋挖钻、冲击钻等多种方法进行施工，不断探索，不断尝试，历时180天终于攻克了这项技术难题，圆满完成81根流沙桩的灌注。

打造一支有执行力的优秀团队

京新项目的整体架构是由一个年轻的队伍支撑。这个队伍平均年龄不超过35岁，而且相当一部分人员无高速公路施工经验，现场管控能力明显不足。针对此种情况，霍立波在项目上积极推行“导师带徒”的方式，以老带新、以老帮新、以老传新；利用冬休时间进行各专业技术培训，选用经验丰富的专业骨干，开展培训教学、实地讲解和操作；鼓励员工自主选择与所从事工作相关专业的适应性培训、技能培训和继续教育，并报销相应培训费及差旅费。霍立波通过上述措施的实施，在项目上营造出了一种人人学习、良性竞争的积极向上的氛围，使队伍整体素质得到很大提升。

（作者单位系京新高速公路阿拉善盟段中建总包部第四项目分部）

戈壁滩上的行者

——记京新高速公路阿拉善盟段中建总包部第一项目分部工区生产经理周平

刘　鸿

“责任大于一切,只要责任心到了,所有的工作都将迎刃而解。”这是周平常挂在嘴边的一句话。他是这样说的,也是这样做的。

作为京新高速项目一工区生产经理,周平没有义薄云天的壮举,没有豪迈激昂的誓言,与工区其他员工一样,日复一日,默默地坚守在工作岗位上。不管是烈日高照,还是风沙弥天,他都奔波在22公里长的战线上,一路的风尘仆仆,一串串闪光的足迹,见证他的职责,彰显他的责任。

入乡随俗,心怀牧民

生在南方、长在南方,来到内蒙古,南北差异没有让周经理感到丝毫的不适,但内蒙古人的好客和热情却令他动容。

刚来到内蒙古,人生地不熟,周平就面对征地这一工作重任。为了能够尽快解决问题,他决定对工程沿线的16个嘎查(内蒙古有些行政村叫作嘎查)进行一一走访。由于工程沿线的嘎查都地处沙漠戈壁,交通十分不便。为了能够给当地牧民留下良好的印象,周平首先从每个嘎查的名称和当地的风俗习惯着手,一方面牢记嘎查的名称,一方面学习蒙古族、回族等风俗习惯。

征地工作不可避免地要与当地牧民打交道。而蒙古族是一个十分热情好客的民族,若有客人到来,会用最好的食物和烈酒招待。客人吃得越多、喝得越多,表示对主人越尊重。为此,周平每到牧民家,都无法逃脱与热情好客的主人切磋酒量。提及这些,这位经历无数风雨的土木人面色突变,无奈地说:“风沙再大、天气再热、任务再重我都不怕,就只怕当地牧民的热情。”

正是在不断与当地牧民的接触中,征地工作得以顺利进展。而提到中建二局时,当地牧民也会首先想到周平经理。

2016年7月20日下午,内蒙古阿拉善地区突遇强降雨,豆大的雨点伴随着冰雹持续下了半个多小时。多年不遇的暴雨让一直生活在干旱戈壁地区的牧民有些措手不及。雨水引发了山洪，洪水从阴山奔腾而下，携带着石块、泥沙横冲直撞。滚落的石块堵塞了洪水，造成哈吉线上的洪水漫桥，牧民的车辆、羊群被阻隔在桥两端无法通行。紧急关头，牧民向周平求助。而在此之前周平还接到施工现场的求助。一边是当地牧民的求助，一边是施工现场人员和财产的安危，他陷入了两难的境地。周平知道多耽误一分钟，险情就多增加一份。他不再犹豫，立马下令调动装载机前往哈吉线救助牧民。道路疏通了，牧民的桥梁保住了，他又马不停蹄地赶往施工现场。

我是一个“三不好人员”

由于工作性质特殊，每年周平只能陪伴家人度过短短的春节，便不得不告别亲人，踏上工作之旅。2016年，当他人还沉浸在春节的欢乐与家人团聚的幸福之中时，周平毅然与亲人告别，冒着冬日的风雪，来到千里之外的京新项目。

自古忠孝两难全。提及家人，周平满怀愧疚。由于一年之中绝大部分时间都在工地上，没有更多的时间陪伴父母和妻子儿女，只能在工作闲暇之时给家人报平安。当接到年迈的母亲卧病在床的消息时，周平恨不得立马到母亲身边陪伴她。但当时项目正处于大干和劳动竞赛之际，整个施工现场一时半刻都离不开他。他只得给家人打电话道声对不起，并且嘱托妻子照顾好母亲。

女儿参加工作也两三年了，可是当问到女儿在什么工作单位时，周平竟然无言以对。他苦涩地摇摇头说：“我只知道她在上班，可到底在哪工作我还真不知道，不过她妈妈知道。”

“对父母而言，我不是一个好儿子；对妻子来说，我不是一个好丈夫；对女儿而言，我不是一个好父亲。我是一个‘三不好人员’。”周平说道，“今年冬休，一定要好好陪伴家人，一定要！”

冬天一身霜，夏天一身汗；晴天一身土，雨天一身泥。在22公里长的战线上，周平留下太多太多的汗水。他丝毫不知疲倦，富有精力，对工作更是永远充满激情。虽说年过半百，他将毅然用那高度的责任和炽热的汗水谱写精彩人生。

（作者单位系京新高速公路阿拉善盟段中建总包部第一项目分部）

沙漠里的惊魂一夜

段玉栋

已经是夜里 11 点了,阿拉善的茫茫戈壁中却有一辆正在前行的车突然停了下来。车里坐的是中建二局土木公司京新项目协调办主任王殿臣和司机王建民,他俩刚刚从牧民家聊完征地的事出来往回赶。

“王主任,我们好像迷路了,按时间这个点儿早该到哈吉公路了,可是今天好像越走越远,一直在沙漠里!”司机老王声音有点发颤。“什么,迷路了?”王殿臣这一惊着实不小,在沙漠里迷路意味着什么他比谁都清楚,要是赶上沙尘暴弄不好半截车都能被沙子埋了。

“那你还愣着干什么,快叫人来接我们啊!”王殿臣第一时间想到了找项目分部的同事求救。“试过了,这里没信号,电话根本打不出去!”“怎么不用手机导航啊?”电话求救无望之后,王殿臣又想到了用手机地图导航的方法,可是没有通信信号,网络也连不上。

正当两人一筹莫展、心急如焚的时候,远处出现了一个微微晃动的小亮点,看样子应该是一辆摩托车。眼尖的司机老王从汽车后视镜看到了亮光,就像见到了阿拉丁神灯一样,推开车门,使出浑身力气,拉开嗓子冲那亮点大喊。亮点越来越大,还依稀听到了摩托车的轰鸣声,车正是朝这个方向来的。

等摩托车停下来,两人一看,这不是当地牧民苏木巴图吗,正好是去他家拜访。“王主任,你们是不是迷路了?我来带你们出去。”苏木巴图关切地问道。原来,苏木巴图的邻居胡布合刚刚回家时在一个岔路口看到了一个新车辙,而那个路口平时牧民基本不走。胡布合赶紧问苏木巴图是不是项目的车走错了路,苏木巴图一听赶紧骑上自己的摩托车一路顺着车辙追了过来。

“真是太谢谢你了!”王殿臣激动地说。“你们给我们送来了哈达,还有礼物,况且你还是来建设我们家乡的,我帮你是应该的。听到胡布合说的事儿,我就知道是你们迷路了。我刚才应该出来送你们的。”热情憨厚的蒙古族牧民苏木巴图还有些惭愧。

“走吧,你们快点上车,跟着我走。我带你们出去。”说着,苏木巴图就跳上了自己的摩托车在前面带路。不一会儿,车辆就到了哈吉公路,终于走出来了。

这次脱险，靠的是运气，可更重要的是京新项目尊重当地民俗与文化，与当地牧民打成了一片。正像那句著名的蒙古族谚语说的："想得到拥护，必须尊重别人；想得到发展，必须流血流汗！"

（作者单位系京新高速公路阿拉善盟段中建总包部第一项目分部）

工地上的幸福周

段玉栋

“老妈,项目关爱我们,欢迎家属来反向探亲,提供食宿呢。这个国庆你就来我们工地吧,既可以一家人团聚。还能带您去附近的旅游景点逛逛呢,一举两得!”接到儿子的邀请,多年未出远门的何阿姨立即定好了机票,决定到丈夫和儿子共同工作的中建二局土木公司京新高速公路工地上去探亲。

何阿姨的丈夫老何和儿子小何分别参加工作30年和3年,聚少离多是这个建筑家庭的常态。自从2015年年初父子二人调到同一个项目,一家人大半年没有团聚。临行前,作为建筑人老家属的何阿姨早早计划好了7天探亲行程,一家人去最近的县城逛逛,再去距项目分部20多公里的梦幻峡谷转转。

项目驻地在茫茫戈壁中,离最近的小镇敖伦布拉格约60公里,仅有一条穿越沙漠的公路相连。看着越来越荒凉的窗外风景,何阿姨的心却越来越激动,终于能见到家人了!

刚刚抵达项目驻地,何阿姨就迫不及待地将出行计划讲给丈夫和儿子听。“不行,我走不开。”父子俩几乎异口同声地说。“我们项目在全线劳动竞赛中刚刚取得第一名,正要乘势而上抓紧赶工呢!全线55公里同时作业,现场安全这块我走不开!”“月初了,这个月的资金计划还没有做好。”父子俩给出了自己的理由。何阿姨一心期待的出行计划就这么泡汤了。不能出去玩了,只好待在项目分部了。

早上7点半,老何就去现场沿线检查了,小何也去办公室忙碌了。环视一下屋内,父子俩沾满灰尘的衣服、袜子和鞋子凌乱的堆积在一起,收收捡捡,整整两大桶。“这是有多忙?曾经那么爱干净的爷儿俩,现在也不讲究了!”何阿姨既无奈又心疼。“闲杂东西怎么不收起来呀?床单多长时间没洗了?怎么穿得邋里邋遢呀?”何阿姨一边唠叨,一边收拾好衣物去了洗衣房……就这样,原本的旅游休假变成了操持家务。

刚刚过去的国庆假期,项目上来了好几个“亲人”,有探望丈夫的,有探望未婚夫的,还有来看望儿子的……土木公司京新公路项目的家属利用难得的假期来探亲,让黄金周变成了项目的“幸福周”。虽然相聚时间很短,但正是这些亲人的默默支持与理解,才能让项目的员工们更安心地坚守在自己的岗位上。

(作者单位系京新高速公路阿拉善盟段中交总包部第一项目分部)

“乖，不怕”

——记京新高速公路阿拉善盟段中建总包部第二项目分部协助当地群众抢险救灾

“乖，不怕，叔叔马上就把你带到安全的地方了。”京新高速公路临白段（阿拉善盟境内）中建第一总承包管理部二项目分部设备部科员李亚东在大水中安慰着孩子。

2016年6月2日，一场突如其来的暴雨让第二项目分部168大桥施工区域受到了严重的影响，第二项目分部人员在积极开展自救的同时也不忘协助当地群众解决困难。

一名当地群众驾车不慎在水中熄火，车上有个一岁多的孩子被困在水中无法出来。危急时刻，第二项目分部人员火速赶往现场进行救援。李亚东顾不上脱掉鞋子，直接趟着齐膝深湍急的水流冲向车边将孩子抱了出来。生产经理季文勇亲自上阵，用挖掘机将受灾群众的车辆从水中拖出来。同时，在第二项目分部的161大桥处，也有一辆路过的面包车陷入水中出不来，后在第二项目分部的帮助下顺利脱困。

在施工过程中，第二项目分部始终坚持“做好一项工程，交一方朋友，留一座丰碑”的原则，积极帮助地方群众，赢得了地方群众的良好赞誉。

戈壁寻羊记

“韩队长，多亏你们啦。否则，我还不知道得忙活多久啊！”牧民胡布和用力握着韩建飞的手，激动地说。“老乡，小事儿一件！”，这一幕发生在2016年8月1日中建二局土木公司京新高速公路项目的施工现场。

原来，两个多小时前，在现场桩号K145附近的施工队长韩建飞看到一人行色匆匆、神情紧张地向工人询问些什么，就快步向前了解情况。眼前的牧民是胡布和，在现场附近走散了20多只羊。问清具体丢羊情况后，韩队叫来了施工员樊云合和张海波，并决定由他和小樊向西寻找，胡布和和小张往东去找。考虑到戈壁滩的特殊地形，四人放弃了驱车寻羊，改为徒步。

在找寻过程中，大家专注于自己的“责任田”，尽所能向远方望，或者爬上小山丘，更有甚者扒开路边的草丛看看有没有藏匿的羊，汗水顺着脸颊留下都顾不上擦汗，但随着时间的流逝，却仍毫无所获。正当打算放弃的时候，突然传来韩队的惊喜声：“小樊，你看那些小白点是不是羊啊？我看的都有些眼花了。”小樊被这突然的叫声吓得一哆嗦。然后他们俩朝着向西而去的“小白点”飞奔。“是，是，队长，你眼真尖！”

随后两人联系了在东边寻羊的牧民，对已经找到的羊数量进行了确认，发现还少两只，遂决定由小樊看守，韩队在附近继续寻找。

大约十几分钟后，脸上堆满笑容的韩队抱着小羊仔，赶着大羊回来了。原来走累的小家伙找了一处草丛“小憩”，羊妈妈守护在旁。

“队长，刚才牧民提到有一只刚出生不久的小羊仔，看来就是这小家伙了。所有的羊都找到了，咱们这五公里没白跑。”小樊兴奋地说道。

就这样，两人赶着羊群原路返回。

（作者单位系京新高速公路阿拉善盟段中建总包部第一项目分部）

沙漠救鹤记

李苗丹妮　邹　浩

2016年6月21日,中建一项目分部商务经理李广卿带着商务部的胡建朝、工程部邹浩一如既往前往地前监理处报送文件。

在途中,邹浩突然发现路边有一只鸟在水洼中左啄一下,右戳一下,接着像是气馁般低垂下了头,然后又打算振翅高飞,试飞了几次都以失败告终。邹浩忍不住说道:"李哥,车停一下吧,路边有只鸟。"

顺着小邹的目光,李经理一行也看到了受困的鸟,停下车并慢慢靠近查看,经观察发现小鸟可能是因为饥饿过度受困于此。

"李哥,这鸟嘴长腿长,说不定是保护动物呢,咱们救不救?"小胡问道。

"救,为啥不救,不管这鸟是不是保护动物,咱们都得救。别忘了项目施工所在地是阿拉善自然保护区,不管是什么样的动物咱们都是有义务去营救的。更何况咱们还和牧民签订了保护生态的协议,这也是咱们的责任。"李哥如是道。

随即,一行人就小鸟的去处进行了讨论。有说送往万泉湖,湖里有鱼,可以充饥。有说应该送往冬青湖,万泉湖水太深,会淹死的。也有的说冬青湖水太凉,会冻着,应该带回项目养着,但是又考虑到项目分部没有人有养鸟经验,怕养不好。正当大家一筹莫展时,李经理说道:"有了！咱们把它送到林业派出所,派出所肯定比咱们有经验啊!"

"对啊。"大家附和道。

随即,几人慢慢上前,并温柔地安抚道:"小鸟别怕,我们是救你的。"小鸟好像听懂了一般,起初反抗了几下,接着便安静地"服从命令"。随后,三人一路驱车来到了当地的林业派出所,说明来意后把鸟交给了派出所的民警。经林业派出所经验丰富的民警初步认定,此鸟为国家二级野生保护动物灰鹤。

最后,在派出所民警和李经理一行人的帮助下,小鸟成功地进食,恢复了生龙活虎的神采,在空地上走了几步后,似是再道谢一样朝几人望了望,随后振翅向天空飞去。

(作者单位系京新高速公路阿拉善盟段中建总包部第一项目分部)

三公里路形成记

李苗丹妮　鲁　洪

2016年5月22日早上，中建一项目分部施工队队长鲁洪醒来后看到窗外的瓢泼大雨，心里犯难了：这常年干旱的内蒙古戈壁滩，今年的雨水怎么说来就来，一连下了两三天了都不见停啊！之前和项目分部借便道的牧民胡布和……

正想到这儿，鲁队的手机响了。"鲁队，我们遇到麻烦了，能不能过来帮帮我们。我家门口的路坏了，车进不来了，房子也修不了了。"打来求助电话的正是鲁队担心的胡布和。

原来，胡布和的家位于距离施工生产一线六公里远的戈壁滩中。因离得近，胡布和慢慢地就和项目分部的员工打成一片，成了好朋友。

胡布和现下正趁着手头宽裕要将家里的老房子翻修一下，但住所处没有道路，运输房屋材料的车辆无法进入，所以在几天前便向项目分部借道，准备通过便道，横穿戈壁滩运建房材料。这个时候打来电话求助，是因为天公不作美，刚翻新房屋没几天，大雨使本来就难走的路变得泥泞不堪。且雨越下越大，正翻修的房子也被淋透了。

挂了电话后，鲁队犹豫不定：帮，就得为了这周边仅有的一户牧民调动项目上的机械设备；不帮，心里又过意不去，总不能让牧民朋友在雨中焦急不安，不管不顾吧？最后，他还是决定向项目领导请示。得到领导"尽一切力量帮助胡布和"的答复后，他连忙赶往现场，调动了一台装载机，顶着大雨，赶往胡布和家，本着不破坏生态环境的原则，就地取土，对戈壁滩进行挖、填、平，经过半天的努力终于为胡布和家铺通了一条三公里的道路，以便运输车辆进出。看着修好的道路，胡布和由衷地向鲁队竖起了大拇指。

短短的三公里的一段道路，不仅方便了牧民，更拉近了牧民与项目分部间的距离。

（作者单位系京新高速公路阿拉善盟段中建总包部第一项目分部）

一副担子　两份责任

——记中铁总包部第一项目分部贾京友

2015年初,贾京友被任命为中铁京新高速公路总包部第一项目分部一工区党支部书记兼常务副经理,来到这片人烟稀少、植被稀疏的荒漠戈壁,开始了他不寻常的筑路生涯。

身先士卒带队伍

担任项目常务副经理后,面对着一群刚走出校园的青年职工,贾京友下定决心,一定要带好这支队伍,将京新高速公路项目分部打造成人才培训基地。记不清多少个日日夜夜,他为了让这些"孩子们"攻克一个个技术难题而"废寝忘食";记不清多少次雨雪风霜,他组织技术团队,为完成一个个施工节点而披荆斩棘;也记不清多少个日出日落,他为项目的竣工目标而驻扎坚守。针对工期紧、任务艰巨等严峻形势,为保证节点计划全部完成,贾京友一边与当地苏木政府、牧民建立起和谐的工作关系,一边跑现场。

初春的沙漠,寒风凛冽,像刀割一样刮在刚刚进场的人员脸上。很多人无法适应当地的气候,水土不服,出现咽喉肿痛、鼻腔流血、头发脱落等症状。为迅速打开工作局面,贾京友带领项目职工顽强地坚持下来,在-20℃以下的严寒中,顶着寒风,冒着大雪,深一脚浅一脚地和现场测量人员奔波于勘查现场。为了减少途中往返时间,尽快完成复测任务,他们午饭都在工地解决,往往是一边吃着面包喝着冰冷的水,甚至有时没有水就捧起沙漠上覆盖的雪吃,很多人因此都得了胃病。很长一段时间项目分部处于无水、无电、无网络信号状态,每天用水都要到距离最近也有60余公里的乌力吉镇上购买。技术人员在没有电,无法使用电脑设备配合完成工作的情况下,用纸、笔记录着各种数据,绘画各种表格来完成各类数据统计。项目分部调度每天往返工地与乌力吉镇之间,借用镇上唯一一家网络,及时向上级及公司领导汇报项目施工进展及驻地建设情况。

自进场以来,项目分部主动与内蒙古阿拉善当地牧民进行沟通交流。贾京友利用工余时间多次到牧民住所进行慰问,通过交流增进了友谊。项目分部加强对职工的教育管理,通过党员带头,遵守社会公德,尊重少数民族宗教信仰、风俗习惯、文化传统,保护生态环境,建设绿色工程,坚决不做有悖于民族团结、有损牧民利益的事,为施工生产创造了和谐稳定的外部环境。在推进工程建设的同时,中国中铁的良好形象得到更好的展现。

随着工作面的全面展开,2015 年 7 月中铁京新高速公路总包部第一项目分部开始进入施工大干阶段。在 30℃以上的高温酷暑中,项目分部 40 余名工程技术人员和现场 1000 多名劳务工人抢进度,拼产值,努力工作。在贾京友的带领下,项目分部成员坚持标准化施工、精细化管理,经过共同努力,超额完成施工任务,使工期比计划提前了半个月。管段内 8 米预制梁板于 2015 年 9 月 15 日全部预制完成,路基于 2015 年 9 月 20 日全部交验完成。第一项目分部在全线率先完成了路基交验任务,并于 2015 年 10 月 8 日率先完成总包部年度施工生产任务。

施工建设中,职工在野外作业时需要加班,不能按时吃饭,贾京友让食堂留好热菜热饭,使施工一线的职工倍感温暖。为了切实贯彻好以人为本的管理理念,给职工创造一个良好的生活环境,做到感情留人、事业留人、环境留人,一工区研究、审定建设方案,使得办公区设施完善,生活区功能健全,文化设施齐全。冬季,党支部研究后给每间员工宿舍都配备了空调,确保了冬暖夏凉。

党务工作“领头雁”

项目分部员工到现在都清楚地记得,初期建点时打井打到 200 多米深都没有水源。贾京友为了解决驻地员工的饮水问题,心里很是着急,连觉也睡不好。后来经过重新选址,终于抽出水了,却因为泥沙含量太大无法直接饮用。贾京友又通过多方联系沟通,为项目安装了水过滤设备,解决了大家的用水安全问题。

贾京友还以中铁京新高速公路总包部组织开展的“京新杯”第三战役劳动竞赛和“沙漠戈壁党旗红,鏖战京新争先锋”“三面旗帜进班组”“弘扬工匠精神,争做工人专家”等活动为契机,团结带领全体参建员工,顽强拼搏,再接再厉,乘势而上。广大党员也在政治上、思想上、作风上以党章党规严格要求自己,争做一名对党忠诚、爱岗敬业、廉洁奉公的合格党员,进一步强化了党员的先锋模范作用。

扎根大漠写忠诚

2015 年 12 月份,贾京友患上了痛风。由于当地就医不便,且离项目分部最近的阿拉善盟阿拉善左旗乌力吉镇唯一的卫生所医生也没有办法医治,以致疼得他连路都走不了。同事们都劝他好好休息几天,他却想着此刻现场的水稳摊铺施工进度,每天拄着拐杖到工地坚持工作。他的行为深深感动了在场的每一位员工。

贾京友把大部分时间都献给了工程事业,对于自己的小家却无暇照顾。2016 年 4 月 7 日,山西省忻州市原平市发生了 4.1 级地震。看到新闻后,贾京友马上意识到自己家的老房子正是处在这个区域。经过打电话询问,闻听家里 80 多岁的老母亲被地震吓得不轻,老人所住的老房子也被这次地震震坏了。贾京友听后十分焦急,为自己的老母亲的安危担忧,一连念叨好几天想回家看看,但又虑及现场正是工期紧张之时,最终还是放弃了回家探亲,继续在项目坚守。

在贾京友的身上,体现着当代共产党员敢为人先、真抓实干和甘于奉献的精神。他用责任、忠诚、智慧书写人生,把精品篆刻在京新高速公路,将汗水挥洒在大漠戈壁。

质量守护神　工地黑包公

——记中铁总包部第三项目分部贺洪喜

在祖国西部边陲内蒙古自治区,在茫茫戈壁荒滩阿拉善盟左旗,具有悠久历史和卓越成就的中国中铁又在书写着自己的神话。

他用最短时间建成了“全线最早、最快、设备安装最好的试验室”

2015年元旦刚过,正当全国人民喜迎新春佳节之际,中铁京新高速总包部第三项目分部就开始了施工调查,试验室主任贺洪喜承担了项目分部试验室建设任务。

初来工地,这里条件比预想的要艰苦,没水、没电、没信号,天寒地冻。就是在这样的环境中,贺洪喜和他的伙伴们拉开了试验室建设帷幕。

春节前后,试验室初步建成;月底各种制度编制齐全;3月份具备运行条件……

在贺洪喜的笔记本上,密密麻麻地记载着详细的工作计划和周密安排,清晰罗列着试验室建设的日程表。这是一场时间与速度的竞赛,是工作干劲和艰苦环境的较量,是对贺洪喜和他的伙伴们一次检阅和考验!

临时发电,只保证饮用水,住工地临时简易房,白天冒着凛冽寒风确定试验室的位置,指挥试验室布局;夜晚在昏暗的灯光下,伴着轰轰的发电声,看图纸、定制度、明确岗位职责……

一天、两天……不断完成着每一项计划工作,工期越来越紧,工作越来越重。爱人的电话来了,他顾不上多说,就撂下一句话:“今年春节回不去了,招呼好老人和孩子!”

经过20多天的奋战,13间工作室建成了,沥青室、化学室、水泥室、土工室、水泥混凝土室、标养室、集料室、沥青混合料室、现场检测室和留样室样样俱全;

108台套设备安装到位了;

78项管理制度、岗位职责、工作条例出台了;

硬件到位,软件配套,空旷的戈壁工地上响起了鞭炮声。这是节日的炮声,是喜悦的炮声,是试验室建成的炮声。

3月初,试验室经过了内蒙古自治区计量研究院的仪器设备校验、校准,具备了运行条件。在总包部第一次综合检查中，总经理孙玉国看过第三项目分部试验室，赞叹道："第三项目分部试验室是全线建设最早、最快、设备安装最好的试验室"。4 月份，阿拉善盟副盟长徐景春视察京新高速公路工地时，率先参观了中铁京新高速公路总包部第三项目分部试验室，并给予了高度评价。

他的工作宗旨是勤劳和严谨

勤劳和严谨是贺洪喜主任的工作宗旨，也是他给试验人员定得规矩。他认为，要做好试验检验工作，首先要勤，业精于勤，做到眼勤、手勤、腿勤。工程质量的许多问题，多发生在施工现场，因此要勤跑工地，勤观察，勤记录，及时做好现场检查。差之毫厘谬以千里，要在施工现场发现问题，解决问题。抽样、试验、检查，每一个环节都要严格执行标准，按照规定规范操作，根据工地基础数据来源查找工程质量问题。他是这样讲的，也是这样做的。在检查回弹梁板时，发现梁板混凝土强度偏低，7 天不能满足要求，通过认真检查原材料质量、配合比例、施工艺等每个环节，反复取样、化验、比对，直到问题圆满解决。

试验室承担了京新高速公路 44 公里的路基、路面、桥梁、交安、附属等工程建设的所有检验试验，为保证施工质量做出了巨大贡献。6 月份，内蒙古质监局总工程师刘彦辉检查中铁京新高速公路总包部第三项目分部试验室时，对试验室的工作给予了充分肯定。集团公司领导调研时称："试验室和试验工作是超越艰苦环境的优秀成果"。这些成绩是贺洪喜固守勤劳和严谨工作宗旨的体现。

他被称为"铁面无私的黑包公"

在施工过程中，贺洪喜不断接到电话，今天邀请吃饭，明天请喝酒，更有甚者直接送烟送酒，也有在逢年过节送卡送钱，贺洪喜一律拒绝。他说"吃了人家嘴软，拿了人家手短"，又说吃饭可以，但不是现在，庆功宴上一定好好喝一壶，一醉方休，其他事情免谈。有人说他是一根筋，也有人说他是假正经，他都一笑而过，心里默默坚守着自己的原则。他时常教导试验室人员说，严格把关是咱们的工作职责，严守纪律是咱们的工作底线，工程质量不过关是试验检验人员的失职！同时他还警告那些心存侥幸者，不要走歪门邪道，不要想蒙混过关，谁要砸了我的饭碗，我先端掉谁的锅！从此以后，"黑包公"的绰号在工地上流传开了。

2015 年试验室荣获中铁京新高速公路总包部第三项目分部指挥部"先进部室"荣誉称号，7 月获得中铁京新高速公路总包部第三项目分部"精细化考核"团体第一名，得到了各级领导和职工们的一致好评。这些成绩是贺洪喜辛勤工作、无私奉献和精心管理的成果。

爸爸你什么时候回来看我

贺洪喜白天忙着试验室检测操作,深夜坚持整理核实资料,这时候只有“赛虎”(他在驻地养的一条狗的名字)默默地陪着他。也只有在这夜深人静时,他才有时间想想家中的亲人。爷爷奶奶在山东,有好几年没回去看望他们了。爸爸妈妈身体咋样?孩子六岁,该上学了,爱人能忙得过来吗?2015年春节没回去,一年里只是在公司召开职代会和担任技术比武评委时顺路回过两次。去年儿童节答应孩子,陪他和妈妈逛动物园,没有兑现。说好今年陪孩子一起过儿童节,快到六一了。前几天不断接到孩子电话:“爸爸你什么时候回来看我?”可是第三战役劳动竞赛的号角已经吹响,产值调高,工期紧凑,节点越来越近,试验任务又在加码,现在绝对不能离开工地!明年吧,不知明年能否兑现给孩子的承诺。

日复一日,贺洪喜像一只头雁,带领伙伴们整日忙碌穿梭在工地试验室;如戈壁滩上的骆驼,不离不弃;似阿拉善的胡杨,经久不衰。他们舍小家为大家为“一带一路”重点建设项目京新高速公路日夜坚守!

京新天使

——记中铁总包部第五项目分部罗志华

蒽　妮

2016 年 5 月 23 日下午，阿拉善戈壁滩 2016 年的第一场沙尘暴就与“感动京新”中国中铁京新高速公路项目总包部第五项目分部宣传报道特别行动采访组不期而遇。

坐在从工地回项目分部的汽车里，采访组的成员们无助地看着漫天的黄沙飞舞。沙尘暴像一条昏黄色的巨龙咆哮而至，天地间仿佛有一个巨大的恶魔肆意吞噬着茫茫戈壁。狂风巨吼，沙石噼里啪啦地打在车身上，一阵紧似一阵。紧接着暴雨裹挟着沙石倾泻而来，前进的道路瞬间就被浑黄的泥水覆盖。汽车只有停在那里一动不动，任由风沙暴雨肆虐。天由黄变黑，什么都看不清了，心里的恐惧骤然升腾起来。

中国中铁京新高速公路项目总包部第五项目分部（中国中铁港航局三公司）党工委书记何明江与采访组成员同坐在车里。这几天一直是他带领采访组从一个工区到另一个工区。何明江笑着说：“这点小风暴算什么，一会儿就过去了。”同车的项目分部医疗保健室医生罗志华也微笑着说：“是呀，去年两场大风暴那才骇人呢。”看着沉着镇定的罗志华，大家的心瞬间踏实了。同为女人，笔者真是有点小惭愧。

50 岁出头的罗志华，个子不高，大大的眼睛特别精神，大家都叫她罗姐。来京新项目分部前，她一直都在公司医院工作，几十年的从医生涯，积累了丰富的经验，处理病情干脆利落，从不拖泥带水。

看着这个在戈壁滩上已坚守了一年多的女人，笔者突然间就有了想采写她的冲动。

第二天，笔者找了个她没去工地巡诊的空隙，采访了她。采访中，罗志华始终轻松平常地说着自己在戈壁滩上从医的故事，丝毫没有刻意做作。这期间有两三个员工过来看病，她就停下来认真地处理好，再接受笔者的采访。

在几个钟头的采访中，笔者一直强忍着泪水，跟随她的讲述，走进她的生活。

（一）

工地医疗室每天 24 小时服务于管段内数百名员工及劳务工，大小病情基本上能及时得到处理，但总有一些突发病人让她措手不及。

2015年9月中旬的一天晚上，罗志华的手机骤然响起，是拌和站站长康书斌打来的电话："罗医生，快，我们这边有人受伤了，胳膊被玻璃划了个大口子，血流很多。快过来，快过来！这边车马上出发了。"

罗志华抓起急救箱和氧气袋就上了项目分部派的车，一路飞驰，在半路碰上了水稳站送伤者的汽车，立刻给伤者进行了紧急处理。受伤的是某劳务队队长韩玉香，右小臂十几厘米长的大口子血流不止，两个年轻人按都按不住，全身都是血。韩玉香这个50多岁的大汉，眯着眼睛咬着牙痛苦地歪倒在车里。罗志华利索地给他吸上氧，打针用药止住了血。看伤势挺重，必须得转院到额济纳旗，打完120急救电话后，她跟司机说："赶快去额(济纳)旗！"

汽车又是一路狂奔，开出一百多公里后，遇上了120急救车。罗志华毫不迟疑，护送韩玉香上了急救车。这时已经是夜里12点多了，她才发现自己上身只穿了一件短袖衫，出门时外套都没来得及穿。戈壁的风硬得像刀子，她现在已全然顾不上，注意力都在韩玉香身上，生怕有什么闪失。到额济纳旗人民医院时，已经快凌晨3点了，罗志华的全身都麻木了。看着伤者送进了急诊室，她才歪在了医院候诊的椅子上。

额济纳旗人民医院的外科医生进一步对韩玉香的伤口进行了处理。伤者肌腱和神经都割断了，医院条件有限，必须马上转院到400多公里外的酒泉人民医院做手术。情况紧急，罗志华二话没说，又一路跟车到了酒泉，在车上还不断地安慰慌了神的韩玉香的爱人。

到了酒泉，已是早上8点多钟了。她跑前跑后办好了就诊和住院手续，就一直守在手术室外，这一守就是6个多小时。看着手术很成功，罗医生才松了口气，这才感受到自己身体的不适，头疼得厉害，昏昏沉沉的，全身发冷。

作为医生，她知道这是因为一夜无眠，以及事出紧急，出门匆忙，降压药也没吃。她在酒泉人民医院买降压药时，才发现身上没带钱，赶紧向同行的司机借了一百块钱，买药吃了。罗志华又匆忙出门，给韩玉香爱人买了吃的用的等应急住院生活用品，安顿好一切。这时又发现钱已所剩无几，没有回程的车费了。这才打电话给项目分部，帮联系回程的汽车。

在酒泉那天，正好碰上有一趟给项目分部送蔬菜的汽车，疲惫不堪的罗志华坐到额济纳旗又下了车。在车上她就想到大老远的出来一趟不容易，于是又顺道采买了些必需品补充工地的小卖部。

自从到了项目分部后，她不但负责工地的医疗室工作，还负责工地小卖部的日常运作，有时还搭把手帮一下食堂和招待所，贴心的像大姐姐一样，知冷知热地为大家着想。员工们需要什么，缺少什么，她都能看在眼里，记在心上。

她向司机借了钱，在街边小店里随便吃了点饭，采买了大包小包的物品。等到项目分部到额济纳旗办事的汽车到来，罗志华才拖着沉重的双腿上了车，就迷迷糊糊地睡着了。突然一阵颠簸把她惊醒，原来汽车在行驶中爆胎抛锚了。公路上一片漆黑，等待救援的车来后，她回到项目分部已经是凌晨3点多了。

项目分部办公室的张宁，怀孕3个多月了。

一天晚上，张宁肚子疼得厉害，急忙找到罗志华。罗志华诊视后说："这是流产先兆，必须马上去额(济纳)旗！"——又是一个额济纳旗辗转酒泉，又是彻夜无眠。多亏送院及时，治疗措施得当，张宁抱上了可爱的女儿。

像这样长途跋涉又日夜兼程转送危重病人的事，罗志华从不推诿。作为医生，她认为这都是自己分内的事。不管病人家属在不在，只要她在，她都会义不容辞地一直陪护在病人身旁，直到病人化险为夷。

(二)

罗志华和她的工地医疗室，不仅是员工和劳务工们的平安室，也是很多社会群众的福音室、保命室。

2015年7月12日上午10点42分，伴随着一声巨大的撞击声，在项目分部四工区管段附近的S312上发生了一起重大车祸。一辆开往额济纳旗的大客车因为下雨路滑偏离了原有的路面，撞击到路边的护栏上。驾驶室的下半部分严重变形，车上的乘客不同程度的受了伤。有两名乘客伤势特别严重，已意识丧失，休克昏厥，情况十分危急。

车祸发生地距离最近的额济纳旗医院还有200多公里，120救护车接到报警后，最快也得在两个多小时后才可抵达事故现场。情况紧急，人命关天。

正在四工区巡诊的罗志华接到何明江电话通知，立即随同参加救援的工人们迅速奔赴现场，对两名昏厥的乘客进行了急救。几分钟后病人苏醒过来，暂时脱离了危险。

紧接着，罗志华和工人们一起动手，用工地上施工用的土工布围住了附近一座公路涵洞两面的进风口，在涵洞地面上铺上土工布，快速建成了一个临时就诊点。

在这里，罗志华逐一对受伤的乘客进行了止血、包扎等急救处理。惊魂未定的乘客们在罗志华的救治和工人们的安慰下，逐渐稳定了心神，静心等待120救护车和处理事故的额济纳旗交警队的到来。

危难之时，伸出援手，尽显大爱。现场处理事故的交警和受伤乘客，对中铁项目分部和罗志华第一时间给予的无偿救助行为连声称谢。

项目分部管段正线长42.5公里，分四个工区，施工高峰期人员达到800多人。每月的12日和28日是罗志华固定的工区巡诊日，无论酷暑严寒，她都按时巡诊，从未间断。一年多来，罗志华平常巡诊加上工地急诊，往返跑路累计达2300多公里，接近从广州到天津坐火车的单程距离。看着她瘦小的身形，竟有那么大的能量，真让人佩服极了。

（三）

2015年11月，项目分部提前超额完成年度计划产值，施工完美收官，进入冬休。除留守的20多名员工坚持开展冬春战役外，其他员工收拾行装陆续踏上了回家的路。

罗志华正收拾行李，想到就可以见到久别的婆婆和丈夫了，满心欢喜。这时，何明江来了，对她说："罗医生，我们打前站时，那时候你还没来，一天晚上，一个工人摔了一跤，鼻子被刺穿血流满面，慌得我们没招儿，只能简单处理一下，马上送额（济纳）旗。现在留守的人员还有20多个，你要是回家了，这戈壁茫茫，员工心里不踏实呀。"听书记这么一说，罗志华思量：当初来戈壁时，院长给她承诺，说冬休可以回家休假的，没说必须要留守工地。可是，自己身负员工保健医疗的重责，回去冬休了，留守员工的健康怎么保障呢？想到这儿，罗志华打消了冬休的念头，对何明江说："那我就留下来吧。"

过年了，丈夫周新安很是想念妻子。他想给罗志华一个惊喜，想到戈壁滩上过年，好好给她做顿饭，好好享受久违的亲密无间的二人世界。可是，老母亲怎么办呢？80多岁的老人身边也需要人照顾呀。电话中周新安心疼地对罗志华说："妈妈和我都很想念你，春节我不能去看你了。等有机会了，我就去工地看你，你一定要照顾好自己啊。"丈夫简单温暖的话语，让罗志华幸福地哽咽着。

大年三十的晚上，罗志华跟留守的员工们一起吃了年饭。回到宿舍，捡到的流浪狗"花花"撒欢跑过来乖乖地趴在她怀里，陪她一起看春晚。"花花"很懂事，以前的主人离开戈壁不要它了，是罗志华收养了它。今晚，虽只有"花花"做伴，但家人、朋友、同事的关切和问候从四面八方而来，围绕在罗志华身边，让她心里暖洋洋的。

……

花有情才香，人有爱坚强。

花有情才香，盛开吐芬芳。

（作者单位系京新高速公路阿拉善盟段中铁总包部第五项目分部）

筑路夫妻的别样情怀

——记中铁总包部第六项目分部曹福丽和任晓光

中铁京新高速公路总包部第六项目分部有一对普通的夫妻携手并肩,共同奋战在内蒙古京新高速公路项目的施工第一线,他们就是中铁京新高速公路总包部第六项目分部的“沙漠玫瑰”曹福丽和她的老公“劳动标兵”任晓光。

家庭对男人来讲是一份责任,对女人来讲就是一份难舍的骨肉亲情。2015 春节,他们本以为可以好好陪着天真可爱的儿子,与家人一起团团圆圆过个新年。谁知初五刚过,他们就接到了京新高速公路项目开工通知。对几天来粘着爸爸妈妈、有吃有喝有玩的儿子来说,一下接受不了,伤心地大哭起来。儿子边哭边说:“你们刚回来六天就要走。你们只要工作,不要我了。”听到这些话,夫妻俩心都碎了。为了筑路事业,他们只能舍小家为大家,狠心把孩子托付给年迈的父母。没有太多时间安慰儿子,当天晚上给儿子买好吃的用的,第二天一大早就乘车一起赶赴了千里之外的施工现场。

儿子因为想念爸爸妈妈,着急上火大病一场。他们在工地走不开,每天只能通过打电话安慰孩子。有时一天忙下来时间已经很晚了,当他们打电话回去时,儿子已经熟睡了。听着爷爷奶奶的诉说,得知孩子没事了,才稍微放宽点心。到现在,他们已经有一年时间没见到儿子了。平时打电话或视频聊天时,让孩子叫妈妈,结果孩子说:“不叫妈妈,妈妈都不管我!”曹福丽每每想到儿子就会倍感伤心,为自己没有尽到做母亲的责任,不是一名合格的母亲而自责。但是一旦投入工作中,他们俩又以事业为重,只能将对小家、对亲人的挂念放在一边。每天深入现场、严格管理、兢兢业业、任劳任怨,他们在施工现场用别样的情怀,携手为企业的发展和两人共同幸福的生活而努力奋斗着,成为项目分部的伉俪模范。

中铁京新高速公路总包部第六项目分部地处漫天飞沙的额济纳旗,天气时风时静,曹福丽的心情也如天气一样时好时坏。刚到项目时还感到无所谓,虽然孩子不在身边,可是毕竟与老公在一个项目,天天与老公朝夕相处、花前月下,心理多少有些安慰。可没过几天,她就高兴不起来了,虽然夫妻同在一个工点,但也是过着“牛郎织女”式的鹊桥生活。曹福丽在项目分部任安质部长,老公任晓光任项目副经理兼一工区主任,常驻在一工区。同在一个项目分部,却总是见不到面。互相打电话，经常都是“嘟嘟”的忙音。等一会儿再拨，常常是声音急促而又嘶哑：“有事吗？忙着哩，挂了！”其实，他们觉得只要能听听对方的声音就挺好的。他们将对彼此的关心留在电话中，思念沿着电波慢慢传递。两人经常的见面方式就是曹福丽巡视工地到任晓光的管段时，看到他站在阳光或月光下，大汗淋漓、忙碌奔波的身影。两人之间交流最多的内容是对现场安全、质量、进度的沟通。每次项目分部周例会，是他们相聚的机会，也是与儿子一起视频通话的时候。工作时候的铁面无私在屏幕前早已化为乌有，开心地看着手舞足蹈的儿子，说着一周生活上的事情，和谐而幸福。

妻子曹福丽肩负着项目施工安全质量管理的重担。作为京新项目分部“巾帼建功标兵”和“优秀生产者”，曹福丽的故事为茫茫戈壁增添了几分传奇色彩。她曾在施工爆破中监管安全，差一点被突如其来的沙尘暴卷走。每天在工地巡查，为了少上卫生间，她坚持少喝水，不吃稀饭。工作上，她充分展示了北方姑娘的泼辣劲，检查中认真又严格，发现安全隐患决不手软。每天风里来、土里去，泥一身、汗一身、沙一身的待在施工现场，皮肤被太阳晒得黝黑。同事们调侃他们，一看就是两口子，肤色都黑的这么一致。在质量管理工作中，她把“患生于所忽，祸发于细微”作为座右铭，时刻警醒自己，上一道工序质量未检验绝不允许进行下一道工序。她的口头禅是：“宁可得罪人，决不当罪人。”在她的带领下，工地从未出现任何安全质量事故，所有安质资料都管理得井井有条，成为样板。

丈夫任晓光更是忙得不可开交。开工伊始，他带着几个民工在荒无人烟、风沙滚滚的戈壁上支起一顶帐篷，就开始项目驻地和拌和站的建设工作。在茫茫戈壁，缺水缺电、数九寒天的日子里，一整天都喝不上一口热水，吃不上一口热饭。每天在沙尘暴的间歇里抓紧休息，饿了吃一口饼干，渴了喝一口用手暖化的冰矿泉水。前期由于诸多原因，劳务人员迟迟不能进场，劳力满足不了现场需要，哪个工序缺人他就顶上去，和劳务人员一起搅拌混凝土、拼装模板。在总包部七个项目中，他们第一个完成搅拌站建设，得到总包部领导好评，并组织其他项目分部进行观摩。任晓光总爱说：“喊破嗓子不如甩开膀子。”他充分发挥表率作用，担负了项目初期大量的施工工作，带领项目工作人员锐意进取，勇克难关，不断加强自身建设，提升管理水平，对自己和下属都力求“精、细、严、快”，事事冲在最前面，不放过任何细节，以确保现场安全、质量和进度为己任，在总包部第一战役和第二战役中取得了优异成绩。

曹福丽经常看不到丈夫的身影，却经常能听到他的“汇报”：便道修了多少？临时房屋什么时候建起来？水稳站、拌和站什么时候建成？砂石料进了多少……每一次报告，都那么充满自信，让人感受到激励和鼓舞。这也给曹福丽极大的满足感。她习惯向丈夫打听工区具体工作的进展，请教一些疑问。任晓光都会不厌其烦的解答。当她在工作中遇到难题和不愉快的时候，丈夫总是鼓励她。只有荒凉的沙漠，没有荒凉的人生。在生活道路上可能会碰到各种各样的困难、挫折和考验，但是你应该像沙漠里的玫瑰一样，凭借顽强的精神、毅力和拼搏，攀上巍峨的高山。

他们很平凡，但是很敬业。就像胡杨生活在戈壁大漠中一样，没有绿水青山，却立定于沙海之中，植根于戈壁之上，绽放着生命的光芒。

沙漠穹顶上的美丽彩霞

——记中铁总包部第一项目二工区党支部书记张会秋

吴颖慧

在中国中铁京新高速公路项目施工现场，经常会看到这样一幕，一个微微发福的中年妇女，留着一头精神的小波浪短发，穿梭在满是机械和汉子的工地，有时会听到她扯着东北大嗓门喊着要注意安全，有时她会拿起仪器检测施工质量。她就是京新高速公路项目有名的“女书记”张会秋。

2015 年 1 月，张会秋来到被称作继青藏铁路之后又一具有典型艰苦地域特点的代表性工程——中国中铁京新高速公路项目，担任第一项目分部二工区党支部书记职务，负责该项目的党务工作，并兼工会主席。在戈壁沙漠里建高速公路，条件可想而知有多艰苦。何况京新高速公路项目工期紧、任务重，有效工期仅为 16 个月，这对于已经 52 岁的张会秋来说，将会是一场严峻的考验。

项目分部的“半边天”

张会秋常说：“干工作就是要用心，要用真心做事。”正是凭着这一信念和努力，2015 年正月初八她就作为建场先锋，带领一批人到现场开展临建。

2 月的乌力吉此时还沉浸在冰雪的狂欢中，温度只有零下十几度。为了在规定时间里完成建点任务，为开工做好准备，年过半百的她顾不得冻得腿发疼的严寒，一面指挥技术人员展开进场前全面复测工作，一面亲自带领劳务队伍进行施工驻地临建工作，每天早晨天未亮就从乌力吉镇出发赶往施工现场。由于路途较远，为节约时间，中午她就和员工们一起以带冰的矿泉水就着干硬的麻花作为午饭，傍晚顺着月光一路摸索着赶回住处，这一干就是 82 天。记得有一次，眼看就要黑了，张会秋正准备组织大家返回驻地，从几百公里外购买的四车水泥此时恰好到达了现场，筋疲力尽的职工建议能否第二天再卸车。张会秋一看，水泥在寒冷的天气里已经干了一整天，如果不及时卸车，再经过一夜的冰冻，不仅会影响第二天的进度，而且还会造成安全质量隐患。她二话没说，又重新戴上了手套，第一个走到车前，用已累得发软的双臂扛起一袋 50 公斤重的水泥，在寒风中坚定不移地迈开步伐，开始卸车。豆大的汗珠从她的额头不断渗出，斜阳拉长了她微胖的身影，这画面显得如此美丽动人。职工们都被她的敬业精神深深地感染了，大家团结一致、一鼓作气，毫无怨言地将四车水泥全部卸完。

建场初期，没有住的地方，她便和职工们临时搭建了一间活动板房作为全体人员工作、休息的地方。沙漠里没有新鲜蔬菜、没有电做饭，她便和职工们一连吃了23天的清水煮面条。就这样在缺水、缺电、没有手机信号的寒冷沙漠里，一项目分部二工区按照总包部的要求提前完成了临建施工，为2015年4月开工提供了基础保障。

京新高速公路开工就是大干，没有热身时间，没有犯错机会。在总包部开展的“四个战役”劳动竞赛活动下达后，本来答应回家看看父母和刚满月的孙子的张会秋，只能带着愧疚告诉家人这一次她又失信了。年迈的父亲住院，她没有回去陪伴，只能把眼泪流进肚里，默默地祈祷父亲身体早日康复。在丈夫面前，她是不合格的妻子，没有给丈夫一个温馨的家。两人常年在不同的项目忙碌，鲜少相聚，最长时曾经6个月没有见面。在儿子面前，她不是称职的母亲，不能时时在儿子需要的时候在身边呵护儿子。在不满周岁的孙女面前，她更不是好奶奶，一年来没有抱过孙女，没有带孙女出去玩过。这位从未因为工作上的困难而哭过的女书记，一说起这些眼角就泛起了晶莹的泪花。

尽管在感情上她亏欠家人，但在工作上她从没有亏欠。紧张的施工让她只能把对家人的思念深藏于心底，把全部精力投入到施工现场的工作中，投入到项目的职工中。为抓住施工黄金季节，全面展开施工大干，充分调动全体员工的积极性，不断掀起生产新高潮，确保各项目标的顺利实现，张会秋在工区果断开展以“控成本、创优质、保安全、保进度，全面完成2015年度施工生产计划”为主要内容的“大干一百二十天、全力攻坚保节点”劳动竞赛活动。对全体职工、全体党员层层发动，对整体工期进行节点排摆，对工期、安全质量环保、成本等各项指标做好部署和安排；将工程量按时间顺序分解为11个节点工期目标，并逐级落实责任，层层包保到人；与协作劳动队伍签订责任状，有效解决了进度管控问题；加强安全质量管理，避免事故的发生，尽量减少反工，在降低成本上下功夫，为确保完成工期目标奠定了坚实的基础。

工程的女强人

每天工作18个小时以上，睡眠仅4—5个小时，这是张会秋工作的“时间常态”。别人劝她保重身体，作为女人不要那么拼命，她听了还不高兴，反问道：女人怎么了，女人有水的娇柔，也有水的强大。为实现打造标准化工地目标，她以“创建两个示范线”为中心，牵头与各部门经过仔细的研究和规划，从工区的前期策划、项目分部组建临建到施工准备、施工过程等系列管理，提出了一整套标准化建设方案，并积极落实。她还亲自对人员分工、各项制度的建立、各专业资料的收集及强化现场施工生产管理等全面上手，使之落到实处，不允许有差错，并在股份公司督导组检查中获得好评。同时,每隔三天她就组织工区管理人员和施工班组人员对现场、驻地、沿便道进行环境卫生清理,对材料堆码、设备停放、标识标志进行检查和纠正,实现了施工现场标准化、规范化管理。工区多次被总包部指定为上级领导检查参观单位,2015 年还被所在集团公司评为“三工”建设示范点。大家都说她是现代版的穆桂英,女人中的豪杰。与她一起共事的副经理评价她说:“张书记是我从事施工 8 年来唯一一个让我服气的女书记,从没见过一个女人能在非常不方便女性工作的施工单位中把工作做得这么优秀!”

然而长时间、高负荷的工作,使她熬红了双眼,终于让这个号称“女强人”累倒了。一连半个月的发烧和“拉肚子”却还是阻止不了这个爽朗、坚毅的东北大姐,职工将她送到乡村诊所,可她挂了一瓶盐水、吃了几片药后又倔强地回到工地。她说:“这点小病算个啥,一干活就忘了难受了。工作是治病的最佳良药。”很多男职工和领导都不由得对她竖起大拇指,称她是位真正的“女强人”。

群众的贴心人

张会秋在工作中把职工当成自己的“战友”,在生活中把职工当成自己的“孩子”,始终和职工心连心,把职工的事当成自己的事,大家都亲切称呼她为“工区母亲”。

有一次,突然下起了少见的瓢泼大雨。由于雨来的比较急,在现场进行测量的一个技术员没有及时赶回,被大雨淋湿了。等他回来时,张会秋已经端着刚打的热水在宿舍外等着他了,像一位母亲一样叮嘱他赶紧换掉衣服,洗个热水澡,把小伙子感动得眼泪直流。到了晚上 10 点,这名年轻的技术员又发起高烧来。深远的沙漠地带,方圆几十公里没有医院,她立即冒着大雨驱车将技术员送到最近的医院。在路上,她在颠簸的车里不停用酒精给他擦手、脚、身体,帮助降温,并在医院里陪着小伙子诊断、打针,一直忙到深夜。这件事情在项目分部传开后,大家都打心里感觉到了项目分部这个大家庭的温暖,感受到了张会秋对“战友”们母亲一样的关心和呵护。

张会秋犹如沙漠戈壁日出日落时那抹美丽的彩霞,绽放着朴实无华的光彩,温暖、激励着身边的每一个人,也赢得了大家的掌声和赞许。在 2016 年 3 月 8 日总包部召开的第三战役动员大会上,当张会秋被评为“优秀女职工”,接受总包部领导祝贺的鲜花和巧克力时,这个轻易不掉泪的女人激动得热泪盈眶。这是她 53 年来接受的第一束鲜花,是她 53 年来承受的第一份甜蜜巧克力。五十多个岁月转瞬即逝,无情的岁月已经在她的脸上刻下深深的痕迹,使她失去了青春的容貌,而心灵却获得了另一种辉煌!

(作者单位系京新高速公路阿拉善盟段中铁总包部综合部)

戈壁天路我先行

——记中铁总包部第三项目分部测量队

“嘴上没毛”和“倔脾气”

中铁六局路桥公司、中铁六局呼和浩特铁建公司共同组建了中铁京新高速公路总包部第三项目分部，承建京新高速公路临白段二标工程，这是整个工程的重头戏。

可就是这样的重头戏，开场前却出现了有趣的一幕。

第三项目分部接到进场通知后，迅速进入“备战”状态。在工程总包部没有下达具体的节点目标时，项目管段的测量任务已经进入工期倒排。

此时，先遣人员中出现了三个形象怪异的小伙子。他们年龄最多二十出头，脚踩篮球鞋，身穿休闲衫，头上戴着硕大的耳机，偶尔莫名其妙的哼唱两句，让作业队的老师傅们很是厌烦。当他们声称自己是测量员时，老师傅们更是全都撇了嘴：“怎么这年头啥人也能来搞工程？嘴上没毛，办事不牢！”

老师傅们的抱怨是有道理的。工程未动，测量先行。测量是工程天眼，责任重大。何况这里还是戈壁滩无人区，又是项目初来扎点，别说住宿，连吃饭喝水都没着落，指望这些个毛头小伙子，老师傅们是一百个不放心。

老师傅们的评语，当天就传到了测量队小伙子们耳朵里。他们本来因为饮食不适，又临时和过路的大车司机挤在一个通铺上睡觉有些怨声。听到这句评语，却反而激起了测量队长谢成波的倔脾气：“哥几个，这太看不起人了！”“明天就干点漂亮活给他们看看！”李志勇、唐立华两个人也同样不服。三个人连夜决定提前开始交接桩测量工作。

戈壁滩天亮得早。第二天早上6点，测量队三个人就出发了。他们憋着劲想证明自己，可戈壁滩并没有成全他们。没多久，皮卡就因为沙丘实在太高无法继续向前。三个人只能带着测量仪器徒步行走。不久，李志勇就被骆驼刺扎伤了脚，陆续又有人扭了脚，帽子也被风吹的不知去向。他们在大风狂沙中根本无法前行，最后干脆就钻在沙窝里不出来了。

接下来几天，他们不敢再鲁莽，而是先充分了解天气状况，计划好工作量，跟牧民打听信息，做足应急保障准备，扎扎实实地开展好各项工作，不再用急切的浮躁心态来证明自己。

他们原本就是公司精挑细选的测量能手，只是在京新高速公路项目一时出现了“水土不服”的症状。当他们横下心去应对挑战的时候，最先伸出援手的就是那些起初轻慢他们的老师傅。有人现场阅历丰富，就不断给他们支招。也有人干脆陪同他们一起出行。当时工区驻地还没有建起来，项目分部没有自己的水源，每一滴水都异常珍贵，有人就把水节省下来，留给他们回来用，在生活上给了他们莫大的关怀。

在这种情况下，谢成波三人更不好意思叫苦。他们的工作一天比一天顺手，干劲也一天赛一天的足。初来时的那身潮人行头，只穿了一次就压箱底了。没地方理发，没时间打理自己，三个人头发几乎能扎辫，嘴上也都长出了胡子，“嘴上没毛”的评语也成了大家会心一笑的善意玩笑。

在项目驻地建设完工前，测量队仅用10天就顺利地完成了16公里的交接桩、导线的复测和水准测量工作，这为日后第三项目分部顺利投入施工大干创造了极为有利的条件。他们也不再是闯入戈壁滩的“外来户”，行走在荒凉严苛的百里沙域就像回家一样熟悉。

“军令状”和“不眠夜”

2015年1月，第三项目分部驻地落成，机械设备、人员物资全部到位，施工大干局面蓄势待发。此时，中铁、中交、中建几家施工建筑单位也相继进入临战状态，国内施工强企同台竞技的格局形成。

为打赢这场实力比拼的硬仗，第三项目分部向总包部立下了“9月25日前完成路基工程施工”的军令状。

测量工作没有最好，只有更好，所谓的测量精准是一遍又一遍不畏艰辛、单调枯燥的数据复测换来的。他们利用开饭的时间，在施工班组中间，征询工友们对测量工作的意见和建议，并根据一线施工需要，吃住现场，避免往来奔波浪费时间。在最紧张的日子里，他们白天要做现场施工的测量工作，晚上还要查资料、计算数据，做测量日志。他们还把在高铁施工的精准测量习惯运用到京新高速公路的施工中。这等于数倍地增加了自己的工作量，但是换来了施工品质的成倍提升。采用这种方法，他们根本没有固定的休息时间，就连在现场找块平地躺一会儿都会随时因工作被打扰。他们用无数个不眠夜换来了每一段路基和每一座桥涵的测量无误、定位精准和万无一失，以无声的行动履行着自己的承诺。

2015年的冬季是测量队小伙子们在戈壁荒滩上度过的第一个冬季。当时，白天零下5摄氏度，夜晚零下20摄氏度。现场因为气温过低，无法再进行施工，项目分部和一线施工班组的员工们都已经放假回家,但谢成波他们却没有回家过年,而是和项目分部领导班子一样坚守现场,再度提前展开自己的工作。

“这个春节前,要完成复工之前所有施工控制网加密点的复测。”测量队发起又一轮新挑战。在京新高速公路项目施工作业,仅靠一时热情是远远不够的,那是意志的较量,与严酷的戈壁滩展开的较量。

他们依然像往日一样细心地操纵着水准仪、全站仪,精心观测并详细地记录着冬季路基高程的一项项原始数据,还要通过正反复测,尽量减少中误差超限。

没有一点色彩,远没有想象中的豪迈与激情,甚至连想表彰他们的功绩都无从说起。但是,零下27度的天气会告诉你他们的艰难,他们的手在厚厚的棉手套中依然会僵直麻木。他们在沙窝中的热水泡面,还未泡开就已经结了一层厚厚的油脂。当都市里的同龄人还在为一局游戏争得不可开交的时候,测量队的小伙子们却为一个数据在戈壁滩上奔波往来。当你看烟花漫天、拥炉夜话的时候,迎接他们的只有朔风漫卷、荒芜严寒。当了解这一切之后,你就会知道他们的坚持本身就值得最高的褒奖。

戈壁深处的“粮草兵”

——记中铁总包部物贸中心

炎热的阿拉善左旗到额济纳旗,茫茫戈壁沙漠,天高云淡路远。距离中国与蒙古国边界直线 50 公里的乌力吉苏木,是阿拉善左旗到中蒙贸易口岸和额济纳旗的必经之地,也是阿拉善左旗唯一的边境苏木。

中国中铁京新高速公路 LBAMSG-2 项目总承包管理部所属 7 个工程局 18 个参加单位分散在 352 公里的战线上。灯光忽隐忽现的项目分部,红旗飘飘的施工队伍,来回穿梭的物资运送车,隆隆轰鸣的压路机、搅拌车,构成了一副气势恢宏的中铁京新高速公路改天换地的作业图景。

迅速组建一支能担当的物资“小分队”

2015 年初春,在公司的安排下,物供中心常务副主任郑珂带领薛光、郭文虎、贾建光等组成精干团队,大年初七就进驻乌力吉苏木,开始了一次崭新的建设历程。

此时的阿拉善,气温基本在零下 20 摄氏度,狂风肆虐,风带着小沙粒打在脸上,像针扎一样疼。

为了对接项目应急供应以及提前组织采购招标,顶着严寒,郑珂一行 4 人在到乌力吉的第二天对全线各项目分部(工区)进行走访,收集临建主要物资需求情况,并电话联系供应商进行应急供应。

凛冽的寒风呼呼刮着,项目分部还未建立,空旷的场地上连个挡风的地方都没有,一个电话打下来,冻得手也僵了,脸也木了,连耳朵里面都是风吹的呼呼声久久不能散去。一天跑下来,几个小伙子都被风吹的头疼流涕。晚上四个人挤在旅馆的一间又脏又冷的小房间里,因为没有厕所,为了减少夜晚起来的次数,晚饭都没敢多吃,也不敢多喝水,和衣裹着被子休息。

团队中年纪最小的薛光想打退堂鼓,“好好的天府之国成都不待,我怎么就跑到这儿兔子不拉屎的鬼地方来了?”大战在即哪有时间调整人员,几人赶忙坐起来跟薛光谈起了心,七嘴八舌地劝他留下看看再说。一个多小时过去了,看到薛光仍然犹豫不决的,郑珂来了气:“你要是个男子汉就留下来证明给我们看。你要还是父母身边长不大的孩子,明早我就安排车送你去银川……”正是这句话刺激了薛光,让这个 1989 年出生的小伙子一下子在乌力吉坚守了 217 天,直到国庆节才第一次离开乌力吉苏木回家。

快速漂亮地打响了一场物资运送战

还是薛光，在项目临建期间做了一件真正意义上“雪中送炭”的好事，展现了他成熟的一面。一项目分部地处沙漠腹地，3月初开始临建施工，施工便道尚未修通。戈壁的夜晚最低零下20多度，工地过夜所用电暖器全凭发电机带动。傍晚时分，薛光接到营地最远、地处沙漠腹地的中铁京新高速公路总包部第一项目分部一个电话，询问能否给送几吨柴油。考虑到天色已晚，沙漠行车很危险，他答应第二天一早派车过去。电话那头沉默了一下，语气凝重地说道：“这么冷的天熬上一夜，那真是要冻死人的。”

听了这句话，薛光啥也没说，不顾夜晚迷路的危险，披上大衣带着加油车就冲进了黑暗。一车两人愣是沿着沙漠上留下的车辙印驱车3个小时赶到一项目驻地为油罐加满油，确保了项目人员温暖过夜。

这一阶段，物供中心正着手开展第一批次主要物资的集中采购招标工作。为了保证工程建设物资及时供应，物供中心倒排工作节点目标，制订详细工作计划，加班加点开展物资集中采购供应的准备工作。经过充分的物资市场调查，对项目主要需用物资的资源情况、产能分布、潜在供方、价格水平、定价机制等进行统计分析，形成了系统科学的物资调查报告、集中采购方案。超前的供应策划、充分的市场调查、科学的采购方案，充分体现了物贸人员的专业水准，不仅获得投资集团和总承包管理部的高度好评，而且为后期工作开展奠定了坚实的基础。

大事小事千万里亲情温暖中铁京新人

物供中心负责中国中铁全线7个项目分部18个工区的集采生产物资供应（钢材、水泥、柴油、沥青、交安、机电设备等）及项目分部授权采购物资（沙障、声测管、花岗岩等）的供应工作，同时承担着部分生活物资的供应。

在全线走访和在乌力吉寻找办公驻地的过程中，物供中心的员工们发现整个施工沿线都是缺水少电、交通不便、物流极其不发达。有人提出：“我们自己采购生活用品的时候，要不要捎带着给需要的项目分部也采购？”也有人认为，物供中心做好集采物资这一本职工作即可，何必给自己找那么多活儿。50多岁的郭文虎站了出来，说：“我平时就是给大家开车，也没多忙。你们忙正事，这些杂七杂八的事交给我老郭好了。咱多做一项服务，就能拉近和项目分部的关系。”于是，生活物资这一重任就由这个西北大汉一肩挑了。

既然决定要做，就要做得漂亮，打出品牌。物供中心又集思广益，针对项目特点，不断丰富生活物资服务内容，开展了“加满后备厢”“亲情通勤班车”“放心菜篮子”“爱心快递服务站”“办公用品一站式采购”等五个“情系京新”特色活动，并在驻地布置出一间屋子作为生活物资供应站，堆放米面油、小商品等；在阿拉善左旗挑选了一家便利店作为合作单位，为项目分部接收快递；又购买了一辆宇通中巴车作为通勤车……

物资保障使正面战场旗开得胜高奏凯歌

2015年，面对全线施工大干白热化的状况，物供中心积极协调各方关系，科学组织现场供应，先后对19类主要生产物资实行集中采购供应（其中，钢材5万余吨，水泥48万余吨，柴油3万余吨，土工材料700多万平方米）。

2015年9月京新高速公路建设第二战役正如火如荼地进行，恰逢胡杨节，运输车辆全部限行一周时间。为了保证工地的生产和生活，副主任郑珂和业务员薛光早早开始筹划应对措施，督促各项目分部和供应商做好物资储备。在限行前的倒数第三天，他俩偶然从附近牧民那儿听说有一条山间小路可以从吉兰泰绕到一项目分部。吃完午饭放下碗，俩人就急匆匆驱车前去考察。山路崎岖又没有导航，偶然看见个牧民就必须停下车仔细询问并详细记录行进路线，两个人就像拉力赛车手一样，一个开车，一个“导航”，300公里山路足足用了9个小时，当回到驻地时已接近晚上11点。饥肠辘辘的两人吃了碗泡面就埋头写考察报告。正是沿着这条山路，在限行期间物供中心给一项目部门送去了1946吨水泥，保证了该项目分部水稳层作业不停工。在2016年复工的5个月中，京新高速公路总包部完成产值31.94亿元，物供中心实现产值6.89亿元，开工累计完成总产值12.44亿元。

物供中心这个老中青相结合的团队，是一个顽强的“小分队”、驻扎在戈壁深处的“粮草兵”，就像中铁物贸公司的一颗种子撒在了阿拉善戈壁大沙漠，已深深扎下了根，撑起了一片天空！

自己的“京新”故事

张红梅

青春年华,你选择怎么过?是选择留在城市里过着霓虹繁华的小资生活,偶尔去K歌嗨一下;还是选择来到戈壁荒漠感受一下艰苦岁月的淋漓畅快,体味一下诗和远方的情怀。好像都是不错的选择。

“青春不只是眼前的潇洒,还有家国与边关”于是我选择了后者,遇见了你们。2015年3月,一群“筑路人”带着使命纷至沓来,要为额济纳画上浓墨重彩的一笔。额济纳虽然很美,可是现实并不是那么诗意盎然,这对我们都是一个考验。

当沙尘暴驾到,我们选择坚守

面对“飞沙走石,狂风怒吼”的天气,住在彩板房里,想去趟卫生间都是件难事。只要一开门,漫天黄沙就会将你吞噬,漫天风飞沙,迎面袭来似刀刮。

宝宝们心里苦啊,但是宝宝们不说。

有多少人因为这里脆弱的自然环境和可怕的沙尘暴曾想过逃跑,还不在少数。大家可能想过,我也想过。记得去年4月份,工区比较冷,项目领导便让所有女职工晚上回苏木住,白天下工区工作,算是对女职工的特殊照顾。有一天下班的路上,领导问:“怎么样,你们这些小姑娘还坚持得住吗?”我们几个都没有说话,其中有一个小姑娘听着听着就哭了,她说:“我想家了。我从来没有遇见过这么恶劣的环境,我妈妈都不知道我在这样的环境下工作,我想回家。”领导说:“我知道你们刚刚毕业,可是既然工作了,就是一个岗位上的职工了,不再是父母掌心里的宝贝,要对自己的岗位上的工作负责任。一个人就是要经历很多事慢慢成长的,这次来戈壁滩上工作也是对你们的一次历练。”虽然这句话直接戳中泪点,可是它也成了我们慢慢长大的强心剂。

用尽“洪荒之力”关爱你,还有什么小情绪呢

既来之,则安之,沙尘暴常态化,项目部就为大家购入大批防护用品,防沙围脖、防沙帽、防沙鞋、工服还量身定做,春夏秋冬款样式齐全。怕职工们喝不到健康的水,项目部随时为职工购买矿泉水。天气干燥,工会每过一段时间就会为职工购买水果,路面摊铺时每天都会为现场人员送三样。

四分部80后、90后占据了半壁江山，为了能让这群青年人充满斗志地工作、生活，项目部领导每月评选优秀员工，节日期间举行活动，增强职工的凝聚力、向心力。有一对新结婚的小夫妻，在家里举行完婚礼回到项目，项目部又给他们布置了婚房，举行了一场小型婚礼，使这对小夫妻很受感动。

年轻人的战场，从来不缺少勇气

2015年7月，项目分来了4名大学生，刚刚来的时候真的是称得上“远通F4”，过来3天都晒的分不出你我了。面对这么恶劣的环境，项目部担心他们会不适应，举行了“导师带徒”等各种活动，让老职工带领新职工学习新知识、新技术。

路基填筑时，毛永宁顶着沙尘暴站在路基上，几分钟就被吹成了土人；桩基浇筑时，徐义龙吃过午饭来不及休息就急忙赶往工地紧盯现场施工；箱梁架设时，黄卫刚每天在现场吃盒饭，一刻也不敢放松；水稳摊铺时，张建峰披星戴月连续奋战在一线；路面施工中，郑珣因为每天走的路太多，导致一个脚指甲磨损严重脱落。为了提振士气，沥青路面铺设时，项目部领导班子坚持24小时轮流带班制。他们用最质朴的工作践行着筑路人的历史使命，让一条“大漠天路”呈现在世人眼前。在京新，一切皆有可能；在京新，没有什么不可以。现在，这些90后不但没有逃走，而且都成了学有所用的技术骨干，并正在成为京新的中流砥柱。

一日为京新人，一生为京新人

“为什么我的眼中常含泪水，因为我对这片土地爱得深沉。”前一段时间，项目部准备为每一位职工做一本个人写真集，名字叫作《那年，我们在临白》。按照制作方案，先是向全体职工征集想对京新高速公路临白段说的话。通知刚刚发到群里，10分钟过后突然间有一条消息闪烁，是项目部副总工穆孟发来的。他这样写道：“记得那是2014年的冬季，那年我和书记第一批来到内蒙古额济纳。寒冬腊月，冷风袭人，阳光明媚，开始了临白的前期临建和项目策划。岁月如梭，弹指一挥间，我已转战海外，怀念京新的一点一滴。”他随后又发了一句：“这种项目以后不会再有了。”随后又回复解释：“咱们项目的那种团结一致、奋发向上、凝心聚力的氛围。我很想念京新。”可见，一个项目的魅力不止在于它的经济效益，更多的是吸引了多少人，有多少人愿意为了它留下来，有多人离开了还会怀念它。

我们希望将青春留在京新，留在额济纳！就像那胡杨，一棵易枯损，一片则成林。曾经只是个体的我们，在这里拧成了一股绳；曾经只知嬉笑的我们，在这里懂得了责任。如果分离不可逃避，我们也庆幸，在这里曾共同走过。

（作者系京新高速公路阿拉善盟段中交总包部第四项目分部宣传员）

这片沙漠的领路人

钟　丽

随着京新高速公路的全线贯通,这个历经400多个日夜奋战的工程终于迎来了胜利的日子。这条路将成为全世界穿越沙漠最长的一条高速公路,在人类历史上是绝无仅有的。今天我很荣幸地为大家讲述我们与这条路的故事,这也将成为我毕生难忘的一次经历。

很多人提到内蒙古,联想到的都是草原、骑马、把酒联欢,似乎到处是一片张扬不羁的光景。而我们所处的额济纳旗是位于内蒙古的最西端,长年干旱少雨,夏季高温不断,大多数是无人区的沙漠。我们中交集团所负责的京新高速公路临白段三标更是全线最艰苦的标段,跨越200多公里的戈壁滩,没水,没电,没有任何的通信信号,放眼望去一片片荒凉,唯一与施工人员做伴的就是那些觅食的骆驼,一旦进入就与世隔绝。前期进场的人员,每次都要带足随身的粮食和水,因为一进去往返就要一天,只能自给自足。顶着炎炎的烈日,饱受漫天的黄沙。途经戈壁滩上的车辙印,也都被不断袭来的沙尘暴吹得痕迹全无,根本无法记录来回路线,只能凭借太阳指引方向。每一次必须要赶在日落之前赶回,因为戈壁滩的夜晚是恐怖的,没有任何方向,没有一丝光芒,只有未知的可怕,留在那里几乎只有绝望。古曲中曾有一段描述苏武的处境:“苏武牧羊北海边,雪地又冰天,羁留十九年,渴饮雪,野幕夜孤眠。”和我们施工人员前期进场的情景完全是异曲同工。

在克服了前期重重困难之后,接下来摆在我们面前的是一场又一场的硬仗。在资源匮乏的条件下,我们想尽一切办法,不让任何困难阻碍我们前行的道路。没有电,我们就自己发电:没有水,我们就从好几百公里的地方自己拉水;没有通信线路,我们就自己出资去建立。由于路途的遥远及工地可能出现的突发状况,项目分部设立了自己的医疗站,给了前线工作的兄弟们提供了最基础的保障。工期紧,供料难,长年的高温干旱,机械调配不足,几乎工程上应有的问题在这个项目上都出现了,但我们却从未停止前进的脚步。徐特立曾经说过:“与困难做斗争,虽然要历尽艰苦,但苦尽甘来,这也是一种乐事。”我们是筑路人,肩上承担的是一份责任,绝不能轻言放弃。在希望与失望的决斗中,我们选择了希望,用勇气与坚持去争取胜利。

然而,对于长年在外工作的我们,最牵挂的无疑是远在他乡的家人。聚少离多的日子里，那些电视里经常播出的年迈双亲盼望儿女、留守儿童盼望父母回家的场景，就是我们这群人生活的真实写照。刚来到这里的时候，能给家里打上一通电话都是极其奢侈的。不知是跑了多远的路，不知是站在哪个山包上，迎着阵阵狂沙，到处摇晃手机，寻找微弱的信号，就只为了跟家人通上话，报上一声平安。记得第一次接通网络，终于可以跟家人视频的时候，项目分部的院子里异常的热闹。这种在城市里最平常的事情，对于我们这些在戈壁滩上的人来说是那样的难得，一种从无到有的喜悦。

那时，我也一样，第一时间想看看自己的孩子。小宝贝才一岁半，距我离开家已经有4个多月。我依然记得刚接通视频的时候，儿子就那样站在那里一句话也不说，不管我怎么叫他，他都不应声，只是在那里呆呆地看着我。我能深深体会到他对面前这个画面里的人既陌生又熟悉，完全不知所措，忍不住哭了出来。血脉的联系是神奇的，当我毫无防备地听他突然喊了一声"妈妈"的时候，整个心都融化了。我们对家里人的愧疚真的是太多了。每一个相聚的节日，每一场童年的陪伴，每一次家人病倒时的照料，都无法在身旁。因为肩负的使命是不容怠慢的。牺牲小家，成全大家，我们的社会需要这样的人来贡献自己的一分力量，虽然微不足道，但却铸就了一个个骄人的业绩。我们的家人更会为我们的职业而感到骄傲。

在这片荒凉的戈壁滩上，我们谱写出一篇气势磅礴的筑路之歌。如今的全面通车，每一段道路上都有我们兄弟流淌过的汗水。我们不敢称自己是伟人、功臣。但我们可以大声说，我们就是这片沙漠的开路人。

（作者单位系京新高速公路阿拉善盟段中交总包部第七项目分部）

劳动是金色的

杜传玉　李　星

劳动是金色的,为什么这么说呢?听完我们讲的几个小故事,你就明白了。

驻扎在戈壁深处的项目分部

当我们来到项目分部时,项目驻地高标准的建设完全超出了我的预料,办公舒适,宿舍、浴室干净整洁,在这个无人区里居然还有 Wi-Fi。当我跟我们部门主任赞叹项目分部条件好时,主任神情突然严肃起来,说:"你现在看到的、享受到的是无数人在极恶劣的条件下'硬闯'出来的。在工作开展前期,条件异常艰苦,你肯定想象不到。生活物资要开车到 200 公里外的额(济纳)旗才能采购到,一去就是四五个小时。没有厨房,不能饿着肚子工作啊。大家就坐在沙地上啃方便面,狂风刮起时吃一嘴沙子是再正常不过的事。更没有水,戈壁滩哪来的水!只能每天调配水车前往矿区拉水。那些水都是浑浊的,我们就用浑浊的、土黄色的水洗脸刷牙,大家一点抱怨都没有。也没有宿舍,大家就住在简易的窝棚里。戈壁晚上寒冷刺骨,我们蜷缩着,手脚冻得直哆嗦。没有电、信号、网络,只能依靠发电机。为寻找信号,大家用双脚一步一步踏便了每个山头……"听完我当时就愣住了。真的,23 岁的我从没有听闻,更没有经历过这些。这得有多大的毅力和决心,多坚定的信念才能驻扎在戈壁深处,冲出一条"血路"。我想这是他们一生都值得回味的经历吧!

七分部技术员陈虎

技术员陈虎,大学一毕业就加入到京新高速公路建设中。工作上,他兢兢业业,遇到施工关键环节,有时饭也顾不上吃。就这样一个尽职尽责的员工,却在 2015 年 10 月 10 日迎来了人生中最灰暗的一天。陈虎的父亲工作的电厂发生火灾,伤重入院,陈虎正在项目一线忙于工作。由于戈壁交通不便,等陈虎回到医院,父亲已经去世,未能见上父亲最后一面成为他终身的遗憾。料理完父亲的后事,陈虎继续加入到公路建设中。他说:"从事路桥行业让我感受到人生的价值和意义,我会一直坚守在这个行业!"

现在,技术员陈虎依然工作在施工一线,严格把控施工质量。在这个努力奋斗的青年身上,我看到的是京新人默默奉献、自强不息的精神。

2016年7月22日,京新高速公路临白段三标全线贯通,整个戈壁滩都洋溢在喜悦的氛围中。这条金色坦途的背后凝聚着无数筑路人执着、敬业和奋斗的年华。

高温下的二分部

前段时间大干铺油的那段日子,正是额济纳旗一年中最热的时候。现场的技术员头顶着四十多度的大太阳,站在一百七八十度的沥青旁监测者现场的施工。四十多度,那是一般人都不愿出门的温度,一出门便感觉皮肤像要被烤裂。然而这些技术人员从每天上午10点到下午5点,7个小时在持续高温中拼命工作,更不用说旁边还有一百七八十度的沥青料车。每天中午只能在路旁吃着加班送的盒饭,时常伴随刮风吹起的巴丹吉林的沙土,在那样的环境下吃不饱也便是常有的事。每个技术员的嘴、脸、胳膊脱了一层又一层的皮,皮肤的颜色便也成了油黑油黑的沥青色。焦烤、饥渴混杂着,把那段日子比喻成黑色的炼狱也不为过,可他们在那样的温度下一干就是两个多月。

二分部一位女同事的男朋友屡次催她回家完婚,可项目上有太多的工作离不开她,婚事便一推再推,这段恋情也最后无疾而终。二分部项目分布广,因为长时间加班工作不能按时休息,不少人患上了严重的湿疹。这样默默奉献的筑路人有太多太多,一线的建设者也有太多的辛苦,为了全线早日通车坚守着自己的岗位一刻也不敢松懈,最苦的是对家人的思念。每一次离开熟悉的家乡和亲人,我们总是说不出告别的话语。老母亲的头发又白了些,儿女又长高了些,妻子也褪去了曾经俊俏的容颜,脸上有了深深浅浅的皱纹。可是这一切都没有我们的陪伴,我们背负着对家人的亏欠一年又一年。

劳动是有色彩的,我坚信:劳动是金色的!初入工作的我渐渐明白,当劳动中倾注着敬业、奋斗和创造的激情,流淌着尊严、和谐和自由的血液时,这劳动就会放射出金色的光芒。它焕发我们的精神,照亮我们的灵魂,彰显我们存在的意义!

(作者单位系京新高速公路阿拉善盟段中交总包部第二、七项目分部)

一月三双鞋

张玉晨

当我看着峥泓萧瑟不著一草木的戈壁滩,我开始怀疑自己,是怎样的执念让我觉得成为筑路人是一种骄傲,又是怎样一种勇气让我从车水马龙的闹市来到这荒无人烟之地。刚来到那几天,我的心情一直被这种迷茫压抑着。看着窗外毒辣的太阳晒在惨白的戈壁上,我第一次产生了放弃的念头。渐渐地,消极怠工成了我工作的基调,得过且过代替了我成为筑路人的决心。

这天下午,天气异常炎热,40℃的高温让道路两旁的树木都失去了生机。压路机压实过的路面在赤日的照射下黝黑油亮,远远望去仿佛有一股股热浪在沥青路上蒸腾,让人从远处就能感受到沥青酷热的温度。

铺设沥青,一般是通车前的最后一个环节,然而对筑路人来说也是最辛苦的一个环节。沥青摊铺需要很高的温度,气温越高,铺设进行得越快,工程间断的天数越少,路面接缝也越少,质量也就越好。为了加快工作进度,提高路面质量,工友们一直坚持奋斗在40℃的高温里。

热气扑面而来,阳光刺痛眼睛。远远地我看到一个熟悉又忙碌的身影——毛小龙。毛小龙只比我早毕业一年,但已然是一个经验丰富的沥青前场技术员了。我热得满头大汗,他却浑然不觉。我不由好奇地问:“你们不热吗?”他说,“我们已经习惯了。与刚铺好的沥青上百度的温度相比,这不算什么。”我感觉不可置信。他大概看出了我的怀疑,于是拿起水倒了几滴在刚铺好的沥青上,转瞬水就被蒸干了。他继续说道:“我们每天都要在上面走六七个小时。你看我的鞋,已经是这个月的第三双了。”听完这番话,内心深处那种震撼再也控制不住了,我忍不住再次开口:“既然这么辛苦,为什么你还选择当一名筑路人呢?”他说:“因为这是一份让我引以为傲的职业!每次走在我们铺就的路上,我都会有那种成就感,因为承载着梦想的征途是我铺的。”

听了这话,困惑我很久的问题仿佛有了答案。为什么我们要来到这,为什么我们要当一名筑路人。为什么风餐露宿伴着晨起日落,我们也要将额济纳从远方变成咫尺,从边塞变成另一个家乡。

因为我们是筑路人,要把条条公路修到他乡,要让奔跑的汽车驶到祖国的边疆。

因为我们是筑路人,要为祖国的四化铺设路网,万众一心让祖国的血液流淌。

因为我们是筑路人,我们的前辈有着军人的荣光,头顶的蓝天闪耀着国徽的光芒。

这是一条创业的路,从进场到结束,从初春到寒冬。不经意间,我们走进和见证了大漠气势恢宏的历史;蓦然回首,我们吟咏和创造了额济纳精美绝伦的篇章。

这是一条团结的路,我们同风雨,共忍受。有困难,众人援手;有建树,共襄盛举。带着将那戈壁变通途的梦想,我们众志成城,誓将京新高速公路临白段谱写成中交最耀眼夺目的篇章!

(作者单位系京新高速公路阿拉善盟段中交总包部第三项目分部)

曲师傅、陶师傅和他们的箱货车

崔增光

那还是2015年7月的一天，已经记不清这是项目分部领导与员工第多少天与馒头和面条较着劲了。大家都期盼着那辆甘FM2669的到来，一辆搭载着给养与食物的车奔驰在全项目分部的生命线上。

由于车辆故障问题，比原计划晚了很多天，甘FM2669未能返回，方便面则成了大家“打牙祭”最好的食品。李书记焦急地等待着，却迟迟不见踪影，只是一个人走到库房，打开了库房的房门，拿出全部的方便面，让食堂为大家加餐。从晚上8点到10点，食堂的卢师傅硬是煮了四大锅才煮完全部的方便面。

就在那天夜里，一声长笛划过了项目分部的上空，那辆熟悉的车回来了。看到曲师傅与陶师傅从车上跳下来的身影时，我的第一反应是，明天终于能吃到新鲜的菜了，却没有注意到他们那疲惫的身影与满身的灰尘。

后来，当了解到他们是历经怎样的困难载着这一车的水与菜回到项目分部的，我才知道这两位加在一起超过100岁的前辈从酒泉出发，历经了一天一夜才到达项目分部。颠簸的路况，使得修好的皮带断裂，而车子已开出将近200公里。当他们打开手机拨打救援电话时，却发现信号没了。茫茫戈壁，陶师傅决定用双脚寻找信号。两公里、三公里……已不知道走了多少路，终于找到了信号。

当然，全项目分部的人没有去责怪他们。由于十分部施工现场的特殊性，方圆350公里左右没有任何采买食物与水源的地方，因此曲师傅与陶师傅每次要开10个小时以上的车到最近的酒泉去买菜，一来一去最快也得3天的时间。项目分部平时所用的几乎一切用品都要由这个厢货车带进来。

漫天的飞沙走石，坑洼的路面，让这辆行驶在项目分部的生命线上的车满是“伤痕”。来回的路上往往会耽搁很长时间。最困难的时候，曲师傅在前面踩着油门，陶师傅在后面推着车，一步一步回到项目分部。正是这种坚持不懈才保证了大家能够在最快的时间，吃到最好的食物。

然而由于长时间的疲劳，无法获得充足的休息，2016年年初两位师傅终于也病倒了。病床上的曲师傅还不忘关心自己的战友——“厢货车”，并和看望他的同事开玩笑道：“我就喜欢开着我的厢货车奔驰在辽阔的大戈壁上。”

曲师傅与陶师傅只是这条横贯戈壁滩公路建设者中两个普普通通的一员，与你和我一样都只是渺小的一员。然而,整个工程的人员加在一起,却可以凝结成强大的力量,共同演绎出京新人顽强、拼搏、百折不屈、能打硬仗、敢打硬仗的坚强力量。

(作者单位系京新高速公路阿拉善盟段中交总包部第十项目分部)

亮剑京新路

韩　阳

电视剧《亮剑》中有这样一句话："逢敌必亮剑，血溅七步。"十分部副经理李强就是一把利剑最亮眼的剑锋。正是有了像李强这样的先锋者，才有了中交京新高速公路临白段十分部的团结、奉献、百折不屈、能打硬仗的特点。

2015年伊始，十分部前期工作准备就绪，然而现场无水、无电、无信号，漫天风沙，极寒气温，后勤保障困难，又使工作一度陷入僵局。

李强和项目分部其他领导依然带领着职工深入戈壁滩驻扎现场，靠着喝咸水、吃夹生饭，以天为被、以地为席，在短短的两个月的时间内，在人迹罕至、高寒和高海拔的戈壁滩中，完成了施工现场勘查。与此同时，约30万平方米的原地形测量，接近40公里能够满足重型机械通行的施工便道，占地5000平方米的项目分部驻地、混凝土拌和站和五个工区的驻地建设井然有序地进行着。就像李强经理经常说的那句名言一样："有条件要上，没有条件创造条件也要上。"正是有了这份坚韧不拔的信念，才有了项目分部的发展。

除了坚忍的意志品质，作为领军人，还要有身先士卒、乐于奉献的精神。十分部因地理位置特殊，施工条件恶劣，导致现场生产组织困难重重。为了抢抓工程进度，李强带头紧盯生产一线，及时掌握现场生产组织情况。在近37公里的施工作业面上，只要有人干活，就能看见他那不知疲倦的身影。进入2016年后，为了紧抓沥青路面施工进度，在酷热的午后、寒冷的夜晚，他总是第一个到达现场，最后一个撤出现场。为了让年轻的技术员得到充足的休息时间，他宁可自己多工作两个小时。这份奉献精神，也得到了项目分部其他人员的认可。在他的带领下，其他技术员与主要负责人拿出了最好的状态，迎接每一天的工作。

虽然工期紧张，人员缺乏，但李强经理对人对己依照严格要求。为了保证施工生产组织顺畅，他亲自组织相关工程技术人员认真讨论、研究，制定施工进度计划和各项资源的需求量计划，并针对影响工程进度的重点和难点制定对应措施；每天召开生产调度会，将工程每天完成情况与总工期进行校核，如有偏差找出原因及时调整。

曾经有一名技术员开玩笑说："如果有哪一天在工地上没有看到李强经理的影子，和李强经理那对待工作严苛的态度，一天都会没有状态。"虽是一句玩笑，但却能透露出在项目分部人员的眼中,李强经理就是一个榜样、一个标杆。他的坚韧、奉献、善于学习,是这个项目分部的财富,更是京新高速的财富。战斗精神还在继续,亮剑精神还在延续……

(作者单位系京新高速公路阿拉善盟段中交总包部第十项目分部)

京新路上，倔强的守护神

边 乐

有这样一群人，他们历严寒、顶烈日、迎风沙，抛妻舍子为国家；有这样一群人，他们迎朝阳、沐晚霞，攻坚克难为大家。黝黑是他们共同的肤色，自信、责任、进取是他们共同的追求。倔强的守护神是他们共同的名称。

茫茫戈壁、风沙肆虐、极目荒原是这里的真实写照。就是在这样的环境中，这群“守护神”以“扎根内蒙建设京新造福阿拉善盟人民，情系高原修通天路铸造精品工程”为承诺，以“难而愈坚，苦而求乐，扎根戈壁”的白刺精神为力量，以“把京新高速建设为中国交通基础设施领域标杆工程”为目标，在“京新杯”劳动竞赛的浪潮中激流勇进，以自己的行动对建管办领导所提出的“做放心工程”做出了最好的诠释。

他们对待工作一丝不苟。“不行，工程质量的底线绝对不能触碰。我们帮着、扶着，累一点、慢一点，有事我顶着。”这是范玉成主任经常对职工说的话，虽不是豪言壮语，却是那么的真诚与执着。这朴实的语言准确解释了责任的含义，切实的行动阐释了尽职尽责的真实内涵。他是众多兢兢业业的京新人中的普通一员。正是有许多像范玉成这样勇于担责、认真履责的京新人的辛勤付出，才使工程质量可靠、内实外美。

他们深陷困境却奋勇争先。赵占伟2014年应建管办领导邀请，从河北邢台赶赴内蒙古阿拉善参加京新高速公路建设，担任第一执行办副主任兼工程部部长。参与项目建设以来，他几次病倒，始终坚守岗位，任劳任怨，无私奉献。面对施工单位不专业，工程进度缓慢的实际情况，他心急如焚，日夜操劳，经常工作到深夜，研究图纸和方案，想方设法保证工程质量、安全，加快施工进度，只为对得起自己的良心，不辜负领导的信任和期盼。

陈明义，从业四十余年，多年如一日，将美好的青春全部献给了筑路事业。吉兰泰连接线有高填深挖路基、薄壁墩大桥。K24+920大桥更是全线第一高桥，净高63米，是公认的“难啃的骨头”。老陈每天都要例行赶往施工现场察看，积极组织相关专家探讨研究方案，反复论证可行性，凭借其丰富的工作经验，帮助施工单位一次次克服困难。

李建明，工作严谨、技术过硬，是出了名的“认真人”。他带领同事们冒雪夜巡,累活、难活抢着干,受到领导和同事们的好评。曾斌、李聪慧、郝乌云、周虹霞、王清林、黄彦成、杜荣耀……许许多多的普通京新人以强大的信心、当仁不让的责任心、舍我其谁的进取心,在人迹罕至的戈壁和荒原中挥洒自己的汗水、谱写了人生的美丽篇章。

(作者系京新高速公路阿拉善盟建管办第一执行办秘书)

回忆，奋斗在戈壁滩的日子

张松领　索健尧

京新高速项目上，那些不为人知的故事

京新高速给水管道项目已经竣工三个多月了，但那里的天，那里的地，那里的沙尘暴，那里的草木和在那里施工的场景，总不自然的萦绕在我的脑海里。

——京新高速公路项目黑城水源地施工标段负责人张松领

战酷暑，苍茫戈壁引长龙

引长龙，华创男儿勇冲锋

储备粮草招兵马，挺进戈壁战京新

当接到京新高速公路项目的给水管道安装通知单后，经公司工程服务部研究决定，成立京新高速公路项目分部，总负责人由该部门副经理罗廷学担任。于是进场勘探，实地考察。尽管之前对于施工环境已经有所耳闻，但返回的信息依然让所有人吃惊：施工地点位于内蒙古自治区阿拉善盟境内，方圆 300 余公里荒无人烟，没水没电没建筑，完全处于荒漠戈壁之中，施工整体战线更是长达 300 余公里。这无疑将是一场持久的苦战。

在茫茫戈壁滩施工，首要解决的当然是生活问题。初步决定搭建驻地 5 处，罗经理参考自己曾经在“东海大桥项目”和“哈密图拉尔根戈壁无人区项目”的施工经验（这两个项目的特点都是后勤保障极其困难），带领项目分部成员分工合作，屯粮备草，购置帐篷，招兵买马，准备机具。他们从自行制造简易炉火，到批量购买米面油菜等居家生活的必需品，包括 12 立方米的储水桶、被褥等，将生活用品准备得一应俱全。在机具人员方面，从所有工地尽可能将焊机等设备调回，外加 3 台 30 千瓦发电机、3 台 8.5 千瓦发电机（据后期统计，用在该项目的 30 千瓦发电机共计达到 8 台，8.5 千瓦的达到 6 台）。各标段负责人也是尽快召集外雇工 50 余名（据后期统计，该项目外雇工配备高峰时段到达百余人）。正是这样的上下协作，全面保证了京新项目的顺利开展。

在开工前期的各项准备工作完成之后，4 月中旬这支队伍便浩浩荡荡地挺进戈壁。殊不知，他们即将要面对无数常人难以想象的困难和煎熬。

荒漠戈壁遇风沙，齐心协力重建家

“我们只想到了戈壁的荒凉，却没想到风沙的可怕！”

他们的帐篷搭建起来还不足一周的时间，就被夜晚突如其来的一场风沙摧毁殆尽！大家是这样描述的：那天戈壁滩上显得格外阴沉，狂风席卷着黄沙随之而来，一柱柱黄沙顶天而立，就像一位巨人站在沙海里，在空旷的天地间肆意撒野，刺耳的呼啸声不绝于耳，沙丘在挪动，沙窝在旋舞，铺天盖地。“脆弱”的帐篷在这种境况下显得不堪一击。见势不妙，大家即刻进行自救。然而因为风沙太大，账内外几乎看不见人，只能彼此大声呼喊着把绳子、铁丝拴在帐篷的四周加以固定。奋战了一个夜晚，几乎每个人都没有睡觉，等天亮时才发现帐篷的支架几乎全部断裂或变形，帐篷内的行李全被沙土掩盖。这次遭遇让大家的身心倍受打击，也着实领略到了风沙的残暴。

然而，在接下来的日子里，风暴总是不请自来，就像家常便饭一样三天两头的袭击驻地，这对施工人员的情绪影响很大。于是项目分部组织人员研究应对措施，经过讨论分析，决定重建一座彩钢结构的新营地。通过一周时间的询价比价和紧张施工，具备水窖、发电的生活营地拔地而起，为大家营造了一个还算满意的生活环境，及时稳定了团队情绪。

深入荒漠寻驻地，意外迷路险丧生

“我们本想进一步了解施工环境，却险些丧了命。”

在施工期间还有这样一个惊心的故事：

在黑城水源地标段开工之前，为了能够了解施工地点所在位置及驻地建设，项目负责人与一名同事从584标段驱车前往300公里之外的荒漠——黑城水源地标段所在地进行勘查，争取在工人进场之前将生活营地建设完成。

由于路线及沿途环境都不熟悉，只能通过电话联系大概位置。他们在去的路上买了两瓶水和两袋面包充饥，到达黑城施工段时已是下午。当看到现场环境时，他们都不由得一惊，整段工程都处于沙漠之中，沙丘此起彼伏，没有施工便道，普通车辆根本无法进入。为进一步了解施工标段所处环境，他们决定查看该区域全貌，于是继续前行。可万万没想到的是，这个决定险些让他们丧生于荒漠。

由于沿途没有道路和地标，不知不觉中他们就找不到走出沙漠的路线。手机也在不经意间没了信号，车里的油已用过半，于是他们决定原路返回。然而祸不单行，车子偏偏又突然陷进沙窝里。经过一番拼命“抢救”，结果车轮越陷越深。眼看天渐渐黑了下来，两人早已筋疲力尽，腹内空空。他们拿出仅剩的半瓶水，每人喝了一口。经过商量,为了节省体力,他们决定暂且在原地滞留一晚,待天亮时再自救,如果自救不成功,就只能徒步走出沙漠,好在基本方向还记得。据说沙漠里晚上可能有狼出没,为防万一他们专门把前排两个车门打开,如果有情况可以最快的速度上车、关门。入夜,荒漠里静的可怕,他们彼此无言,不敢轻举妄动。万幸的是这一夜风平沙静,可他们谁也没有睡觉。就这样一直挨到凌晨5点,立即开始自救,他们拼命地手刨沙子,又用四处找来的红柳根铺出两条长达20米的"路",一人上车挂挡、轰油门,一人奋力推车,车身不断地前后晃动,一次,两次……终于,车子蹦出了沙窝。那一刻,他们几乎要眼泪直流。当人类处于绝境之时,也许某些器官是没有感知能力的。当他们脱离险境之后,才发现自己的双手早已是鲜血淋淋、沙血模糊,全是拜铺下的20多米红柳根所赐! 上午9点钟,手机终于有了信号。他们见到其他人的时候,说的第一句话是:"有水吗? 给口水喝。"

高温狂沙虐黑城,工程好汉展雄风

"这注定是一次人与时间的赛跑,一场人与大自然的抗争。尽管如此,我们创造了奇迹!"

黑城遗址,就像它的名字一样可怕瘆人,是西夏古城所在地。该区域地处沙漠地带,只要外围有一点轻微的小风,就会狂风大作,沙尘肆虐,最严重时两人相距1米开外都不能看清对方。这里的施工环境极其恶劣,对文物保护的要求很高,严重影响着整体施工进度。然而工期如军令不可违抗,面对京新高速公路项目最难攻克的标段,大家坚信"方法总比困难多"。每当遇到难题时,项目分部都是组织大家一起想办法、定方案。

项目开展时正值盛夏,沙漠里的气候极为干燥炎热,温度最高可达43℃,正午的烈日几乎把人烤出"裂纹"。为了防止风沙的摧残,每位施工人员除了长袖衣服之外,还要佩戴防沙帽、口罩、护目镜等,几乎将自己武装到牙齿。尽管如此还是不能完全将沙土隔绝。由于受到沙丘阻碍,吊装机械不能进驻,近400斤重的管道有时只能靠人工搬运。就是在这种种困难的情况下,华创人未曾有一个人想过退缩,反而显得更加团结,更有凝聚力,并喊出了"抗高温,战风沙,誓不完工不回家!"的口号。最终,他们在克服了无数常人无法想象的困难之后,圆满完成了管材供应与安装任务。

付出终有回报

通过班组成员的齐力奋战,京新高速公路给水管道项目赢得了业主及各单位的信任和赞誉,甚至有人声称:"华创管道可以免检。"后期增补的5.95公里DN200

管道，也是由华创供的货。该项目同样成为华创天元公司有史以来的“千万级”合同项目中的一个典范。

“大浪淘沙现真金，战火淬炼出英雄”，如果没有项目员工的付出，就不会有今天京新高速公路给水管道项目的成功案例。它不仅标志着华创天元公司在恶劣环境下的施工技术有了新的突破，而且使该项目成为样板工程，更在同行业间竖起了新的标杆。尽管漆黑的管道已经被覆盖在一望无际的戈壁之下，但华创人与大自然搏斗时高喊的声声口号，仿佛还回响在阿拉善盟的苍穹之中，经久不息……

（作者系航天科工三院华创天元公司京新高速公路阿拉善盟段供水工程黑城水源地施工标段管理人员）

平凡岗位　坚守职责

——记京新高速公路阿拉善盟段十四驻地办试验室负责人王刚

王刚2015年开始担任京新高速公路临白段(阿拉善盟境内)第十四驻地办试验室负责人,对待工作始终一丝不苟,兢兢业业。为了适应施工单位的新工艺、新技术,他努力学习各种新的检测技术和标准规范。在实际工作中,积极配合施工单位的施工进度,及时进行抽检工作,把好质量关,为建好京新高速公路尽职尽责。

京新高速公路临白段(阿拉善盟境内)工期紧、任务重、施工环境差,十四驻地办所管辖段落由中国中铁航空港建设集团有限公司承建。为了确保工程质量,王刚一边查阅资料,一边深入现场调查取样,带回试验室进行检测,及时反馈现场施工数据,为现场有序施工提供有力保障,做到事前监理。开工前期,他带领同事们配合项目分部试验室,检测了大量的取土场资料和混凝土配合比资料,用科学的数据规范项目分部的施工,为确保正常施工打下了良好的基础。同时,注重施工过程质量控制,对坍落度、压实度、温度、油石比进行全过程监控。全天候跟踪检测,施工到哪里检测到哪里,不留死角。在检测过程中,发现质量问题要求必须整改,达不到标准绝不允许施工,确保每一道工序检查合格后,方可进行下一道工序。他时时处处严把质量关,为"京新杯"创优争先打下坚实的基础。

王刚经常深入现场,发现问题及时解决,不留隐患。工作上严格要求,无私奉献,常常把自己工作中的心得经验毫无保留的传授给年轻同事,帮助他们提高思想觉悟和业务水平,提高了试验室的整体水平。在日常生活中,他注重对身边人的思想教育,告诫试验室的同事们:额济纳旗这地方环境条件艰苦,工作辛苦,我们的领导能坚持下去,我们年轻人更能坚持下去,必须要干好工作,干出成绩。他鼓励大家,要大胆试验,勇于实践,不断总结,在工作中逐步提高自己的业务水平。

质量为重　舍我何求

——记京新高速公路阿拉善盟段十二驻地办驻地监理工程师贺雄军

宏伟蓝图京新路，苍天圣地汇赞美。戈壁沙漠只等闲，勇创辉煌建奇功。

2015年，贺雄军欣然领命，率领一支建设精英，飞越万水千山，驻扎戈壁大漠，开始谱写惊天动地的奇迹。

阿拉善地广人稀，气候恶劣，常年风吹不止，沙尘肆虐，高温炙热，缺水没电，交通不便，信息不通，开展工作极其困难。

贺雄军率领大家迎难而上，不畏艰险，选址，找水，拉电，联通信息，平场地，建板房，进设备装仪器，夜以继日不辞辛苦地指挥和参与组建驻地办，为京新建设的监理工作打下了坚实的基础。

开展监理工作以来，贺雄军以自己多年的工作经验，出谋划策，科学指导，协助施工方找水、供电，部署工程。他因地适宜地派两个现场监理组，有效地掌握工程建设的质量、进度以及安全与环保。

两年来，贺雄军全身心地投入监理事业，想工程之所想，谋工程之所谋，常常亲自下工地巡视、检查，与监理人员同吃同住，共克沙尘肆虐，共斗酷暑高温，热情关心、精心指导监理人员，努力提高业务水平及监理技能，加强旁站巡视，使工程质量一直处于优良的状态。他常与项目分部负责人一起开会，研究分析调整解决工程事项，确保工程达到质量第一、安全至上的目标要求，使工程质量、进度并驾齐驱，优质高效地进行下去。

贺雄军身患早期肝硬化，身体一直不太好，天天要服用各种护肝药品，以保状态的稳定。为了京新高速公路的建设，他呕心沥血，殚精竭虑，以骆驼般的惊人毅力坚守着岗位，战高温，斗酷暑，风餐露宿，披星戴月，不懈奋斗。天道酬勤，优质的监理工作使贺雄军所辖标段中铁第四项目分部的箱梁、空心板及盖板涵成为全线的精品桥涵工程。路基防护作为全线的观摩学习亮点，多次受到上级领导的表扬表彰。2016年的工程进度也全部按计划目标完成，如水稳在6月25日前全部完工，沥青路面于7月31日全部完工，得到了上级部门的称赞。

两年来，在极其恶劣的环境和困难的情况下，贺雄军顽强地与病魔做斗争，始终坚守一线，在这戈壁大漠深处为修筑天路保驾护航，描绘了彩虹，创造了奇迹。

在工作中感受幸福

——记京新高速公路临白段(阿拉善盟境内)二十二驻地办试验室主任刘晓阳

"我常常庆幸,我的工作与兴趣刚好重叠在一起,这种感觉非常幸福。"在京新高速公路临白段(阿拉善盟境内)LBZD-22驻地办内部试验检测技术培训会上,刘晓阳用质朴的话语诉说着对公路交通行业的热爱和对试验检测岗位的钟情。

在多数人眼中,水灰比、级配、筛分、水泥用量、沥青用量、油石比、压实度、强度、渗水系数等试验工作十分单调、枯燥、繁杂,还很辛苦——每天要不停地做试验,每一个试验数据都要认真记录、分析、思考,无误后及时发送到施工现场,还要及时追踪,按照施工现场反馈数据情况进行分析,确保试验数据的真实、准确、科学和对现场施工的指导性。

然而,刘晓阳却觉得很庆幸。这份工作带给他的是没有虚度光阴的充实感,是学以致用的成就感,是令人回味的幸福感。这种感觉,让检测工作的单调、数据分析的繁杂、加班加点的辛苦、远离亲人的思念等都显得无足轻重,还赋予了新意。

新材料、新技术日新月异,需要试验人员不断地学习更新自己的知识。为了掌握新技术,充分发挥新技术的科技引领作用,刘晓阳始终孜孜以求、精益求精。

他深知"博观而约取,厚积而薄发"的道理,发奋学习公路工程试验检测技术。白天工作忙,就坚持利用一切业余时间学习和钻研;查资料、做试验,一遍又一遍不厌其烦,常常挑灯夜战,通宵达旦。同时,刘晓阳对已掌握的业务知识、积累的工作经验毫不吝啬,只要需要必定毫无保留地与同事分享。

常年试验检测的精心积累,使刘晓阳掌握了第一手大量的、真实的、准确的科学数据,为指导现场施工提供了有力的支撑,为工程质量检测、控制提供了大量真实可靠的数据,最大限度地满足了施工生产的需要,多次受到业主和上级主管部门的认可和高度评价。刘晓阳对荣誉和奖励看得很淡,却把业主的反馈看得很重。正是这种淡泊名利和实事求是的工作态度,使他得到了大家的尊重和赞扬。

刘晓阳在职场上是工作狂,在日常生活中是一个积极、热情、乐观向上的人,兴趣广泛、乐于助人。

他喜欢摄影，热爱大自然，工作闲暇之余常带着相机醉心于蓝天白云、花开花落。一分耕耘，一分收获，刘晓阳的执着付出，让他在收获幸福和快乐的同时，也收获了事业与荣誉。

第六篇

工程建设历程篇

GONGCHENG JIANSHE LICHENG PIAN

盟行署副盟长徐景春主持召开京新高速公路阿拉善盟段建设协调会

李春霞

2015 年 1 月 5 日，阿拉善盟行署副盟长徐景春组织三旗政府和盟协调领导小组成员单位召开了京新高速阿拉善盟段公路建设协调会。会议听取了京新高速公路临白段阿拉善盟建管办主任杜子义关于京新高速公路阿拉善盟段建设需协调解决的困难问题的汇报。盟行署副盟长徐景春要求交通部门主动加强与各级政府、有关部门的沟通联系，共同协商解决项目实施中遇到的重大问题；三旗要尽快成立协调领导小组，全面负责协调解决公路建设中遇到的困难，保障项目建设顺利进行；对所提出的需协调解决的问题，各旗区、各部门要高度重视，积极配合，帮助解决实际困难，全力以赴创造良好的建设环境。

京新高速公路阿拉善盟段首次召开施工单位座谈会

李春霞

2015年1月8日，京新高速公路临白段(阿拉善盟境内)施工单位座谈会在阿拉善盟交通运输局十楼会议室召开。

通过招投标确定的中国建筑股份有限公司、中国中铁股份有限公司、中国交通建设股份有限公司3家建设单位共计30余人参加了座谈会。盟交通运输局党委书记、局长黄巴特尔，盟交通运输局纪检书记胡金山、盟交通运输运输局副局长姚书文等领导出席座谈会，会议由京新高速公路阿拉善盟段建设管理办公室主任杜子义主持。

黄巴特尔局长在座谈会中强调，京新高速公路阿拉善盟段建设项目是交通运输部、内蒙古自治区交通运输厅和阿拉善盟的重点项目，关注度极高。在今后的工作中，一是希望各施工单位派出优秀的施工团队参与工程建设，严格规范建设程序，强化现代工程管理，保质保量如期完成建设任务；二是严守质量、安全、环保、廉政等红线，主动接受社会各界监督，确保工程优质、干部优秀；三是希望各参建单位能够支持阿拉善经济发展，通过工程建设拉动周边地方经济的全面发展。希望大家能够克服工程建设中一切困难，圆满完成京新高速公路阿拉善盟段建设任务。

会上，京新高速公路建设管理办公室主任杜子义就项目基本情况、管理机构组成、管理模式和工期节点做了介绍，3家施工单位就建设思路、施工管理机构组成和施工准备情况做了汇报，并就施工相关事宜进行了沟通。

盟行署副盟长徐景春深入考察京新高速公路建设

刘嘉婧

2015年3月29日至4月1日,阿拉善盟行署副盟长徐景春在盟交通运输局局长黄巴特尔、京新高速公路临白段(阿拉善盟境内)工程建设管理办公室主任杜子义的陪同下,对京新高速公路临白段(阿拉善盟境内)工程前期建设情况进行了深入考察。徐景春副盟长就京新高速阿拉善盟境内沿线的办公场所建设、试验室建设、拌和站建设等进行了详细询问了解,各执行办、总监办及施工总承包单位就前期工程准备情况做了详细汇报。

徐景春对各执行办、总监办和施工总承包单位在前期建设工作、施工现场安全生产管理工作的有序推进、协调工作方面做出的成绩给予了肯定。他强调,施工总承包单位要尊重当地少数民族风俗习惯,关注生态环境,服务当地经济,维护边疆稳定。

徐景春就前期推进工作中出现的用地手续繁杂、征拆工作艰难、缺水少电无信号、材料市场波动大等问题做了明确的指示:相关部门要积极配合,加快用地手续办理进度;沿线各地政府要统筹各方利益,严格按照征拆补偿标准开展征地拆迁补偿工作;施工总承包单位要攻坚克难,充分利用当地水文资源打井蓄水、采用移动水囊、自发电等方法解决目前缺水少电问题;通信部门加快进行基站搭建,保证全线信号覆盖;沿线政府发挥宏观调控职能,开放建筑材料市场,制定合理的价格区间,做好工程建设的后备军。

今年是"十二五"收官之年,建管办严格按照盟委、盟行署的决策部署,采取有力措施,全面加快项目进度,保证质量,确保项目按质如期建成通车。

盟委书记云喜顺一行到京新高速公路调研

赵海荣

2015年5月18日上午,阿拉善盟委书记云喜顺率阿拉善盟、阿拉善左旗相关部门负责人到京新高速公路临白段(阿拉善盟境内)工程建设管理办公室第二执行办驻地调研。云喜顺与阿拉善左旗政府、第二执行办、二标段施工总承包管理部负责人进行了座谈,认真听取了第二执行办相关负责人的工作汇报,询问了京新高速公路的建设情况,对京新高速公路临白段(阿拉善盟境内)项目前期准备工作进展表示肯定。座谈结束后,云喜顺书记在第二执行办、二标段施工总承包管理部负责人的陪同下到现场进行视察。

云喜顺书记此行极大地鼓舞了公路建设者的士气,增强了战斗力。全线建设者更加有决心、有信心,不负祖国和人民以及各界领导的重托,坚决不辱使命圆满完成建设任务!

军民共建新篇章

袁 野

2015年7月10日,在“七一”刚过暨“八一”建军节即将到来之际,京新高速公路临白段(阿拉善盟境内)LBZD-19驻地办,驻地监理工程师王清泽等四人到辖区派出所走访慰问。他们怀着对当代军人戍守边疆精神的感激之情,代表陕西建通公路工程技术咨询有限公司及十九驻地办全体监理,对当代军人为了国家和人民安宁的无私奉献表示深深地谢意,并为改善当地边防部队办公条件,赠送台式电脑两台,得到边防派出所官兵的赞许好评。

京新高速公路建管办积极开展年中检查力求打造精品工程

刘嘉婧

2015 年 7 月 14 日至 23 日，京新高速公路临白段阿拉善盟建管办开展了为期 9 天，行程近万公里的年中大检查活动。检查组一行先后对主体工程三个施工总成包标段，共计 54 家施工及监理单位进行了全面检查。本次检查主要针对项目施工管理、工程质量、人员履约、安全生产及管理、环保工作、农民工工资支付以及内业资料收集整理等方面的管理、执行情况和存在的问题进行全方位、摸底式检查与指导。

检查组实地察看了中建 LBAMSG-1 标的整体施工情况。建管办主任杜子义对该标的临建工程(驻地、钢筋场、拌和站、预制场、施工便道等)的标准化建设给予了肯定，对中建采用滚焊机焊接新工艺给予了高度赞扬(此项技术在内蒙古属首次应用)，他还要求一标总承包管理部要尽快改变和适应京新高速公路建设项目管理体制；加强试验室管理，确保自检体系有效运转起来；总包部加大资源投入，强化协调管理工作；注重“首件工程认可制”的指导示范作用等；监理单位要严格履行监理程序，切实充分发挥监督、指导作用，稳定监理人员，对关键工序施工保证做到全程旁站等。

在中铁 LBAMSG-2 标检查时，杜主任指出：京新高速公路对阿拉善盟经济社会发展具有非常重要的支撑作用。道路建设是打基础、管长远、利民生的重要基础设施工程，对于方便边远地区群众生产生活，构建地区发展框架，激发区域发展活力，推动边疆经济发展有着十分重要的意义。

检查组要求中铁各参建单位要强化协同配合，抢抓时间、突出重点、集中精力、攻坚克难，切实抓好工程进度，全力以赴推进京新高速公路工程建设；强化工程质量管理，严格按照规划标准和设计要求组织施工，落实工程建设的全程监理；不断创新体制机制，切实做好筑路建设用地过程中的稳定工作；要立足当前，着眼长远，科学管理，确保工程建设顺利快速推进。

在中交 LBAMSG-3 标检查中，杜主任随时随地进入施工现场察看工程建设情况。每到一处都仔细了解施工进度情况，存在哪些困难和问题，并深入职工食堂、活动室，关心职工饮食起居、文化生活，要求项目部一定要做好夏季防暑和饮食卫生，让职工有一个舒适的生活环境，全身心投入到工程建设中。

检查结束后，组织总监办相关人员及驻地办工程师、总包部相关领导及各分部经理召开了检查情况通报会。检查组对三标的前期工作给予充分肯定，认为三标在施工条件极其艰苦的环境下，采取各种措施，积极应对困难，取得了较好的成绩。对存在的问题和不足也提出了合理的建议和措施。会上，建管办杜主任对全体参建单位提出三点要求：一是抓质量，促进度；二是抓安全，重环保，文明施工；三是加强廉政建设。检查组希望中交集团继续带好头，抓好标准化建设，加强质量管控，使优质、安全、高效、便捷的京新高速公路这一丰碑矗立在阿拉善。

交通运输部首次对京新高速公路阿拉善盟段进行质量安全综合督查

刘嘉婧

2015年8月12日至15日，交通运输部安全与质量监督管理司副司长潘海带领交通运输部质量安全督查组到京新高速公路临白段(阿拉善盟境内)项目，开展了为期四天的质量安全综合督查。内蒙古自治区交通运输厅副厅长、厅质监局局长，厅建设处、阿拉善盟交通运输局、建管办及参建单位相关人员陪同检查。

12日上午，专项督查组在敖伦布拉格听取了本项目质量安全工作汇报后，分综合组、桥涵组、内业组、路面路基组和试验检测组五个小组赴全线各项目工地，通过现场查看、随机抽检、询问了解、查阅检测资料等方式，重点对项目的内业资料、桥涵施工现场、路面路基等质量、安全情况进行了检查。督察组对施工中采用智能张拉、钢筋智能成形加工、蒸汽养生等先进工艺给予了高度评价，也指出了一些不足，同时提出了下一步工作建议；要求各参建单位贯彻规范管理理念，提升质量安全责任意识，及时排查质量安全隐患，确保工程优质，施工过程安全。

15日上午，督查组在额济纳旗召开督查情况反馈会。潘海副司长作了督查总结，充分肯定了本项目在质量控制、标准化施工、新工艺使用、安全管理等各方面取得的成绩，认为该项目质量总体可控。同时就如何做好下一步工作，提出了三点要求：一是进一步总结施工总承包管理模式的经验和存在问题，完善符合实际情况的建管方法，确保工程质量；二是进一步强化交通运输部和内蒙古自治区公路建设质量安全相关法律法规的执行力，进一步提高施工标准化和精细化水平；三是高度重视路面工程质量控制，组织专家力量分析研究路面各个结构层的配合比设计、施工工艺、工序，做好质量过程控制，并严格组织实施。

京新高速公路临白段(阿拉善盟境内)建管办主任杜子义作最后表态发言：我们一定按照交通运输部和内蒙古自治区交通运输厅所提出的各项要求，尽快制定整改措施，全面落实并按期完成整改工作，重质量、抓安全、促环保，努力圆满高效地完成项目建设任务，向祖国和人民交上一份满意的答卷。

此次督查，正值京新高速公路临白段建设的高峰期，质量控制和安全管理的关键期，能及时得到交通运输部专家的督查和指导，对进一步提高公路施工质量，提升施工的标准化、规范化和安全生产水平，实现京新高速公路临白段质量管理目标、安全生产目标、进度管理目标、绿色环保目标、高效廉洁目标具有重要意义。

"一带一路"陆路口岸万里行重大主题宣传活动走进京新高速公路阿拉善盟段

杨卫国

交通运输部"一带一路"陆路口岸万里行重大主题宣传活动于近日走进京新高速公路阿拉善盟段。本次宣传活动由《中国交通报》、新华社、《工人日报》等国家主流媒体记者共同参与。

"一带一路"是我国实施向北开放战略的重大步骤,内蒙古自治区"一带一路"建设的重要阵地在阿拉善。京新高速公路阿拉善盟段是我国连接中亚、西亚以及欧洲大陆的重要通道之一,它的建成将对完善国家及内蒙古自治区高速公路网,深入实施西部大开发,推进内蒙古及新疆跨越发展,促进与蒙古国及中亚五国经济文化往来,巩固边防、保持民族团结和社会稳定具有极其重要的意义。

记者们一到额济纳旗,不顾旅途劳顿,稍作休息就参加座谈会,认真听取了京新高速公路建设的进展情况。交通报社领导及媒体记者对广大参建人员能够在资源匮乏、人烟稀少、生产生活条件极为艰苦的条件下,依然坚守岗位,优质、高效完成建设任务的敬业精神表示赞赏,并对工程建设所取得的成绩表示肯定。

随后,记者们乘车到京新高速公路第三标段梁场、东河大桥、风积沙路段等施工现场进行了实地采访,看到"筑路人"黝黑的脸庞、忙碌的背影、矫健的英姿和坚韧的毅力,被新一代筑路人的时代风采和精神面貌所深深地打动。记者们表示,通过这次实地采访,真正了解到该高速公路筑路人是多么的辛苦,在如此艰苦的环境下,顶烈日、战狂风,克服重重困难,依然确保京新高速公路工程如期、保质实现目标,让人敬佩。今后要多宣传,多报道,让百姓和社会多理解、多支持。

文艺下基层　情满京新路

——阿拉善盟交通运输局、阿拉善盟文联联合开展“深入基层、扎根人民”文学艺术采风活动

李春霞

2015年9月17日至18日，由阿拉善盟交通运输局、阿拉善盟文联、京新高速公路临白段阿拉善盟建管办联合组织，一、三标段代表积极参与，第二执行办承办的“深入基层、扎根人民”文学艺术采风活动在乌力吉拉开帷幕。

此次文学艺术采风活动以文艺进基层、文学送基层、先进典型面对面、与一线工人零距离为主旨，通过现场演唱、文艺晚会、赠书送字画、座谈会等形式多方面、全方位深入一线，让京新高速公路的参建人员深深感受到了文学艺术家们的关心和问候，同时也被艺术家们的真切情谊所感动，被文学艺术家们精彩的演出和精湛的技艺所折服。

文学艺术家们深入到乌力吉立交桥、苏宏图大桥等施工现场体验观摩。在参观苏宏图预制场时，他们还为工作在一线的工人朋友们送去了美好的问候和精彩的演出。观看演出的工人朋友们非常感动，表示艺术家们能到一线工地来演出是他们没想到的，这场演出为他们枯燥、单调的生活带来了惊喜和欣慰，并表示要以更加饱满的热情投入到工作中去。

傍晚，内容丰富、形式多样的文艺慰问演出隆重上演。演出现场，阿拉善盟文联主席马英和原盟文联党委书记张雄志为参建单位代表赠送书籍。整台晚会在欢快、热闹的气氛中进行，有委婉动听的蒙古长调、悠扬顿挫的马头琴演奏、铿锵有力的小合唱、激情四射的现代舞等节目，现场不时传来此起彼伏的掌声和欢呼声。

18日上午的座谈会将本次采风活动推向了高潮，文学艺术家和建设者们互相沟通、交流。文学艺术家们被建设者们无私的奉献、艰辛的劳作、辛勤的付出以及感人的事迹深深地感动，纷纷表示要深度挖掘京新高速公路上鲜为人知的感人故事，集中精力创作出一系列高水准、感人至深的文学作品。

本次采风活动为建设者和文学艺术家们搭建了一座互通信息、相互激励的友谊之桥，使文学艺术家更加全面地了解到京新高速公路建设者们战风沙、斗酷暑，克服缺水少电无通信等常人难以想象的困难，坚守大漠戈壁，默默忍受远离亲人、孤独寂寞的艰辛施工情况，激发了创作热情，也使工作生活在荒漠戈壁中的一线建设者们享受了一场文化盛宴。

京新高速公路阿拉善盟境内第三合同段召开取弃土场恢复标准现场观摩会

杨卫国

2015年10月16日,京新高速公路阿拉善盟境内第三合同段取弃土场恢复标准现场观摩会在中交四分部召开。第三执行办、第三总监办、第三项目总承包管理部相关领导、各项目分部书记及相关人员参加了会议。

日前,国家环保部华北环境保护督查中心在环境保护检查中,对中交第四分部4号取土场的恢复标准提出了表扬。经第三执行办、第三总监办、第三项目总承包管理部研究决定,组织第三标段全体参建单位到四分部召开取弃土场恢复标准现场观摩会。

观摩会上,总包部宣读了嘉奖令,对成绩突出的四分部奖励人民币30万元。四分部也详细介绍了取弃土场的管理经验。会后,建管办副主任、第三执行办主任贾一兵对今后的环保工作提出了具体要求和安排。

此次现场观摩会议的召开,不仅给各分部在取弃土场管理的相互学习搭建了一个平台,还为各分部取弃土场恢复工作树立了一个标杆,对京新高速三合同段今后环境保护工作将起到积极的推动作用。

京新高速建管办全面部署今冬明春计划任务

李春霞

2015年10月23至11月3日，京新高速公路阿拉善盟建管办组成考评组对京新高速公路全线工程内外业工作情况进行了综合检查、考核，并对各参建单位今冬明春的工作做了详细地部署和安排。

检查组重点对工程进度、工程质量、安全生产、环保水保、履约情况、内业资料、供水、供电工程建设及管护情况，以及交通运输部、内蒙古自治区交通运输厅检查后各单位整改落实情况进行检查督查，与受检单位积极交换意见。每检查完一个标段，各小组现场反馈检查结果，就存在的问题提出整改意见。

在各标段的检评小结会上，建管办主任杜子义对各标段所取得的成绩给予了充分的肯定。他对所有参建单位提出要求：一是各参建单位对各小组提出的问题，必须认真整改落实，达到精细化管理水平；二是各参建单位做好今冬明春工作计划与安排，抓好材料储备、路面拌和站的建设、技术培训、安全管理等各项工作。以保证明年路面的早日铺通；三是要加强农民工工资支付管理，保障各料场、劳务队农民工工资支付落到实处。各施工单位要为社会和谐、民族团结、地区稳定尽到应尽的责任与义务。四是所有参建人员要从自身做起，严格遵守廉洁自律的各项规定，真正做到工程优质、干部优秀，确保京新高速优质、安全、环保、高效建成。

弘扬焦裕禄精神，践行“三严三实”焦裕禄女儿焦守云作专题报告

吴颖慧

2015年11月8日上午，阿拉善盟交通运输局、京新高速公路临白段（阿拉善盟境内）工程建设管理办公室、中国中铁京新高速公路项目总包部联合举办了“弘扬焦裕禄精神，践行‘三严三实’”专题报告会，邀请河南省焦裕禄精神研究会秘书长、焦裕禄干部学院名誉院长、焦裕禄之女焦守云作了《我的父亲焦裕禄》专题报告。来自三个单位的180余人参加了报告会。报告会由阿拉善盟交通运输局纪检书记胡金山主持。

报告会上，焦守云用朴质的语言、真挚的情感和鲜活的事例，从不同视角讲述了焦裕禄同志在任河南兰考县委书记期间，身拖重病带领群众干部与风沙、盐碱、内涝“三害”做斗争的动人事迹；讲述了焦裕禄“心中装着全体人民，唯独没有自己”的亲民爱民、无私奉献公仆情怀；讲述了焦裕禄在生活中严于律己，对家庭、子女严格要求的点滴感人事迹，充分展现了焦裕禄艰苦奋斗、科学求实、迎难而上的优秀品质。近3个小时的报告感人肺腑、催人泪下、振奋人心，使全体人员经历了一次心灵的震撼、思想的洗礼。

阿拉善盟交通运输局纪检书记胡金山在总结发言中指出，党的十八届五中全会勾勒出中国未来五年的发展蓝图，面对大有作为的重要战略机遇期，面临风险隐患增多的严峻挑战，更需要将“三严三实”要求和焦裕禄精神内化于心、外化于行、落到实处，全力以赴打好京新高速公路建设攻坚战，为阿拉善科学发展、和谐幸福做出应有的贡献。

京新高速公路临白段重点控制性工程东河大桥安全顺利架通

宋守君　惠瑞军

2015年11月13日15时,随着最后一片箱梁安全平稳地架设在0号桥台和1号桥墩盖梁上,有"京新第一桥"之称的东河大桥全幅顺利架通,成为京新高速公路临白段(阿拉善盟境内)又一个重要的建设里程碑。

东河大桥由中交二公局承建,全长960米,是京新高速公路临白段控制性、标志性工程之一,也是京新高速临白段内跨河线路最长、施工难度最大的桥梁之一。该桥设计为:上部结构48×20米预制箱梁结构,梁板共384片;下部为桩基础和柱式墩;总造价约为8500万元。

中交二公局第三项目部在进场伊始就确定了"树品牌、立标杆、拓市场、创效益"的指导思想,坚持"集约化、标准化、精细化管理"理念,科学组织,精心施工。为确保东河大桥的施工质量和安全,施工过程中项目部编制了详尽的施工方案,并邀请第三执行办和中国交建总承包部专家,就在地质条件差、水位高的复杂形势下,进行桩基钻孔施工可能会遇到的质量和安全等问题进行了方案论证,制定了有针对性的专项措施。项目部不等不靠,及时地进行了组织部署,严控质量、狠抓进度、强化管理,4月15日展开施工平台填筑和施工便道、便桥修建;5月17日开始桩基作业,根据地质情况分别采用旋挖钻和冲击钻施工,使用真空井点降水措施解决了水位高、施工受阻的难题。项目部克服年内连续两次的东河上游泄洪排水,冲垮施工平台和便道的困扰,排除了自然环境恶劣、生活条件艰苦等不利因素,全员团结一致,加班加点,在短时间内完成了东河大桥桩基及桥梁下部施工。9月4日开始第一片梁板架设,采用架桥机和汽车吊协同作业方案,在68天内完成了所有箱梁的架设任务,比原计划提前了48天。该桥计划在2016年5月底前完成所有桥面系施工,确保6月中旬双幅通车。

京新高速公路阿拉善盟建管办开展党风廉政建设学习

梁 恒

2016年2月18日，建管办组织全体工程建设管理人员进行党风廉政建设专题学习，学习盟委书记包钢、盟纪委书记喇军在中共阿拉善盟纪律检查委员会(扩大)会议上的讲话和工作报告，深入解读全盟各级党委、纪委全面贯彻党的十八大以来，坚定不移推进党风廉政建设和反腐败斗争工作，持之以恒纠正"四风"和坚决贯彻中央八项规定和内蒙古自治区配套规定精神，持续保持惩贪治腐的高压态势。

京新高速公路阿拉善盟段是国家、内蒙古自治区交通建设的重点项目，是阿拉善盟交通建设项目的重中之重。在今年工程建设时间紧、任务重的情况下，必须要有一支高效、廉洁、正气的工程建设管理队伍来推动工程建设有序发展，才能完成年内的全部目标任务。

"打铁还需自身硬"，杜子义主任引用总书记全面从严治党讲话中的灵魂思想，对此次学习进行全面总结。他指出，在我盟投资建设这么浩大的工程，是国家、内蒙古自治区对阿拉善盟人民的重视。作为工程建设的管理者，一定不能辜负人民的期望。所以，我们一定要认真贯彻党风廉政建设的有关规定，认清形势，恪守规范，坚决抵制歪风邪气的侵蚀，从严律己，做到知行合一、警钟长鸣。尤其是党员干部，一定要身先士卒、率先垂范，做到行动和思想统一，使廉洁自律规范内化于心、外化于行，让京新高速公路阿拉善盟段成为人民心中的廉洁工程、民心工程。

盟行署副盟长徐景春赴京新高速公路临白段(阿拉善盟境内)视察工作

李春霞

2016 年 4 月 12 日,阿拉善盟行署副盟长徐景春在阿拉善盟发改委副主任解伟礴、阿拉善盟交通运输局局长阿其图、阿拉善左旗旗长戈明、阿拉善左旗协调领导小组组长阿拉腾敖其尔、京新高速临白段(阿拉善盟境内)建管办主任杜子义及各执行办、总监办、总包部主要领导的陪同下,视察京新高速公路临白段(阿拉善盟境内)全线工程建设情况。

徐景春对在恶劣天气下坚守一线的广大建设者表示慰问,并对京新高速公路临白段(阿拉善盟境内)所取得的成绩给予充分肯定。京新高速公路建设在工程进度、安全、质量、环保等方面,在全盟公路建设中都起到了示范引领作用。他鼓励广大建设者要牢记使命、肩负重任、真抓实干,把京新高速公路临白段(阿拉善盟境内)建设成为人民放心工程、政府满意工程。

徐景春还详细询问了目前施工中存在的困难和问题,并对影响施工进度的问题做了现场协调解决;要求各相关部门要为京新高速公路的建设创造良好的施工氛围。

此次视察活动为工程建设排忧解难,更是对工程建设者们的鼓励和鞭策。京新高速公路的管理者、建设者们也纷纷表示,绝不辜负盟委和盟行署的厚望,一定要"攻坚克难保贯通、优质高效创精品",全面完成 2016 年建设任务。

京新高速公路临白段（阿拉善盟境内）建管办、施工单位荣获自治区、盟级五一劳动先进荣誉称号

梁　恒

2016年4月28日上午9点，阿拉善盟举行庆祝"五一"国际劳动节暨表彰先进集体和先进个人大会。倍受关注的京新高速公路临白段（阿拉善盟境内）工程建设项目，涌现出一批自治区级、盟级先进集体和个人。其中，京新高速公路临白段（阿拉善盟境内）工程建设管理办公室荣获内蒙古自治区总工会授予的"自治区五一劳动奖状"；中国中铁股份有限公司京新高速临白段（阿拉善盟境内）LBAMSG-2项目总承包管理部荣获"自治区工人先锋号"；京新高速公路临白段（阿拉善盟境内）中铁投资集团有限公司荣获"盟五一劳动奖状"；京新高速公路临白段（阿拉善盟境内）LBAMSG-3项目总承包管理部二分部项目经理王腊荣获"盟五一劳动奖章"；中国交通建设股份有限公司LBAMSG-3项目总承包管理部第二项目部路基班组荣获"盟工人先锋号"。盟委副书记、盟长冯玉臻代表盟委、盟行署向获奖集体和个人表示祝贺。

此次获奖是内蒙古自治区总工会、阿拉善盟工会对京新高速公路临白段（阿拉善盟境内）工程建设项目在过去一年取得的成绩的充分肯定及表彰。2015年该项目完成投资122.7亿元，有力地带动地方经济的发展，创造阿拉善盟乃至全区工程建设年度完成投资的新纪录。2016年项目计划完成投资155亿元，实现黑色路面全线贯通。目前，全线已掀起了"攻坚克难保贯通，优质高效创精品"的劳动竞赛热潮，力争提前实现年度目标。

“筑梦大漠·情撼京新”阿拉善作家采风团赴京新高速公路临白段(阿拉善盟境内)建设一线采风

杨卫国　李春霞

2016年7月8日至12日,京新高速公路临白段阿拉善盟建管办和阿拉善盟文联联合举办了“筑梦大漠·情撼京新”作家采风创作活动。采风团到京新高速公路临白段(阿拉善盟境内)沿线三个施工标段,详细了解了项目管理、施工进度、质量安全管控以及环保措施等方面的情况,切身感受火热的施工场面,特别是对广大建设者们不畏艰难、勇于担当、吃苦耐劳、甘于奉献的“京新”精神进行了深挖细采。

在采访中,作家们走一路看一路,走一路听一路,被京新筑路人一个个小故事、一段段施工场景的动人事迹深深地感染着,纷纷表示要把京新筑路人的动人事迹和工程建设所取得的成绩,通过各种文学艺术形式向全社会展示,让更多的人了解京新高速公路和它的建设者们。

阿拉善盟文联主席马英用“时光的通道、岁月的通道、文化的通道、友谊的通道、创业的通道”五个通道来评价京新高速公路建设的重大意义和人文、经济价值,高度赞扬了“京新”筑路人为国家西部建设和阿拉善经济发展付出的艰辛和努力。用作家刘玉清的话说,这次采风感受可以用四个字表达,就是“震撼、振奋”,建设者用最短的时间,最快的速度,最好的保障,取得了引人瞩目的辉煌成就,这就是“京新速度”。

京新高速公路临白段(阿拉善盟境内)工程建设大事记

2005 年

9 月　京新高速公路临河至白疙瘩(蒙甘界)公路预可研启动。

2006 年

6 月　内蒙古自治区交通运输厅和内蒙古自治区发改委联合组织专家踏勘了现场,并召开了临河至三道明水公路的预可研评审会。

7 月　内蒙古交通设计院修编完成了《国家高速公路北京—乌鲁木齐公路内蒙古境内临河至三道明水(蒙甘界)段预可行性研究》报告。

2007 年

4 月　内蒙古自治区交通运输厅和内蒙古自治区发改委联合组织对临河至白疙瘩段一幅高速公路进行可研外业踏勘。

2008 年

11 月 20 日　中华人民共和国交通运输部综合规划司、原公路司在京主持召开了京新高速公路临河至哈密段建设方案内蒙古、甘肃和新疆三省(自治区)协调会。

2009 年

6 月　中华人民共和国交通运输部组织规划院专家进行京新高速公路临白段可研现场勘查。

7 月　中华人民共和国发改委组织中国国际咨询公司专家进行京新高速公路临白段可研现场勘查。

8 月 25 日至 9 月 3 日　中华人民共和国交通运输部综合规划司、规划研究院和中国国际工程咨询公司分别对京新高速公路临白段项目工可研进行了审查、评估。

2010 年

12 月 10 日　中华人民共和国发展改革委和交通运输部在京召开了新疆、甘肃、内蒙古三省(自治区)协调会议,明确京新高速临河至哈密段(含本项目)按高速公路标准一次建成,因此要重新编报工可研报告。

2011 年

5 月 30 日　中华人民共和国交通运输部规划研究院组织人员在京召开了京新高速公路临河至青山至白疙瘩(蒙甘界)段工程可行性研究报告评审会,并形成了评审意见。

6月20日至24日　中国国际工程咨询公司在北京主持召开了“国家高速公路网北京至乌鲁木齐公路临河至青山至白疙瘩(蒙甘界)段工程可行性研究报告咨询评估会”,并形成了咨询评估意见。

12月27日　交通运输部规划研究院在北京市主持召开《临哈公路“临河至白疙瘩”环评报告(送审稿)》预审会议。

2012年

4月　中华人民共和国交通运输部以交函规划〔2012〕103号《关于国家高速公路网北京—乌鲁木齐公路临河至白疙瘩段(蒙甘界)段环境影响报告书预审意见的函》提出预审意见。

6月6日　京新高速公路临白段(阿拉善盟境内)建设管理办公室正式成立。阿拉善盟行政公署下发《关于成立京新高速公路临河至白疙瘩段(阿拉善盟境内)工程建设管理办公室的通知》(阿署发〔2012〕177号),任命杜子义为建管办主任。

6月　中华人民共和国水利部以水保函〔2012〕171号文批复了《临哈公路青山至白疙瘩水土保持方案》。

7月19日　京新高速公路临河至白疙瘩(蒙甘界)公路勘察设计招评标工作结束。

8月22日至25日　阿拉善盟交通运输局、京新高速公路临白段设计总协调单位和设计单位依次在敖伦布拉格、乌力吉、额济纳旗、一棵树召开现场办公会。

12月6日　京新高速公路临河至白疙瘩段(蒙甘界)公路主线至吉兰泰、主线至乌力吉口岸连接线勘察设计招评标工作结束。

12月16日至17日　阿拉善盟交通运输局、京新高速公路建管办、内蒙古公路设计院、安徽公路设计院和中国公路工程咨询集团有限公司在阿拉善盟交通运输局就房建工程设计方案进行了初审。

12月31日　阿拉善盟行政公署下发《关于成立京新高速临河至白疙瘩段(阿拉善盟境内)公路建设协调领导小组的通知》(阿署发〔2012〕50号),盟长冯玉臻担任组长、副盟长徐景春担任副组长,盟行署有关委、办、局第一负责人为领导小组成员。

2013年

1月4日　中华人民共和国文物局以文物保函〔2013〕3号文同意京新高速公路临白段项目涉及居延遗址路线走向。

4月9日　京新高速公路建管办、阿拉善盟水务局、阿拉善盟水利设计院,巴彦浩特水文局,公路质监站,龙旺地质设计人员在阿拉善盟交通运输局对打井物探设计方案进行审查。

9月18日　京新高速公路临河至白疙瘩段(阿拉善盟境内)沿线及服务设施水源井工程招评标工作结束。

12月19日　中华人民共和国环保部以环审〔2013〕325号文件通过京新高速公路临河至白疙瘩(蒙甘界)段环境影响报告。

2014年

3月10日　京新高速公路临河至白疙瘩(蒙甘界)段可行性研究报告由中华人民共和国发展与改革委员会以发改基础字〔2014〕405号文件批准。

5月14日　阿拉善盟委、盟行署以阿署办字〔2014〕18号文件对京新高速公路临白段(阿拉善盟境内)建设协调领导小组成员做了调整。

5月22日至27日　中华人民共和国交通运输部组织内蒙古自治区交通运输厅,巴彦淖尔市政府及交通运输局,阿拉善盟行署及交通运输局,京新高速公路阿拉善盟建管办、设计总协调单位、设计审查咨询单位及各土建、交通工程勘察设计等单位对京新高速公路临河至白疙瘩(蒙甘界)段初步设计进行外业验收。

5月28日　京新高速公路临河至白疙瘩(蒙甘界)段(阿拉善盟境内)施工图勘察设计招评标工作结束。

7月10日　京新高速公路临河至白疙瘩段初步设计由中华人民共和国交通运输部以交公路函〔2014〕520号文件正式批复。

7月24日至30日　内蒙古自治区交通运输厅组织阿拉善盟交通运输局,建管办,设计审查咨询单位及各土建、交通工程勘察设计等单位对京新高速公路临河至白疙瘩段(阿拉善盟境内)土建工程两阶段施工图设计定测外业工作进行验收,形成并通过定测外业验收会议纪要。

9月1日至4日　由内蒙古自治区交通运输厅组织各相关单位在内蒙古自治区交通运输厅进行施工图审查。

12月24日　内蒙古自治区交通运输厅以内交发〔2014〕769号文件批复京新高速公路临白段供水工程建设方案。

12月25日　内蒙古自治区交通运输厅以内交发〔2014〕770号文件批复京新高速公路临白段输配电工程建设方案。

12月31日　京新高速公路临河至白疙瘩段(阿拉善盟境内)施工总承包招评标工作结束。

2015年

1月16日　京新高速公路临河至白疙瘩段(阿拉善盟境内)项目供水工程勘察设计招评标工作结束。

2月8日　京新高速公路临河至白疙瘩(蒙甘界)段(阿拉善盟境内)输配电工

程勘察设计招评标工作结束。

2月10日　建管办与中国交通建设股份有限公司正式签订了京新高速公路临白段(阿拉善盟境内)工程第三标段主体工程施工总承包合同。

2月15日　京新高速公路临河至白疙瘩段(阿拉善盟境内)施工监理招评标工作结束。

2月27日　建管办与中国建筑股份有限公司正式签订了京新高速公路临白段(阿拉善盟境内)工程第一标段主体工程施工总承包合同。

同日,建管办与中国中铁股份有限公司正式签订了京新高速公路临白段(阿拉善盟境内)工程第二标段主体工程施工总承包合同。

3月4日　内蒙古自治区交通运输厅以内交发〔2015〕87号文件批复京新高速公路临白段(阿拉善盟境内)供水工程初步设计。

3月8日　阿拉善盟行署副盟长徐景春召集京新高速公路临白段阿拉善盟建管办、总监办、三家施工总承包管理部召开工程建设推进会。会上听取了建管办及施工单位开工进展汇报,详细了解了开工之初存在的困难和问题,并对参建单位提出了具体要求。

3月23日　内蒙古自治区交通运输厅以内交发〔2015〕124号文件批复京新高速公路阿拉善盟段输配电工程初步设计。

3月29日至4月1日　阿拉善盟行署副盟长徐景春带领相关部门负责人深入京新高速公路临白段(阿拉善盟境内)项目施工现场,就施工单位进场、施工便道建设、临建及地方协调等前期工程建设情况进行了调研和现场办公。

4月1日　京新高速公路临河至白疙瘩段(阿拉善盟境内)项目供水工程施工、管材及设备采购和安装、监理招评标工作结束。

4月10日　第二总监办下达京新高速公路临白段(阿拉善盟境内)工程第二标段主体工程开工令。

同日,京新高速公路临白段(阿拉善盟境内)东西线供水工程正式开工。

4月13日　第三总监办下达京新高速公路临白段(阿拉善盟境内)工程第三标段主体工程开工令。

4月29日　中国交通建设股份有限公司京新高速公路临白段(阿拉善盟境内)LBAMSG-3项目总承包管理部二分部梁场成功制作首片预制梁。

5月14日　京新高速公路临河至白疙瘩(蒙甘界)段(阿拉善盟境内)输配电工程监理招标评标工作结束。

5月23日　LBAMSG-3合同段第一根桥梁立柱浇筑成功。

6月4日至5日　内蒙古自治区交通运输厅厅长宋亮带领内蒙古自治区第十

一督查组,对京新高速公路临白段(阿拉善盟境内)项目情况进行了督查。

6月8日　内蒙古自治区交通建设工程质量监督局对京新高速公路建设全线进行质量大检查。

6月21日　建管办与阿拉善金圳电力安装责任有限公司正式签订了临河至白疙瘩(蒙甘界)公路阿拉善盟境内段输配电工程施工合同。

同日,京新高速公路临白段(阿拉善盟境内)输配电工程开工。

6月24日　中华人民共和国国土资源部办公厅以国土资厅函〔2015〕847号文件批复京新高速公路临河至白疙瘩(蒙甘界)段(阿拉善盟境内)控制性工程先行用地。

7月14日至23日　京新高速公路临白段阿拉善盟建管办对54家施工及监理单位进行了全面检查。

7月20日　京新高速公路临河至白疙瘩(蒙甘界)段环境监理、环境监测及环境保护验收调查技术服务招标评标工作结束。

7月28日　京新高速公路临白段(阿拉善盟境内)LBAMSG-2标段巴音高勒大桥首片箱梁架设成功。

8月5日　京新高速公路阿拉善盟段西线供水工程实现单管供水。

8月7日　京新高速公路LBAMSG-3合同段天鹅湖二号大桥桥梁梁板架设完成。

8月11日至15日　中华人民共和国交通运输部公路工程质量安全综合督查组率内蒙古自治区交通运输厅、内蒙古自治区交通建设工程质量监督局对京新高速公路临白段(阿拉善盟境内)项目进行为期5天的检查。

8月18日　京新高速阿拉善盟段西线供水工程实现双管供水。

8月21日　阿拉善盟行署组织三旗政府、行署督查室,阿拉善盟交通运输、农牧业、林业、水务、国土、环保、安监、公安、人社、地税等部门负责人,以及京新、巴雅、雅山建管办和施工单位负责人召开了公路建设协调会。

8月24日　京新高速公路临河至白疙瘩段(阿拉善盟境内)工程全过程跟踪审计服务招评标工作结束。

8月25日至28日　中华人民共和国交通运输部组织甘肃、内蒙古、新疆三省(自治区)主管建设单位及项目建设管理单位负责人在兰州召开京新高速公路(G7)三省(自治区)协调推进会。

9月1日　京新高速公路阿拉善盟段输配电工程建国营出线段实现正常送电。

9月20日　京新高速公路东线供水工程全线通水。

10月13日至14日　中华人民共和国环保部会同内蒙古自治区环保厅对京新高速公路临白段(阿拉善盟境内)项目进行了环保专项督查。

10月23日至11月3日　京新高速公路阿拉善盟建管办组成考评组对京新高速公路全线工程内外业工作情况进行了综合检查、考核。

12月2日至9日　内蒙古自治区质监局副局长、检测中心主任张勇率专家组对京新高速公路临白段(阿拉善盟境内)项目实验检测进行专项监督抽查。

12月12日　内蒙古自治区交通运输厅对京新高速公路临白段(阿拉善盟境内)项目进行监察巡审。

12月31日　京新高速公路临白段(阿拉善盟境内)主线及连接线输配电工程全部完工并送电。

2016年

3月22日　建管办和阿拉善盟工会联合召开2016年工作会议暨"京新杯"劳动竞赛动员大会。

4月12日　阿拉善盟行署副盟长徐景春赴京新高速公路临白段(阿拉善盟境内)视察全线建设工作。

4月19日　京新高速公路临白段(阿拉善盟境内)工程建设管理办公室被内蒙古自治区工会授予"五一劳动奖状"称号。中国中铁股份有限公司京新高速临白段(阿拉善盟境内)LBAMSG-2项目总承包管理部荣获"自治区工人先锋号"称号。

4月19日至29日　内蒙古自治区交通建设工程质量监督局对京新高速公路临白段(阿拉善盟境内)进行质量安全监督抽查。

4月28日　京新高速公路临白段(阿拉善盟境内)中铁投资集团有限公司被阿拉善盟工会授予"盟五一劳动奖状"称号,京新高速公路临白段(阿拉善盟境内)LBAMSG-3项目总承包管理部二分部项目经理王腊被授予"盟五一劳动奖章",中国交通建设股份有限公司LBAMSG-3项目总承包管理部第二项目部路基班组被授予"盟工人先锋号"称号。

6月22日　京新高速公路临白段(阿拉善盟境内)LBAMSG-2合同段第七项目部40.7公里的沥青路面铺设完毕。

7月13日　京新高速公路临白段(阿拉善盟境内)第三合同段357.84公里沥青路面实现全线贯通。

7月21日至22日　内蒙古自治区交通运输厅建设处、质监局督查京新高速公路临白段(阿拉善盟境内)工程建设情况。

8月10日　京新高速公路临白段(阿拉善盟境内)第二合同段352公里沥青

路面实现全线贯通。

9月1日　内蒙古自治区交通运输厅建设处处长范忠带领专家组,对一标段吉兰泰连接线大坝山段K24+920—K25+112大桥施工现场再次进行实地勘察,并与建管办和设计、监理、施工单位主要技术负责人讨论确定最优设计方案。

9月18日至22日　中华人民共和国交通运输部交通安全设施质量监督检验中心对京新高速公路临白段(阿拉善盟境内)全线进行交安工程质量抽查。

9月21日　京新高速公路临白段(阿拉善盟境内)第一合同段104公里沥青路面实现全线贯通。这标志着京新高速公路临白段(阿拉善盟境内)814.37公里主线全线贯通。

9月25日　中建总承包管理部在K156处举行京新高速公路临白段(阿拉善盟境内)主线贯通仪式。内蒙古自治区交通运输厅、阿拉善左旗政府、建管办领导出席并参加了仪式,中铁、中交总包部领导也受邀参加。

9月26日　中央电视台《早间新闻》节目对京新高速公路临白段全线沥青路面贯通及工程建设情况做了报道,称其为中国的"超级工程",是亚洲在建的最大公路交通单体工程,是世界上穿越沙漠戈壁最长的高速公路。

11月18日　中华人民共和国国土资源部以国土资函〔2016〕709号文件批复同意京新高速公路临白段(阿拉善盟境内)工程建设用地。

2017年

3月21日　建管办和阿拉善盟工会联合召开京新高速公路临白段(阿拉善盟境内)"京新杯"劳动竞赛总结表彰大会暨2017年工作会议。

4月25日　京新高速公路临白段(阿拉善盟境内)工程建设管理办公室副主任兼第三执行办主任贾一兵荣获阿拉善盟"五一劳动奖章"荣誉称号,中国中铁股份有限公司京新高速公路临白段(阿拉善盟境内)LBAMSG-2项目总承包管理部副总经理杨孟乾荣获内蒙古自治区"五一劳动奖章"荣誉称号,中国交通建设股份有限公司京新高速公路临白段(阿拉善盟境内)LBAMSG-3项目总承包管理部第四项目分部荣获内蒙古自治区"工人先锋号"荣誉称号。

第七篇

主要参建者名录

ZHUYAO CANJIANZHE MINGLU

京新高速公路阿拉善盟段公路建设阿拉善盟协调领导小组名录

姓　名	职　务	工作单位及职务
冯玉臻	领导小组组长	阿拉善盟委副书记、盟长
徐景春	领导小组副组长	阿拉善盟行署副盟长
赵家瑞	领导小组成员	阿拉善盟行署秘书长
刘　宏	领导小组成员	阿拉善盟行署副秘书长
黄巴特尔	领导小组成员	阿拉善盟交通运输局局长
哈　达	领导小组成员	阿拉善盟纪委副书记、监察局局长
张艳勋	领导小组成员	阿拉善军分区后勤部部长
罗志铁	领导小组成员	阿拉善盟发改委主任
斯　琴	领导小组成员	阿拉善盟财政局局长
高屹隆	领导小组成员	阿拉善盟国土资源局局长
王　雄	领导小组成员	阿拉善盟住建局局长
许新忠	领导小组成员	阿拉善盟环保局局长
李发全	领导小组成员	阿拉善盟水务局局长
魏雄会	领导小组成员	阿拉善盟农牧业局局长
陈君来	领导小组成员	阿拉善盟林业局局长
包　金	领导小组成员	阿拉善盟文广局局长
王　兵	领导小组成员	阿拉善盟安监局局长
李东亮	领导小组成员	阿拉善盟审计局局长
巴达拉	领导小组成员	阿拉善盟公安局副局长
杨胜穆	领导小组成员	阿拉善盟国税局局长
严利群	领导小组成员	阿拉善盟地税局局长
张宝刚	领导小组成员	阿拉善盟电业局局长
孙　冬	领导小组成员	阿拉善盟移动公司总经理
黄卫星	领导小组成员	阿拉善盟电信公司总经理
杨飞亮	领导小组成员	新联合通信公司总经理
魏巴依尔	领导小组成员	阿拉善左旗旗委副书记、旗长
罗志伟	领导小组成员	阿拉善右旗旗委副书记、旗长
孟　和	领导小组成员	额济纳旗旗委副书记、旗长
刘志强	领导小组成员	阿拉善经济开发区管委会主任
陈占云	领导小组成员	腾格里经济技术开发区管委会主任
黄巴特尔	办公室主任	阿拉善盟交通运输局局长(2016年1月调离)
阿其图	办公室主任	阿拉善盟交通运输局局长
姚书文	办公室副主任	阿拉善盟交通运输局副局长

续上表

姓　名	职　　务	工作单位及职务
王海文	办公室副主任	阿拉善左旗政府副旗长
祁玉江	办公室副主任	阿拉善右旗政府副旗长
陈铁军	办公室副主任	额济纳旗政府副旗长
哈斯巴根	办公室副主任	阿拉善经济开发区管委会副主任
戴　姿	办公室副主任	腾格里经济技术开发区管委会副主任
胡金山	办公室纪检监察	阿拉善盟交通运输局纪检书记(2016年7月调离)
张茂	办公室纪检监察	阿拉善盟交通运输局纪检书记
张新元	办公室成员	阿拉善盟交通运输局副局长(2016年4月调离)
张有维	办公室成员	阿拉善盟交通运输局副局长
郭　锋	办公室成员	阿拉善盟交通运输局总工程师
李江岭	办公室成员	阿拉善盟交通运输局副调研员(2015年10月调离)
王　艳	办公室成员	阿拉善盟交通运输局副调研员
马　莉	办公室成员	阿拉善盟交通运输局公路科科长
朱红艳	办公室成员	阿拉善盟交通运输局规划科科长
云英龙	办公室成员	阿拉善盟交通运输局办公室主任
徐莲香	办公室成员	阿拉善盟交通运输局人教科科长
李福泉	办公室成员	阿拉善盟交通运输局财务科科长
陈国红	办公室成员	阿拉善盟交通运输局交战科科长
赵学峰	办公室成员	阿拉善盟交通运输局审计科科长

京新高速公路阿拉善盟段公路建设
三旗协调领导小组名录

姓　名	项　　目	原工作单位及职务
魏巴依尔	阿拉善左旗领导小组组长(2016年调离)	阿拉善左旗旗委副书记、旗长
戈　明	阿拉善左旗领导小组组长	阿拉善左旗旗委副书记、旗长
王海文	阿拉善左旗领导小组副组长(2016年调离)	阿拉善左旗政府副旗长
陈立杰	阿拉善左旗领导小组副组长	阿拉善左旗政府副旗长
王国良	阿拉善左旗协调办主任(2016年调离)	阿拉善左旗交通运输局局长
王多富	阿拉善左旗协调办主任	阿拉善左旗交通运输局局长
罗志伟	阿拉善右旗领导小组组长(2016年调离)	阿拉善右旗旗委副书记、旗长
祁玉江	阿拉善右旗领导小组副组长	阿拉善右旗政府副旗长
张希林	阿拉善右旗协调办主任	阿拉善右旗交通运输局局长
孟　和	额济纳旗领导小组组长(2016年调离)	额济纳旗旗委副书记、旗长
王　雄	额济纳旗领导小组组长	额济纳旗旗委副书记、旗长
陈铁军	额济纳旗领导小组副组长	额济纳旗政府副旗长
康　东	额济纳旗协调办主任(2016年调离)	额济纳旗交通运输局局长
冯雪梅	额济纳旗协调办主任	额济纳旗交通运输局局长

京新高速公路临白段(阿拉善盟境内)质量监督单位人员名录

姓　名	工作单位及职务
王殿臣	内蒙古自治区交通建设工程质量监督局局长
张　广	内蒙古自治区交通建设工程质量监督局副局长(2016 年调离)
张　勇	内蒙古自治区交通建设工程质量监督局副局长
张洪伟	内蒙古自治区交通建设工程质量监督局质量鉴定检测中心主任
张俊光	内蒙古自治区交通建设工程质量监督局质量鉴定检测中心副主任
刘延辉	内蒙古自治区交通建设工程质量监督局总工
杨　波	内蒙古自治区交通建设工程质量监督局监督科科长
王宏斌	内蒙古自治区交通建设工程质量监督局综合科科长
张旭东	内蒙古自治区交通建设工程质量监督局监督科副科长
乔　志	内蒙古自治区交通建设工程质量监督局监督科副科长
卢　斌	内蒙古自治区交通建设工程质量监督局副主任工程师
侯　贵	内蒙古自治区交通建设工程质量监督局监理管理科副科长
高　源	内蒙古自治区交通建设工程质量监督局检测管理科副科长
朱广河	内蒙古自治区交通建设工程质量监督局环境监测中心主任
李　娜	内蒙古自治区交通建设工程质量监督局环境监测中心副主任
耿红斌	内蒙古自治区交通建设工程质量监督局质量鉴定检测中心副主任
于晓光	内蒙古自治区交通建设工程质量监督局质量鉴定检测中心副主任
张晓宇	内蒙古自治区交通建设工程质量监督局质量鉴定检测中心副主任
乔文庭	内蒙古自治区交通建设工程质量监督局鉴定检测中心桥隧部部长
谢春磊	内蒙古自治区交通建设工程质量监督局鉴定检测中心体系部部长
赵晓亮	内蒙古自治区交通建设工程质量监督局鉴定检测中心道交部部长
刘　磊	内蒙古自治区交通建设工程质量监督局鉴定检测中心综合部部长
王拥己	阿拉善盟公路工程质量监督站书记
李吉平	阿拉善盟公路工程质量监督站站长
刘　发	阿拉善盟公路工程质量监督站副站长
周博文	阿拉善盟公路工程质量监督站副站长兼检测中心负责人

京新高速公路临白段阿拉善盟建管办名录

姓　名	工作单位及职务
杜子义	建管办主任
郭　锋	建管办常务副主任
林　军	建管办副主任
许　成	建管办总工
范玉成	建管办副主任
贾一兵	建管办副主任
王国江	建管办副主任
李　辉	建管办综合部部长
王海宏	建管办综合部副部长
李春霞	建管办综合部档案、宣传员
梁　恒	建管办综合部秘书
周晓兰	建管办综合部后勤
李　磊	建管办综合部后勤
李福泉	建管办财务部部长
汤兴福	建管办财务部副部长兼会计
杨　悦	建管办财务部出纳
徐忠宁	建管办工程技术部部长
范渊博	建管办工程技术部副部长(2016年9月调离)
郭致平	建管办工程技术部房建工程师
谢红霞	建管办工程技术部工程师
乔　杰	建管办工程技术部工程师
邓吉友	建管办工程技术部(水利工程师)
苏成仁	建管办工程技术部(水利工程师)
孙　林	建管办工程技术部(水利工程师)
樊建民	建管办工程技术部(电力工程师)
闫　杰	建管办工程技术部(电力工程师)
杨永海	建管办工程技术部(电力工程师)
彭祝荣	建管办计划合同部部长
甄英军	建管办计划合同部计量工程师

续上表

姓　名	工作单位及职务
周翊宸	建管办计划合同部计量工程师
李英奎	建管办质检安全部部长
祁　荣	建管办质检安全部副部长
王建国	建管办质检安全部安全工程师
陈志超	建管办质检安全部质检工程师
袁　野	建管办质检安全部技术员
建管办第一执行办人员名录	
范玉成	第一执行办主任
赵占伟	第一执行办副主任兼工程部部长
曾　斌	第一执行办综合部部长
边　乐	第一执行办综合部秘书
张幸福	第一执行办综合部社会协调员
哈斯巴格那	第一执行办综合部报账员
魏明智	第一执行办综合部后勤(2017 年 2 月调离)
李建明	第一执行办第一巡查组组长
黄彦成	第一执行办第二巡查组组长
王清林	第一执行办工程技术部工程师(2017 年 2 月调离)
陈明义	第一执行办工程技术部工程师(2017 年 2 月调离)
李聪慧	第一执行办试验检测工程师
杜荣耀	第一执行办合同计量工程师
郝乌云	第一执行办质检安全部副部长
周虹霞	第一执行办质检安全部副部长
建管办第二执行办人员名录	
林　军	第二执行办主任
许　敏	第二执行办副主任
郭希胜	第二执行办综合部部长
赵海荣	第二执行办综合部秘书
冯晓莉	第二执行办综合部报账员
景晓云	第二执行办工程技术部部长(2017 年 2 月调离)
顾　飞	第二执行办工程技术部工副部长
刘淑琴	第二执行办工程技术部高级工程师
黄金华	第二执行办试验检测工程师(2017 年 2 月调离)

续上表

姓 名	工作单位及职务
胡亚民	第二执行办工程技术部工程师(2017年2月调离)
云俊平	第二执行办工程技术部合同计量工程师
张 璐	第二执行办工程技术部技术员兼临时党支部书记(2017年2月调离)
张鹏均	第二执行办工程技术部助理工程师
刘 敏	第二执行办工程技术部技术员
石宏乾	第二执行办工程技术部技术员
聂有军	第二执行办质检安全部部长
王 斐	第二执行办质检安全部安全工程师(2017年2月调离)
朱 雷	第二执行办质检安全部安全员(2017年2月调离)
建管办第三执行办人员名录	
贾一兵	第三执行办主任
于荣全	第三执行办副主任
张 麟	第三执行办综合部部长
杨卫国	第三执行办综合部秘书
刘 军	第三执行办综合部报账员
云雪龙	第三执行办综合部后勤(2016年10月调离)
史海亮	第三执行办综合部后勤
樊拥民	第三执行办工程技术部部长
白 彬	第三执行办工程技术部副部长
撒 丽	第三执行办试验检测工程师(2017年2月调离)
张 磊	第三执行办合同计量工程师(2017年2月调离)
黄 刚	第三执行办质检安全部副部长
郭俊义	第三执行办质检安全部助理工程师
马正全	第三执行办工程技术部助理工程师
李万春	第三执行办工程技术部房建工程师
丁 建	第三执行办质检安全部部长(2016年7月调离)
李星宇	第三执行办质检安全部副部长(2017年2月调离)
刘 昌	第三执行办质检安全部工程师
黄赟科	第三执行办质检安全部助理工程师(2016年7月调离)

京新高速公路临白段(阿拉善盟境内)监理名录

姓　名	项目职务	原工作单位
张　晓	第一总监办总监	陕西兴通监理咨询有限公司
邓　沛	第一总监办总监代表	陕西兴通监理咨询有限公司
付亚男	第一总监办试验室主任	陕西兴通监理咨询有限公司
王海泉	第一驻地办驻地主任	内蒙古公路工程咨询监理有限责任公司
卢玉龙	第二驻地办驻地主任	河北通达工程监理咨询有限公司
褚君宽	第三驻地办驻地主任	内蒙古伟通工程监理咨询有限公司
孙和平	第四驻地办驻地主任	北京中鑫伟业公路工程监理有限公司
李玉孙	第五驻地办驻地主任	北京御正营工程监理有限公司
王代勤	第二总监办总监	山东省圣地公路工程监理咨询中心
蔚建华	第二总监办总监代表	山东省圣地公路工程监理咨询中心
魏忠全	第二总监办总监代表	山东省圣地公路工程监理咨询中心
黄季军	第二总监办试验室主任	山东省圣地公路工程监理咨询中心
韩　雄	第六驻地办驻地主任	锡林郭勒盟协力交通监理有限公司
任兴旺	第七驻地办驻地主任	中公交通监理咨询河南有限公司
解殿阳	第八驻地办驻地主任	内蒙古达能仁监理咨询有限责任公司
李卫强	第九驻地办驻地主任	上海中咨安通工程投资管理有限公司
刘增荣	第十驻地办驻地主任	阿拉善盟华泰公路工程监理咨询有限公司
刘智群	第十一驻地办驻地主任	内蒙古华讯工程咨询监理有限责任公司
贺雄军	第十二驻地办驻地主任	北京中交公路桥梁工程监理有限公司
林红英	第十三驻地办驻地主任	商洛正大公路工程监理有限责任公司
江尔祥	第十四驻地办驻地主任	山西一通监理咨询有公司
王　强	第十五驻地办驻地主任	北京中港路通工程监理咨询有限公司
于法仁	第三总监办总监	安徽省高等级公路工程监理有限公司
冯志雄	第三总监办总监代表	安徽省高等级公路工程监理有限公司
顾世武	第三总监办总监代表	安徽省高等级公路工程监理有限公司
刘爱华	第三总监办试验室主任	安徽省高等级公路工程监理有限公司
刘艳明	第十六驻地办驻地主任	吉林省铭泽公路工程监理咨询有限公司
王艳文	第十七驻地办驻地主任	赤峰天宇交通监理有限公司
严　冰	第十八驻地办驻地主任	湖南湖大建设监理有限公司
王清泽	第十九驻地办驻地主任	陕西建通公路工程技术咨询有限公司
赵四喜	第二十驻地办驻地主任	北京交科工程咨询有限公司
王彦辉	第二十一驻地办驻地主任	陕西海嵘工程项目管理有限公司
杨功哺	第二十二驻地办主任	山西路杰公路工程技术咨询有限公司
马中平	第二十三驻地办驻地主任	太原市华宝通工程监理有限公司
辛厚纯	第二十四驻地办驻地主任	育才-布朗交通咨询监理有限公司
闪　波	第二十五驻地办驻地主任	山东临沂交通工程咨询监理中心

中国建筑股份有限公司京新高速公路临白段(阿拉善盟境内)LBAMSG-1项目总承包管理部及各项目分部参建者名录

姓　名	项目职务	原工作单位及职务
王　立	总包部总经理	中建基础设施事业部副总经理
孙　林	总包部副总经理	中建基础设施事业部市场部经理
邹东良	总包部总经济师	中建基础设施事业部合约部经理
曹　磊	总包部总工程师	中建交通山西分公司助理总经理
樊瑞红	总包部安全总监	中建二局土木公司安全部经理
卜　宗	总包部副经理兼副总工	中建路桥项目经理
邢　健	总包部财务部经理	中建基础设施事业部财务部副经理
杨　鹏	总包部综合办公室副经理	中建二局土木公司
徐少林	总包部工程部副经理	中建二局土木公司
赵殿涛	总包部工程部副经理	中建路桥
刘晓辉	总包部试验室负责人	中建二局土木公司
马　恒	总包部试验室主任	中建六局桥梁公司
陈　平	总包部安全环保副经理	中建二局土木公司
李培仁	总包部物资设备部副经理	中建二局土木公司
时亚洲	总包部商务合约部副经理	中建六局桥梁公司
于金强	第一项目分部经理	中建二局土木公司副经理
赵　鹏	第一项目分部执行经理	中建二局土木公司南方分公司副经理
何开太	第一项目分部副经理兼党支部书记(2017年2月调离)	中建二局土木公司
李寅甫	第二项目分部项目经理(2016年12月调离)	中建二局土木公司市场部经理
李晓杰	第二项目分部执行经理(2016年11月调离)	中建二局土木公司华东分公司
季文勇	第二项目分部生产经理(2016年11月调离)	中建二局土木公司华东分公司

续上表

姓　名	项 目 职 务	原工作单位及职务
林树杰	第二项目分部生产经理(2016 年 11 月调离)	中建二局土木公司华东分公司
胡学祥	第二项目分部总工(2016 年 11 月调离)	中建二局土木公司华东分公司
石　峰	第三项目分部项目经理	中建六局桥梁公司
宗继春	第三项目分部执行经理	中建六局桥梁公司
梁隆祥	第三项目分部生产经理	中建六局桥梁公司
刘宏进	第三项目分部总工	中建六局桥梁公司
霍立波	第四项目分部项目经理	中建六局桥梁公司
孔令军	第四项目分部党总支书记	中建六局党委工作部　总经理助理
刘光辉	第四项目分部生产经理	中建六局桥梁公司
解明辉	第四项目分部总工	中建六局桥梁公司
申彦民	第五项目分部项目经理	中建交通山西分公司副总经理
井姚涛	第五项目分部副经理	中建交通山西分公司
李鹏飞	第五项目分部总工	中建交通山西分公司
袁冬晨	第五项目分部路面工区经理	中建路桥第六工程有限公司
赵新杭	第五项目分部路面工区书记	中建路桥第六工程有限公司
黄训平	第六项目分部项目经理	中建铁路
熊分南	第六项目分部副经理	中建铁路
左　君	第六项目分部总工	中建铁路

中国中铁股份有限公司京新高速公路临白段(阿拉善盟境内)LBAMSG-2项目总承包管理部及各项目分部参建者名录

姓 名	项目职务	原工作单位及职务
孙玉国	总包部总经理、党工委书记	中铁投资集团副总经理
修 贵	总包部党工委书记(2015年11月调离)	中铁投资集团副总经理
张立业	总包部副总经理、安全总监(2016年12月调离)	中铁大连地铁五号线项目公司总经理
盘明山	总包部副总经理、纪工委书记、工委主任(2016年10月调离)	中铁东北投资发展公司常务副总经理
杨孟乾	总包部常务副总经理	中铁投资集团
金尚平	总包部总会计师兼财务部部长	中铁大连地铁五号线项目公司财务总监
亢 剑	总包部副总经理、安全总监	中铁投资集团
栗 勇	总包部工程管理部部长(2016年8月调离)	中铁航空港集团三公司
李志涛	总包部工程管理部部长	中铁投资集团
段灵龙	总包部计划合同部部长(2016年12月调离)	中铁东北投资发展公司副总经济师
张洪涛	总包部综合部部长(2016年12月调离)	中铁大连地铁五号线项目公司综合部部长
刘 杨	总包部工程部副部长(2016年12月调离)	中铁大连地铁五号线项目公司工程部部长
颜小龙	总包部安质部部长	中铁投资集团
陈小军	总包部党办主任、综合部部长	中铁一局集团三公司宣传部部长
郎 军	总包部综合部副部长(2016年7月调离)	中铁投资集团纪委办公室主任、监察部副部长
周代兵	总包部财务部副部长(2016年5月调离)	中铁投资集团财务部经理
于嘉庆	总包部计合部副部长	中铁九局集团第七工程有限公司
刘玉龙	总包部财务部副部长	中铁六局呼和铁建公司
郑 珂	总包部物资供应中心常务副主任(2016年12月调离)	中铁物贸公司纪委监察部高级经理
于长军	第一项目分部经理	中铁九局集团北京分公司副总经理
贾京友	第一项目分部党支部书记兼常务副经理	中铁九局集团北京分公司

续上表

姓　名	项 目 职 务	原工作单位及职务
王大伟	第一项目分部总工	中铁九局集团北京分公司
李　阳	第一项目分部副经理	中铁九局集团北京分公司
王晓光	第一项目分部二工区经理	中铁九局集团第六工程有限公司
王永川	第一项目分部二工区经理(2016年4月调离)	中铁九局集团第六工程有限公司
赵玉军	第一项目分部二工区党支部书记	中铁九局集团第六工程有限公司
张会秋	第一项目分部二工区党支部书记(2016年4月调离)	中铁九局集团第六工程有限公司
葛复存	第二项目分部经理	中铁三局集团副总经理
郝锦文	第二项目分部常务副经理	中铁三局集团运输分公司总经理
樊艳鹏	第二项目分部党工委书记	中铁三局集团
许晓晨	第二项目分部副经理	中铁三局集团
王军海	第二项目分部总工(2016年10月调离)	中铁三局集团银西项目党工委书记
杨宝利	第二项目分部一工区常务副经理	中铁三局集团二公司
吕海军	第二项目分部一工区书记	中铁三局集团二公司
高长军	第二项目分部二工区经理	中铁三局集团四公司
侯晓东	第二项目分部二工区书记	中铁三局集团四公司
党　军	第二项目分部三工区经理(2016年3月调离)	中铁三局集团第五工程有限公司副总经理
赵晓斌	第二项目分部三工区经理	中铁三局集团五公司
崔晓智	第二项目分部三工区书记(2016年3月调离)	中铁三局集团第五工程有限公司京张项目
张武东	第二项目分部四工区经理	中铁三局集团建安公司
孙大勇	第二项目分部四工区书记	中铁三局集团建安公司
李新波	第二项目分部五工区经理	中铁三局集团天津公司
王金矿	第二项目分部五工区书记(2016年9月调离)	中铁三局集团天津公司
李双宝	第二项目分部六工区经理	中铁三局集团六公司
马爱国	第二项目分部六工区书记(2016年11月调离)	中铁三局集团第六工程有限公司
苗中华	第二项目分部七工区经理(2016年8月调离)	中铁三局集团运输分公司副总经理
郭劲光	第二项目分部七工区书记(2016年8月接任经理)	中铁三局集团运输分公司
张旭兵	第二项目分部八工区经理	中铁三局集团电务公司
于　潇	第二项目分部八工区书记	中铁三局集团电务公司

续上表

姓　名	项目职务	原工作单位及职务
夏生祥	第三项目分部经理、党工委书记	中铁六局集团路桥建设公司　副总经理
王继河	第三项目分部党工委副书记、一工区书记	中铁六局集团路桥建设公司
兰海明	第三项目分部总工、一工区项目经理(2017年1月调离)	中铁六局集团路桥建设公司
张耀华	第三项目分部副经理、二工区项目经理	中铁六局集团呼和浩特铁路建设公司
张　成	第三项目分部二工区书记	中铁六局集团呼和浩特铁路建设公司
李　宏	第四项目分部经理	中铁二局集团四公司
邓友明	第四项目分部书记(2016年4月调离)	中铁二局集团四公司
鞠清锋	第四项目分部党委副书记	中铁二局集团四公司
蒋　林	第四项目分部总工	中铁二局集团四公司
谭胜强	第四项目分部副经理	中铁二局集团四公司
何　彬	第四项目分部二工区经理	中铁二局集团五公司
王　方	第四项目分部二工区党委书记	中铁二局集团五公司
谢秉军	第五项目分部经理	中铁港航局集团三公司
何明江	第五项目分部党工委书记	中铁港航局集团三公司
周　雄	第五项目分部总工	中铁港航局集团三公司
郭　虎	第五项目分部副经理	中铁港航局集团三公司
栗生坤	第五项目分部副经理	中铁港航局集团三公司
刘群厚	第五项目分部安全总监(2016年10月调离)	中铁港航局集团三公司
王　震	第六项目分部经理	中铁航空港集团三公司
柳　波	第六项目分部党工委书记(2016年12月调离)	中铁航空港集团三公司北京地铁14号线党工委书记
高晓勇	第六项目分部总工程师	中铁航空港集团三公司
刘佳峰	第六项目分部副经理	中铁航空港集团三公司
杨哲江	第七项目分部经理	中铁七局集团三公司
白稳超	第七项目分部党工委书记(2016年8月调离)	中铁七局集团三公司
田渭军	第七项目分部总工	中铁七局集团三公司
陈　赕	第七项目分部副经理(2017年1月调离)	中铁七局集团三公司
严占华	第七项目分部一工区经理	中铁七局集团路桥公司
孟红卫	第七项目分部一工区党工委书记	中铁七局集团路桥公司

中国交通建设股份有限公司京新高速公路临白段(阿拉善盟境内)LBAMSG-3项目总承包管理部及各项目分部参建者名录

姓　名	项 目 职 务	原工作单位及职务
刘永明	总包部党工委书记兼总经理	中交路桥建设有限公司副总经理
张满华	总包部副总经理	中交一公局华祥国际工程有限公司党委书记
黄西民	总包部副总经理兼总工	中交二公局副总工程师
李德钦	总包部副总经理(2016年5月调离)	中交路建华南公司总经理
李林育	总包部副总经理	中交京新高速临白三标副总经理
方步云	总包部总经济师	中交一公局四公司副总经理
熊　辉	总包部财务副总监	中交路桥建设有限公司资金处长
万　全	总包部副总工	中交路桥建设有限公司副总工程师
刘　庚	总包部计划经营部副经理	中交路桥南方工程有限公司兴赣高速B1标 生产副经理
李德宝	总包部计划经营部经理	中交一公局第一工程有限公司副总经理
高建奇	总包部副总工兼工程部经理	中交二公局萌兴公司副总工程师
李宝东	总包部安全副总监兼安质部经理	中交一公局一公司项目部经理
姚伟峰	总包部安质部副经理	中交路桥建设有限公司佛山地铁2号线土建5标安全总监
张宝玉	总包部综合部经理	中交一公局六公司纪委书记、工会主席
徐世先	总包部综合部副经理	中交路桥北方工程有限公司综合办公室副主任
杨金财	第一项目分部项目经理	中交一公局一公司项目经理
董正武	第一项目分部项目书记	中交一公局一公司项目书记
王浩东	第一项目分部总工	中交一公局一公司项目总工
侯　杰	第一项目分部副经理	中交一公局一公司项目副经理

续上表

姓　名	项 目 职 务	原工作单位及职务
王　腊	第二项目分部项目经理	中交一公局第五工程有限公司项目经理
谢远征	第二项目分部项目书记兼总工	中交一公局第五工程有限公司项目书记兼总工
何　欧	第二项目分部生产副经理	中交一公局第五工程有限公司项目生产副经理
乔晓延	第三项目分部项目经理	中交二公局六公司党委书记
宋守君	第三项目分部项目书记	中交二公局六公司项目书记兼工会主席
郭仕正	第三项目分部常务副经理、总工(2016 年 9 月调离)	中交二公局六公司项目经理
薛中瑞	第三项目分部副经理(2016 年 12 月调离)	中交二公局六公司项目副经理
宋正虎	第三项目分部副经理(2016 年 7 月调离)	中交二公局六公司项目经理
崔军原	第三项目分部副经理(2016 年 5 月调离)	中交二公局六公司项目总工兼项目副书记
梁鸿甲	第三项目分部副经理(2016 年 12 月调离)	中交二公局六公司项目副经理
刘海涛	第三项目分部副经理	中交二公局六公司项目副经理
李海潮	第四项目分部项目经理(2016 年 2 月调离)	内蒙古呼包三标总经理部公司副总经理兼项目经理
巩　涛	第四项目分部项目经理	中交二公局上海远通路桥工程有限公司项目经理
沈　泉	第四项目分部项目书记	中交二公局上海远通路桥工程有限公司项目经理
张茂林	第四项目分部总工	中交二公局上海远通路桥工程有限公司项目总工
李晓会	第四项目生产副经理	内蒙古呼包三标桥梁分部分部经理
徐世敏	第四项目生产副经理	内蒙古呼包三标路基二分部分部经理
张甫浩	第四项目技术总监	越南河内项目副经理
黎　波	第四项目财务总会计师	内蒙古呼包三标总经理部财务总会计师
姜永生	第五六项目分部项目经理	中交二航局五分公司荣乌项目部经理

续上表

姓　名	项 目 职 务	原工作单位及职务
丁国鹏	第五六项目分部项目书记	中交二航局五分公司工程管部经理
周范斌	第五六项目分部副经理	中交二航局五分公司三黎十五标副经理
李树海	第五六项目分部总工	中交二航局五分公司内蒙古办事处副主任
寇建华	第七项目分部项目经理(2015 年 7 月调离)	中交路桥建设有限公司
李　勇	第七项目分部项目经理	中交路建华北公司副总及项目经理
姜志光	第七项目分部项目书记(2016 年 6 月调离)	中交路建华北公司质量安全部经理
吕卫东	第七项目分部副经理	中交路建华北公司总工
付中力	第七项目分部生产副经理	中交路建华北公司工区主任
吴　俊	第七项目分部生产副经理	中交路建华北公司工区主任
王京辰	第七项目分部生产副经理	中交路建华北公司工区主任
练远平	第七项目分部总工	中交华北公司总工
王增全	第八项目分部项目经理	中交三公局总承包分公司副总经理
张建民	第八项目分部项目书记	中交三公局总承包分公司京石改扩建项目书记
张清锋	第八项目分部副经理	中交三公局总承包分公司京石改扩建项目副经理
袁正武	第八项目分部副经理	中交三公局总承包分公司京石改扩建项目副经理
蔡建武	第八项目分部副经理	中交三公局总承包分公司京石改扩建项目副经理
王志远	第八项目分部副经理	中交三公局总承包分公司京石改扩建项目副经理
乔园园	第八项目分部总工	中交三公局总承包分公司京石改扩建项目工程部部长
孙润生	第九项目分部项目经理	中交四公局一公司准兴 A4-1 项目经理
马伟忠	第九项目分部项目书记	中交四公局一公司四平房建生产副经理

续上表

姓　名	项目职务	原工作单位及职务
杨伟光	第九项目分部总工	中交四公局一公司重庆铜永路面二标副总工程师
王江滔	第九项目分部副经理	中交四公局一公司重庆铜永路面二标工区主任
管俊立	第九项目分部副经理	中交四公局一公司贵瓮项目安质总监
张进宇	第九项目分部副经理	中交四公局一公司后期管理部经理
刘景军	第十项目分部项目经理	中交一航局三公司第一项目部经理
李广清	第十项目分部项目书记兼工会主席	中交一航局三公司第三项目部党支部书记兼工会主席
李　强	第十项目分部副经理	中交一航局三公司第二项目部副经理
姜　涛	第十项目分部总工	中交第十项目分部工程技术部长
王　琦	房建项目经理	中交路建建管分公司工程部副经理
陆晓东	交安一项目分部项目经理	海南中咨泰克交通工程有限公司　副总经理
马伟斌	交安二项目分部项目经理	中交一公局交通工程有限公司
郑　勇	交安三项目分部总工	中交机电工程局有限公司
王丙臣	交安四项目分部总工	中交路建建管分公司顺义项目部技术负责人
贺力乐	机电一项目分部项目经理	中交二公局电务工程有限公司道安高速公路 JD06 标项目经理部经理
杨晨华	机电二项目分部项目经理	中交一公局西沿高速机电项目　项目经理
邓博轩	机电三项目分部项目经理	路桥华祥国际工程有限公司机电事业部部长
徐华峰	机电四项目分部项目经理	中咨泰克交通工程集团有限公司/副总经理
贾小团	机电五项目分部项目经理	中交路桥建设有限公司项目经理

京新高速公路临白段(阿拉善盟境内)设计总体协调组名录

姓　名	项目职务	所在工作单位及职务
崔红兵	设计总体协调组组长	内蒙古交通设计研究院有限责任公司副总经理
赵玉春	设计总体协调组副组长(总协调办)	内蒙古交通设计研究院有限责任公司经理
齐向军	设计总体协调组副组长(土建二标)	中交路桥技术有限公司总经理助理
柳俊杰	设计总体协调组副组长(土建三标)	中交规划院副总工
张　协	设计总体协调组副组长(土建四标)	中交第一公路勘察设计院有限公司分院副院长
翁德平	设计总体协调组副组长(土建五标)	中交第二公路勘察设计研究院有限公司分院院长
叶海林	设计总体协调组副组长(交通工程二标)	安徽交通规划设计院副总工
郑　涛	设计总体协调组副组长(交通工程三标)	中咨正达副总经理
刘学成	设计总体协调办成员(总体及路线)	内蒙古交通设计研究院有限责任公司高工
张宝龙	设计总体协调办成员(路基路面)	内蒙古交通设计研究院有限责任公司高工
郑霜杰	设计总体协调办成员(桥梁涵洞)	内蒙古交通设计研究院有限责任公司高工
吴秀发	设计总体协调办成员(交叉工程)	内蒙古交通设计研究院有限责任公司高工
仲玉善	设计总体协调办成员(地质勘查)	内蒙古交通设计研究院有限责任公司高工
刘丽萍	设计总体协调办成员(交通工程)	内蒙古交通设计研究院有限责任公司高工
徐连铭	设计总体协调办成员(概算)	内蒙古交通设计研究院有限责任公司高工
罗俊宝	设计总体协调办成员(防护防灾)	内蒙古交通设计研究院有限责任公司教高
孙兆鹏	设计总体协调办成员(组长助理)	内蒙古交通设计研究院有限责任公司高工
刘　岚	设计总体协调办成员(秘书)	内蒙古交通设计研究院有限责任公司
张永红	成员(土建二标现场负责人)	中交路桥技术有限公司
白　浩	成员(土建三标现场负责人)	中交公路规划设计院有限公司
江兴旺	成员(土建四标现场负责人)	中交第一公路勘察设计研究院有限公司
李伟鹏	成员(土建五标现场负责人)	中交第二公路勘察设计研究院有限公司
龙　光	成员(交通工程二标现场负责人)	安徽交通规划设计院
李先锋	成员(交通工程三标现场负责人)	中国公路工程咨询集团
邹国祥	成员(测绘一至三标表现场负责人)	呼和浩特市勘察测绘研究院
米文龙	成员(测绘三、四标现场负责人)	内蒙古城建公司
王虎文	成员(测绘四、五标现场负责人)	内蒙古煤田勘测队

京新高速公路临白段(阿拉善盟境内)设计单位人员名录

姓　名	项目职务	原工作单位及职务
俞弘志	主线(K117-K221+377)设计负责人	中交路桥技术有限公司副总经理
秦海波	主线(K117-K221+378)设计代表	中交路桥技术有限公司
白　浩	主线(K180+000-K367+149)设计负责人	中交公路规划设计院有限公司
施　博	主线(K180+000-K367+149)设计代表	中交公路规划设计院有限公司
孙卫鹏	主线(K180+000-K367+149)设计代表	中交公路规划设计院有限公司
江兴旺	主线(K532+150-K622+540)设计负责人	中交第一公路勘察设计研究院有限公司
韩秉旭	主线(K367+150-K532+149)设计负责人	中交第一公路勘察设计院有限公司
雒海龙	主线(K532+150-K622+540)设计代表	中交第一公路勘察设计研究院有限公司
王士华	主线(K629+268-K896+926)设计负责人	中交第二公路勘察设计研究院有限公司
黄河清	主线(K629+268-K896+926)设计代表	中交第二公路勘察设计研究院有限公司
王中华	吉兰泰、乌力吉口岸连接线设计负责人	华杰工程咨询有限公司
石春瑞	吉兰泰连接线设计代表	华杰工程咨询有限公司
崔俊红	乌力吉口岸连接线设计负责人	华杰工程咨询有限公司
龙　光	交通设计二标现场负责人	安徽交通规划设计院
丁述庆	交通设计二标现场负责人	安徽交通规划设计院
李先锋	交通设计三标现场负责人	中国公路工程咨询集团
蒋　震	交通设计三标现场负责人	中国公路工程咨询集团

京新高速公路临白段(阿拉善盟境内)工可研编制单位名录

内蒙古交通设计研究院有限责任公司

阿拉善盟交通设计研究有限公司(参与预可研编制)

京新高速公路临白段(阿拉善盟境内)设计咨询审查单位名录

陕西省交通规划设计研究院
北京中交京华公路工程技术有限公司
北京建达道桥咨询有限公司
北京交科公路勘察设计研究院有限公司

京新高速公路临白段(阿拉善盟境内)跟踪审计单位名录

北京中交京纬公路造价技术有限公司

京新高速公路临白段(阿拉善盟境内)路面技术服务及路面施工装备技术咨询服务单位名录

交通运输部公路科学研究所
西安长大公路工程检测中心
中咨公路养护检测技术有限公司

京新高速公路临白段(阿拉善盟境内)桥梁、桩基检测单位名录

内蒙古大学公路试验检测中心
北京路桥瑞通科技发展有限公司
山西省交通建设工程质量检测中心(有限公司)
中交路桥技术有限公司

中咨公路养护检测技术有限公司
中交一公局土木工程建筑研究院有限公司
陕西通宇公路研究所有限公司
河北省交通规划设计院

京新高速公路临白段(阿拉善盟境内)交通安全设施、机电工程检测单位名录

中咨公路养护检测技术有限公司
交科院检测技术(北京)有限公司

京新高速公路临白段(阿拉善盟境内)环保水保监理、检测、验收单位名录

北京海策工程咨询有限公司
北京华夏山川生态环境科技有限公司
中国电建集团华东勘测设计研究院有限公司
内蒙古绿洁环保有限公司
中海环境科技(上海)股份有限公司

京新高速公路临白段(阿拉善盟境内)供水工程设计、监理单位名录

1.设计单位
内蒙古自治区水利水电勘测设计院
中国市政工程西北设计研究院有限公司
2.监理单位
通辽市辽河水利水电工程建设监理有限责任公司
内蒙古河套水利工程建设监理有限公司
内蒙古凯信工程咨询有限责任公司

内蒙古弘泽水利水电工程建设监理有限公司
宁夏兴禹工程建设监理公司
北京海策工程咨询有限公司

京新高速公路临白段(阿拉善盟境内)
供水工程施工单位名录

黑龙江双兴市政工程有限公司
内蒙古万通路桥集团有限责任公司
江西中和建设工程有限公司
鄂尔多斯市东方路桥集团股份有限公司
河南省中原水利水电工程有限公司
河南亚伟市政工程有限公司
江西中工建设工程有限公司
山西方州路桥有限公司
萍乡市水利水电建设有限责任公司
河南嘉宏市政工程有限公司
长治市水利建筑工程处

京新高速公路临白段(阿拉善盟境内)
供水工程设备及安装单位名录

上海沃斯梅克实业有限公司
贵州塘旺机电技术有限公司
内蒙古泽华机电工程有限公司
江苏三机环保工程设备有限公司
福州福光水务科技有限公司
福建浩达智能科技有限公司
天津市塘沽第一阀门厂
上海欧特莱阀门机械有限公司
上海安钧电子科技有限公司

内蒙古网讯信息工程有限公司
酒泉市西联泵阀机电有限责任公司

京新高速公路临白段(阿拉善盟境内)供水工程管材及安装单位名录

华创天元实业发展有限责任公司
煌盛集团有限公司
福建纳川管材科技股份有限公司
四川东泰新材料科技有限公司
安源管道实业有限公司
山东东宏管业股份有限公司
湖北省鄂州市兴欣建材有限责任公司
山东德源管业有限公司
唐山奥盛通科技股份有限公司
宁夏青龙塑料管材有限公司
天津耀德环保科技有限公司
重庆顾地塑胶电器有限公司

京新高速公路临白段(阿拉善盟境内)输配电工程设计、监理、施工单位名录

1.设计单位
阿拉善金圳电力勘测设计有限责任公司
内蒙古建地岩土工程有限责任公司
2.监理单位
中咨工程建设监理公司
3.施工单位
阿拉善金圳电力安装有限责任公司